소설

목민심서

牧民心書

[완결판]

소설 목민심서 〈하〉

초판 1쇄	1992년	4월	25일
초판 45쇄	2000년	1월	10일
중판 52쇄	2001년	3월	13일
3판 38쇄	2003년	8월	21일
4판 24쇄	2005년	1월	18일
5판 10쇄	2014년	6월	17일

완결판 1쇄 발행   2014년 12월   5일
완결판 2쇄 발행   2017년   5월 25일

저자	황인경
펴낸이	박정태
펴낸곳	북스타
출판등록	2006.9.8 제313-2006-000198호
주소	파주시 파주출판문화도시 광인사길 161 광문각빌딩
전화	031-955-8787
팩스	031-955-3730
E-mail	kwangmk7@hanmail.net
홈페이지	www.kwangmoonkag.co.kr
ISBN	978-89-97383-44-3 04810
	978-89-97383-41-2 세트

◇ 완결판 ◇

황인경 대하역사소설

하

목민
심서

牧民心書

소설

시대를 앞서간 다산 정약용의
감동적인 일대기!

BOOK STAR

목차

33
가연 佳緣과 악연 惡緣

　약용은 아내 꿈을 꾸었다. 늘 꿈에 나오던 마현 고향집이었다. 달라진 것이라곤 더 이상 농아의 칭얼대는 소리가 들리지 않는다는 것과 약용이 울고 있다는 것뿐이었다. 아내는 약용에게 다가와 손을 꼭 맞잡아주었다. 그리고 말없이 힘을 주었다. 아내의 등 뒤로 두 아들과 딸의 얼굴도 보였다. 약용은 그들의 얼굴을 찬찬히 둘러보았다. 이대로 울고 있을 수만은 없었다.

　꿈에서 깨어난 약용은 사의재 문을 열고 나섰다. 온몸에 힘이 없어 툇마루에 걸터앉아 천천히 심호흡을 하였다. 근 열흘 만에 쐬는 바깥바람이었다. 그는 우물로 다가가 신선한 우물물을 한 모금 입에 물었다. 시원한 기운이 온몸에 퍼져 들었다. 그는 그제야 정신이 바짝 나는 듯했다. 약용은 만덕산으로 향했다. 머리가 복잡할 땐 만덕산이 모든 것을 포용해주곤 했다. 괴로운 생각도 근심도 모두 차나무들 사이로 흩어져 어느새 머리가 개운해지곤 하는 것이었다.

산에 오르는 길에 약용은 긴 나무를 주워 지팡이를 삼아 걸었다. 아직 몸이 온전히 회복된 것이 아니어서 가끔 다리가 휘청대었다. 오르다 만난 나무에서 작은 과실을 하나 따먹고, 힘에 부치면 잠깐 그늘에 앉아 쉬기도 했다. 그렇게 쉬엄쉬엄 산에 오르다 보니 금세 백련사에 다다랐다. 약용은 불현듯 초의생각이 났다. 그가 우려 주었던 차 맛이 그리웠다. 약용은 망설임 없이 백련사로 걸음을 옮겼다.

일주문을 대신하는 만경루가 여전히 고풍스러워 보였다. 산이 내는 자연의 소리 외엔 아무 소리도 없는 고즈넉한 고요함이 약용의 마음을 어루만져주는 듯했다. 한결 마음이 차분히 가라앉으며 개운해짐을 느낀 약용은 초의와 차를 마셨던 만경루에 올랐다. 아무도 없는 줄 알고 걸음을 옮기고 있던 약용 앞에 승려 하나가 가만히 앉아 약용을 똑바로 처다보고 있었다. 깜짝 놀란 약용은 발을 헛디뎌 뒤로 벌렁 나자빠질 뻔하였다. 그 모습을 본 승려는 껄껄 웃으며 매서운 시선을 거두었다. 약용이 다시 체신을 바로 하여 합장을 했으나 승려는 대충 손짓으로 답을 할 뿐이었다.

"잠깐 앉았다 가도 되겠습니까?"

약용의 물음에 그는 고개를 한번 끄덕일 뿐이었다. 약용은 만경루 한편에 앉아 불어오는 만덕산의 바람을 느꼈다. 서늘한 바람이 그의 코끝을 간질였다. 곁에 앉은 승려가 약용을 게

속 주시하고 있었다. 약용은 그 기운을 애써 느끼지 못하는 체했으나 단박에 느껴지는 것을 숨길 수는 없었다. 약용은 이미 그가 누군지 알고 있었다. 그는 백련사의 주지스님 아암이었다. 이미 초의에게서 그에 관한 이야길 들어 익히 알고 있었던 것이다. 그러나 약용은 그를 짐짓 모르는 체했다. 주자학에 능통한 이라 들었으나 동시에 현학을 뽐내길 즐긴다는 것도 알고 있었다. 약용의 예상대로 아암은 곧 넌지시 말을 걸어왔다.

"한양에 계셨소?"

"그렇습니다."

"벼슬을 지낸 모양인데 그럼 주자학에 대해서도 아는 게 많으시겠소."

은근히 떠보는 말투였다. 약용은 아암의 의도를 알아채고는 일부러 자신을 낮췄다.

"별로 대단치 않은 벼슬이었습니다. 스님께서 아시는 바가 있으면 한 수 알려주시지요."

아암은 기다렸다는 듯 약용에게 질문을 던졌다.

"건초구(乾初九)란 무엇인지 아시오?"

"9라는 숫자는 양수(陽數)의 극(極)이 아닙니까."

"그렇소. 하오면 음수의 극은 무엇인지 아시오?"

"10에서의 극이겠지요."

"그렇다면 곤초십이어야 마땅하지 않소?"

약용은 아암을 돌아보았다. 그는 마치 약용을 놀리기로 작정하고 있다는 듯한 미소를 짓고 있었다. 약용도 미소를 머금고 마지막 답을 던지며 일어섰다.

"제 낮은 학문으로는 그것은 우문인 듯하군요. 잘 쉬다 갑니다."

약용은 유유히 만경루를 벗어났다. 아암은 갑자기 둔기로 머리를 얻어맞은 듯 멍해져 있다가 울화가 치밀어 오르는 것을 주체하지 못해 씩씩대고 있었다. 차마 주지의 체통으로 뒤쫓아가 성을 낼 수도 없는 노릇이라 참을 뿐이었다. 감히 한양에서 변변찮은 벼슬이나 하다 귀양 온 서생 따위가 주자학에 통달한 자신을 비웃고 자리를 피해버린 것이 견디기 어려웠다. 약용에게서 느껴지는 기운이 심상치 않아 한 수 가르침을 내리려다 애꿎게 욕만 먹은 셈이었다. 아암은 그의 이름을 묻지 않은 것을 후회했다. 이렇게 된 이상 그가 다시 백련사를 찾아올 때까지 기다려야만 하는 꼴이었다.

약용은 아주 통쾌한 기분이었다. 그렇게 해박하여 콧대가 높다던 아암이 적잖이 당황하던 낯빛을 떠올리면 자꾸 웃음이 났다. 질문을 보아하니 분명 해박한 것은 사실이었으나 학문의 태도가 잘못된 이였다. 뽐내기보단 함께 수학하여 학문을 높이는 것이 학문을 대하는 바른 자세일 터였다. 백련사를 나서는 길에 약용은 초의와 마주쳤다. 초의는 반가운 얼굴로 멀리서부터 합장을 했다.

"사부님, 다녀가십니까."

"오랜만이네. 그간 별고 없었는가?"

"소승이야 늘 배중사영(杯中蛇影)하여 번뇌를 거듭하고 있을 따름입니다. 그나저나 사부님 얼굴이 반쪽이 되셨습니다. 외람되오나 그간 병환이 있으셨습니까?"

진심으로 걱정하는 초의의 얼굴에 약용은 쓰게 웃어 보였다. 아직 농아의 죽음을 입 밖으로 쉬이 낼 수 있을 정도로 마음이 아물지 않은 탓이었다. 약용은 대답 대신 방금 아암을 만난 이야길 건넸다. 그러자 초의는 웃으며 약용에게 물었다.

"어떻게 보십니까? 그래도 주지스님은 선가에서 주자학에 통달하였기로 유명하온데."

"분명 해박한 이임에는 틀림이 없네. 다만 학문의 자세를 고쳤으면 하는 게지. 나와 다시 만나게 된다면 그땐 좀 고쳐지지 않을까 하네만."

약용은 초의를 보며 빙긋 웃었다. 약용은 먼저 초의에게 합장으로 인사를 하고 산을 내려갔다. 초의 역시 서둘러 합장을 한 채 스승의 뒷모습을 바라보았다. 약용은 뒷모습조차 많이 여위어 보였다. 초의는 스승 약용의 신변에 문제가 있는 것이 아닌가 하여 슬그머니 걱정이 일었다. 그러나 스승이 먼저 말해주지 않는데 경솔하게 되물어 화를 자초할 수는 없는 일이었다. 약용이 스스로 마음의 허물을 딛고 이야기해줄 때까지 겸허히 기다려야만 하는 것이었다. 초의는 백련사로 다시 걸음을 놀렸다.

아암은 굳은 듯 여전히 그 자리에 앉아 있었다. 초의가 다가와 인사를 했으나 그는 듣는 둥 마는 둥 하였다. 아암의 머릿속은 약용의 말로 가득 차 있었다. 처음엔 분하여 자꾸 그의 말을 곱씹었으나 자꾸 생각을 거듭할수록 묘하게 그의 말에 빠져들고 있었다. 역시 처음의 기운대로 예사 사람이 아니었던 것이다. 건초구(乾初九)를 아예 이해하지 못하고 있다는 듯한 그의 말을 거듭 생각할수록 그의 말이 맞는 것 같았다. 건초구는 양수의 극이 9이니까 그리 말하는 것이나, 곤초십을 음의 극이라 하지 않는 것은 양획(陽劃)과 음획(陰劃)의 개념이 달라 그런 것이었다. 그제야 자신의 질문이 왜 우문이었는지 깨달은 아암은 자리를 박차고 일어섰다. 곁에 있던 초의가 깜짝 놀라 아암을 바라보았다.

"주지스님, 무슨 일이십니까?"

"아까 백련사를 벗어나던 이를 보았느냐?"

"정 대부(大夫) 말씀이십니까?"

아암이 눈을 크게 떴다.

"그 이가 정약용 선생이시란 말이냐?"

초의가 아암의 기세에 눌려 간신히 고갤 끄덕였다. 아암은 그대로 신을 꿰차고 달려나갔다. 그의 그런 뒷모습을 보며 초의는 미소를 지었다. 약용의 학문이 훨씬 고매하다는 것을 그 짧은 시간에 깨우친 아암 또한 대단한 학자임엔 분명했다. 초의가 찻물을 뜨러 일어나려는 찰나 아암이 다시 헐레벌떡 초의 앞으로 달려왔다. 깜짝 놀란 초의가 그 자리에 엉덩방아를 찧으며 주저앉았다. 아암은 여전히 상기된 얼굴로 다급히 초의에게 물었다.

"정 대부가 지내시는 곳이 어디이시냐?"

"동문 밖 주막입니다만……."

성미 급한 아암은 초의의 말이 끝나기도 전에 그대로 내달려 백련사를 벗어났다. 참으로 아암다운 뜀박질이었다. 체통보다는 현실적인 이득을 따지는 이였다.

아암은 주막 앞에 서서 가쁜 숨을 몰아쉬었다. 잠시도 쉬지 않고 달려 도착한 때문이었다. 그러나 그는 선뜻 주막 안으로 들어설 순 없었다. 당장 약용을 만나고 싶은 마음에 달려오긴 했으나 자신이 범한 무례를 어떻게 사과하면 좋을지 미처 생각해두지 않았던 탓이었다. 아암은 잠시 망설이다가 결심이 선 듯 주먹을 꾹 눌러 쥐었다. 이미 저지른 잘못은 장부답게 인정하고 새로이 학문을 하면 되는 것이었다. 아암이 주막으로 들어서자 주모는 그를 훑어보더니 보리쌀을 한 줌 가지고 나왔다. 시주승이라 여긴 것이었다. 당황한 아암이 손사래를 쳤다. 그러자 주모가 싱겁다는 듯 피식 웃으며 다시 보리쌀을 제 자리에 넣어 두려고 돌아서자 아암이 그녀의 발걸음을 붙잡았다.

"주모, 여기가 정 대부가 계신 곳이 맞습니까?"

"한양 나으리럴 말씀허씨요? 시방 쪼께 출타 중이신디. 멋 땀시 그라요?"

"혹시 언제쯤 돌아오실지······."

바로 그때 약용이 주막으로 들어섰다. 아암은 그를 보자마자 그의 곁에 바짝 붙어 섰다. 약용은 아암을 보고 알은 체를 하였다.

"백련사에 계시던 스님 아니십니까. 예까진 무슨 일로······?"

"정 대부님, 몰라 뵙고 제가 결례를 범하였습니다. 용서하십시오."

"대부라니 당치도 않습니다. 기껏해야 나라 녹을 먹던 서생일 뿐입니다."

"그러지 마시고 말씀 낮춰주십시오. 소승 몸 둘 바를 모르겠습니다."

아암이 약용 앞에 엎드린 채 통사정을 하였다. 약용은 더 이상은 답을 하지 않고 아암을 바라보았다. 아암은 약용과 눈이 마주치자 불현듯 그의 앞에 무릎을 꿇었다. 당황한 약용이 그를 일으키려 했으나 역부족이었다.

"소승, 혜장이라 합니다. 무례함을 용서하시고 노여움을 푸시기 바랍니다. 그리고······ 스승으로 모시고 싶습니다. 세상 어딜 가도 제 학문보다 뛰어난 이를 찾기가 어려워 기고만장하여 날뛰었습니다. 이제 드디어 스승님을 만나 뵌 듯하니 거절하신다면 매일같이 찾아와 청을 할 것입니다."

아암의 말에 약용은 결국 너털웃음을 터뜨렸다. 절실하다 못해 은근한 협박까지 들어 있는 그의 말에 웃음이 났던 것이

다. 결국, 약용은 그를 일으켰다. 본디 심성이 나쁜이는 아니
니 이 정도면 혼쭐이 났으리라는 생각이 들어서였다. 아암은
약용이 이끄는 대로 자리에서 일어섰다. 그리곤 그의 대답만을
기다리며 잔뜩 긴장한 표정을 지었다. 약용이 그런 그를 지그
시 바라보며 부드럽게 웃었다.

"그렇게까지 마음 쓸 것 없네. 나도 짓궂기는 마찬가지였으
니. 내 자네를 제자로 맞는 것이 무에 어렵다고 거절까지 하겠
는가. 나도 자네만큼 박식한 제자를 얻는다면 기쁜 일일 터,
다만 잠시 후 도령들과 글공부가 있으니 당장 자네와 이야길
더 나누기는 어렵겠네. 백련사에 항상 기거하시는가?"

"그렇습니다."

"그럼 내 조만간 다시 찾아가겠네. 심려치 말고 올라가게."

아암은 아쉬움을 간신히 억누른 채 슬그머니 물러갔다. 약
용은 주모에게 아이들이 오면 사의재로 들라 이르고 방으로
들어갔다. 아이들과 공부하는 시간은 미시였으나 약용은 꼭
그보다 한 시간 전쯤인 정오 무렵부터 자리를 잡고 앉아 책을
읽었다. 혹여나 친구들보다 더욱 공부에 뜻이 있어 스승을 미
리 찾아오는 아이가 있을 수 있으니 그때에도 좋은 본보기가
되어야 한다는 이유였다. 늘 준비되어 있는 스승 아래라야 아
이들은 올바른 학문의 길에 다가갈 수 있다는 것이 그가 제자
를 가르치는 기본 원칙이기도 했다.

아이들과 함께 논어를 읽는 일은 약용에게도 하루 중의 큰

기쁨이었다. 이미 약용은 논어를 수도 없이 읽어 거의 외고 있을 정도였지만 아이들과 다시 천천히 논어를 읽을 때마다 늘 또 다른 기분이 들었다. 잘 따라오는 아이들은 앞서가고 뒤처지는 아이들은 버거워 하여 그들의 속도를 맞춰가며 천천히 구절들을 곱씹게 되었다. 그럴 때마다 영민한 아이는 질문을 해오거나 새로운 해석을 해내었고 가끔 약용이 탄식하게 되는 일도 생기곤 했다. 때 묻지 않은 아이들의 호기심이 학문을 받아들이는 모습은 어른의 그것과는 확연히 달랐다. 이에 약용은 늘 보람을 느끼고 더욱 자신의 학문도 게을리하지 않을 수 있었다.

수업을 마친 아이들은 우르르 사의재를 빠져나갔다. 아직 어린 도령들에게 공부란 역시 지루한 것이었다. 긴 시간 한 자리에 앉아 글만 읽다 해방되고 나면 모조리 뛰쳐나가곤 하였다. 약용은 그 모습을 바라보며 빙긋 웃었다. 비슷한 또래의 도령들을 가르치며 약용은 항상 집에 두고 온 아들들을 떠올렸다. 그래서 더욱 제자들에게 아들에게 하듯 친절히 일러주고 매섭게 바로 잡아 주었다. 바깥공기나 쐴까 하여 사의재를 나선 약용은 깜짝 놀랐다. 아암이 아직 가지 않고 앉아 있었던 것이다. 약용의 얼굴을 본 아암은 아이처럼 환히 웃으며 그를 맞이했다.

"기다리고 있었습니다. 한숨 돌리시지요."

약용은 아암이 이끄는 대로 그 앞에 앉았다. 아암이 눈짓을 하자 주모가 탁주와 안주를 내어 왔다. 아암은 주저함도 없이 약용에게 탁주를 따라 올리고 제 잔에도 가득 붓는 모습에 약용은 당황했다. 약용은 행여 보는 이라고 있을까 주변을 살피며 말했다.

"한 절의 주지씩이나 되는 이가 이리도 쉽게 파계를 해서야 되시겠는가?"

"열반에 이르는 데에 계율이 중하다 하겠습니까. 어떤 방법이든 의미를 부여하기 나름입니다. 소승은 계율에 육신을 가두면 정신 역시 가둬지는 듯하여 오래전부터 술과 고기를 취하고 있습니다."

약용은 여전히 못마땅한 표정으로 아암을 바라보았다. 마음가짐이 영 글러먹은 이인가 하여 심기가 불편한 참이었다. 그러나 아암은 여전히 싱글대며 말했다.

"이 탁주 또한 따지고 보면 곡차가 아닙니까?"

껄껄 웃으며 아암은 탁주 사발을 시원하게 비워내었다. 생각해 보니 그럴듯한 이야기였다. 원효대사 또한 세상사 모든 것이 마음먹기 달렸다고 설파하였는데 그것과 아암의 생각이 다를 것도 없었다. 약용은 오히려 아암의 호쾌한 모습이 마음에 들었다. 얽매이지 않고 학문을 할 자세가 되어 있는 셈이라 여겨졌다. 약용은 회벽에다 양획과 음획을 그렸다. 아암의 시선이 약용의 손끝에 고정되었다.

"양획 – 은 얼른 보기에는 일(一) 같으나 실은 삼(三)을 나타내네. 그것은 음획- -과 비교해보면 알 수 있네. 음획은 2이고 가운데 떨어져 있는 것이 채워지면 양획이 되니 양획은 3이 되는 이치일세. 건(乾)은 양의 극이며 ☰라고 표현하니 괘를 다 합하면 9가 되므로 건초구가 되는 것이네. 또한 곤(坤)은 음의 극이며 ☷라고 표현하니 괘의 길이를 합하면 6이 되어 곤초십이라 하지 않고 곤초육(坤初六)이라 하는 걸세."

약용의 설명을 듣고난 아암은 자리에서 일어섰다. 그리곤 육중한 몸을 숙여 약용에게 큰절을 올렸다. 정갈하고 정확한 약용의 설명에 감복한 탓이었다. 약용은 빙긋 웃었다.

"역학은 변(變)을 취하는 것이기에 구륙효변(九六爻變)의 설을 알아야 하네. 효변에 의하여 괘가 변하는 걸세."

약용은 긴장감을 감추지 못하고 있는 아암의 빈 잔에 술을 따라주었다. 황급히 양손으로 잔을 받아든 아암은 약용의 얼굴을 흘금대었다. 평온하고 덤덤한 약용의 얼굴을 보며 아암은 많은 것을 느꼈다. 그간 자신과 학식을 겨룰 만한 인물이 없다고 생각하여 누구든 만나면 교만하게 굴었던 아암이었다. 그러나 약용은 뽐내려는 기색은 전혀 없고 오로지 학문을 위한 고매한 눈빛이었다. 여러 말 없이도 아암은 약용에게 무엇을 배워야 할지 알 수 있었다. 그것은 바로 그의 학문을 보는 자세였다.

"사부님의 설을 듣고 있노라면 제가 지금까지 공부한 주역은 모두 헛된 것이었습니다."

주모가 고소한 냄새가 나는 부침을 부쳐 내왔다. 아암이 얼떨떨한 표정으로 바라보자 주모는 아무렇지 않게 말했다.

"나으리가 모처럼 웃으싱께 좋구먼이라. 빈속에 술만 잡수면 속 베리니께 이것 쪼께 드시씨요. 그라고 식사도 허셔야 안허요? 오랜만에 국밥 한 그럭 디리께라우?"

약용이 빙긋이 웃으며 고갤 끄덕였다. 그동안 진심으로 약용을 걱정하고 살뜰이 보살펴준 주모였다. 그 마음을 모르는 바가 아니었으나 미처 그것까지 헤아릴 틈도 없이 허둥대던 약용이었다. 주모는 아암에게도 물었다.

"한 그럭 말아디릴 텡게 묵소. 본께 땡중인 것 같은디 괴깃국도 갠찮지라?"

주모가 생각보다 혜안이 있다며 두 사람이 큰 소리로 웃었다. 이로써 약용은 기운을 차릴 수 있었다. 새로운 벗을 사귀고 자신을 염려해 주는 사람들 틈에서 약용은 강진에서의 삶에 조금씩 익숙해지며 이어가고 있었다.

약용은 오랜만에 등잔에 불을 지폈다. 영롱한 불빛이 방을 은은하게 밝혔다. 주모가 방으로 밀어 넣어준 지 오래인 석작을 끌어왔다. 대나무 결이 살아 있는 견고한 석작은 그것만으로도 제법 쓸 만하였다. 뚜껑을 열어 보니 잘 다린 비단과 지필묵이 들어 있었다. 늘 종이가 부족하고 쓰던 붓도 많이 낡아 바꾸고 싶던 참이었던 약용은 무엇보다도 반가운 마음이 들었다. 마치 약용의 마음과 처지를 면밀히 알고 전한 물건인 듯 보였다. 선물이라며 전해주고 갔으니 부담 없이 써도 좋다는 주모의 말이 있었음에도 약용은 조금 주춤하였다. 어디에 사는 누가 이리도 좋은 선물을 보내주었단 말인가.

이 무렵 약용의 귀양살이를 도와준 사람은 주막집 주모와 가실 외에 다섯 사람이 더 있었다. 주위에서 사사건건 말썽을 부릴 때마다 이웃에 살던 손병조, 황상, 황취, 황지초 등이 나서서 약용을 도와주고는 하였다. 이들은 약용을 조금이라도 편안하게 해주려고 온정을 베푼 마음씨 고운 사람들이었다. 그들은 다들 약용에게 자식을 맡기면서 스승이 되어주기를 원하였다.

가실은 이른 아침부터 분주했다. 부엌과 마루를 오가며 정성들여 준비한 육포와 강정을 바리바리 석작에 담았다. 약용에게 처음 선물을 건네고도 수일이 지났다. 지필묵을 받았을 약용의 얼굴을 상상하며 가실은 꽃 같은 미소를 지었다.

아버지의 유배로 가족이 다 함께 강진으로 내려왔던 수년 전, 성씨도 잃고 제 이름도 선뜻 밝힐 수 없는 처지가 된 가족들은 많이 힘들어했다. 죄인의 가문이 되어 집안 사내들의 벼슬길까지 줄줄이 막혀 버려 참담했던 나날들이 이어졌다. 결국, 입에 풀칠이라도 하려면 어머니와 큰딸 가실이 발 벗고 나서야 했다. 품앗이는 기본이었고 밤마다 등잔 밑에서 삯바느질을 해야 했다. 그마저도 풍족하지 않아 언제나 배곯는 동생들을 달래야 했던 가실은 밤마다 눈물로 밤을 지새웠다.

그래도 가실은 손재주가 좋았다. 어머니와 함께 삯바느질을 시작해도 손이 빨라 항상 먼저 끝내곤 하였다. 게다가 손끝이 야무지고 솜씨가 좋아 바느질이 일정하고 예뻤다. 그녀가 우연히 만들었던 조각보에 동네 사람들이 관심을 보이기 시작했다. 가실의 솜씨를 눈여겨 본 양반 댁에서 옷을 지어 달라는 청을 해왔고 그때부터 가실은 동네의 솜씨꾼으로 좋은 평을 얻게 되었다. 가실이 지어낸 옷은 군더더기가 없이 깔끔하고 선이 날렵해 입으면 다른 것보다 옷맵시가 좋아 양반들 틈에 소문이 퍼져나갔다. 그녀는 옷을 만들고 남은 자투리로는 조각보를 만들어 장에 내다 팔았다. 양반들이 입는 최고품의 비단 조각인데다 그녀의 엽엽한 솜씨가 얹혀 만든 조각보이니 예쁜 것은 당연했다. 입소문을 타고 가실의 솜씨는 이웃마을까지 순식간에 퍼졌다. 남도 도처에서 가실에게 의뢰가 들어왔고 가실은 그때마다 완벽하게 옷을 만들어 내었다. 그렇게 시작하여 지금까지 가실은 그 명성을 이어오고 있었고 큰 부를 쌓을 수 있었다. 여전히 성씨는 되찾을 수 없지만 그녀와 그녀의 가족과 식솔들은 고래 등 같은 기와집에서 남부럽지 않게 살 수 있게 되었다.

이미 벼슬길이 막힌 가실의 동생들은 학업을 등한시하였다. 공부보다는 장사나 농사에 관심이 더 많았고 결국 모두 학업을 포기하고 말았다. 그러나 가실은 틈틈이 책을 읽었다. 먼

지방에서 일거리를 들고 찾아오는 이를 통해 전국의 소식을 듣기도 하였다. 그녀는 언제나 호기심이 많고 학구열이 들끓는 낭자였다. 그러다 우연히 곡산부사로 부임하던 시절의 약용 이야기를 접하게 되었다. 그의 청렴한 성품과 민심을 헤아리는 혜안에 모두가 칭찬을 아끼지 않았다. 듣는 것만으로도 가실은 마음이 뜨끈해지곤 하였다. 아직도 이 세상에 그러한 목민관이 남아 있다는 것이 위안이 되었다. 그때부터 언젠가 한 번은 꼭 죽기 전에 약용을 만나 뵈리라 생각하고 있었다. 그러던 차에 약용이 강진까지 왔다는 소식을 듣고 한 달음에 달려가지 않을 수 없었다.

그녀는 정성스럽게 만든 육포와 강정을 정갈히 담아 석작에 넣고 고운 비단으로 잘 여몄다. 이제 채비해 서둘러 주막으로 향할 셈이었다. 그때 밖에서 가실을 찾는 목소리가 들렸다. 주막에도 함께 갔었던 진수였다.

"아씨, 진수여라."

"들게."

가실의 말에 진수가 안채로 들어섰다. 진수는 본디 종이었으나 가실이 자신의 신변을 보호하기 위해 호위무사 삼아 데리고 다니는 이였다. 늘 가실의 곁을 맴돌며 지켜주는 것이 진수의 일이었다.

"관아에서 또 연락이 왔어라."

가실은 대꾸하지 않았다. 늘상 있는 일이라는 듯 묵묵히 제일을 하며 진수의 말을 듣기만 했다.

"이번엔 이방이 직접 지 발로 찾어와 수작을 부렸어라. 아씨를 사또 앞에 델고 오지 않으면 가만 두지 않것다고 아주 으름장을 놓고 갔다니께라우."

"그래서 무어라 대꾸했는가?"

"어림 반 푼어치도 없응게 썩 꺼지라 혔지라."

가실이 하던 일을 멈추고 진수를 바라보며 웃었다.

"잘했네."

매번 새 사또가 부임할 때마다 있는 일이었지만 이번 사또는 끈질겼다. 일대에서 제일 솜씨가 좋은 이가 가실이라 매번 사또의 옷은 가실이 짓게 되어 있었다. 그런 일로 가실을 알게 된 사또들은 열이면 열 모두 한 번씩은 가실을 넘겨다보았다. 솜씨도 좋은데 고운 얼굴에 넘치는 기품까지 어느 것 하나 탐나지 않는 것이 없는 낭자이기 때문이었다. 수청을 들라는 명은 기본이었고 아예 첩으로 들이겠다는 사또도 더러 있었다. 그러나 매번 가실은 그때마다 딱 잘라 거절해 버리곤 했다. 이에 부아가 치민 사또들은 개중에 가실을 표 나게 괴롭히는 이도 있었다. 그런 일들을 물리게 당해온 터라 가실은 늘 진수와 함께 동행할 밖에 도리가 없었다. 한 밤에 납치될 뻔한 적도 더러 있었으니 혼자 길을 걷는 게 두려웠던 것이다. 부러 남편이 있는 아낙들만 입는 반회장저고리를 차려 입었으나 아무런 소용이 없었다. 서방이 있어도 빼앗을 심보를 가진 고약한 사또들이 많았다.

가실은 진수에게 석작 꾸러미를 내밀었다. 육포를 가득 눌러 담았는지 무게가 꽤 되었다.

"정 대부가 계신 주막에 가야겠네. 일다경이면 채비를 마칠 테니 기다리게."

새로 지은 비단 옷을 내어 입은 가실은 눈이 부시도록 아름다웠다. 일부러 약용을 보러 갈 때 입으려고 틈틈이 신경 써서 만들어둔 옷이었다. 가실이 오늘따라 거울 앞에 서 있는 시간이 길어졌다. 그녀는 설레는 마음에 양 볼이 발갛게 달아올랐다. 오늘따라 일부러 연지를 찍은 듯 더욱 고와 보였다.

주막으로 들어서는 가실을 알아본 주모는 반색을 하며 그녀를 반겼다. 일전에 가실이 보냈던 명주 옷감으로 옷을 해 입은 주모의 얼굴이 밝았다.

"오메 왔는가? 나 말 낮출라네. 자네가 해다 준 이 옷 잘 입고 있구만."

"십 년은 젊어 보이세요."

"참말인가?"

주모도 여자였다. 가실의 칭찬에 금방 입이 헤벌쭉 벌어졌다. 주모는 가실에게 앉으라며 자릴 내어주었다. 그러더니 마치 귀한 손님을 맞은 듯 그녀가 갑자기 분주해졌다. 가실은 여유롭게 웃으며 주모에게 석작 꾸러미를 내밀었다.

"이것은 또 머시당가?"

"육포하고 강정 좀 쌌어요."

"무땀시 이런 것얼 번번이…… 나가 그라지 않아도 나으리 잘 믹여 디릴라고 애쓰고 있응게 너무 걱정 하덜 말어."

"네? 아니 그런 것이 아니고……."

가실의 마음을 넘겨짚은 주모의 말에 가실은 황급히 변명을 하려다 보니 얼굴이 더욱 붉어졌다. 그러나 마땅히 둘러댈 말도 없었다. 주모의 말 그대로였던 것이다. 마음 같아선 당장에라도 약용을 제 집으로 모셔가고 싶었지만 그럴 수는 없었다. 시집도 안 간 여자가 함부로 사내를 집 안으로 들인다는 것은 있을 수 없는 일이었다. 마음속 깊이 꽁꽁 숨겨둔 마음조차 쉬이 들켜선 안 되는 것이지만 이미 가실의 마음은 그만큼 앞서 나가고 있었다. 소문으로만 듣던 약용의 얼굴을 직접 보고 이야길 나눠 보고 싶은 마음이 더욱 간절해지고 있었다. 그의 고매한 성품을 지아비로 섬기며 일평생 보낼 수만 있다면 얼마나 좋을까 하는 생각이 자꾸 그녀의 속에서 나와 앞서 달려가려 했다.

주모는 석작을 끌러보곤 입을 다물지 못했다. 달콤한 냄새가 단번에 주막 마당에 한가득 번졌다. 육포를 한 점 집어 맛본 주모는 감칠맛이 대단하다며 혀를 내둘렀다. 주모와 마주 앉은 가실은 내내 신경이 다른 곳으로 쏠려 있었다.

"나으리는 지금 안에 계신지."

"오메, 위째야쓰까이. 시방 백련사 댕겨오신다고 함시로 나

25

가셨는디. 싸게 따라 가면 따라 잡을 수 있을지 몰러."

오늘도 마주치지 못한 것이었다. 얼른 따라가 보라고 부추기는 주모에게 웃어 보이며 가실은 주막을 나섰다. 앞서가던 진수가 자연스레 만덕산 방향으로 걷기 시작했다. 가실은 진수를 불러 세웠다.

"집으로 돌아가세."

"시방 따라가문 만나 뵐 수 있을 거인디요?"

가실은 고갤 저었다. 한 번 뵙고 안 만날 것도 아니었다. 그러니 앞으로 기회는 얼마든지 있을 것이었다. 오늘은 운이 닿지 않았으니 차일로 미루는 것이 좋다는 생각이었다. 공연히 어른께 급하고 경솔한 모습을 보여 좋을 것이 없었다. 그녀는 약용과의 만남은 다음을 기약하며 못내 아쉬운 걸음을 옮겼다. 그저 가져간 음식을 맛있게 들어준다면 그저 황송한 마음이었다. 간절히 바라고 있다 보면 머지않아 운이 닿을 것이기 때문이었다.

그 무렵 강진현감이 바뀌었다. 이안묵이란 자였다. 그는 탐욕스럽고 거만한 자로서 시류를 잘 타 어려운 세상을 잘 헤쳐나가는 재주가 탁월해 당시의 봉건주의 관료제도하에서 출세한 표본적인 인물이었다. 강진까지 내려온 그는 기회를 놓치지 않고 마음대로 노략질을 일삼았으며 방탕한 생활을 즐겼다.

이안묵은 주색에 빠져 부임 초부터 수청을 들게 하였던 관기들에게 이내 흥미를 잃었다. 이내 그는 다른 궁리를 하게 되었다. 그는 뻔질나게 이방을 불러 들였다.

"재미있는 일이 없겠느냐."

이방은 머릿속으로 아무리 좋은 방도를 찾아보려 해도 도무지 사또의 마음을 쏙 빼놓을 일이 떠오르지 않아 마음이 천근만근이었다. 사또가 기생에게 관심을 쏟을 때는 육방비장들이 편했다. 그러나 기생들을 다 섭렵하고 나면 하나같이 성미가 까다로워지고 신경질이 느는 것이 상례였다.

"무슨 말씀이십니까요."

"그렇게도 머리가 안 돌아가느냐. 하루하루가 똑같으니 답답해 죽겠구나. 재미있는 일이 없겠느냐."

"네네."

이방은 허리를 굽실거리면서 대답하였다.

"전관 사또들께서는 심심하시오면 구강포에 나가 낚시질을 하였습니다요. 배를 타고 나가 손바닥만 한 돔을 낚아 올리는 재미란 말로는 이루 다 표현할 수가 없습지요."

이방은 제풀에 신이 났다.

"돔이란 놈이 어찌나 많고 미련한지 한 놈을 낚아 올리면 꼬리를 물고 딴 놈이 염주처럼 꿰어 줄줄이 올라옵니다요. 눈 깜빡할 사이에 산더미처럼 쌓입지요. 그 자리에서 회를 쳐 초고추장에 찍어 먹으면 혼자 먹다 둘이 죽어도 모릅니다요."

"저런 고얀 놈이 있나. 거짓말도 유분수지. 네가 낚시질을 할 줄이나 아느냐."

"실은 소문을 듣고 드리는 말씀입지요."

사또의 기분이 상한 것을 보니 낚시에는 흥미가 없다는 것을 금방 알아차릴 수 있었다.

"또 있습지요. 작천이란 산골이 있사온데 거기에 가면 노루가 발에 밟힐 듯이 우글우글합니다요."

"이놈, 또 거짓말을 하는구나. 어떻게 발 빠른 짐승이 발에 밟힌다는 말이냐."

"그저 소인이 말을 재미있게 하노라고 그랬습니다요. 밟힐 듯이 많지는 않사오나 사람이 멍하니 서 있으면 노루란 놈이 달려들어서 뿔로 사추리를 훑고 지나갈 정도로 많습니다요."

"네가 봤느냐."

"녜녜, 아니, 아니, 들었습지요. 어찌되었든 지간에 바글바글 하답니다요. 거기에를 가오시면 해가 눈 깜박할 사이에 지나가도록 재미있다 하옵니다요."

"내가 활을 쏠 줄 모르는데 어떻게 노루를 잡는단 말이냐."

"사또님도 참, 구경만 하고 계시오면 되옵지요. 양반이 어찌 상것들이나 하는 사냥질을 하십니까요."

이방은 눈을 한번 끔벅거리고 나서 말을 이었다.

"밟힐 듯이 많다니까 손으로 잡든 발로 걷어차서 잡든 몇 마리야 못 잡겠습니까요."

"집어치워라."

"아닙니다요. 잡기만 하면야 노루 피를 잡수시게 되옵지요. 방금 잡은 노루의 뜨끈한 그것이 몸보신에는 최고랍니다요. 삭신이 쑤시고 현기증이 나거나 괜스레 짜증이 나는 답답증에는 그만입지요. 무엇보다 사타구니에 힘이 꽉꽉 들어가게 되고 말씀입니다요."

이안묵은 이방의 말에 끌려 들어갔다.

"며칠이나 걸리겠느냐."

"닷새는 족히 걸립지요. 세상 일들 잠시나마 잊으시고 푹 쉬셨다가 오시면 되옵지요."

이안묵은 고개를 내저었다. 정사가 못 미더워서가 아니었다. 자리를 비운 사이에 관속들이 자기 몰래 눈속임을 하려는 것이 틀림없기 때문이었다.

사또가 흥미 없어 하자 능구렁이인 이방이 말꼬리를 다른 데로 돌렸다.

"또 있습지요. 성전이란 곳에를 가오시면 월출산이 있사옵고, 그 밑에 무위사란 고찰이 있습지요. 신라의 원효대사가 창건하였다는 절이온데 경치도 좋지만 그 안에 유명한 벽화가 있습지요. 관음조(觀音鳥)라는 새가 그렸다 하옵니다요."

"새가 그림을 그리다니."

"전해오는 말로는 이렇습지요. 하루는 무위사에 떠꺼머리 총각이 주지를 찾아왔답니다요. 그림을 그린다고 말씀입니다요. 총각은 약간의 양식을 가지고 관음전에 틀어박히면서 주지에게 백 일 동안은 절대로 들여다보지 말라고 신신당부를 했답니다요. 그런데 백 일이 되는 날에도 기척이 없자 궁금증이 난 주지가 창호지 문을 뚫고 들여다봤답니다요."

이방은 사또가 관심을 보이자 신이 났다.

"그 안에서는 신기한 광경이 벌어지고 있었습지요. 관음조가 벽화를 그리고 있었던 것입니다요. 벽화는 거의 완성되어 온화한 관음보살상이 오색찬란하게 그려져 있었답니다요. 그리고 마지막 점안(點眼)을 하기 위하여 관음조가 물감을 찍어서 보살의 눈동자를 칠하고 있는 중이엇습니다요. 그런데 주지가 들여다본 순간 관음조가 떨어져 죽어버렸답니다요. 물론 그 총각도 함께였습죠. 새가 그렸다는 그림을 못 보신다면 강진에 오신 보람이 없으십니다요."

침이 석 자나 튀도록 이방이 열변을 토하였으나 사또의 관심은 어느새 식어 버렸다. 안달이 난 이방이 연이어 금곡계류나 경포대를 설명하여도 들은 체도 하지 않았다.

"더 재미있는 일은 없느냐."

"있습지요. 가만 있자, 옛날부터 음식 하면 동순천에서 서강진이라고 할 정도로 이곳의 음식 맛은 기가 막히기로 소문이 났습니다요."

이방은 입맛을 쩝쩝 다셨다. 이안묵은 성격이 조석변할 정도로 까다롭고 변화를 좋아하는 사람이었다. 끼니마다 음식이 달리 올라와야지 한 가지만 같은 것이 올라도 성질을 내고, 수

저도 대지 않는 괴팍한 성미였다. 그러기에 주방에서도 골머리를 앓았으며 그의 비위를 맞추기에 다들 지쳐 있을 정도였다. 사또는 이곳 음식에 슬슬 싫증이 나 있던 차에 이방이 슬슬 입맛을 돋우는 얘기를 하자 바짝 흥미를 보였다.

"그런데 어찌 여태 한번도 그곳을 얘기 하지 않았느냐."

"돈이 드는 일이기에 그러하옵지요. 그중에서도 남포에 나가 강진만을 바라보면서 장어찜을 먹는 일미는 혀가 슬슬 녹아버릴 정도입니다요. 원래 장어찜이란 하룻밤 하루 낮을 한시도 떠나지 않고 지켜야만 제 맛이 난다고 하옵니다요. 특히 구강포에서 나는 장어는 살이 통통하고 노르스름하게 윤이 나서 그 맛이 천하일미이옵니다. 이것은 어떠신지요."

침을 질질 흘리면서 열변을 토한 이방의 노력은 마침내 적중하였다.

"그것 참 좋은 생각이다. 당장 차비를 하여라."

남포는 강진읍에서 5리도 될까 말까 한 가까운 곳에 있었다. 강진만을 끼고서 들판 끝에 있는 조그마한 포구다. 신이 난 이방은 헤벌쭉 웃으면서 속셈을 차렸다.

"원래 미식가는 성질이 급하시면 아니 되옵니다. 찜을 만들려면 만 하루가 걸리옵는데 지금 가서서 어찌하시려고 서두르십니까요."

"만들어 놓은 것을 먹으면 될 것 아니냐."

"그 집에서는 미리 주문을 해야만 요리를 시작할 것입니다

요. 소인이 준비를 하겠사오니 푹 쉬셨다가 가시자고 여쭈올
때 행차를 하시는 것이 옳으신 줄 압니다요."

"네 말이 맞다."

농번기이니 요란한 행차는 안 된다는 이방의 말에 따라 형
방만을 데리고 아전 두 놈을 앞세웠다. 모처럼의 나들이여서인
지 그는 몹시 즐거운 듯하였다.

사또 일행은 만덕산을 바른쪽으로 바라보면서 들판을 가로
지르고 있었다. 대지는 봄기운에 꿈틀거리고 그림과 같은 대자
연은 아름답기만 하였다. 졸졸 흐르는 시냇물 사이로 겨울 동
안 갇혀 있던 피라미들이 기지개를 켜는 양 헤엄을 치고 있었
다. 보리싹도 제법 푸릇푸릇 돋아나 있었고 농부들이 한가롭
게 괭이질을 하고 있었다.

"아직 멀었느냐."

"네, 사또, 저기 잡힐 듯이 보이는 곳이 남포이옵니다요."

"앞에 보이는 산 이름은 무엇이냐."

"금사봉이라 하옵니다요. 강진의 안산(案山)이옵지요."

이안묵은 세상이 다 자기 것인 양 모처럼 기분이 좋아졌다.
조금만 있으면 남도의 진미라는 음식을 먹을 수 있다는 사실이
더욱 그를 즐겁게 만들어 주었다. 유유히 흐르는 구강포에서
갈매기가 몇 마리 한가롭게 날고, 강진만의 대섬은 붓으로 점
을 찍어놓은 듯 단아하게 떠 있었다.

"어서 오십시오."

버드나무집에 들어서자 일꾼들이 제법 호기 있게 사또 일행을 맞아들였다. 그들은 큰기침을 하면서 방에 들어섰다.

깨끗한 방이었다. 벽은 흰 창호지로 말끔히 도배되어 있었으며, 바닥엔 장판이 깔려 있었다. 기름칠을 얼마나 했던지 방바닥이 미끄러질 정도로 반들반들해 보였다.

아랫목에 정좌한 이안묵은 기분이 한층 좋아졌다. 시골집 같지 않게 아늑하게 꾸며진 방 분위기가 만족할 만하였다. 그가 앉은 맞은편 벽에 그림이 걸려 있었다. 달밤에 기러기가 나는 그림이었다.

"허허, 제법 풍류를 하는군. 기러기가 달밤에 나니 월하비안도(月下飛雁圖)로구나. 참 멋도 있고 다정하고 포근하구나. 거누구의 그림이냐."

"별거 아닐 것입니다요, 사또. 해남에는 이름 없는 환쟁이들이 부지기수로 있습니다요."

이안묵은 제법 아는 체를 하였다.

"아니다. 운필이 힘찬 것을 보니 이름 꽤나 있는 분이 그렸을 것이다. 가서 낙관을 보아라."

형방이 일어나 유심히 살폈다.

"사또, 보도 듣도 못한 이름입니다요. 삼미자(三眉子)라고 씌어 있습니다요."

"무엇이? 지금 삼미자라고 했으렷다. 당장 그 그림을 치워라!"

이안묵이 깜짝 놀라 펄쩍 뛰며 진노하였다. 이방과 형방은 이유를 몰라 몹시 당황하였다.

"왜 그러시옵니까요, 사또. 혹시 아시는 분의 그림이옵니까요."

"잔소리 말고 치워라. 죄인하고 술좌석을 같이할 수는 없지 않느냐."

"죄인이라닙쇼."

"무식한 것 같으니. 정약용도 모르느냐."

그의 말이 떨어지기가 무섭게 형방은 허겁지겁 그림을 떼어 다락에 집어넣었다. 그러고 조금 있자니 댕기를 늘어뜨린 처녀가 차를 가지고 와서 공손히 따랐다. 술하고 숭늉밖에는 마셔본 적이 없는 이안묵은 은근히 흥미가 일었다.

"무엇이냐."

"작설차이옵니다."

처녀의 몸가짐은 우아하고 품위가 있었다. 옆에서 이방이 말을 거들었다.

"이 지방에서 나는 명품이옵지요. 해남 대둔사라는 곳에 아암이라는 괴승이 있사온데 그 중이 다도에 도통했다고 들었습니다요. 그래서 민가에서도 좀 지체가 있다 하는 집안사람들은 이 처자처럼 차를 따를 줄 아옵니다요."

"허허, 작설차라……."

사또는 찻잔을 입에 대더니 이내 얼굴을 찡그렸다.

"쌉쌀하구나. 내 가라."

"내 가랍신다. 빨리 술상이나 들여오라."

이내 기다렸다는 듯 음식이 나왔다. 큰 상에 수십 가지의 반찬이 준비되어 있었다. 그리고 조금 있으니 접시에 장어찜이 얹혀 나왔다.

"대단하구나."

"사또, 장어찜은 젓가락으로는 못 자십니다요. 숟갈로 떠 잡수셔야지 안 그러면 부스러져버립니다요."

형방도 말을 거들었다.

"버드나무집에서 이름난 음식이 어디 장어찜뿐이겠습니까요. 3년 묵은 어리굴젓, 기름이 잘잘 흐르는 토화젓, 보기와는 달리 감칠맛 나는 짱뚱어, 조청보다 달고 연한 육회, 입에 넣으면 온데간데없이 녹아 버리는 애저, 겨울이면 얼음이 동동 떠다니는 싱건지 등등, 하고많은 음식들이 이 집 상에 오르기만 하면 요술을 부립니다요. 그중에서도 버드나무집의 갓김치 맛은 천하일품입지요, 네네."

온갖 산해진미 속에 형방이 말하는 갓김치도 있었다. 새끼손가락만한 갓 줄기만을 골라 이파리 없이 깨끗하게 차려놓았다. 고춧가루를 쓰지 않는 갓은 산채처럼 담백한 맛이 제격이었다.

하나를 집어 먹어본 사또는,

"음, 과연 다르구나."

하고는 감탄을 하였다. 이어 장어찜을 입에 넣자 씹을 필요
도 없이 스르르 녹아버렸다. 고소하고 아릿한 맛이 무엇과도
비길 데가 없었다. 팔도를 돌아보고 대갓집 잔치를 다닐 만큼
다녀봤지만 이 집의 음식 맛은 감히 누구도 따라올 수 없을 것
같았다. 밑반찬들도 맛이 희한하리만큼 독특했다. 개성 보쌈
김치, 함경도 식혜, 경기도 물김치 등 그 지방마다 독특한 맛이
있었지만 강진의 갓김치 맛은 그중에서도 백미였다. 짜릿한 향
취, 쌉쌀하면서도 구미를 당기는 뒷맛, 먹고 나서 개운한 신선
감.

"허허, 신선이로고."

시장기까지 겹쳐 정신없이 먹던 사또가 이방을 쳐다보았다.

"한 가지가 빠졌구나."

사또의 눈치를 챈 이방이 슬슬 손을 비비면서 간사한 웃음
을 흘렸다.

"실은 사또께서 낮술을 안 하시기에…… 결례를 했습니다
요, 네네."

"때와 장소가 다르질 않느냐."

이방은 목청을 돋우어서 밖에다 대고 호령하였다.

"여봐라, 아무도 없느냐."

"네에."

"빨리 술을 가져오너라."

시장기가 가시자 이안묵은 여러 가지가 못마땅해지기 시작

하였다. 산해진미가 앞에 있어도 갖추어야 할 것이 빠져서는 격에 맞지를 않았기 때문이었다.

"아까부터 왜 이 집 주인은 꼴도 안 보이느냐."

"실은……."

이방이 선뜻 말을 못하고 머뭇거렸다.

"왜 눈치만 보고 제대로 말을 하지 못하느냐. 술 하면 자고로 여자가 따르게 되어 있거늘. 가장 기본 법도도 모른단 말이냐."

"네네, 이 집 주인은 절대로 주석에는 들어오지 않사옵니다요."

"이런 고얀 년이 있느냐. 술을 팔려면 상도덕을 갖춰야지."

"하오나……."

사또의 기분이 단번에 나빠지자 아전들은 몸이 달아 쩔쩔 매었다. 그의 마음을 돌리기도 힘든 일이지만 버드나무집 주인의 성품을 익히 알기에 더욱 입이 바짝 말랐다. 버드나무집 주인은 바로 가실이었다. 손재주가 좋아 옷 짓는 일을 하면서 동시에 버드나무집을 운영했다. 이미 따로 찾아가 사또를 뵙길 권했지만 거절한 바 있는 터였다. 음식 맛이 제일이라 오긴 했지만 여전히 가실을 사또 앞에 앉힐 자신은 없었다.

"사또, 실은 이 집 주인이 바로 일전에 말씀드린 바 있는 가실이옵니다. 절세 미색에 뛰어난 여걸이온데 한 가지 문제가 있사옵니다. 바로 그 고집을 꺾은 사람이 지금껏 단 한 명도 없었다는 것입니다요. 강해남(康海南)의 이름 있는 한량들도 물론이거니와 전관 사또들까지도 그녀에게 술 한 잔 받아보지 못하였사옵니다요. 기껏해야 옷을 지으라 시키는 게 전부이옵지요."

이안묵은 금새 얼굴이 붉으락푸르락해졌다.

"분수를 모르는 년이로구나. 당장 대령시켜라."

"이 지방 풍습이 그러하옵니다요, 사또. 고정하시고 약주나 드시는 것이."

"술집 하는 년이 사또의 말을 거역하다니 말이 된단 말이냐."

"네네, 가실 때는 나와서 인사를 여쭙게 하겠습니다요."

이안묵은 계속 이방을 다그쳤다. 그러나 그들에게도 다른 방도가 없었다.

사또의 비위를 맞추려고 꾸민 일인데 공연히 난감한 형국이 되었다. 전관 사또들은 쉽게 말을 들어주어 종내에는 친해져서 농담도 할 수 있는 사이가 되곤 했다. 한데 이안묵은 고집불통처럼 날뛰었다.

"내 다시는 이 집에 오지 않으리라. 어서 가자."

이방과 형방이 부엌으로 안방으로 쫓아다니면서 설득을 하여 결국 가실을 데리고 나왔다. 갑사 치마저고리를 입은 그녀가 사뿐히 들어와 사또 앞에 공손히 엎드려 절을 하였다.

"가실이라 하옵니다."

가실을 유심히 쳐다보던 사또는 이제까지의 노기는 간데없이 단번에 얼굴에 화색이 돌았다.

"음식도 잘하더니 인물도 곱구나. 손재주까지 좋다고?"

가실은 얼굴이 백옥처럼 흰데다가 이목구비가 뚜렷하여 보는 이마다 마음을 송두리째 빼앗길 만큼 미색이었다. 사또는 너털웃음을 터트리며 일진이 매우 좋은 날이라고 생각하였다. 이런 시골구석에 국화처럼 청순하고 보석보다 아리따운 여인이 있으리라고는 상상도 못했던 것이다. 돌아오는 길에도 이안묵은 연신 싱글거렸다.

'고것 참 예쁘게도 생겼지. 나이는 스물대여섯쯤 되었을까. 서글서글하게 생긴 눈매만 들여다보고 있어도 온갖 세상 시름을 다 잊겠는데……'

그는 혼잣말로 중얼거렸다.

'반 아름도 안 될 만큼 가는 허리에 봉긋한 젖가슴이 오장육부를 다 녹이지 않나. 평양 기생, 개성 기생 다 안아 봤지만 가실만큼 절색은 없었어. 시골에 처박혀 있기에는 아까운 인물이야.'

사또가 싱글거리는 것을 보고 이방이 비위를 맞췄다.

"사또, 기분이 어떠십니까요.'

"좋으니라."

"음식은 전주니 순천이니 하지만 강진이 남도 제일일 것입니다요."

"음식뿐이냐."

"하오면……."

사또가 호탕하게 말하였다.

"여자도 제일이다."

"가실이 말씀이옵니까."

"기생이냐."

"아니옵니다요."

"그러면 지아비가 있느냐."

"혼잡니다요."

사또가 손뼉을 쳤다.

"더욱 좋구나."

관아로 돌아온 이안묵은 가실이 눈앞에 아른거려 견딜 수가 없었다. 그날 밤을 겨우 넘긴 그는 날이 새자마자 이방을 불렀다.

"너 가서 오늘 저녁에 수청을 들라 일러라."

이방이 무슨 말인가 하여 고개를 갸웃거렸다.

"누구 말씀입니까요, 사또."

"가실이 말이다."

사또의 말에 이방이 난감한 표정을 지었다.

"예? 한데 그것이 좀……."

"아니 하겠단 말이냐."

"아닙니다요. 단지 좀 어려울 것 같아서입죠. 여간한 여걸이 아니온지라……."

사또의 눈꼬리가 단번에 찢어졌다.

"사또의 말도 안 듣는단 것이냐."

"전관 사또들도 모두 실패하고 말았습니다요, 네네."

"고얀 놈, 잔말 말고 어서 가서 데려오너라."

이방이 난감한 표정으로 연신 말꼬리를 흐렸다. 참으로 고약한 임무를 떠맡은 셈이었다. 그녀의 절개가 대쪽 같다는 것을 강진에서는 모르는 사람이 없을 만큼 유명한 가실이었다. 내로라하는 한량들이 쌀을 몇십 섬씩 가져와서 온갖 수단을 동원해 꾀어도 끄떡하지 않았다는 소문이 자자했다. 전임 사또들 역시 권세를 앞세워 위협도 하고 선심 공세도 폈지만 모두 허사였다.

이방은 이번 사또의 집요한 성격을 아는지라 입이 바싹바싹 마르던 터에 돌연 묘수가 떠올랐다. 본디 옷을 짓는 일은 본업이라 열심히 하는 그녀의 성미를 알고 있었다. 지금껏 전관 사또들의 의복 또한 그녀가 도맡아 지어온 것도 그 때문이었다. 일단은 옷을 짓는단 명목으로 관아에 불러들여 차후의 일은 그때 생각하는 것이 나을 듯하였다. 이방이 밝은 표정으로 이안묵에게 고하였다.

"우선 지략을 동원하여 가실을 불러들이겠사옵니다. 우선 옷을 짓는 체 하시고 뒤엔 따로 손을 쓰는 것이 나을 듯 싶사옵니다요."

이방의 묘안을 들은 이안묵의 얼굴에 어느새 미소가 번졌다. 그까짓 여자 하나 힘으로 눕히는 것은 예삿일일 터였다. 이안묵은 비열하게 웃으며 턱짓으로 허락했다. 이방이 곧장 가실에게 향했다.

무료한 듯 누마루에 비스듬히 누워 있던 이안묵은 옷 짓는 이가 왔다는 말에도 자리에서 일어서지 않았다. 가실은 아랑곳 않고 떳떳하게 사또 앞에 나섰다. 이안묵은 짐짓 관심 없는 체하며 시선을 주지 않았다. 때를 노려 기습하기 위한 작전이었다.

"옷 짓는 가실이라 하옵니다. 치수를 측정하러 왔사옵니다."

이안묵이 선심을 쓰듯 몸을 일으켰다. 가실이 공손히 인사하고 그에게 다가갔다. 치수를 자세히 재자니 두 사람의 몸이 가까이 붙었다. 최소한의 부위별 치수만 재는데도 몇 번이나 안기듯 붙어야 했다. 그때마다 이안묵은 손이 근질거려 참을 수가 없었다. 곧장 껴안아 방으로 들이고 싶은 마음이 굴뚝같았다.

"몸에 꼭 맞는 옷을 입고 싶은데 이렇게 옷 위로 치수를 재도 무관하겠느냐. 방에 들어가 옷을 벗고 재는 것이 좋을 터."

이안묵이 슬쩍 가실에게 물었다. 가실은 그에게 눈길 한 번 주지 않되 공손한 어투를 유지하며 답했다.

"늘 이렇게 옷을 지었사온데 전관 사또 중 누구도 불평이 없으셨사옵니다. 믿으시옵소서."

"전관 사또들과 나는 다르지 않느냐. 나는 워낙에 예민하고 까다로워 함부로 했다가는 당연히 불평케 될 것이다."

"하오면 옷감 두께를 감안하여 조금씩 빼겠사옵니다."

자연스레 가실을 방으로 끌어들이려는 수작은 물거품이 되었다. 가실이 가까이서 살풋살풋 움직일 때마다 달콤한 꽃향기가 나는 듯했다. 이안묵은 정신이 아찔해지는 듯하였다. 그는 더 이상 기다릴 수 없다고 판단하여 멀찍이 선 이방에게 눈짓을 하였다. 곧장 그 의미를 파악한 이방은 티 나지 않게 조용히 사라졌다.

이방이 사라진 것을 확인한 이안묵이 조심히 손을 둘러 가실의 등을 안으려 했다. 그러나 치수 측정이 마침 끝난 가실이 움직이는 바람에 헛손짓이 되고 말았다.

"치수는 재었으니 최상급 옷감으로 색을 맞추어 정성을 다해 지어 올리겠사옵니다."

몇 발자국 물러난 가실이 공손히 고하였다. 이에 이안묵은 음흉한 눈을 감추지 못하고 가실에게 다가섰다. 그리곤 그녀의 소맷자락을 슬쩍 쥐었다.

"이 옷감이 좋구나. 색감도 좋고. 이것과 같은 것으로 하라."

"그러겠사옵니다."

가실이 정말 물러가려 인사를 올리려는데, 그 찰나를 놓치지 않고 이안묵이 그녀의 허리를 잡아채었다. 놀란 그녀의 비명이 관아에 울렸다.

"놓으시오! 이것 놓으시오!"

"요릿집이나 하며 옷 짓는 일 따위 그만 하고 내 수청을 들라. 그러면 내 너의 뒤를 다 보아줄 것이니라."

"이것 놓으시오! 놓으라지 않소!"

"놓을 것 같으면 잡았겠느냐?"

승기를 틀어쥔 이안묵이 비열한 목소리로 가실의 귀에 속삭였다. 가실은 온몸에 소름이 돋고 빳빳하게 힘이 들어감을 느꼈다. 비명을 질러봤댔자 아무도 달려오지 않았다. 그녀는 고약한 함정에 빠진 것을 직감했다. 이안묵의 손이 천천히 그녀의 허리선을 타고 올라왔다. 가실은 더 이상 움직이지 않고 굳은 듯 가만히 서 있었다. 만족스러운 듯 이안묵이 얼굴을 더욱 가까이 들이대었다.

"진작 이리 가만히 있으면 좋았질 않느냐. 아니면 혹여 이런 접근을 바란 것이더냐? 앙큼한 것."

수치스러운 말들이 쏟아져 나왔다. 가실은 눈을 질끈 감고 때를 기다렸다. 그러다 이안묵의 손이 보드라운 가실의 뺨에 닿았다. 가실은 때를 놓치지 않고 그의 손을 호되게 물어뜯었다. 이안묵의 비명이 짜하게 울려 퍼졌다. 이내 이방과 형방이 기다렸다는 듯 뛰쳐 들어왔다. 이안묵의 오른손에 남은 선명한 잇자국 위로 선혈이 맺혔다. 가실은 그길로 버선발로 도망을 쳤다. 이안묵이 악에 받친 소리로 외쳤다.

"당장 저 년을 잡아라!"

카랑카랑한 명령에 곧장 형방이 가실을 따라잡았다. 얼마 못가 붙들린 그녀는 눈에 독기를 가득 품은 채 잡혀 왔다.

"옥에 처넣어라."

예방까지 가세하여 가실을 설득했으나 소용이 없었다. 그녀는 언제나처럼 목숨보다 절개를 중요시 여겼다. 이안묵 또한 이렇게 된 이상 강제로 그녀를 안는다 한들 자존심이 용납지 않았다. 필히 그녀 스스로 몸을 낮추어 사정하게 되길 바랐다.

"매우 쳐라!"

피가 터지도록 한쪽에서는 태형을 가하고, 한쪽에서는 회유를 하였다. 그러나 여전히 모든 것이 허사였다.

"지독한 년이구나."

이안묵이 고개를 설레설레 흔들었다. 이제까지 마음먹은 일에 낭패를 본 적이 없던 그였지만 어쩔 수 없는 노릇이었다.

이때 형방이 귀엣말을 하였다.

"실은 가실이가 정을 주는 사람이 있는 듯하옵니다. 그 자를 불러다가 가실이 보는 앞에서 모진 태형을 가하면 아무리 요조숙녀 열녀라 하여도 꺾일 것이옵니다요."

"그래? 그 자가 어떤 놈이더냐."

"죄인이옵니다요."

"죄인이라니."

형방이 음흉한 웃음을 흘렸다.

"형리를 시켜서 늘 감시하고 있었습지요."

형방은 자기 공을 과장시켜 볼 요량으로 설명을 늘어놓았다.

"답답하구나. 집어치워라. 죄인이 누구더냐."

"유배 와 있는 정약용이옵니다요, 사또."

"뭐, 정약용?"

"네네. 동문 밖 주막에 기거하고 있는 자 말씀이옵니다요."

"옳지. 그래서 버드나무집에 약용의 그림이 걸려 있었구나."

이안묵과 약용의 인연은 이상하리만큼 나쁜 악연으로 얽혀 있었다. 이안묵은 약용보다 일곱 살이 위였으나 과거는 약용보다 1년 후에 등과하였다. 약용이 정조의 사랑을 받아 승승장구하여 동부승지를 지내고 있을 때 그는 주서니 좌랑이니 하는 말직을 헤매고 있었다. 빛도 못 보고 간신히 명맥을 유지하던 그는 그 고약한 성질과는 달리 처세에는 능하였다. 그는 시류를 봐서 벽파에 아부하였다. 신유사옥이 일어나 약용이 죄인으로 옥에 갇히자 이안묵은 당당히 기록관이 되어 그를 취조하였는데, 약용이 유배되어 내려오자 뒤따라 강진현감으로 부임해온 것이었다. 참으로 기연이고 악연이었다.

"지극히 근신을 해야 할 악독한 죄인이 저년이랑 놀아났단 말이더냐."

"네네."

"그게 사실이렷다."

"어느 안전이라고 거짓을 아뢰겠사옵니까요."

이안묵의 입가에는 느물거리는 웃음이 지나갔다. 나라에 대죄를 지은 죄인으로서 근신을 못하고 있다는 사실을 보고하면 약용이 더욱 난처해질 뿐만 아니라 가실도 어렵지 않게 차지할 수 있으리란 생각이 번뜩 떠올랐기 때문이었다. 분명 일석이조인 것이다.

한양에서 약용을 취조할 때는 층층시하였기에 마음대로 못하였지만 이곳에서야 현감에게 전권이 주어져 있으니 수월하지 않겠는가. 이렇게 약용을 옭아 넣으면 벽파에 큰 공을 세운 셈이 되고, 자신은 그 덕으로 입신양명을 할 수 있다고 생각하였다. 이안묵의 눈에는 한양으로 돌아가서 높은 자리에 앉아 영화를 누리는 자신의 모습이 그려졌다.

이안묵은 남을 모략하는 간계가 출중한 사람이었다.

"한데 무슨 죄로 다스린다."

먹이를 눈앞에 놓고 이죽거리는 짐승처럼 그는 입가에 미소가 번졌으나 막상 약용을 옭아 넣을 만한 구실을 찾기가 힘들었다. 이안묵은 형방을 힐끔 쳐다보면서 생각에 잠겼다.

"사또, 적당하게 다스리십시오."

이방은 비위를 맞춰 가실을 사또 품에 안겨주는 것만을 생각하고 있었지만, 음흉스런 이안묵은 꿩 먹고 알 먹자는 심산이었다.

"이놈아. 그놈이 얼마나 영리한 작자인데 적당히 할 수가 있겠느냐. 더구나 이런 문제를 가지고는…….”

간교한 형방도 섣불리 처리해서는 안 된다고 생각하였다. 머리 회전이 빠른 그는 한참 궁리를 하더니 곧 방도를 생각해 냈다.

“사또, 좋은 수가 있습니다요.”

“무엇이냐.”

“밀꾼들 말에 의하면 요사이 정약용의 거처에 수상한 자들이 출입한다 하옵니다요.”

이안묵은 고개를 끄덕이며 만족해했다.

당장 약용이 붙들려 왔다.

“네 죄를 알렸다.”

2년 만의 해후였다. 신유년의 옥사 때는 기록관으로서 다스렸던 이안묵이 이제는 당당한 취조관으로서 약용에게 호통을 치고 있었다.

“무슨 죄요?”

약용은 당당하였다.

“네가 유배를 와서까지 음모를 꾸몄다니 괘씸하구나.”

“무슨 음모 말이오.”

“뻔뻔스럽구나. 매우 쳐라.”

약용에게 태형이 가해졌다. 그는 영문도 모르고 몹시 얻어 맞았다. 그러나 약용은 이를 악물면서 견디어냈다. 20대를 때린 후 국문이 다시 시작되었다.

"이래도 네 죄를 모르느냐."

"모르오."

"네가 분명 김이재와 내통하여 음모를 꾸몄겠다."

김이재는 약용이 옥당에 있을 때 동고동락하던 김이교의 동생이었다. 김이교와 이재 형제도 신유사옥 때 시파로 몰려, 이교는 명천으로 이재는 고금도로 유배를 가 있었다. 다행히 이들은 약용처럼 오래 귀양살이를 하지 않고 일찍 해배가 되어 형은 우의정까지, 동생은 이조판서까지 지냈다.

"증거를 대시오."

원래 지방 수령들은 유배 온 사람들을 부스럼 다루듯이 조심히 대하는 것이 관례였다. 그들이 해배되어 가면 언제 어떤 높은 벼슬을 할지 아무도 몰랐기 때문이었다. 그런데 여자 때문에 이성을 잃어버린 이안묵은 판단력이 마비되어 있었다.

"괘씸한……. 곧 대질을 시키리라."

천하가 자기 것인 양 이안묵의 위세는 당당하였다. 고금도는 강진 마량항에서 바로 건너다보이는 섬이다. 지금은 완도군에 속하지만 당시는 강진현이었다. 이안묵은 벌써 형리를 시켜 김이재를 호송해 오고 있었다.

"곧 네 죄가 백일하에 드러날 것이다. 그래도 이실직고를 안 하겠느냐."

교활한 이안묵은 약용이 국문당하는 것을 가실이 지켜보게끔 하였다.

"모르는 일이오."

"또 있느니라."

"무엇이오."

"윤광택의 아들 윤서유하고도 내통하여 음모를 꾸몄겠다."

약용은 뜨끔하였다. 그의 사촌 윤서유가 가끔 다녀간 적이 있기 때문이었다.

"만나본 사실조차 없소."

김이재, 윤서유 등을 불러다가 대질을 시키고 국문을 하였다. 그러나 없는 죄가 만들어질 리 없었다. 생사여탈권을 쥐고 있는 현감도 무리한 옥사는 불가능하였던 것이다. 이처럼 간교하고 탐욕스럽고 저돌적인 이안묵은 강진현감을 하던 중에 죄를 지어 끝내 죽음을 당하였다.

초봄의 날씨는 싸늘하였다. 마루 틈에서 스며 나오는 황소 바람이 약용을 몹시 괴롭혔다. 더욱이 잡범들에게서 옮아온 이와 벼룩 때문에 잠을 이룰 수도 없었다. 매 맞은 자리에 심하게 멍이 든 데다가 고열까지 나 10여 일을 갇혀 있는 동안 약용은 탈진한 상태로 정신 줄을 놓아버렸다. 가사 상태에 빠진 그는 옥졸의 등에 떠메어져 사의재로 옮겨졌다.

34
벼랑 위의 한란

옥졸들이 쌀가마를 던지듯이 툭 내려놓고 가버린 후, 약용은 마루에 송장처럼 쓰러졌다. 주모가 뛰어나와 그를 간신히 방 안으로 옮겼다. 마침 지나가던 마 영감이 없었더라면 어려웠을 터였다.

"육실을 헐 눔덜. 죄없는 사람을 괜시리 잡아다가는 초죽음얼 맹글어 놨네이."

주모의 입에서는 연신 욕이 튀어나왔다.

"마 영감, 정제 가서 찬물 쪼깬 떠와주씨요."

약용의 몸은 불덩어리였다. 주모는 계속 물수건을 갈아대었다. 찬 물수건이 얼마 안 가서 뜨끈뜨끈해질 지경이었다.

"나가 할랑게, 이리 줘보게."

정신 나간 사람처럼 허둥대는 주모를 보다 못해 마 영감이 건넨 말이었다. 주모는 물수건을 마 영감에게 내어주고도 분에 못 이긴 듯 앉았다 일어섰다를 반복하며 진득하니 있지를 못하였다.

"오늘 같은 날, 장사는 허면 멋혀. 사람이 죽어가는디……."

주모가 겉옷을 주섬주섬 챙겨 입었다. 마 영감은 연신 약용의 끓는 몸을 닦아내면서도 주모를 흘금댔다.

"나 의원에 잔 댕겨 올랑게 잘 지키고 있으시씨요. 허튼 짓 허덜 말고."

"아따, 나가 나으리께 도움받은 것이 얼만디 그거이 먼소리 당가."

주모가 마 영감을 곱게 흘기곤 문을 나섰다. 마 영감은 숟가락으로 물을 떠서 약용의 입에 흘려 넣었다.

"나으리, 정신 차리세야제라우."

그러나 약용은 아무런 반응이 없었다. 입에 넣었던 물이 그대로 흘러나왔다. 그의 손바닥도 얼굴처럼 확확 달아오르고 있었다. 이따금씩 그의 입에서 작은 신음소리만 들려왔다.

바삐 돌아온 주모가 밖에서 또 한바탕 난리를 피우고 있었다. 약탕관을 찾아내어 닦고 숯불을 피우느라, 부엌에 연기가 가득 차 눈을 못 뜰 지경이었다.

"지랄헐 놈의 숯불꺼정 말썽이다냐. 사램 바삐 죽겄는디."

서두를수록 일은 꼬였다. 부채 끝에 약탕관이 부딪쳐 넘어져 박살이 나버렸다.

"오매오메, 먼 일이여. 이 일을 으째야 쓰까이."

주모는 허둥지둥 이웃집에 달려가서 약탕관을 빌려왔다. 부엌 바닥은 깨진 옹기 조각과 흩어진 한약으로 어수선하였다. 주모가 부리나케 준비를 하고 있는데 뒤에서 인기척이 났다. 가실이었다.

모시 치마저고리를 단정하게 입고 있었으나 그녀의 얼굴이 그간 힘든 여정을 말해주는 듯했다. 열흘 내내 눈물이 마르지 않아 눈물자리가 짓무르고 식음을 멀리하여 얼굴이 핼쑥했다. 그녀 뒤엔 진수가 함께 송구한 표정으로 서있었다.

주모의 눈에 그런 그녀가 곱게 보일 리 없었다. 주모가 저도 모르게 치켜 올라간 눈꼬리를 어쩌지 못한 채 퉁명스레 말을 뱉었다.

"자네 여그를 멋허로 왔는가. 또 어르신 잡어 갈라고 왔는가."

"무슨 말씀을 그리 섭하게 하십니까. 저도 마찬가지로 혼이 난 처지입니다."

"자네야 제 탓이겠지만, 죄도 없는 우리 나으리넌 뉘 탓에 끌려가 저 지경이 되신 것이여."

가실의 눈동자가 흔들렸다.

"계시지요?"

"지 발로 걸어왔다고 지 맘대로 헐라 그라네. 다시는 오지 마소."

주모가 매몰차게 가실을 밀어냈다.

그때 사의재에서 와장창 시끄러운 소란이 일었다. 깜짝 놀란 주모가 달려가 보니 마 영감이 일을 낸 것이었다. 투박한 손놀림이 영 마음에 걸린다 했더니 미지근해진 물을 갈겠다고 바가지를 들고 나오다 자빠진 것이었다. 쫄딱 물을 뒤집어쓴 꼴이 영 볼품없었다.

"아이고, 나으리!"

주모가 서둘러 사의재로 들어가 약용을 살폈다. 행여 물을 뒤집어쓰진 않았는지 살피는 것이었다. 이에 놀란 가실이 서둘러 걸레를 들고 방으로 들었다. 정신이 쏙 빠진 마 영감을 밖으로 나가게 하고 엎질러진 물을 훔쳐내었다. 곱게 차려입은 모시치마 자락이 물에 젖고 바닥에 쓸렸으나 그녀는 아랑곳하지 않았다.

그 모습을 가만히 보던 주모는 자리를 털고 일어섰다. 그간 가실이 보였던 정성이 떠올라서였다. 아마 그녀의 속도 속이 아닐 터였다. 주모는 사의재를 나서며 공연히 마 영감에게 핀잔을 주었다.

"멋허요. 이리 와서 싸게 부채질이나 허씨요."

멍해진 마 영감이 주모가 이끄는 대로 부엌에 들었다. 주모가 화롯불을 불어대었다. 그녀는 연신 피어나는 매캐한 연기에 콧물을 질질 흘렸다. 마 영감은 여전히 정신이 없는지 멍해진 눈으로 중얼댔다.

"골병에다 열병까정 겹치셨으니 이 노릇을 으째야 쓰까."

"아따 걱정은 난중에 허시고 일단 약을 잡숫게 해디려야 헐 것 아니요."

"이건 먼 약이당가?"

"쌍화탕이여."

마 영감이 파르르 떨며 일어섰다.

"웜마, 이 무식헌 예펜네야. 매 맞은 디 쌍화탕이 다 무신 소
용이다냐! 골병에는 그저 똥물이 최곤디!"

"지랄허고 자빠졌소. 물도 안 넘어간디 워찌케 똥물을 퍼다
믹이것소! 어디 재주 있으믄 잔 해보씨요!"

두 사람의 티격태격하는 소리가 잦아들고 다시 침묵이 이어
졌다. 두 사람 모두 말은 하지 않아도 약용의 걱정으로 머리가
터질 지경이었다. 어떻게 해야 약용이 속히 자리를 털고 일어날
수 있을지 뾰죽한 수가 나오지 않으니 답답할 뿐이었다. 그러
다 말고 불현듯 주모가 무릎을 탁 치며 자리에서 일어섰다. 그
바람에 마 영감이 중심을 잃고 뒤로 벌렁 나자빠졌다.

"내가 으째 여적지 그 생각을 못혔으까잉! 골병든 디는 메밀
찜이 그만인디. 자네 집에 메밀 쪼께 있는가?"

마 영감이 무어라 대답하기도 전에 부엌 밖에서 진수가 고
갤 들이 밀었다.

"지가 싸게 장에 댕겨오것구만이라."

진수는 가실에게 알리고는 서둘러 장으로 나섰다. 메밀이
장터 바닥에 조금이라도 남아 있어야 할 것이었다.

가실은 약용에게 물이라도 한 모금 마시게 해보려고 갖은

애를 쓰고 있었다. 그는 물수건 덕분에 조금 열은 내린 듯하였으나 아직도 목구멍으로 물을 넘기지는 못하였다.

"이러시면 아니 되옵니다. 한 모금이라도 드셔야지요."

약용의 입에서 이따금씩 신음소리가 새어나왔다. 그럴 때마다 가실은 애간장이 녹았다. 때마다 마 영감이 미지근해진 물수건을 갈아왔다.

진수는 장터를 이 잡듯이 뒤지고 다녔다. 그러나 메밀은 찾을 수가 없었다. 망연자실한 진수가 동네 지인들에게도 물어보았지만 아직 메밀이 채 익지 않아 차마 내어달란 말을 할 수가 없었다. 가족들의 일용할 양식을 빼앗을 순 없는 노릇이었다. 결국, 진수는 빈손으로 돌아올 밖에 도리가 없었다. 진수의 낯빛을 본 마 영감이 몸을 일으켰다.

"나가 핑허니 집에 댕겨 올팅께. 기다리시게."

"집에 간다고 뾰족한 수가 나는가?."

"심어논 메밀이라도 비어 와야 쓸 것 아닌가."

마 영감은 날듯이 뛰어갔다. 그는 마음이 급한 나머지 몇 번이나 돌에 걸려 넘어질 뻔했다. 얼굴은 온통 땀이 흠뻑 젖어 있었다. 그는 밭으로 가서 햇메밀을 베어 말릴 시간도 없어 솥에 넣고 반쯤 볶았다. 마누라와 며느리가 메밀을 버린다고 성화를 하였으나 마 영감은 성질을 꽥꽥 부리며 오히려 야단을 쳐댔다.

"시키는 대로 허랑께!"

"멋 땀시 여적 여물지도 않은 곡식을 빈다요."

"나가 급항께 야기는 나중에 허드라고. 안직도 밭에 메밀이 잔뜩 있응께 비어서 말리드라고."

"양식은 어쩌크롬 헐라고 또 비라고 한당게라우."

"아이고 답답혀."

마 영감은 자기 가슴을 쥐어박았다.

"나으리께서 다 돌아가시게 됐단 말이시."

해 떨어지기 전에 마 영감은 주막으로 뜨끈뜨끈한 메밀을 한 보시기 들고 달려왔다. 아직도 약용은 그 상태로 의식이 없었다. 가실이 연신 약을 떠먹였으나 한 모금도 넘기지 못한 상태였다.

마 영감은 마루에 멍석을 깔고 맷돌을 내왔다. 그가 열심히 돌리는 맷돌에서 누르스름한 메밀가루가 흘러나왔다. 바삐 볶느라 타버린 것도 있었다. 마 영감은 밤을 새워 메밀묵을 만들었다. 그가 일을 마쳤을 때는 동이 터 개 짖는 소리가 여기저기서 들려왔다.

밤새 들락날락하던 주모가 마 영감의 등을 두드렸다.

"고생혔네잉."

"나으리는 어떠신가."

"밤새도록 앓는 소리만 허셨제."

"술이나 한 잔 줄랑가. 돈 받지 말고 말이시."

"아따, 작것. 나가 언제 영감탱이헌티 돈 달라든가."

막걸리 한 잔을 단숨에 들이켜고 난 마 영감은 메밀묵을 함지째 들고 사의재로 들어갔다. 수척해진 가실이 찌뿌듯한 몸을 일으켰다. 밤사이 한 번도 자세를 바꾸지 않고 곁에 붙어 앉아 있었던 탓에 그녀는 몸이 뻣뻣하게 굳어 있었다. 마 영감은 약용을 옆으로 뉘이며 중얼댔다.

"무명베가 한 필 있어야 할 것인디……."

"제가 가져 올게요."

가실은 서둘러 밖으로 나가 진수를 찾았다. 서둘러 남포에 다녀오라 이르려는데 주모가 무명베를 내밀었다. 지난번 가실이 준 무명으로 옷을 해 입고 남은 것이었다. 마 영감은 옆으로 뉘인 약용의 바지를 끌러 내렸다. 시퍼런 멍 자국으로 살갗 본연의 색을 알아볼 수 없을 지경이었다. 어느새 다시 방으로 들어온 가실이 그 멍 자국을 보곤 고갤 돌렸다. 약용이 당했던 고통을 생각하니 울음이 차올라 숨이 다시 가빠왔다.

마 영감은 약용의 몸 이곳저곳 시퍼렇게 멍든 곳에 메밀묵을 덩어리째 바르고 무명으로 친친 동여맸다. 연한 묵이 굳어지면 다시 벗겨서 되풀이하여 묵을 붙였다. 머리맡에서는 주모와 가실이 교대로 물수건을 바꾸고 있었다. 하루 낮 하룻밤을 의식 없이 헤매던 약용이 그들의 정성 덕분인지 조금씩 의식을 찾아갔다. 열도 조금씩 떨어지기 시작하였고, 이따금 가늘게 눈을 떴다가는 물끄러미 허공을 쳐다보다가 다시 눈을 감고는 하였다.

"나으리, 물 한 모금 잡수시씨요."

주모가 어린아이를 달래듯 숟갈질을 했다. 주막을 걸어 잠근 채 똑같은 일들이 며칠 동안 반복되었다. 묵을 새로 만든다, 약을 달인다, 미음을 쑨다, 그들은 한마음으로 부산히 움직였다.

그들의 정성 덕분인지 약용의 몸이 차도가 서서히 나타나기 시작하였다. 그들은 피로한 줄도 모르고 열심히 간병을 하였다.

장날이었다.

차 서방이 사립문을 밀치고 들어서자 마 영감이 눈에 띄었다. 영감은 부엌에서 약을 달이고 있었다.

"영감님, 새장가 들었소."

"젊은 놈이 미쳤냐. 대낮부터 헛소리나 허고 댕기게."

"생각해보시요이. 주청문은 잠가놨겄다, 영감님은 정지에서 일허겄다, 그런 소리 안 허게 생겼소."

"아따 닥쳐라. 니하고 입씨름헐 틈 읍은께."

마 영감은 삼베보자기에 약을 부어 힘을 들여서 짰다.

"헌디 누가 아프요. 주모가 워디 아프당가라."

"시끄러."

"영감님은 좋겄네이. 즈그 할멈 약도 다 짜주고이."

"익은 밥 묵고 선소리 그만 허고 저리 비키랑께."

마 영감은 약을 들고 사의재로 들어갔다. 그제야 이상한 기미를 알아차리고 차 서방이 그의 뒤를 따랐다.

"오메, 이게 먼일이다요. 나으리께서 이 지경이 되다니 말이여……. 영감님, 대체 워치케 된 일이당가."

"잠자다 봉창 뚜들기고 자빠졌네. 워치케 되긴 머가 워치케 돼. 사또헌티 당혔제."

"하이고, 사똔지 오똔지 징하요, 징해!"

차 서방은 마치 제가 당한 일인 양 양손을 홰홰 내저었다.

"근디 고것이 머시다요."

차 서방은 마 영감이 열심히 주무르고 있는 메밀묵을 보면서 말을 걸었다.

"보믄 몰러. 눈 됐다가 어따 써먹을 참이여."

"고런 거 갖고 골병이 낫는다요. 보신을 해야제."

"먼 보신이여."

"가만있자. 나가 쬐깐혔을 때 본께 진사 어른이 몸이 허약해지시믄 해삼을 과 잡수시드라고. 주모, 나가 얼릉 가서 해삼을 구해 올 텡께 이런 메밀묵 같은 것 붙이지 말라고 허씨요."

그 소리를 듣자마자 마 영감이 눈을 부라리면서 무섭게 차 서방을 쏘아보았다.

"아가리 닥치지 못혀. 썩어빠질 눔."

"아따, 나리 앞에서 먼 욕을 고로크롬 독허게 혀싸시오. 점잖지 못허게시리. 나잇값이나 허시오."

마 영감은 장돌뱅이인 차 서방을 말로는 당해내지를 못하였다. 그는 분을 이기지 못하여 얼굴이 붉으락푸르락 해져서 길길이 날뛰는데 차 서방은 여유만만이었다. 차 서방이 약용의 손을 만져보고 이마를 짚어보더니 고개를 끄덕거렸다.

"주모, 쪼께만 기다리시요이. 나가 핑 댕겨 올 텡께."

"워디럴."

"이 근처에서야 워디 해삼을 구할 수 있당가라. 완도나 진도꺼정은 가야지라."

"그렇게 멀리꺼정."

"하믄이라. 해삼이 골병든 디는 산삼보다 낫다고 안 혀요. 한 이틀이믄 갔다 올 것이요."

차 서방은 봇짐을 주막에다 맡기고는 주저 없이 그 길로 떠났다. 못다 한 장사는 차 서방댁이 나와 대신하였다.

약속한 이틀 뒤엔 주막에 아무도 찾아오지 않았다. 차 서방이 걱정되어 주모도 발을 굴렀다. 차 서방댁은 여전히 장터에서 묵묵히 물고기를 내다 팔았다. 그렇게 닷새가 지나고 나서야 주막에 차 서방의 목소리가 들렸다. 손엔 해삼을 잔뜩 들고 있었다. 주모는 버선발로 달려 나와 차 서방을 맞았다. 차 서방은 우선 사의재에 들어 약용의 병환을 살폈다. 멍은 조금씩 풀어지고 있었지만 여전히 많이 쇠약해진 상태였다. 다시 밖으로 나온 차 서방은 해삼을 찾았다. 주모가 해삼을 차마 만지지도 못하며 허둥대다 얼른 차 서방에게 넘겨주었다.

"완도에 없어서 진도꺼정 갔다 왔어라. 워따메, 이렇게 구하기 어려운 귀물인 줄 첨 알았구만. 그래도 생각혔던 것보담 나으리 상태가 괜찮어 보잉께 요것을 자시믄 금방 일어나실 것이요."

차 서방이 주먹만 한 해삼을 들어올렸다. 그 모습을 지켜보던 주모가 마른침을 삼켰다. 사실 해삼을 난생처음 본 것이라 놀라던 참이었다. 상상도 못해 봤던 흉한 몰골이라 해물이라는 생각이 싹 가실 지경이었다. 주모와 진수가 해삼을 손질하는 차 서방 곁에 모여 앉았다. 마 영감은 멀찍이 툇마루에 앉아 담뱃대를 물고 있었다. 그는 괜히 차 서방의 행동거지 하나하나가 얄밉게 느껴져 애꿎은 곰방대만 마루 귀퉁이에 쥐어박았다.

"해물이믄 괴기맹키로 생겨야제. 영락없는 괴물인디 워찌께 조런 것이 약이 된당가."

마 영감이 담뱃대를 털어내며 고시랑대었다. 차 서방도 지지 않고 해삼 창자를 따내며 대꾸하였다.

"무식허믄 가만히나 지실 것이제. 워디 생긴 모양 보고 판단얼 허씨요? 영감도 안 바쁘믄 쩌짝 우물물에 얼굴 쪼께 비춰보시씨요."

머리끝까지 화가 치민 마 영감은 담뱃대를 휘두르며 차 서방에게 달려들었다. 보다 못한 주모가 중간에 끼어들어 입씨름은 그쯤에서 간신히 끝이 났다.

"재수 없게시리 귀한 해삼얼 구해왔는디, 약발 나가라고 재

뿌리지 말드라고잉. 나가 며칠을 고생혀서 구해온 것잉게."

차 서방은 조금 조용해지자 자기 할 말은 다하였다. 그는 해삼의 창자를 따내고 깨끗이 씻었다.

"이걸 폭 고아드리씨요오. 몸보신이 될라믄 정성을 들여야 허닝께."

두 사람이 토닥거리는 것을 보면서 주모가 웃음을 삼켰다. 너무나도 고마운 사람들이었다. 입만 거칠었지 속마음은 부처와 같은 사람들이었다.

그날 밤, 약용은 해삼 곤 물을 꽤 많이 마셨다. 모두는 무척 흐뭇해졌다. 개와 고양이처럼 으르렁거리던 마 영감과 차 서방도 마주 보면서 웃었다.

"나가 미안허네. 나으리께서 잘 잡숫는 걸 봉께 자네 말이 맞구마."

"그랑께 지가 헌 말얼 곧이들으셔야 한다니께라우. 지가 멋 헌다고 2백 리 길이나 되는 진도꺼정 다녀왔겄소?"

돈이 드는 일이어서 마 영감은 차 서방에게는 밀려도 한참을 밀린 기분이 들었다. 마 영감은 자신이 나이가 위여서 지는 척하였지만 속으로는 언젠가는 꼭 앙갚음을 하겠다고 별렀다. 그러나 돈 문제가 걸리면 그에게 이길 재주가 없었다.

그 말을 듣고 있던 진수가 차 서방에게 물었다.

"그라믄 돈이 솔찬히 들었것소?"

"말도 못허제. 일주일 장사는 날아가부렀당께. 그래도, 한양 나으리 덕택에 우리 아들놈헌티 '아배요, 아배요.' 하는 소리 들음시롱 살고 안 있소. 다 어르신 은덕이랑게."

가실이 차 서방의 말을 들으며 약용의 얼굴을 내려다보았다. 그간 청렴한 마음으로 동네 주민들을 도운 일이 이렇게 도움이 되고 있었다. 가실은 다시 한 번 약용의 인품에 감복했다. 그리고 진수를 시켜 차 서방댁에 여비와 해삼 값을 보내주라 이를 참이었다.

약용의 병세가 호전되어 가자 모두 그제야 시름을 놓았다. 이젠 그가 미음을 삼킬 수도 있게 되었고 멍은 이미 다 풀어져 누런 멍 자국만 남아 있었다. 진수가 조금만 부축하면 측간도 혼자 드나들 수 있게 되었다. 주막도 다시 문을 열었다. 여러 사람이 나누어 하던 일이 미루어지자 갑자기 혼자 약용의 수발을 도맡게 된 가실은 더욱 분주해졌다. 약 달이고, 미음을 쑤고, 약용을 수발하는 모든 일이 제 몫이 되었다. 가실로서는 이나마 할 수 있는 것이 더없는 행복으로 다가와 가슴이 미어졌다. 약용의 곁에서 지성껏 병구완이라도 할 수 있음에 감사하기만 했다.

약용은 정성껏 제 몸을 닦아내는 가실을 보았다. 곱게 생긴 얼굴에 묵직한 수심이 드리워져 있는 듯한 그녀의 얼굴을 물끄러미 바라보다 말고 잠긴 목소리로 입을 열었다.

"이제 되었다."

약용의 말에 가실은 서둘러 수건을 거두었다. 그리곤 목례를 하고 밖으로 나가려 하였다. 약용이 그런 가실을 불러 세웠다.

"어디에 사는 누구인지 말해다오."

약용의 목소리를 듣게 된 가실의 눈에 눈물이 그렁그렁 고였다. 만감이 교차하는 순간이었다.

"남포사는 가실이라고 합니다."

가실은 차마 약용을 돌아볼 수 없었다. 약용도 더 이상 아무런 말을 건네 오지 않았다. 가실은 그대로 사의재를 벗어나 진수를 찾았다. 그녀는 진수에게 앞으로 자신을 대신해 약용을 잘 보살펴드리라 이르고는 남포로 걸음을 재촉했다. 약용이 자신 때문에 문초를 당해 몸져누웠으니 그가 회복이 될 때까지 간호하는 것으로 서로의 연이 다한 것으로 애써 마음을 고쳐먹어야 한다고 스스로를 타이르고 있었다. 그녀는 감히 약용의 곁에 머무를 자신이 없었다. 자신으로 인해 약용이 더욱 화를 입을까 두렵기도 하였다. 홀로 남포로 향하는 가실의 눈에서 하염없이 눈물이 흘러내리고 있었다.

약용이 옥고를 치른 지 몇 달이 지났을까. 약용은 이제 상했던 몸이 거의 회복이 되어 예전처럼 다시 공부에 열중할 수 있었다. 그는 돋보기를 쓴 채 종일 글을 쓰느라 방문 밖으로 나오는 일은 거의 없었다. 주모는 다시 장사를 재개했음에도 여전히 약용의 시중을 놓치지 않고 신경을 썼다. 간간이 찾아오는 마 영감이나 차 서방이 이 집안에 변화를 주는 전부였다. 약용은 이들의 모습에서 전해지는 따뜻한 인정을 가슴 깊이 느낄 수 있었다.

늦게야 소식을 듣고 시유(時有)가 다녀갔다. 차 서방도 장날이면 어김없이 찾아왔다. 헌데 웬일인지 한동안 마 영감이 보이지 않았다.

"영감이 무리를 해쌌드마 몸살이 났는갑제."

한가한 틈에 주모가 걱정을 늘어놓았다.

그날 저녁 때가 다되어 불쑥 마 영감이 나타났다.

"호랭이도 지 말 허믄 온다등마 먼 일이다우. 그동안 으째 그라고 안 보였당가."

마 영감은 대답 대신 히죽히죽 웃고 있었다. 이마에 상처가 나 있었다.

"아폈능가."

그녀가 다그쳐 물어도 마 영감은 대답 대신 여전히 웃고만 있었다.

"불공 디리고 왔는가."

"아니여. 나으리 디릴라고 더덕 캐러 갔었제. 나사 심마니가 아닝께 산삼 캘 재주도 없고, 그다음 가는 것이 더덕 아닌감. 나가 열흘 동안이나 산비탈을 쫓아댕기믄서 캔 것이여."

마 영감은 망태에서 탐스럽게 생긴 산더덕을 수북이 내놓았다. 얼굴까지 수척해진 걸 보니 무척 고생을 한 모양이었다.

"주모, 잘혀 드리소. 이건 해삼보단 몇 배 귀허고 약효가 있을 것잉께."

여름이 되면서 날씨가 무척 더워졌다. 차 서방은 세월을 알리듯 참외나 귀한 수박을 구해왔다.

완전히 쾌차한 약용은 만덕산에도 올라 산 내음을 마음껏 들이마셨다. 오랜만에 초의와 아암도 만나 그간의 이야길 전했다. 역시 초의가 우려낸 차향은 일품이었다. 약용은 고요한 만경루에 앉아 먼 산을 바라보았다. 몸져 누워있던 몇 개월이 꿈처럼 느껴졌다. 아주 오랜만에 스스로 일어나 사의재 문을 나섰을 때 반겨오던 고을 주민들의 얼굴이 주마등처럼 스쳤다. 그리고 어느 날인가 홀연히 사라져 버린 가실의 얼굴도 떠올랐다. 그녀의 아리따운 얼굴 뒤에 가려진 묵직한 그늘이 무엇이었을지 알 방도가 없었다. 약용은 지그시 눈을 감았다.

곡산부사로 있던 시절이 잠깐 떠올랐다. 그리고 그 모습 위에 이안묵의 모습을 겹쳐 보았다. 무고한 사람을 잡아다 문초하고 사적인 감정을 앞세워 괴롭히던 이안묵의 파렴치함이 생각났다. 약용은 더 이상 이런 수령들의 횡포가 지속되어선 안 된다고 여겨졌다. 그렇다면 어떻게 해야 전국 곳곳에 퍼져 있는 탐관오리들의 횡포를 잠재울 수 있단 말인가. 약용은 진중히 생각에 잠겼다.

목민관이라면 모름지기 백성을 위해 생각하고 힘써야 할 터. 이런 만고의 진리를 어기고 살아가는 세상이 가여웠다. 그라나 죄인의 신분으로 일일이 전국을 떠돌며 목민관들을 붙잡고 가르칠 수도 없는 신세였다. 약용은 서둘러 만덕사를 내려왔다. 당장 종이를 구해 책을 써야겠다고 생각했다. 목민관으로서 지켜야 할 사항들을 잘 정리해 책으로 남긴다면 뜻있는 사람들을 통해 후세까지 전해질 것이었다. 그리되면 언젠가는 조선에도 온 백성들이 걱정 없이 살며 웃을 수 있는 날이 올 수 있으리라 여겼다.

35
새로운 출발

　흑산도 우이보의 어민들은 고기철이 되면 바쁘게 움직였다. 1월에 청어잡이가 끝나면 2월, 3월에는 조기잡이를 하였다.

　봄이면 도미, 여름이 되면 민어 농어 등을 잡고, 고등어가 떼를 지어 몰려와 고등어잡이로 또 재미를 보았다. 멸치잡이도 이때쯤 하게 되는데, 바닷물이 따뜻한 5월에서 7월경이 되면 멸치가 건져내다시피 잡혔다. 이것을 잘 말려 육지에 내다 팔면 실한 돈줄이 되었다. 가을은 갈치 철인데 갈치 새끼는 여름철에 더 잘 잡혔다. 이것을 풀치 또는 풋갈치라고 하는데 배를 따서 여름 햇볕에 말렸다. 흑산도 근해는 가오리, 상어, 갑오징어, 낙지, 참다랭이, 연어 할 것 없이 잡히지 않는 생선이 없을 정도로 풍요로운 어장이었다.

　연포댁의 아들 삼형제는 건장한 일꾼이면서 착실하였다. 고기잡이를 갔다 올 때마다 싱싱한 생선을 가져와서 약전의 구미를 돋우어주려고 애를 썼다.

"하도 갈치가 물이 좋고 통통허길래 가져왔어라. 회 쳐 묵으
믄 기가 맥히지라. 그란디 잡수실 수 있으실랑가 몰르겠네. 워
낙 비위가 약허신께……."

종철이 오늘도 배에서 내리자마자 한걸음에 달려왔다. 방금
잡아온 갈치를 잘 손질한 후 초고추장을 곁들여 끝네가 사랑
으로 들이밀었다. 그동안에 종철은 약주를 받으러 갔다 온 모
양이었다.

"지 없는 동안에 불펜하셨지라."

"아니다. 어머님과 끝네가 보살펴 주어서 잘 지냈다."

종철이 술을 한 잔 가득 따랐다.

"그려도 지가 있어야 잔심부름얼 다 혀디릴거인디, 어서 드
시씨요."

약전도 이제는 이곳 음식에 조금씩 맛을 들여가고 있는 터
였다.

"참 감칠맛이 있구나. 갈치회는 생전 처음이다."

약전이 맛있어하자 종철이 더욱 신이 나 코를 씰룩거렸다.

"숭어가 맛있네, 돔이 맛있네 혀도 갈치가 일등 별미제라.
맛이 아주 그만이어라. 쪼께만 물이 가믄 설사를 허는 것이 탈
이제만이라."

약전이 한 잔을 죽 들이켜고 나더니 술잔을 종철의 앞으로
내밀었다.

"자, 너도 한 잔 하거라."

"아이고, 먼 말씸이시다요. 지가 으뜩케 감히 그랄 수 있겄어라."

종철이 질겁하였으나 약전은 거두지를 않았다.

"괜찮다. 한 잔 하거라. 술은 노소동락하는 법이다. 나 혼자는 술맛이 나질 않기에 하는 소리니라."

종철이 몸 둘 바를 몰라 하며 술잔을 받았다.

"이라믄 안 될 거인디."

잔을 받은 종철이 돌아앉아 조심스럽게 들이컸다.

약전이 갈치회를 한 점 입에 넣고는 종철을 바라보았다.

"내가 일러준 대로 절대 삼형제가 같은 배를 타서는 아니 된다."

"무신 말씸인지 잘 알제라. 그랑께 요번 물에도 따로따로 탔구만이라."

"잘하였다."

술 한 잔을 걸치고 난 종철의 얼굴엔 금세 혈색이 돌았다.

"어르신네, 지헌티는 소원이 하나 있구만이라."

약전도 약간 취기가 오른 듯하였다.

"그게 무엇이냐."

종철은 쓴 입맛을 한번 다신 뒤 다시 입을 열었다.

"그란디 될랑가 몰르겄어라."

종철의 미적지근한 말을 듣고는 약전이 나무랐다.

"사나이 대장부가 한번 마음을 먹고 해야겠다 결심이 섰으

71

면 죽을 힘을 다해서 밀고 나가야지. 그렇게 심지가 약해서야 평생소원은커녕 작은 소망 하나 이루어낼 수가 있겠느냐."

약전의 꾸지람에 종철이 조금은 용기가 나는 모양이었다.

"요새 들어 부쩍 밤만 되믄 잠이 오질 않아라우. 몸언 고단혀 죽겠는디……."

약전은 속마음을 풀어놓는 종철의 얘기를 묵묵히 듣고 있었다.

"어떤 날언 새벽닭이 울 때꺼정 뒤척일 때도 있어라우."

"……."

약전이 담뱃대에 엽연초를 눌러 담고는 불을 붙였다.

"마을에 고깃배라고는 여섯 척밖에 없어라. 호장네 배가 세 척, 최 첨지 배가 두 척, 만수 영감네가 한 척인디 요새는 하도 눈치가 이상혀서 배 타기가 싫을 때가 많어라."

"그게 무슨 말이냐."

"최 첨지네 배만 타믄 사사건건 지청구만 듣는당께요."

약전도 짚이는 데가 있었다. 지방을 써달라고 했던 덕보와 견원지간이 되었다는 말을 들은 적이 있기 때문이었다.

약전은 자신이 거처를 옮겨야겠다는 생각이 언뜻 스쳤다.

"필시 나 때문인 모양이구나."

종철이 두 손을 크게 내저었다.

"먼 말씸을 고로크롬 섭섭허게 허신다요. 그래서 디린 말씸이 아니여라. 지 딴에는 어르신얼 즈이 아부지보담두 더 소중

허게 생각허고 있는디라."

"그건 나도 잘 알고 있다."

"남자가 오기가 있제 지믄 쓰겄소. 어르신네, 지 소원이 뭔
고 허니 배를 갖는 것이구만이라. 지도 여봐란 듯이 배 한 척
장만혀갖고 떵떵거리믄서 살어봤으믄 소원이 읎겄어라."

"……."

"그란디 그거이 어디 쉬운 일이여야제라."

종철의 말을 듣고만 있던 약전은 깊은 생각에 빠져들었다.

그날 저녁 약전은 연포댁 식구를 방으로 불러들였다. 종철,
종수, 종만, 끝네가 줄줄이 구석으로 둘러앉았다. 연포댁은 술
상을 차려 오느라 조금 늦게 들어왔다. 그동안 한 번도 없었던
일이라서 방 안 가득 긴장감이 감돌았다.

"약주 한 잔 허시지라."

술이라면 워낙 좋아하고 사양할 줄을 모르는 약전이었다.
주면 주는 대로, 있으면 있는 대로 마시는 그였다. 곤드레가
되고서도 더 권하면 마다 않고 마셨다. 그러나 두주(斗酒)를
마시고도 주정은 하지 않았다.

연포댁이 따른 술을 한 잔 들이켠 약전이 말을 꺼냈다.

"내가 자네 집에 와서 신세가 너무 많았네. 나로서도 조심
을 하느라고 하였네만 아이들에게까지 피해가 가서 미안하게
생각하네."

약전의 말이 떨어지기가 무섭게 연포댁이 손을 휘휘 내저었다.

"먼 말씸을 고로크롬 허신다요. 어르신네가 오셔서 즈이 집이 마을에서 빛이 나부렀는디라. 맛있는 음식이 쪼께만 있어도 어르신네 잡수시게 혈라고 동네 사람들이 가져들 오지 않습디여. 이런 오진 일이 워디 있었어라. 이것이 전수 어르신네 덕인디 먼 말씸을 고로크롬 허시요."

약전이 새우 말린 것 하나를 입에 넣었다. 새우 한 마리에도 연포댁의 손길이 수없이 닿은 터였다.

"연포댁 마음은 내 잘 알고도 남음이 있네. 하지만 아이들에게까지 피해를 주는 것을 알면서도 내가 계속 이 집에서 기거를 하게 되면 나도 마음이 편치 않고 자네들도 불편할 걸세."

"어르신네께서 최 첨지를 두고 허시는 말씸인디라우, 돈푼깨나 있다고 우릴 업신여기고 가끔 지를 찔벅거리는디, 지가 멋땀시 최 첨지헌티 고개를 숙이겄어라. 아그들아, 느그들 그 집 배 타지 말그라. 그 배 안 탄다고 우리가 굶어 죽겄냐."

연포댁은 어느새 열이 올라 얼굴색이 벌게져 있었다. 그런 연포댁을 바라보던 약전이 작은 미소를 지었다.

"자네 마음씨가 고운 줄은 나도 잘 아네. 하지만 사정이 다르지 않은가. 아까 종철이 말을 들어보니 요즘은 배도 타기 싫다고 그러더구만."

종철이 옆에서 거들고 나섰다.

"어르신네, 지 말씸은 고 것이 아니고라, 조금이라도 더 편안하게 모셔볼라고 허는디 방해꾼이 있다는 야그였지라. 어르신께서 딴 집으로 가시믄 우리는 멋이 된당가라. 귀양살이허실 동안은 암 데도 못 가시어라."

종수도 한마디 하고 나섰다.

"즈이 삼형제가 어르신네 펜안허게 뫼실라고 일도 열심히 허고 배도 열심히 타는디 어디로 가시겠다고 그러시는게라. 안 되어라. 절대 안 되어라우."

약전은 눈물겹도록 고마웠다. 아무 힘도 없는 자신을 이토록 한마음으로 보살펴주는 그들의 인정이 뼈에 사무쳐왔다. 이곳에 오기 전까지는 맛보지 못하였던 인정이었다. 이유만 생기면 치려고 하고 죽이려 들던 권력 사회가 그의 의식 속에 되살아났다.

약전이 담뱃대에 불을 붙여 물었다.

"내가 자네들에게 신세만 지고 있는 처지에 피해까지 입히고 있는데 괜찮단 말인가."

종수가 얼른 말을 받았다.

"여그 지시는 동안은 뫼시고 사는 것이 소원이구만이라."

종철도 한마디 하였다.

"믿어주시씨요. 지들이 어렵게는 살아왔제만 대가리에 털 나고 거짓부렁은 해본 적이 없어라."

연포댁은 더욱 간절하였다.

"어르신네, 실은 즈이 다섯 식구들 몇 년 전에 아그들 아부지 잃고 나서 을매나 괄시를 받고 살아왔는지 이루 말로 다할 수 없제라. 그란디 어르신네가 오시고 나서는 을매나 힘이 되든지 요새는 어깨를 으쓱거리믄서 살지라. 그랑께 워디 가실 생각일랑 아예 마시고 즈이랑 같이 지내주시써요. 아그들도 건강헌께 열심히 일하믄 산 입에 거미줄이사 치겠어라."

아이들도 한결같았다.

"최 첨지가 부자믄 을매나 부자당가. 우리끼리 열심히 살믄 지까짓 것보담 못허겠소?"

약전은 담배연기를 푸우 하고 길게 내뿜었다.

"연포댁, 그리고 종철아."

"야."

"야."

"내가 너희들이 내게 주는 정에 보답하는 뜻에서 한 가지 지혜를 줄 터이니 내 말대로 하겠느냐."

"허지라. 허고 말고라."

약전은 술잔도 물리고 진지한 표정이 되었다.

"첫째는 늘 해왔던 대로 삼형제가 같은 배에 타서는 절대로 아니 된다."

"고것은 즈이가 잘 지키고 있제라."

"다음은 너희 삼형제가 품삯을 받아오는데, 여지껏처럼 받는 대로 쓰지 말고 조금씩 모아야 한다."

"묵고 살아야제, 멋 헐라고 애낀다요."

종수의 말에 약전이 엷은 미소를 머금었다.

"너희들 소원을 이루게 해주려고 그러는 것이다. 다 써버리면 무엇이 남겠느냐."

"그라기는 한디, 애끼고말고 헐 것이 워디 있당가라."

"술도 덜 마시고 곡식도 아끼고 하는 거지. 종철이 너는 장남이니 네 품삯으로 생활을 하고 종수, 종만이 품삯은 쓰지 말고 모아야 한다."

"품삯을 그때그때 안 받으믄 떼먹혀 번지게라?"

약전이 담뱃대를 나무 재떨이에 툭툭 떨었다.

"품삯을 받지 말라는 것이 아니다. 그건 그때그때 받아야 한다. 받되 그때 잡은 생선으로 받으란 말이다."

"오메, 그 생선얼 어쩌크롬 한다요. 다 묵을 수도 없고 썩어불 거인디."

종수가 무척 걱정이 되는 모양이었다.

"이제부터 내가 하는 말을 잘 듣거라. 생선을 받아오되, 가지고 온 즉시 건어물로 만드는 게다. 생선을 포를 떠서 햇볕에 잘 말려 썩지 않게 만드는 게지."

"그래 갖고 멋 허게라우. 생선은 성할 때 묵어야제 말리믄 맛도 없을 텐디라."

종철이도 걱정이 되기는 마찬가지였다.

"우선 할 것이냐 말 것이냐부터 결정을 하거라."

"어르신네께서 허라시믄 혀야제라. 그란디 그것을 엇따 쓸라고라?"

"한양에 내다 팔려고 한다."

"즈이가 그것을 어쩌크롬 헌다요. 한양 사람들언 눈 멀쩡히 뜨고 있는 촌놈들 코꺼정 비 간다고들 허든디."

약전이 담뱃대에 다시 엽연초를 눌러 담다 말고 종만이의 말에 웃음을 터뜨렸다.

"그런 것은 걱정하지 말아라. 내가 다 팔아주마."

약전이 불을 당기려 하자 종철이 얼른 불을 붙여주었다.

"오메, 어르신께 그런 재주도 있었당가라우."

약전이 빙그레 웃었다.

그가 귀양 올 때 나주까지 따라와 주었던 천 서방이 믿음직스러운 존재였다. 그에게 부탁을 하면 상재가 있는 사람이니 쉬 해결이 될 것이기 때문이었다.

"오메, 그라믄 집도 좁아터젓는디 으뜩케 허께라? 쟁일 디도 웁고 말릴 디도 웁는디……."

지금껏 약전과 아들들의 오고가는 얘기를 듣고 난 연포댁이 걱정을 늘어놓기는 하면서도 목소리가 들떠 있었다.

"식구가 합심하면 못할 일이 없을 것이네. 얼기설기 나무를 엮으면 쉽게 만들 수 있질 않겠는가."

모두가 약전의 말에 고개를 끄덕였다.

"그리고 너희들은 시간이 나거든 헛간을 하나 만들거라. 생선을 말리려면 밤낮으로 말려야 하는데 어지간히 마르면 응달 진 곳에서 완전히 말려야 하는 것이다."

약전의 말을 묵묵히 듣고 있던 종철이 결심이 선 모양이었다.

"어르신네 허라시는 대로 열심히 혀보겄구만이라."

"잘 생각하였다. 너희 삼형제는 고기잡이에 열중하고, 고기 말리는 것은 연포댁과 끝녜가 하도록 하게. 말리는 데 손이 더 많이 필요해 힘들 것이네만 한 해만 꾹 참고 열심히 하면 꽤 많이 모일 것이네."

연포댁이 옆으로 치워놓았던 술상을 다시 약전 앞으로 갖다 놓았다.

"자식새끼덜 고생허는디 즈이들도 부지런히 혀야제라. 참말로 고마워서 으쩨야 쓰께라우. 술 한 잔 더 허시제라."

연포댁이 정성들여 빚은 술을 다시 따랐다. 약전은 한 잔 쭉 들이켜더니 다시 입을 열었다.

"종철아, 너희들 하기에 달렸다. 내가 힘닿는 데까지 도울 터이니 열심히 하거라. 단 너도나도 덤벼들면 곤란하니 다른 사람에게는 말하지 말거라."

늘 집에서만 지내던 약전도 이제는 바깥출입을 하기 시작하였다. 무엇을 하는지 알 수 없었지만 아침을 먹고 나면 우이보에서 가장 높은 우이봉에 올라갔다가 내려오는 것이었다. 간혹 해변을 거닐기도 하였다. 약전은 그날도 우이봉에서 내려와 해변을 거닐고 있었다.

석양의 바다는 진달래 꽃물처럼 붉게 물들어 있었다. 그는 해변가 끝쪽 포구의 고깃배가 닿아 있는 곳으로 다가갔다.

비릿한 생선 내음이 바람을 타고 와 약전의 콧가를 맴돌았다. 약전이 뱃전에 다가갔을 때, 어부들은 크고 작은 고기들을 종류별로 분류해 큰 소쿠리에 담고 있었다.

그 배에 마침 종수가 타고 있었다.

"어르신네, 여그꺼정 워쩐 일이시다우."

약전은 못할 일이라도 한 양 겸연쩍어 하였다.

"어? 네가 이 배에 탔었구나. 그냥 바닷바람 좀 쏘이다가 배가 보이기에 구경을 와보았다. 이 정도면 많이 잡힌 게냐."

집에서만 보던 것과는 달리 배 위에서 그물을 내리는 종수는 더욱 미덥고 듬직해 보였다.

"아니여라. 어림도 없구만이라. 만선이 되아불믄 배에 발 디딜 틈도 없을 지경인디라, 오늘언 날씨가 궂길래 빨리 돌아와부렀구만이라."

약전은 방금 잡혀와 파닥거리는 생선은 처음 보았다. 비늘이 눈부시도록 푸른빛을 띠고 있었다. 약전은 비린내도 아랑곳 않고 생선들을 만져보았다. 생선살의 탄력으로 손가락이 튕겨져 나올 것만 같았다. 약전의 표정이 경이로움에 사로잡혔다. 늘 우울하고 어딘지 모르게 그늘에 싸여 있던 그의 얼굴이 단번에 화색이 돌고 생동감이 넘쳐 보였다.

"배는 늘 이쪽에 와서 대느냐?"

종수가 손을 바삐 놀리며 소리쳤다.

"여그허고 저짝 용머리바우허고 두 군데다 주로 대지라."

약전은 종수가 가리키는 용머리바위 쪽을 바라보며 매일 배가 들어오는 이쯤에 이곳에 나와보리라 생각했다.

약전은 저녁상을 물린 지 한참이 지났는데도 잠이 오지 않았다. 오후에 바닷가에서 보았던 이름 모를 여러 가지 생선들이 눈앞에 어른거려 숨이 막힐 지경이었다. 그는 벌떡 일어나 호롱불 심지에 불을 붙였다.

그리고 한동안 거들떠보지도 않았던 한지를 꺼내어 일정한 크기로 잘랐다. 자른 한지의 귀를 맞추어 송곳으로 구멍을 뚫은 다음 무명실을 꼬아 만든 노끈으로 그것을 단단히 묶었다. 그리고 다시 자리에 누웠지만 그는 그날 한잠도 못 이루었다. 살아 있는 생선들의 눈을 보았을 때의 충격이 오래도록 약전을 뒤척이게 하였다.

다음 날 약전은 조반을 들기가 무섭게 다시 우이봉에 올랐다. 정상에 올라 호흡을 진정시키며 먼 수평선을 바라보노라면 바다 건너 강진에 있을 아우 약용이 생각났다. 고향 마재에 있는 형님, 처자보다도 더 보고 싶은 아우였다.

가끔 인편으로 전해오는 소식에 몸 건강하고 좋아하는 글을 쓰며 지낸다고 하였는데, 아우의 필체에 힘이 빠진 것 같아

가슴 깊은 곳이 칼로 에이는 듯 아팠다.

그럼에도 아우의 편지임엔 의심이 없었다. 바로 선명한 인장 덕분이었다. 율정에서 헤어지던 날, 자주 편지를 주고받자고 약속하며 서로를 확인할 징표로 옥도장을 만들었다. 행여 중간에 잘못될 일이 없도록 확인하기 위하여 믿을 수 있는 신표를 만든 것이었다. 얼굴은 보지 못하고 글과 편지만 오고 가야 하니 지혜로운 처사였다.

수평선에 고깃배가 떠 있었다. 물안개가 싸여 있는 것이 필시 오늘 내일은 날씨가 아주 좋을 것 같았다.

약전이 바닷가에 나갔을 때는 아직 배가 한 척도 들어오지 않은 참이었다. 그는 바위에 앉아 고깃배가 들어오길 기다렸지만 아직 한 척도 눈에 띠지 않았다.

약전은 또다시 밀려드는 아우 생각에 눈가가 촉촉이 젖어들었다. 나주 율정에서 헤어질 때의 그 모습이 지금도 생생하게 떠올랐다.

담배를 깊숙이 빨아들이고 있노라니 빠른 속도로 다가오는 배가 보였다. 약전은 서둘러 몸을 일으켰다.

날이 서서히 어두워지고 있었다. 추석이 얼마 남지 않은 때라서인지 배가 들어오는 시간이 조금씩 늦어지고 있었다. 조금이라도 더 풍족한 명절을 지내기 위해 한 마리라도 더 건져 올리려는 소박한 바람 때문이었다. 한 척이 눈에 띄자 또 다른 배가 여기저기서 들어오기 시작하였다.

약전은 박 호장네 배로 다가갔다. 오늘도 만선인지 어부들 모두가 만족스런 표정이었다. 약전을 발견한 종철이 배에서 급히 뛰어내려 절을 하였다.

"어르신네, 나오셨는게라."

약전이 펄떡펄떡 뛰는 고기들을 바라보며 흐뭇한 얼굴로 인사를 받았다.

"오늘도 만선이로구나."

어부들이 고기를 종류별로 분류해 큰 대소쿠리에 나누어 담는 과정을 약전은 잠시도 눈을 떼지 않고 지켜보았다. 작업이 다 끝나고 품삯을 받아갈 때를 기다려 약전은 종철에게 다가가 오늘 잡은 고기들을 종류별로 두 마리씩 꼭 챙겨가도록 일렀다.

집으로 돌아오는 길에 종철이 약전에게 물었다.

"어르신네, 멋 허실라고 괴기를 가지가지 다 가져가자고 허셨당게라?"

앞서가는 종철이 지고 가던 바지게에서 생선 한 마리가 떨어졌다. 뒤따라 걷던 약전이 스스럼없이 그것을 집어 바지게에 담았다.

"아까 배에서 퍼덕거리는 고기들을 보고 깜짝 놀랐다. 어쩌면 그렇게 종류가 많은지 그것들을 다 알아보고 싶다는 생각이 들어 그런다."

"수년 간 배를 탄 지도 생전 못 본 괴기가 가끔 잽힐 때가 있제라. 물괴기라는 것도 참 희한혀라우. 그것들이 어치케 때를 맞춰 딱딱 나타나는지 신기헐 때가 많지라."

약전과 종철이 집에 도착할 즈음 날은 이미 저물어 있었다. 약전은 저녁을 뜨는 둥 마는 둥 하고 종류별로 가져온 생선의 생김새를 자세히 그려놓았다. 그리고 그것들의 배를 갈라 뼈의 개수까지 일일이 세어 기록했다. 그의 옆에서 호롱불을 들고 앉아 있던 종철이 말리기 시작하였다.

"어르신네, 비린내를 워쩌실라고 자꾸 만져싸신다요. 지헌티 시키지 않으시고라. 워디 양반님네들이 이런 것얼 손으로 다 맨지신다우."

"사람이 먹는 것인데 무슨 상관이 있겠느냐. 양반들은 이것을 먹지 않고 산단 말이더냐."

종철은 약전이 생선을 손수 만지는 것이 마치 자신의 죄인양 몸 둘 바를 몰라 하였다.

"지를 시키시랑께……."

그러나 약전의 얼굴은 무척 행복한 표정이었다.

"내가 귀양이 풀리면 이제 벼슬을 할 수는 없을 테니, 한양 가서 어물전을 하려고 그러는데 뭐가 잘못되었느냐. 여기 있을 때 부지런히 배워두어야겠다."

종철은 그제야 굳은 얼굴을 풀며 웃었다.

"어르신네, 우스개 말씸도 잘 허시네요이. 아무나 괴기 장새를 헌다우."

약전이 광어의 지느러미를 잘 펴서 그대로 그림을 그렸다.

연포댁의 집에는 이상한 건물이 들어섰다. 헛간이 마련되고 생선을 말리기 시작하자 마을에 소문이 난무하였다.

"멋 헐라고 괴기를 말리까이."

"맛난 날괴기도 다 못 묵는디 갈치 새끼를 말려서 멋에 쓰까."

"숭년 들 때 쓸라고 그라까."

"우리네는 생각조차 헐 수 없는 노릇이구마."

마을 사람들은 너나없이 한마디씩 떠들어댔다.

"글씨 말이시. 연포댁 식구들이 좀 돈 거 아니여."

"돌아도 이만저만 돈 것이 아니당께. 싹 미쳐분 거제."

"혹시 한양 어르신께서 시킨 것이 아니까 몰러."

"그라믄 그 냥반도 같이 돌아분 것이제."

빨래터에서나 밭에서나 몇 사람만 모였다 하면 종철네에서 고기 말리는 얘기를 쏙닥거렸다. 제정신이 아니라고까지 말하는 사람이 있는가 하면, 무슨 특별한 이유가 있을 거라고 생각하는 사람도 있었다.

하루는 덕보 영감이 찾아왔다.

"나으리, 디릴 말씸이 있어서 왔는디라."

어서 오게나."

덕보는 자리에 앉기도 전에 참지 못하겠다는 듯 서둘러 말하였다.

"연포댁이 괴기 말리는 일에 저러크롬 열을 올리는 까닭이 머시다요. 새우고 멸치고 닥치는 대로 말린다는 소문이 있등마. 육지로 가져가봤댓자 똥값일 것은 뻔한 일인디…… 멋 땀시 저런 고생을 씨잘디 없이 해쌌는지."

말을 마친 덕보가 약전의 안색을 살폈다.

"나도 모르는 일이네."

약전은 잘라 말하였다.

"나으리께서 모르실 리가 없제라."

덕보는 여전히 약전에게서 무언가를 알아내겠다는 듯 조심스레 눈치를 살폈다.

"글쎄, 온 식구들이 법석을 떨면서 야단이니 이유야 있겠지."

약전이 미적지근하게 말하자 덕보는 더욱 몸이 달았다.

"나으리, 그라지 마시고 지헌티만큼은 갈쳐주시제라."

"내가 물어보고 일러줌세."

약전이 발뺌을 하려 하자 덕보가 한 치의 양보도 없이 다그쳐 물었다.

"아따 종철이나 연포댁이 생각혀냈을 리는 없소. 나으리께서 묘안얼 내신 모양인디, 지헌티 알려주시믄 온 마을 사람들을 다 시켜서 속히 물건을 장만헐 수도 있지 않겠소. 그라고라, 새우 새끼나 멸치나 강달어 같은 것언 말려봤자 씨잘디두 없어라. 지가 꾀를 한나 일러디리께라."

덕보는 넘겨짚기까지 하였다. 무언가 육감으로 느껴지는 것이 있는 모양이었다.

약전은 여전히 우이봉에 오르내리는 것을 거르지 않았고, 그때마다 무엇인지 자주 기록을 하였는데, 종종 그걸 꺼내어 다시 고쳐 쓰기도 하였다. 약전이 돋보기를 꺼내 쓰고 그 기록들을 뒤적이며 물었다.

"무슨 뜻인가."

"전에 김 참판이란 분이 귀양 오신 적이 있었제라. 그분이 하루는 지를 불러 옥돔 말린 것이 있냐고 묻지 않겠어라. 으째 그라십니까 허고 여쭀등마, 한양에서 묵던 옥돔 맛을 못 잊겄다고 허십디다. 그래서 지가 알아본께 한양에서는 고거이 상당히 비싸다고 허대요."

"그야 비싸지."

여전히 약전의 눈은 기록장에 머무른 채였다.

"허니께 싼 괴기를 말리는 것보담 옥돔을 내다 파는 것이 제일 아니겄어라."

약전이 돋보기 너머로 덕보를 바라보았다.

"자네 말이 옳네."

약전의 말에 덕보가 우쭐해졌다.

"나으리께서도 고로크롬 생각허시제라? 그려도 이 섬에서는 덕보 머리 따라올 사람이 없어라."

"그래도 그것은 밑천이 많이 들지 않는가. 연포댁은 잡어로 돈 안 들이고도 할 수 있는 일이지만."

"아따, 품삯을 좋은 괴기로 받어 오믄 되지 않겄어라. 찌시래기 몇 가마보다야 돔이나 광어가 백 번 낫지라."

"자네 말이 맞네."

"허니께 지헌티만 좀 가리쳐주시랑께라."

약전이 돋보기를 벗으며 말하였다.

"나도 잘은 모르네만 그런 맘이라면 자네도 한 번 해보게나."

"그러믄 지도 끼어주시는 거제라!"

덕보가 뛸 듯이 기뻐하였다.

연포댁의 창고에는 말린 생선이 차곡차곡 쌓였다.

큰 고기는 말리고 나서도 다시 천장에 매달아 보관하였으며 멸치나 새우들도 통풍이 잘 되고 서로 닿지 않게끔 각별히 신경을 썼다. 그렇게 1년 반이 지나갔다. 가끔 강진에 귀양 와 있는 약용에게서 소식이 오고 아들 학초에게서도 서신이 왔다. 약전은 인편으로 한양 천 서방에게 서신을 띄웠다.

말린 생선을 보낼 터이니 잘 보살펴 달라는 것, 금란전권이 판을 치고 있는 시전 상인들의 마수에 걸리지 않게 보호해 달라는 것, 자신이 신세를 지고 있는 가난한 어부인데 배를 살 돈을 마련하기 위해 올려 보낸다는 것, 만일 배를 살 돈이 모자라면 명년에 다시 건어물을 올려 보낼 터이니 부족한 돈을 빌려주었으면 좋겠다는 것, 물건은 4월경에 보내겠다는 것 등을 자세히 적어 보냈다.

말린 고기들이 어지간히 모였다. 종철이나 종수, 종만 등 모두는 산더미같이 쌓인 건어물을 바라보면 든든하면서도 걱정 또한 그만큼 컸다.

"오살허게도 만네이. 이것들을 다 으치케 허까."

"어르신께서 다 알아서 허주실 테제. 우리사 괴기나 잽으러 다녔제만……."

종철의 말에 종수가 불쑥 한마디 던졌다.

"성님도 별소릴 다 허요. 우리가 최 첨지헌티 당헌 것을 생각 해보시오. 어쩔 때는 죽고 싶은 맴이 들 정도로 당허지 않었소."

형들의 말만 듣고 있던 말수 적은 종만이 모처럼 한마디 하였다.

"그나저나 싸게 멋이 되어부렀으면 쓰겄는디."

그도 한 형제였으므로 바람은 다 똑같은 모양이었다.

삼형제가 이런 말을 하고 있을 때, 약전도 무엇인가를 골똘 히 생각하고 있었다. 물건은 마련이 되었는데 운반하는 것이 문제였다. 판로도 터놓았으니 이젠 옮기기만 하면 되는 것이었 다. 그런데 그게 쉬울 것 같지가 않았다. 별궁리를 다 해보고 있던 참에 종철이 삐죽 얼굴을 내밀었다.

"나으리, 인자는 어치케 해야쓰께라."

"뭘 말이냐."

"거진 2년에 걸쳐 물건은 많이 맨글어놨는디, 저것을 어처크 롬 한양꺼정 가져가야 쓰께라?"

"나도 그걸 걱정하고 있는 중이다."

"지도 한 번 알아보께라우."

종철이도 궁리를 꽤 한 모양이었다.

"어떻게 말이냐."

"저 건너 비금도 덕산에 가믄 제물포로, 제주로 배를 갖고 왔다 갔다 허믄서 장사를 실허게 허는 사램이 있는디 그 사램 헌티 부탁얼 허믄 으짜께라우."

"그것도 한 방법이다마는 부피가 크고 별 값진 물건이 아닐는지도 모르는데 운반비가 물건 값보다도 더 들게 되면 어떻게 하겠느냐."

종철의 얼굴에는 다시 근심이 가득하였다.

"그라믄 어뜩케 허지라우."

"내가 며칠간 더 생각을 해보마."

"걱정이 한 가지 더 있구만이라."

"그게 무어냐."

"한양은 눈 뜨고도 코럴 비어 간다고들 허든디 지가 저것들을 가져가 갖고 돈은 못 받고 물건만 몽땅 뺏겨번지믄 워쩌지라."

"그건 걱정하지 않아도 된다."

약전은 며칠을 생각하고 또 생각하였다. 우이보에는 배가 여섯 척밖에 없었다. 그중에 최 첨지의 것은 빌리기가 어렵게 되어 있는 터이고 만수 영감은 한 척밖에 없으니 그걸 빌릴 수도 없었다.

그렇다면 호장네 배를 이용하는 수밖에 없었다. 호장과의 사이가 나쁜 것은 아니었지만 얼마 전에 호장 딸과의 얘기로 약간 찜찜한 상태여서 이해관계가 어떨는지 얼른 계산이 서지를 않았다.

뱃길로 제물포까지 닷새, 거기서 마포까지 하루를 잡고, 잘하면 보름 정도면 갔다 올 수도 있고, 바람만 잘 탄다면 더 빠를 수도 있을 길이었다.

그러나 약전에게는 다른 문제가 있었다. 얼마 전 호장이 다리를 놓아 약전에게 혼담을 꺼내 왔었다. 올해 스물다섯 살인, 과수가 된 자신의 딸을 측실로 받아달라는 청이 있었으나 약전은 일언지하에 거절을 했던 터였다.

가을하늘이 끝 간 데 없이 푸르렀고 햇볕도 솜이불처럼 따뜻하였다. 들국화가 조그마한 섬을 온통 뒤덮었다. 오늘도 연포댁은 끝네와 함께 고기 말리는 데 여념이 없었다. 새것을 말리고 먼저 말렸던 것을 다시 바람을 쏘이느라 진종일을 소모하였다.

한나절이 되어서 약전이 의관 채비를 하였다. 두루마기도 손질이 잘되어 있었다. 연포댁이 바쁜 일손 중에도 동정을 깨끗하게 달아놓았던 것이다. 약전은 연포댁의 손끝이 닿은 옷고름을 매며 문득 고마움이 느껴졌다. 약전이 토방을 내려서

자 갓을 쓴 그의 모습을 보고 헛간에서 건어물을 살피다 말고 연포댁이 황급히 쫓아 나왔다.

"나으리, 으디 가시는게라우."

"잠시 다녀올 곳이 있네."

약전은 서둘러 호장네로 갔다.

약전이 들어서자 호장네는 야단법석이었다.

"아이고 으짠 일로 이라고 귀한 걸음얼……. 어서 오셔라. 어서 안으로 드시씨요."

박 호장은 약전보다는 한두 살 아래였고, 조상들의 대물림이 튼튼해 이 섬에서는 가장 잘사는 부자였다.

"그란디 먼 바람이 부셨으께라. 나리께서 여그꺼정 다 와주시고."

호장은 어쩔 줄 몰라 하였다.

"을녀야."

"야."

"술상을 얼른 봐오그라. 술언 어지께 뜬 것이 맛이 아주 좋등마. 그것으로 가져오그라. 그라고 안주는 더덕구이허고 전복을 내오그라이."

박 호장은 호들갑을 떨어댔다. 한참이 지나자 술상이 들어왔다. 박 호장은 술상을 들고 들어온 딸을 약전에게 인사를 시켰다.

"생긴 것은 안 그란디, 팔자가 드센지 으짠지 시집을 가자

마자 서방을 잃었지라. 벌써 5년째가 되았구만이라. 천상 여자고 맵씨 곱고 음식 잘 맹글제만 이 섬에서 줄 만한 사람이 있어야제라. 그란다고 뱃놈헌티 줄 수는 없고라."

박 호장이 상을 내려놓고 나가려는 딸을 불렀다.

"을녀야, 이분이 한양 나리시다. 인사드리그라."

갸름하게 생긴 고운 얼굴이었다. 을녀는 공손히 절을 하고 뒷걸음질로 살며시 나가 문을 닫았다.

"호장, 부탁이 있어서 왔네."

"지가 헐 수 있는 일이믄 다 들어드려야제라. 나으리께서 읽으실 만한 책도 아주 많어라. 집도 너르니께 나으리 거처허실 만한 곳언 얼매든지 있제라. 맴만 정하시믄 지가 다 알어서 헙지라."

호장의 집에 책이 많다는 소문은 약전도 이미 들어 알고 있던 터였다. 귀양 왔던 사람들이 남기고 간 책들을 착실히 모아 두었던 모양이었다. 그러나 귀양 온 이래 약전은 책과는 담을 쌓고 오직 술만을 벗 삼아 살았다. 그의 일상은 때때로 바닷고기를 만져보고, 매일 산에 올라서 기상을 살펴보는 것이 전부였다. 공자왈 맹자왈 하는 성리학에는 진저리가 나 있던 그였다.

"책을 빌리러 온 것이 아니네."

박 호장은 약전의 기분을 맞추느라 온갖 정성을 다하였다.

"술이나 자시면서 찬찬히 말씸허시지라. 이 약주는 특별히 신경 써서 맹근 것인께 맛이 솔찬히 드실만 허실 것이구만이라. 안 그려도 나으리 갖다 디릴라고 담근 술이여라."

술을 좋아하는 약전에게 박 호장이 술을 담가 보내려던 참인 모양이었다. 한동안 술을 멀리했던 약전은 두어 잔에 금방 얼큰해졌다.

"박 호장, 날 좀 도와주게."

"도와디려야제라. 나으리 일이라믄 지가 발을 벗고 나설 것이구만이라."

약전은 박 호장이 따라주는 대로 거푸 약주를 마시다가 하려던 말을 꺼내었다.

"배를 한 척만 빌려주게."

박 호장이 약전의 잔에 술을 채우다 말고 물었다.

"멋 허실라고라?"

"넉넉잡아 보름만 쓰겠네."

"아니, 나으리께서 한양 나들이럴 허시는 것은 아니시겄제라."

"죄인의 몸으로 어딜 가겠는가. 연포댁네 건어물을 한양가지 내가야겠네."

박 호장이 금세 안색을 바꾸었다.

"그란디 으째 연포댁 식구들얼 그렇게도 끔찍이 여기신당게라?"

"은혜를 입었기 때문이네. 그 사람들이 있는 정성을 다해 나를 보살펴 주었고, 내 말을 충실히 따라주었으니 나도 보답을 해야 하지 않겠는가."

"고것이 그랗께 배가 있어야 헌단 말씀이제라."

"그렇다네. 많이도 말고 넉넉잡아 보름만 빌려주게나. 뱃삯은 충분히 셈해 줌세."

"허기사 가을철이 되믄 쪼께 한가해지긴 헌디."

약전이 한마디 덧붙였다.

"나도 그래서 부탁을 하는 것이네."

박 호장이 결심이 선 듯 입을 열었다.

"그로크럼 허시씨요. 지가 갖고 있는 배 중에서 질 크고 실한 것얼 빌려디리께라우."

"고맙네."

약전은 박 호장이 참으로 고마웠다.

"그란디 사공은 어뜩케 허시게라?"

"그것까진 미처 생각을 못해봤네."

"지 배에 제물포럴 몇 번 갔다 온 놈이 있는디 갸를 쩸매 보내께라."

"그래주면 더욱 좋겠네."

"나으리, 배도 빌려디리고 사공도 빌려디리고, 뱃삯도 안 받을라요. 나리께서 모처럼 허신 부탁이신디 무신 낯짝으로 삯을 받겄어라."

박 호장은 여전히 약전의 눈치를 살피며 조심스럽게 운을 뗐다.

"이번 일만 끝내시믄 거처를 옮기시는 것이 워떠시겄어라? 지가 집을 한나 장만해놀 것잉께 거그 오서서 거처하시지라."

약전은 선뜻 대답을 할 처지가 아니었다.

"생각을 해봄세."

"지 말씀은 꼭 지 딸얼 데리고 사시라는 것이 아니여라. 협소한 종철이네서 고생허시지 말고, 너른 디서 책도 보시고 공부도 허시믄서 지내시라는 말씀이지라."

사실 박 호장의 말에도 일리는 있었다. 귀양 와서 처음에 어찌 하다 보니 연포댁네로 가 있게 되었지만 번듯한 대청마루도 없는 사랑채 비좁은 방에서 두 해 여름을 지내왔다. 불평불만을 모르는 약전이 아니고는 아무리 연포댁, 끝녜, 종철 등의 정성이 지극하다 한들 며칠을 견뎌내기도 어려웠을 것이다.

"고맙네. 나도 사람인데, 이제까지 알게 모르게 연포댁 식구들에게 진 신세가 많으니 휑하니 나올 수는 없지 않겠는가. 이번 일이 잘되면 나도 홀가분하게 나올 수 있겠지. 자네의 신세를 지고 안 지고는 그 후의 일일세."

"나으리, 지 맴을 알어주신께 참말로 송구시럽구만이라. 인자부텀 지가 다 알어서 해디릴 텡께 안심허시고 약주나 좀 드시지라."

정성을 들인 술답게 맛이 일품이었다. 술자리는 다시 이어졌다.

약주가 떨어질 때마다 을녀가 공손히 술병을 들고 들어왔다. 그녀는 참하게 생기기도 하였지만 그런대로 예의범절도 익힌 듯하였다. 드나들 때마다 다소곳이 목례하는 것을 잊지 않았으며 항상 뒷걸음질로 방을 빠져나갔다.

다음 날부터 박 호장은 배 중에서 제일 큰 범선을 수리하기 시작하였다. 망가진 데가 별로 없었는데도 목수를 불러와 이곳저곳을 고쳤다. 돛도 조금이라도 찢어진 곳이 보이면 일일이 손질하고 장비도 모두 점검하였다.

조그마한 포구 마을 진리에 이 소문이 순식간에 퍼져나갔다.

"종철이가 건어물을 싣고 한양으로 장사럴 간다고 허등마."

"지가 먼 돈으로 배를 빌렸당가."

"그것이사 한양 어르신께서 빌려주셨겠제 지 힘으로 되기나 허간디."

"아무리 그란다고 노랭이 호장님이 어쩐 일로 배꺼정 내줬으까잉."

"아따, 그 속셈도 모른당가. 그야 뻔하제."

김매는 아낙들의 수다는 그칠 줄을 몰랐다.

"먼디."

"호장네 딸 을녀 안 있는가. 젊다나 젊은 나이에 과수로 늙어 직일 수도 없고 시집얼 다시 보내자니 마땅헌 디도 없고, 생각다 못혀서 한양 으른을 점찍은 것이 틀림 없당께."

97

"참말이까."

"나 말이 틀리믄 손에다 장을 지저블제."

약전은 여전히 아침나절에는 산에 오르내렸고 저녁나절에는 배가 닿는 선창가에서 지냈다. 박 호장이 연포댁의 집에 들러 싣고 갈 물건들을 점검하였다.

"부산을 떨어쌌등마 많이도 맹글었네이. 이것이 전부 을매나 된당가."

"갈치포가 열 짝, 역거리(조기새끼)가 스무 짝, 보리새우가 서른 가마니, 지리멸이 스물다섯 가마니, 굴비가 백 두름, 또 뱀장어가 수도 없이 많지라."

연포댁이 신이 나서 주워섬기다 말고 퉁명스럽게 말을 맺었다.

"가만있자. 한 배감은 쪼께 덜 되는디, 어째야 쓰까."

박 호장이 이리저리 생각하더니 무릎을 쳤다.

"연포댁, 어차피 가는 밴디 꽉 채워가야제. 내 좋은 생각이 있구만. 오늘 배가 틀림없이 멸치를 잡아올 것인께 멸치젓을 백 동이만 맹글소. 그라믄 한 배는 실히 될 것이고 무게도 알맞을 것이구만."

"멸치 값은 워쩌고라."

연포댁은 여전히 퉁명스럽게 쏘아붙였다. 걱정하는 연포댁을 박 호장이 다독거렸다.

"돈이사 나가 난중에 나리허고 셈허믄 되제."

종철과 덕보는 엿새를 걸려 마포에 도착하였다. 말로만 듣던 한강은 어마어마하게 넓었고 배들이 셀 수도 없을 만큼 많이 모여 있었다. 배가 강가에 닿기 직전 종철이 선장과 덕보 영감에게 단단히 일렀다.

"지가 핑 문안에 댕겨올 것잉게, 아무허고도 홍정을 헌다거나 대꾸럴 허시믄 안 되요이. 거간들헌티 걸렸다 허믄 큰일 난다고 한양 어른이 단디 일러 주셨당께라."

선장이 물었다.

"문안에는 멋허러 가는디?"

"사람 데리러 가제라."

선장이 종철에게 아는 체했다.

"장사란 고런 것이 아니여. 거간을 끼어서 홍정을 허고, 싸게싸게 넘겨뻔져야 허는 것이여. 암 것도 모름서 그라네이."

종철은 약전에게 들은 말이 있었다.

"글씨 딴 말씸 마시고 기다리시랑께라."

선장은 마포에 여러 번 와본 자신의 말을 듣지 않는 종철이 오히려 딱하기만 하였다. 올 때마다 장사꾼들과 실랑이를 하면서 홍정을 했고, 그래야만 물건이 팔렸다. 조금 밑지는 듯 생각되더라도 때를 놓치지 말고 팔아야지, 그렇지 않았다간 열흘이고 스무 날이고 팔리지 않아서 고생을 했던 적이 있었던 것이다. 그렇게 되면 오히려 처음 홍정하던 가격보다 더 내려가기 일쑤였다.

"종철이 자네, 나 말 들어. 나가 장사를 한두 번 해본 것이 아니여. 이 바닥에서 물건얼 팔라믄 거간들 비우를 맞춰줘야 허는 뱁이랑께. 안 그라믄 폴지도 못허고 그냥 싣고 내리가야 허는 꼴얼 당헌단 말이시."

"아따, 지 말 들으랑께라. 한양 어르신네께서 허라시는 대로 혀야 허닝께 쪼께만 지둘려보드라고라."

"한양 어르신이 장사치시당가. 참말로 답답허네이. 고집은 먼 고집이여. 덕보 영감 안 그렇소."

이 말이 옳은지 저 말이 옳은지 알 수 없는 덕보는 큰 눈이 더 둥그레 해져 어느 쪽 편을 들어야 할지 몰랐다.

"나는 잘모르겄는디 어쩌크롬 해야 쓰까."

종철은 종철대로 답답하였다.

"글씨 아무 말씸 마시고 기다리시씨요. 지가 펭 문안에 갔다 올 텡께."

종철은 더 이상 옥신각신할 시간이 없었다. 그는 둑을 내려와서 강을 따라 바쁜 걸음으로 문안에 들어갔다.

종철이 사라지자 뱃전에 웬 사람들이 나타났다. 거간꾼들이었다.

"어디서 왔소."

"흑산도서 왔는디라."

덕보가 거만하게 구는 거간꾼들에게 주눅이 들어 대답하였다.

"물건을 좀 봅시다."

두 사람이 배를 몇 개나 건너뛰어 배에 올라왔다. 오자마자 그들은 코를 틀어막고 상을 잔뜩 찌푸렸다.

"아유, 멸치젓 냄새. 이런 건 한양 사람들은 먹지도 않아."

"건어물도 있는디라."

선장이 말하였다.

"어디 좀 봅시다."

"갈치포도 있고 보리새우도 있는디……."

덕보가 중얼거렸으나 그들은 그의 말을 들은 체도 하지 않았다. 그들은 건어물 자루를 발로 툭툭 차보기도 하고 하나씩 빼서 먹어보기도 하였다.

"물건들이 하품뿐이구만."

"이런 것들은 팔리지도 않아. 거저 준다고 해도 안 가져가요."

"옥돔도 있는디요."

덕보의 말에 그들은 귀가 솔깃해졌다.

"어디 좀 봅시다."

덕보는 잘 간수해온 옥돔을 보여주었다. 이것만은 자신이 있었다.

"이거 영감 것이오?"

"야."

"당신들이 만들었수?"

"그라제라."

그들은 자신만만해 있는 덕보의 얼굴에 찬물을 끼얹었다.

"이걸 물건이라고 팔러 왔소?."

덕보는 낭패스러웠다.

"으째서라?"

"옥돔은 노르스름한 빛이 돌고 윤기가 있어야 하는데, 소금만 처발라 놨으니 이걸 어떻게 팔겠소. 장사를 하려거든 상품으로 만들어 와야지."

덕보는 금방 온몸에서 힘이 빠져나가 풀썩 주저앉을 것만 같았다.

"아니, 이 이상 어치케 더 좋은 것을 맹근당게라."

"밖에 가서 한번 돌아보슈. 옥돔이야 제주 것이 제일이지 흑산도 것은 물건 축에도 못 끼어."

한 놈은 발로 툭툭 차며 헐뜯었고 다른 한 놈은 슬슬 흥정을 붙여왔다.

"몇 마리나 됩니까."

"네 짝이니께 4백 마리지라."

"물건이 최하품이니까, 다 합쳐서 스무 냥 쳐주지."

"워메, 괴기 값은 고사하고 품삯도 안 나오게라."

덕보는 뱃바닥에 주저앉고 말았다. 맥이 풀려 움쭉도 못하고 있는 그에게 그들은 더 심한 말을 던졌다.

"싫으면 다시 싣고 가면 되잖소."

덕보는 어찌할 바를 몰라 했다. 괜히 약전의 말을 듣고 2년이 넘게 노력하였던 것이 못 견디게 후회스러웠다. 다급해진 그는 선장에게 매달렸다.

"이 일을 으째야 쓰까이. 몰리나라고 그 고생 허지 말고 날로 그때그때 팔았으믄 스무 냥의 몇 곱은 더 되았을 거인디."

"허니께 아무나 장사허는 것이 아니랑께라. 한양놈들은 날도둑놈들뿐이라는 말도 못 들어보셨소. 어쩌자고 나이깨나 자신 어른이 이런 짓을 허셨당가. 큰일 나부렀네, 큰일."

덕보는 이를 악물고 일어났다. 이대로 포기해서는 안 된다는 생각이 들었다.

"엎질러진 물이여. 앞으로 어쩌크롬 해야 쓴당가."

"쪼께만 기서보시오. 또 딴 놈들이 달겨들어 더 헐값으로 부를 텡께."

덕보의 얼굴에 핏기가 싹 가셨다.

"아니 그라믄, 값이 더 내려간단 말이여."

"나가 한두 번 당해본 것이 아니랑께. 이놈이 와보고 저놈이 와봄시로 사정없이 값을 후려쳐서 정신없이 만들어불 것이요."

"이 노릇을 으째야 쓰까."

"결국에는 처음에 왔던 놈이 다시 와서 열이믄 열, 백이믄 백 그 값에 흥정이 되는 기제. 저놈들 허는 꼴이 스무 냥밖에는 못 받을 것 같소."

덕보가 죽을 상이 되었다.

"품삯도 안 된디……."

"그려도 영감은 쪼끔이니께 팔아번지문 되제만 종철이 일이 난감허요. 거간꾼들은 옥돔밖에는 눈에 없는디, 딴 물건들은 똥값이 되아번지는 거제."

"워메 나는 으째야 쓰까, 기냥 스무 냥 받고 팔어번지는 것이 속 편할랑가."

"글씨 나 말이 맞을 것이요. 이 마포 바닥은 시골 놈들 껍데기를 벳겨 묵고 사는 디여. 나 일은 아니요만 종철이 땀시 참말로 걱정이구마."

이때 또 다른 두 놈이 나타나더니 더 심한 말을 하였다.

"이 배는 쓰레기만 싣고 왔군. 흑산도에서나 먹든지 아니면 바다에 던져버려."

"무신 그란 말씸얼……."

그들은 눈을 부라리면서 덕보를 노려보았다.

"이 영감이 미쳤나. 말이 말 같지가 않아서 대드는 거야?"

"그란 것이 아니고……."

"영감 몇 살이요. 아직 귀먹을 때도 안 돼 보이는데 알아듣지 못하는 걸 보니 귓구멍을 송곳으로 뚫어야겠구만."

우락부락하게 생긴 놈이 덕보의 귀를 잡아당겼다.

"아야야. 으째 이래싸시오."

덕보가 아무 죄 지은 것도 없이 젊은 놈에게 쩔쩔매게 되었다.

"영감, 내 맛을 좀 보여줄까."

한 놈이 소매를 걷어붙이면서 곧 칠 듯이 위협을 하고 들었다.

"즈이는 암 것도 모르닝께 그라지들 마시씨요이."

덕보가 매달려 애원을 하였다.

"처음부터 고분고분할 노릇이지. 이제 와서야 그러면 뭐가 좋아."

"우리 비위 건드리면 물건 파는 것은 고사하고 술 한 모금도 마시기 어렵게 돼. 어디 술뿐인가, 물도 못 마시게 되지, 암."

"잘못했구만이라."

"어디, 이 배에 옥돔이 있다며?"

"야, 쩌그 있어라."

옥돔을 본 다른 거간이 또 타박을 하였다.

"이게 돔이야. 소금을 처발라놔서 색깔이 죽었군. 팔기는 애당초 틀렸어."

한 놈이 다시 수작을 걸었다.

"몇 마리요."

"4백 마린디라."

"물건 값 제대로 받기는 틀렸구만. 열 냥이면 어때. 그래도 다시 가져가는 것보다는 낫잖아."

"별 말씸을 다 허요."

덕보는 울상이 되었다.

"어디 그럼 잘 팔아보시지."

거간들은 덕보의 머리를 몇 번 툭툭 치더니 가버렸다.

선장은 씨근거리고 있는 덕보에게 말하였다.

"다들 한 패거리들이어라. 쪼께 있다가 또 올 것이오."

"아이고, 으째야 쓰까이."

"나 말대로 처음에 왔던 놈들이 쪼께 있다가 다시 올 것이니께, 그 사람들헌티 사정사정하믄 열 냥쯤은 더 받을 수 있을 것이오."

"고로크롬이라도 될 수 있을랑가."

덕보는 거간들의 농간에 말려들고 말았다. 선장 말대로 처음에 왔던 거간들이 다시 올라와 달래고 어르면서 흥정을 계속 붙여왔다.

"물건을 팔려면 우리 말 들어요. 스무 냥이면 최고로 쳐주는 것이오."

"그라지 말고 쪼께만 더 올려주시제라."

"이 영감이 미쳤나. 다른 사람들은 열 냥도 안 주겠다고 하던데."

"아따, 그라지들 마시고 서른 냥만 주시제이."

같이 온 놈이 옆구리를 쿡 찌르면서 말하였다.

"처음인 모양인데 조금 봐주지."

"우린 뭘 먹고 살고."

"그래도 영감이니 조금만 더 주지 뭐."

"그럴까."

"아이고, 고맙구만이라."

덕보가 고마워서 어쩔 줄을 몰라 하였다. 그나마 싼 값에라도 파는 것이 빼앗기거나 버리는 것보다는 낫다는 생각 때문이었다.

"영감, 스물닷 냥이오. 잘 세어보시오."

덕보가 돈을 받아 세는 둥 마는 둥 하며 굽실거렸다.

"야, 야."

거간꾼이 다시 물었다.

"그런데 나머지 화주는 어디 갔소."

덕보가 얼른 대답하였다.

"문안에 사람얼 만나러 간다고 갔어라."

거간 중에 한 명이 뱃전에 침을 탁 뱉으며 지껄였다.

"물건은 우리가 사주지 문안 사람들이 사주나. 그 사람 팔기는 글렀어."

짐꾼을 시켜 옥돔 네 짝을 옮기고 나더니 거간 둘이 다시 덕보를 붙들었다.

"거래가 잘 됐으니 영감이 술을 사야지."

덕보가 난처한 표정을 지었다.

"돈이 쪼메밖에 없는디라."

옆에서 선장이 눈을 끔벅거렸다. 시키는 대로 하라는 신호였다.

"사람이 예의가 있지, 고마우면 인사치레는 해야잖수."

분위기는 덕보가 술을 사지 않으면 안 되게 되어 갔다. 덕보는 마지못해 그들을 따라 주점으로 들어갔다.

"영감 어때, 시골 술맛보다 낫지?"

덕보는 지금 여기 술맛 저기 술맛을 따질 상황이 아니었다. 있던 술맛도 달아날 판이었다.

"지는 잘 몰르겄구만이라."

"국밥도 사시오."

덕보는 가슴이 아팠지만 이왕 여기까지 왔는데, 어쩔 수 없는 노릇이었다.

"맘대로 드시씨요."

홧김에 덕보는 술이 곤드레만드레가 되도록 퍼마셨다.

명례방에 도착한 종철은 수소문 끝에 겨우 천만호의 집을 찾아내었다. 물어보는 사람마다 모두 천만호의 집을 알고 있어 찾는 데 큰 어려움은 없었다.

여염집치고는 으리으리하게 큰 집이었다.

"여그가 천씨 어른 댁인게라우."

"그렇습니다만……."

"아이고, 옳게 찾아왔구만이라. 시방 댁에 기시께라우."

"어디에서 오셨습니까."

문지기가 더부룩한 머리에 며칠 세수를 못해 꾀죄죄한 종철을 아래위로 훑어보았다. 그러나 말투는 무척 공손하였다.

"흑산도에서 왔는디라."

종철이 흑산도에서 왔다고 하자 문지기는 더욱 친절해졌다.

"어서 오십시오. 어르신께서 기다리고 계셨습니다."

하인들이 종철을 사랑으로 안내하였다.

조금 후 방문이 열리면서 비단옷을 단정하게 차려입은 중년의 남자가 들어왔다. 하인이 종철에게 눈짓을 해주었다. 종철은 얼른 일어나 옷고름을 고쳐 매고 큰절을 하였다.

"지는 흑산도에서 온 종철이라고 헙지라."

천만호는 풍채도 좋았지만 잘생긴 인물이었다.

"먼 길 오느라 고생하였네. 나리는 안녕하신가."

종철이 고개를 숙이며 대답하였다.

"야, 즈이 집에서 뫼시고 있구만이라. 처음에 오셨을 직에는 음식이 입에 안 맞으신지 통 진지를 못 잡수셨어라. 비우가 약하서 갖고 어물도 잘 못 드서서 몸도 쪼께 상하셨었지라. 섬 구석에 뭇이 있어야제라. 지가 입에 맞는 해물을 구해다가 보신을 해디렸등마 인자는 얼추 회복이 되셨구만이라."

"지금도 약주를 많이 잡수시는가."

"지고는 못 가서도 잡숫고는 가시제라. 워낙 말술이신께라우."

천만호가 곰방대에 불을 붙였다. 그가 한 번씩 긴 곰방대를 뻑뻑 빨아댈 때마다 뭉게구름 같은 연기가 몽실몽실 피어났다.

"자네가 고생이 많네. 듣자 하니 넉넉지 못한 살림인가 보던데 어르신 뒷바라지를 해드리느라 퍽이나 힘들었겠네."

종철이 두 손을 홰홰 내저었다.

"먼 말씸이다요. 그저 지들 묵는 대로 해 뫼셨지라."

"뭐 전하라는 서신은 없는가."

"아이고, 내 정신 잔 보소."

종철이 소매 속에서 서찰을 꺼내었다. 많이 구겨져 있었다.

"이것얼 전해 디리라고 허셨구만이라."

두 통이었다.

"하나는 아드님 학초에게 쓰신 거로구만."

천만호는 두 통의 서찰을 자개 문갑에 집어넣었다.

"배가 마포에 와 있는가."

"야."

"내가 심부름을 시켜 놓았으니 조금 있으면 사람이 올 것이네."

"야."

"잘못하면 거간들에게 몽땅 뺏기다시피 한다더군."

"어르신께서도 건어물에 대해서 잘 아신갑소."

"나는 잘 모르네. 그래서 사람을 찾고 있네."

종철이 잘 모른다는 천만호의 말을 듣고는 금세 얼굴이 흐려졌다.

"큰일 나부렀네이. 인자 사람을 찾아갖고 은제 고것을 다 판당게라우."

타들어가는 종철의 속마음을 아는지 모르는지 천만호가 여유 있게 웃었다.

"걱정 말게."

얼마 지나지 않아 건장한 사람이 사랑에 들어왔다.

"오래간만이오, 천형(千兄)."

몹시나 다정한 사이 같았다.

"얼마 만이오, 김 영위(領位)."

천만호도 반가이 그를 맞았다. 나이가 서로 엇비슷해 보였다.

"오늘은 긴한 부탁 말씀이 있어서 찾았습니다."

두 사람은 옆으로 앉아 다정스레 말을 주고받았다.

"천 형의 부탁이라면야……."

"흑산도에 가 계신 약전 서방님의 부탁이니 김 영위께서 최선을 다해 주시길 부탁합니다."

"무엇이든 말씀만 하십시오."

"물건을 좀 사주셔야겠습니다."

천만호가 김 영위에게 종철을 인사시켰다. 김 영위가 고개를 끄덕였다.

"이분은 어물전의 영위시네. 인사드리게."

종철이 무슨 말인지 알아듣지 못해 어리둥절해 있자 천만호가 상세히 일러주었다.

조선시대에는 지금의 전매특허처럼 육의전이란 전매 제도가 있었다. 여섯 가지 물건을 사고파는 데 특권을 준 것이다. 백목

(白木 : 무명), 종이, 삼베, 솜 등 일상생활에 절대적으로 필요한 물건들의 매매를 나라의 힘으로 통제하고 일정한 상인에게 이권을 주었으며, 반대로 정부에서 필요로 할 때는 육의전 상인들이 무료로 공급하는 제도였다. 그중엔 내외(內外) 어물전도 포함되어 있었으며 이곳의 총우두머리를 영위라고 불렀다.

천만호의 설명을 다 듣고 난 종철이 일어나더니 다시 김 영위에게 절을 하였다.

"요로크롬 뵙게 되아서 참말로 영광이구만이라."

"아니, 왜 이러는가. 그냥 앉게나."

김 영위가 너털웃음을 터뜨리며 종철에게 앉으라고 권하였다.

"그래, 가져온 게 무엇인가."

종철은 영위를 만난 흥분이 아직 가라앉지 않아 목소리가 떨려 나왔다.

"건어물하고 멸치젓이어라."

"멸치젓은 제때이니 좋은 값을 받을 수 있을테고…… 건어물은 무엇인가."

김 영위가 묻자 천만호가 아직도 떨고 있는 종철을 대신하여 한마디 하였다.

"이것저것 여러 가지인가 봅니다."

"전번에 제주에서 돌아올 예정이던 배가 풍랑을 만나 파선되는 바람에 물량이 달리지요. 혹시 옥돔은 없는가."

"쪼께 가져왔어라."

"그래, 마침 잘 되었네. 내수사에서 어찌나 옥돔을 재촉하던지 납품을 못해서 걱정하던 참인데, 얼마나 되는가?"

"지가 가져온 것언 6백 마리지라. 같이 온 덕보 영감 것이 4백 마리고라."

"당장 2천 마리는 있어야 하지만 그것만 있어도 어떻게 넘어갈 수는 있겠군. 자, 그럼 가보세."

김 영위와 천만호는 종철을 앞세우고 나섰다. 밖에는 가마가 준비되어 있었다.

마포나루에서는 야단이 났다. 나루터까지 나올 사람이 아닌 어물전의 영위가 나타났으니 다들 놀랄 수밖에 없었다. 객줏집이고 거간들이고 모두 나와 코가 땅에 닿도록 인사를 했고 손을 슬슬 비비면서 눈치를 살피기에 바빴다.

"이상하지 않은가. 영위님이 예까지 오실 일이 없는데……."

"글쎄 말이야. 종로에 앉아서 주판알이나 튕기는 양반이 뭣하러 마포에는 오셨을까."

천만호와 김 영위가 종철의 안내를 받으며 그가 타고 온 배로 올라갔다. 이것을 보고 더욱 놀란 사람은 조금 전 덕보에게 장난질을 치던 거간들이었다.

"큰일 났구만. 저 배와 특별한 관계가 있으신 모양이야."

"그러고저러고 억쇠하고 점박이는 어딜 갔나. 아까 그 애들

113

이 저 배에서 물건을 빼앗다시피 했는데."

"아마 주막에서 술 처먹고 있을걸. 빨리 가서 알려야잖나."

종철이 가져온 것들을 둘러본 김 영위는 건어물도 만져보고 멸치젓도 찍어 먹어보더니 흡족해하였다.

"정성들여 만들었군. 물건이 상품이오. 천형 덕택에 숨통을 트게 되었소. 옥돔도 잘 말려서 일등품입니다."

김 영위는 대상답게 솔직하였다. 흐뭇해하는 김 영위를 바라보던 천만호 역시 기분이 좋았다. 김 영위는 천만호의 신세를 많이 지고 있는 형편이었다. 장사를 하다가 돈이 물리면 그의 신세를 져야 했다. 장안에서 발행하는 어음은 그의 손을 거쳐야만 해결될 정도로 천만호는 독보적인 존재였다.

김 영위가 따라온 거간에게 명령하였다.

"차 주부를 불러오너라."

"예."

차 주부는 마포에 나와 있는 거간들의 책임자였다. 모든 물건이 그의 손을 거쳐 내외 어물전으로 운반되었다. 그 사회에서의 규율은 어느 곳보다도 엄격하였다. 만일 조금이라도 차 주부의 눈밖에라도 나게 되면 당장 쫓겨나야 했다.

물론 장사치이니 공정한 거래를 꾸준히 하여야 하지만, 이번 흑산도 배와 같이 자신들의 정기 거래선이 아닌 경우에는 적당히 눈을 감아주는 것이 상례였다.

"차 주부올습니다. 부르셨습니까."

"자네, 여기 이 물건들 주판 좀 놓게. 내가 보기에는 상품이
니 잘 계산하게."

"예, 잘 알겠습니다. 영위님 약주나 한잔 하시지요. 준비해
놓았습니다."

"알겠네. 지푸라기 하나라도 거저 가져오려 하면 아니 되네."
차 주부가 굽실거렸다.

"어느 영이라고…… 충분히 알아서 해 올리겠습니다."

분위기가 돌아가는 것을 쭉 지켜보고 있던 선장은 신바람이
났다.

"자네가 어쩌크롬 저라고 높은 냥반을 다 안당가. 구신이
곡헐 노릇이구마."

종철도 얼굴이 상기되어 있었다.

"다 한양 어르신 덕분이지라."

"그란디, 덕보 영감 땀시 큰일이구만."

"으째라. 먼 일이 있었소."

"말도 말어. 아까 거간놈으 자슥들이 달라붙어서 옥돔을 뺏
기다시피 팔아번졌당께."

"워메, 이 일을 으째야 쓰까. 긍께 나가 아무도 배에 올라오
지 못허게 허라고 안 혔소."

"누가 이러크롬 될 줄 알았당가."

"덕보 영감 애만 쓰고 손해를 봐 부렀을 거인디 큰일이구
마."

"자네가 저 높은 어른헌티 야그해서 워치케 좀 손해 안 보게 해보제 그랑가."

천만호와 김 영위는 객줏집으로 들어갔다. 자리를 잡고 나더니 사람을 시켜 선장과 종철을 불렀다.

"즈이들이 감히 어쩌크롬 자리를 같이헐 수 있겠어라."

선장과 종철이 송구하여 어찌 할 바를 몰라 하였다. 그들의 몸에서 비린내가 심하게 났다.

"그러지들 말게. 자네들 원로에 고생이 많았을 텐데 어서 이리 와 앉게. 그러면 피로가 좀 가실 걸세."

"그려도 격이 있는 것인디 워치케……."

"자, 한 잔 하게."

천만호가 선장에게 먼저 약주를 권하였다. 객줏집의 대접은 퍽이나 융숭하고 깍듯하였다. 주인이 직접 나와 문밖에 서서 대령하고 있었다.

"그런데 셋이서 온 걸로 아는데 한 사람은 어딜 갔는가."

천만호가 궁금해 하였다.

"시방 안 그려도 고것이 걱정이어라."

"무슨 일인가. 얘길 해보게."

"덕보 영감허고 같이 왔는디, 종철이가 문안에 댕겨오는 새에 거간들헌티 물건을 뺏기다시피 팔아부렀지라."

김 영위가 나섰다.

"아까 천 형 집에서 얘기했던 옥돔이 그리 되었단 말인가."

"야, 4백 마리지라."

"주인장, 이리 좀 와보시오."

천만호가 주인을 불렀다.

"예."

"이 근처를 다 뒤져서 흑산도에서 온 덕보라는 노인을 찾아오시오."

"예, 곧 갔다 오겠습니다."

김 영위도 일을 시켰다.

"주인장, 우리 애들 한 사람만 찾아 보내주시오."

"예."

얼마 있다 거간 한 사람이 불려왔다.

"영위님, 부르셨습니까요."

"아까 흑산도에서 온 배와 거래한 사람이 누군지 아느냐."

"예, 억쇠와 점박이가 했습지요."

"그 애들을 찾아오너라."

"예."

목로주점에서 억쇠와 점박이, 그리고 덕보는 곤드레만드레 취해 있었다.

"나는 이 한양 바닥에 아는 사람이라고는 없응께, 날 찾을 사람이 있을 턱이 없당께."

"억쇠하고 점박이도 빨리 가세. 영위님께서 찾으시네."

그들은 영위가 찾는다는 말에 정신이 번쩍 드는 모양이었다.

"뭐라고, 지금 영위님이라고 했나."

"그렇다니까."

"여기는 어쩐 일이시지. 더군다나 우리를 왜 찾으시는 걸까."

"나는 모르겠네. 그저 심부름을 온 것뿐이니까."

"영감하고 우릴 같이 찾으시는 걸 보니 필시 그 배와 영위님이 무슨 관련이 있으신 게야."

"큰일 났구먼."

그들이 일어서자 덕보가 붙잡았다.

"술 마시다가 즈그들끼리만 일어나는 벱이 어딨당가. 이왕 시작했는디 끝장을 봐야제."

"영감, 일어납시다. 영감은 그저 입만 다물어주십시오. 우리가 이렇게 빕니다."

그들이 갑자기 덕보에게 쩔쩔매기 시작하였다.

"워째 이런디야."

"불문곡직하고, 영감님, 우릴 살려만 주십시오. 입만 다물어주시면 됩니다. 술값도 우리가 내겠습니다."

"으째 자꼬들 이래싸까. 나가 너무 취했다냐."

덕보는 그들이 갑자기 쩔쩔매는 것이 이해가 되지 않았다.

그들이 객줏집으로 들어서자 종철이 뛰어나왔다. 종철이 만취하여 비틀거리는 덕보를 부축해 자리에 앉혔다. 억쇠와 점박이도 긴장하여 얼굴이 핼쑥해졌다.

"영위님, 억쇠와 점박이 대령하였습니다."

"너희들이 이 영감의 옥돔을 거간질하였느냐."

"예."

"얼마에 흥정하였느냐."

둘은 온몸에 식은땀을 비 오듯 흘리고 있었다.

"묻는 말에 대답하렷다."

"스물닷 냥에 샀습니다."

"죽일 놈들 같으니라구. 내가 항상 정당한 값에 흥정하라질 않았더냐."

"죽을죄를 지었습니다. 한 번만 용서해 주십시오."

점박이와 억쇠가 땅바닥에 무릎을 꿇고 엎드려 머리를 조아렸다.

"너희들은 내일부터 마포엔 얼씬도 하지 마라. 만일 이를 어길 시는 관가에 고발을 해버릴 터이다. 알겠느냐."

천만호와 김 영위가 술잔을 기울이고 있는데 차 주부가 굽실거리면서 들어왔다.

"장기(帳記)를 뽑았습니다."

"수고하였네."

"모두 천삼백스물닷 냥입니다."

"제대로 값을 쳤는가."

"예. 물건들이 상품이었습니다. 특히 멸치젓하고 옥돔은 최고급이었습니다. 보리새우만이 질이 좀 떨어졌습니다."

"그리고 억쇠라는 놈이 장난질한 덕보 영감의 것은 어떻게 되었나."

"물건은 찾아다놓았습니다만……."

"값은."

"억쇠가 너무 깎아버렸더군요."

"그러면 다시 계산해서 돌려주게."

"예, 분부대로 하겠습니다."

술좌석에 앉아 이를 지켜보던 종철과 선장의 입은 다물어지질 않았다.

그저 놀라울 뿐이었다. 자신들이 나서서 매매를 시도했더라면 반의 반 값도 못 받았을 터였는데, 가만히 앉아서 물건이 팔리는 것을 보자 기가 막힐 따름이었다. 술이 서서히 깨기 시작한 덕보는 천만호나 김 영위에게는 감히 말을 걸지 못하고 애꿎은 종철의 옆구리만 찔러댔다.

"저분들이 뉘기여."

"아따, 가만히 계시씨요."

"나도 돈얼 더 받을 수 있어야 헐틴디."

"두고 봐야제. 쪼께 지둘려보시오."

종철과 덕보가 속닥거리는 사이 그들은 흥정을 마무리 짓고 있었다.

"물건은 오늘 바로 인수하고 대금은 내일 갖다 올리겠습니다."

"김 영위, 고맙소."

"무슨 말씀을요. 저에게 모처럼 하신 부탁이신데 저도 최선을 다해 드려야지요."

천만호가 종철을 보며 물었다.

"이 정도면 만족하는가."

"허다뿐이어라. 머시라고 감사의 말씸을 디려야 헐지 몰르겄구만이라."

"그런데 명년에도 다시 장사를 할 생각이 있는가."

"야. 봐주시기만 허신다믄 또 혀야지라."

"그거야 이제부터는 자력으로 해야지. 물건을 상품으로 정성을 들여 만들고, 물건이 달리고 귀할 때 가져오면 제 값을 충분히 받을 수 있을 걸세."

종철은 어렴풋이나마 장사에 대한 자신감을 얻게 되었다.

"야, 좋은 경험 혔어라. 어르신네 덕분이제만."

"김 영위, 앞으로도 잘 보살펴주시오."

천만호는 김 영위에게 술을 권하면서 다시 다짐을 해두었다.

"알겠습니다. 책임자에게 단단히 일러두겠습니다."

그들은 서로 권하고 마시며 화기애애하게 상담을 진행했다.

"그리고 한 가지 특권을 드리겠습니다."

김 영위는 장사에는 달인이었다.

"무엇입니까."

"흑산도에 소문이 나면 너도 나도 장사를 하겠다고 나서게 될 것입니다. 그렇게 되면 물건을 모으기도 힘이 들게 되고 질도 떨어지게 마련입니다. 그래서 흑산도에서 생산되는 물건을 일수판매(一手販賣)하는 권한을 이 청년에게 주겠습니다. 다른 곳도 다 그렇게 하고 있지요."

김 영위의 말을 다 듣고 난 천만호는 종철보다 더 흡족해하였다.

"그러니까 종철이 가지고 온 물건만 제값으로 사주신다, 이 말씀이시지요."

"그렇습니다. 그 물건만 거간을 통하지 않고 직거래를 하겠다는 얘깁니다. 그렇게 되면 아까 덕보 영감이 겪은 것 같은 곤욕을 치르지 않아도 되는 것이지요."

"고맙습니다. 큰 은혜를 입었습니다."

"무슨 말씀을요. 여지껏 천형께 진 신세에 비하면 아직도 멀었습니다."

천만호와 김 영위가 손을 마주잡았다.

"이보게, 이만 하면 되겠는가."

종철은 너무 좋아 안절부절못하고 있었다.

"참말로 몸 둘 바를 몰르겄어라. 꿈인지 생신지 허벅지를 꼬집어봤어라."

"그랬더니 어떻더냐."

"아프드만이라."

"하하하."

모두들 박장대소하였다.

"자네가 서방님을 잘 보살펴준 보답일세."

선장과 덕보는 서로 마주보며 종철을 부러워하였다.

그날 밤 생전 처음 보는 비단금침에서 잠을 잔 종철과 덕보
는 어제의 일들이 꿈만 같았다.

진수성찬의 조반을 들고 나자 어물전에서 돈이 바지게로 실
려 왔다. 천삼백스물닷 냥의 돈은 엄청나게 많은 것이었다. 한
쪽에 따로 보퉁이가 있었다. 천만호가 셈을 해보니 백 냥이 넘
었다.

"백 냥은 무엇인가."

"덕보 영감에게 주라는 분부였습니다."

그 소리를 들은 덕보가 뛸 듯이 좋아하였다.

천만호가 사랑으로 들어왔다.

"앉게. 서방님의 서신에 의하면 자네 소원이 배를 갖는 것이
라고 하셨던데, 사실인가."

"야."

"쓸만한 배를 사려면 얼마가 있어야 하는가."

"2천 냥은 족히 허지라."

"그렇다면 돈이 모자라는데 어떻게 할 셈인가."

"헐 수 없제라. 그려도 어르신네 덕분에 이만치라도 벌었응

께 명년에 더 벌어서 사믄 되지라."

"배가 있으면 벌이는 어떤가."

"그라믄야 금방 부자가 되제라. 품삯보다 스무 배도 더 버니께라."

"그렇다면 내가 부족한 돈을 빌려줄 터이니 명년에 벌어서 갚게나."

"고로크롬은 안 되제라. 벼룩도 낯짝이 있는 뱁인디, 이러크롬 대접을 받고 나서 또 신세를 져서야 쓴당가라."

"뱃삯도 주어야 하고 경비도 들었을 터이니 삼백스물닷 냥은 제쳐놓고, 내가 천 냥을 빌려줌세. 그러니 바로 배를 사서 열심히 일을 하게."

"안 되제라."

종철이 극구 사양하자 덕보가 끼어들었다.

"아따, 깝깝허네이. 점잖허신 분이 말씸허시는디 신세지는 김에 몽땅 져번지라고. 요럴 때 아니믄 생전 기회가 있간디."

천만호가 슬쩍 웃었다.

안사랑으로 들어간 천만호가 종철을 따로 불러들였다.

"앉게."

"야."

"두 가지 걱정이 있네. 내 말을 명심해서 듣게."

"야."

"첫째는 돈을 가져가는 일일세."

"배에다 싣고 가믄 되지라."

"그게 그리 간단하지가 않네."

"으째라우."

"풍문에 듣기로는 강화도 근처에 해적이 자주 나타나 노략질을 한다더군."

종철은 당장에 겁먹은 얼굴을 하였다.

"워메, 으째야 쓰까."

"방법은 두 가지가 있네. 하나는 한양에서 배를 사든지 말든지 하는 방법이고, 또 하나는 어음으로 가져가는 방법일세. 그래야만 무사히 배를 마련할 수 있을 것이네."

"배야 우리 고장에서 우리 식으로 맹글어야제라. 그란디 어음이 멋이당가라."

돈은 부피가 커서 가지고 다니기에 불편함이 많아 종이에 몇자 적어 돈 대신 사용하는 것이라고 천만호는 자상하게 설명해주었다.

"종이때기를 누가 돈허고 바꿔주께라."

"번거롭기는 하겠지만 우이보에서 나와, 나주 객줏집에 가면 내 어음을 돈으로 바꿔줄 것이네. 마침 나주에서 가까운 영산포에서 배를 만드니 값을 치르기도 편리할 걸세."

"허기사 고로크롬 허믄 좋겠구만이라."

종철이 혼자 중얼거렸다.

'돈이 종이가 되었다가 다시 돈이 된다니 세상 무섭구마이.'

천만호는 5백 냥짜리 넉 장과 3백 냥짜리 한 장을 어음으로 끊고 스물닷 냥은 엽전으로 주었다.

"모두 이천삼백스물닷 냥이네. 천 냥은 내가 빌려주는 것일 세. 엽전은 가면서 쓰게."

"그라믄 덕보 영감 돈도 어음으로 해주시제라."

천만호가 말소리를 낮추었다.

"덕보에게는 비밀로 해두게. 만일 해적이 배에 올라와서 아무런 소득이 없으면 홧김에 사람을 해칠 수도 있네. 그러니 만약에 놈들을 만나면 자네도 스물닷 냥을 빼앗기고 덕보 또한 백 냥쯤 빼앗기는 것이 오히려 좋을 걸세."

종철은 덕보 영감이 걱정되었다. 약전의 심부름을 도맡아하다시피 하던 노인인데 지금껏 고생해서 번 돈을 만약에 다 빼앗기게 된다면 절망할 것은 너무도 뻔한 일이었다.

"그라믄 덕보 영감은 어쩌지라. 한양 어르신 심바람을 전수해디리는 냥반인디……."

"나중에 자네가 물어주게. 물건 값도 넉넉히 받았고 내가 무이자로 돈도 빌려주었으니 응당 덕보에게만 손해를 끼쳐서는 아니 되네."

"야, 잘 알었구만이라."

종철은 그렇게 결정을 보고 나자 마음이 조금은 홀가분해졌다.

"꼭 내 말을 듣게. 비밀을 지켜야 위기를 넘길 수 있네."

"야."

"그러면 금전 얘기는 이것으로 끝난 셈일세."

"야, 어르신."

"그런데 내가 서방님께 보낼 것들을 아직 다 준비를 못하였네. 한 이틀이면 될 터이니 느긋하게 마음먹고 한양 구경이나 하게."

사실 종철은 벼르던 것이 있었다. 건어물을 말리느라 애쓴 어머니 연포댁과 동생 끝네에게 선물을 꼭 사주고 싶었다.

그 길로 덕보와 종철은 한양 구경을 나섰다. 명례방에서 광교를 거쳐 종로를 돌아서 광화문의 육방을 구경하고 여러 상점들을 기웃거리다가 다시 광교통으로 나갔다. 저잣거리는 사람들로 물결을 이루고 있었다. 어디를 그리도 바쁘게들 가는지 행인의 걸음들이 빨랐다. 그런 모습에 익숙지 않은 덕보와 종철은 어리둥절하여 눈이 휘둥그레 한 채 두리번거렸다. 그러고 서 있는 그들 옆에 꽤 규모가 큰 주막이 있었다. 구수한 냄새가 지나는 사람들의 허기를 재촉했다. 구미가 당긴 종철의 얼굴에 생기가 돌았다.

"우리 저그 가서 술 한 잔만 허십시다."

종철의 부추김에 덕보도 마음이 쏠려 주막 안을 기웃거리면서도 입으로는 다른 말을 하였다.

"안 되어. 돈 애껴야제."

천만호의 집에서라면 주막과는 비할 수 없이 좋은 음식에 술까지도 얼마든지 먹을 수 있지만 주막은 나름대로 멋이 있었다. 종철이 머뭇거리는 덕보의 등을 밀어 주막으로 들어섰다. 길손이 많은 길목이어선지 봉놋방은 물론 기역 자로 이어진 마루방, 뒷방까지 모두 차 있었다.

그들은 앞마당에 마련된 평상 위에 자리를 잡았다. 바쁜 일손 중에도 주문이 떨어지기가 무섭게 술과 안주가 나왔다. 그들은 모처럼 마음 놓고 분위기에 취하고 술에 취하였다. 자리에서 일어났을 때는 어둠이 짙게 깔린 후였다.

덕보와 종철이 천만호의 집 대문에 다다르자 호롱불을 든 머슴들이 대문 앞에 모여 있었다. 구경을 나선 그들이 길을 잃은 줄만 알고 노심초사하던 천만호의 식솔들은 술에 흠뻑 취해 비척거리며 나타난 덕보와 종철을 보고는 안도의 숨을 내쉬었다.

다음 날 아침, 천만호는 종철을 따로 불렀다. 천만호는 마음씀씀이 무척 깊고 치밀한 사람이었다.

"자네 덕보 영감에게 비밀을 지켰는가."

"그라믄이라."

"어음도 보여주지 않았겠지."

"물론이제라."

"해적들이 몸을 뒤져 어음을 발견하면 자네 목숨도 위험하네. 어음을 돈으로 바꾸기 위해서는 자네들을 죽이고도 남을 것이네."

"그라믄 워쩌지라?"

"이리 내놓게."

천만호는 종철이 내어놓은 어음을 받아 헌책을 하나 꺼내더니 책장을 칼로 뜯고서 그 속에다 감쪽같이 감추었다.

"이 책을 선실 안에 놔두되 함부로 굴리게. 절대 소중한 물건처럼 다뤄서는 아니 되네."

"야, 잘 알았구만이라."

"엽전은 어떻게 하였는가."

종철은 옥비녀와 옥가락지를 사느라 다 써버렸다고 말하였다.

"덕보 영감 것은……."

"지가 쪼께 빌려 쓰도고 백 냥은 더 남았을 것이구만이라."

"됐네. 그 옥비녀와 가락지를 꼭 가져가고 싶은가."

"그라믄이라. 생전 처음으로 귀헌 물건얼 샀는디."

"그러면 이리 가져오게."

천만호는 미리 김칫독 하나를 준비해 두고 있었다. 종철이 가락지와 비녀를 가져오자 그것을 유지로 여러 겹 쌌다.

"내가 서방님께 보내는 귀중한 물건이 여기 들어 있네. 자네 가락지도 밑바닥에 깊숙이 넣을 것이니 서산 앞바다에 당도할 때까지는 절대로 꺼내 보아선 아니 되네."

"멋이 들어 있간디라?"

"자네는 몰라도 되네. 서방님께 전해 드리게."

"야, 그라제라."

"또 한 가지 부탁이 있네. 책을 몇 권 보내니 절대로 물에 젖지 않게 잘 간수해주게."

"요것도 해적이 뺏아가믄 워쩌깨라."

"만에 하나라도 해적이 나타날까 봐서 내가 조심을 시키는 것이네. 도적들은 무식하니 책은 괜찮을 걸세. 다만, 아까 그 책처럼 함부로 굴리게."

"야, 명심허겄구만이라."

중국에서 들어온 기상천문학, 만세력, 기하학 등 세 권이었다.

덕보와 종철은 천만호에게 고맙다는 인사를 수도 없이 하고는 명례방을 떠났다. 천만호는 하인들에게 김칫독과 음식들을 배까지 갖다 주라고 일렀다.

"명년에 다시 보세."

"참말로 신세 옴팍 져 불고 갑니다요."

천만호가 대문까지 나와 전송해 주었다. 그는 부드러운 미소를 짓고 있었다.

일행은 점심때가 가까워졌을 무렵에야 마포에 도착하였다. 선장이 혼자 오래 기다린 탓에 입이 댓발이나 나와 있었다.

"요것이 메칠 만이여. 사람들이 그랄 수도 있당가. 나만 냉겨두고."

"일이 고로코롬 되았당께."

덕보가 머리를 긁적거리며 미안해하였다.

"근디, 종철이는 그 많은 돈을 다 으째부렀당가. 족히 몇 짐이나 될 텐디."

"한양에 맡겨났구만이라."

"으째?"

"명년에 또 장사를 혀서 합치믄 목돈이 된께 그때 쓸라고 그랬제라."

그렇게 거만스럽게 굴던 거간들이 나와서 인사를 하고 차주부도 나와서 그들을 전송해 주었다.

"명년에도 좋은 물건을 많이 만들어 오시오."

한강 양편에는 갈대가 우거져 있었고, 날씨가 좋아 물살도 잔잔하였다. 구름도 없이 푸른 하늘이 창창하였다.

36
다산초당

　풍수설에 심취된 강진 사람들은 와우(臥牛) 형국인 우두봉
의 소 목에 방울을 달아주고 싶었다. 그리하여 그들은 거기에
암자를 짓기로 하였다. 암자를 짓고 멋진 종을 달아 저녁노을
이 질 때 은은히 울려 퍼지는 종소리를 듣고자 하였다. 그들은
암자를 짓고 고성암(高聲菴)이라 이름을 붙였다. 종소리가 크
게 울리라는 뜻이었다. 이 암자를 일러 보은산방(寶恩山房) 또
는 산방(山房)이라고 한다.

　고성암은 움푹 팬 분지에 자리 잡고 있어 이곳에 들어서면
엽전만 한 푸른 하늘 외에는 아무것도 보이지 않았다. 하늘을
가릴 만큼 우거진 수림에 싸여 산새들의 울음소리만 들리는 적
막한 곳이었다. 그 탓에 범종을 울리면 먼 곳에까지도 메아리
쳐 그 신비스럽고 은은한 종소리가 소의 위엄을 더하여 주었
다.

　아침 일찍 일어난 약용은 독서에 열중하고 있었다. 그는 요

즘 주역에 한창 심취한 터였다. 그때 스님의 인사말이 들려왔다.

"사부님, 편안히 주무셨습니까."

동안(童顔)의 수려한 수룡 스님은 아암의 수제자였기에 약용을 사부님으로 받들어 모셨다.

"잘 잤네."

"건너 오셔서 공양 드시지요."

약용에 대한 수룡의 마음씀씀이는 지극정성이었다. 그는 약용의 건강을 생각해서 절에서는 금기시하는 멸치볶음이나 양미리 등을 상에 올릴 정도로 주의를 기울이고 있었다.

백련사는 약용과 아암을 맺어준 소중한 곳이기도 했다. 당대의 대학승인 아암과의 만남, 그것은 좌절과 외로움의 나날을 보내던 약용에게 학문에 대한 새로운 열정을 마련해준 계기가 되었다. 그 무렵 약용은 주역에 상당한 관심을 기울이고 있던 바, 스스로 주역의 대가라 자부하는 아암을 만남으로써 그 해 보은산방으로 거처를 옮겨 공부에 열중할 수 있던 것이다.

아암은 약용이 동문 밖 주막에서 기거하는 것을 안쓰럽게 생각했다. 술꾼들의 주정 소리를 참아가면서 공부와 저술에 열중하고 있는 약용이 안타까웠던 것이다. 그리하여 수제자인 수룡에게 승방을 하나 치우라 이르고 스승인 약용을 모셔 들였다.

약용은 이제 오직 사색과 저술에 전념할 수 있었다. 수룡은 묻고 싶고 배우고 싶은 욕망이 불길처럼 솟았으나 접근을 금하였다. 종일 방 안에만 틀어박혀 꿈쩍을 않는 약용에게 폐가 될까 염려해서였다.

장날이면 고구마나 밤, 산적, 떡 등을 싸서 주모와 마 영감이 찾아왔다. 그때마다 약용은 가실이 떠올랐다. 쾌차하고 들어보니 늘 약용의 곁을 지켰던 것은 가실이라 하였다. 그러나 그녀는 홀연히 사라져 더 이상 약용 앞에 나타나지 않았다.

한 달에 한 번 꼴로 아암이 대둔사(지금의 대흥사)나 만덕사에서 와 약용과 종일 학문을 논하였다. 아암이 오면 수룡은 술 심부름에 바빴다. 아암은 밥은 먹는 둥 마는 둥 하고 종일 입에서 술병을 떨어뜨리질 않았다. 술을 좋아하지 않는 약용도 아암이 오면 그의 흥취에 동조하며 세상 이치를 논하였다.

약용은 울적할 때면 산행을 하고는 하였다. 상수리나무 숲을 빠져나와 산자락에 오르면 멀리 구강포와 강진만이 한눈에 들어왔다. 그 너머에 강진의 안산인 금사봉이 자리 잡고 있었다.

약용은 바다를 볼 때면 늘 그리움에 빠져들었다. 배만 타면 중형 약전이 있는 흑산도에 갈 수 있으련만 그러지 못하는 자신의 신세가 한스러웠다. 형이지만 스승처럼, 벗처럼 속마음을 주고받으며 살아온 혈육이 늘 사무치도록 그리웠다.

강진읍에서 남쪽으로 약 10리쯤 떨어진 곳에 만덕산이 있다. 강진에서는 가장 이름난 영산 중의 하나다. 그리 높지는 않지만 험하기가 고산준령을 방불케 하였다. 그 만덕산의 한 줄기가 뻗어내려 석문산(石門山)과 이웃해 있다. 석문산은 이름 그대로 암산(岩山)이다.

또 만덕산의 동쪽으로는 탐진강이 흘러 구강포에 이르러 강진만이 펼쳐지고, 바다 위에 배처럼 죽도와 가우도가 떠 있어 마치 그림과 같은 풍경이 펼쳐져 있었다.

만덕산 산기슭을 껴안고 동남쪽으로 돌아가면 동백 숲 위로 옛 절의 처마 끝이 보인다. 백련사(白蓮社)다. 만덕사(萬德寺)라고도 하고 백련사(白蓮寺)라고도 하지만 절 이름에 사(社) 자를 붙인 까닭이 있다. 고려 때 결사운동을 일으켰기 때문이다. 몽고의 침입으로 임금이 강화도로 피난가고 온 국토가 난리를 겪고 있을 때, 승려들이 승병을 양성하고 일반 백성에서 노비에 이르기까지 군사를 조직하여 싸웠다. 당시 조계종의 수선사와 천태종의 백련사에서 이 일을 맡아 하였다. 말하자면 훈련도장이었던 것이다.

이 절을 바라보면서 조금 나아가면 귤동이 있다. 대나무 밭에 싸여 아늑하고 평화스러운 운치가 물씬 풍기는 마을이다. 마을 이름의 유래는 귤과에 속하는 유자나무가 집집마다 있었기 때문이다. 산을 뒤로하고 남향으로 마을이 밀집되어 있고 겨울에도 푸근함을 느낄 만큼 따뜻한 까닭에 귤이 잘 자랐다.

이 마을의 뒷산을 다산(茶山)이라고 한다. 마을을 벗어나서 산길로 접어들면 수백 년은 됨직한 은행나무가 하늘을 찌를 듯 서 있다. 대나무 숲이 울창하고 짙푸른 동백 거목들이 솟아 있어 대낮에도 어둠침침하다. 이 길을 따라 가파른 오솔길을 오르면 다산초당이 나타난다. 예부터 차나무가 자생으로 자라 붙여진 이름이다.

약용은 강진 유배 생활의 말기를, 그러니까 꼭 11년 동안을 이곳에서 지냈다. 그리고 그의 학문이 완성된 곳도 여기이다.

동암(東菴)과 서암(西菴)으로 나뉘어져 있는 다산초당의 현판은 추사 김정희가 쓴 것이다.

동암의 동쪽에 연지(蓮池)라고 하는 네모난 연못이 있다. 연못 가운데에 둥그런 인공 섬을 만들었는데 이를 석가산이라 하고, 연못에 물을 끌어들여 폭포를 만들어 멋을 더하였는데 이를 비류폭포라 부른다.

동암의 뒤로 돌아가면 약천(藥泉)이라 하는 약수 우물이 있다. 동암에서 오솔길을 조금 걸어가면 산마루가 나오고 그곳에서 내려다보면 탁 트인 바다가 한눈에 들어온다.

약용은 외롭거나 괴로울 때는 여기에 나와 서쪽 흑산도를 바라보며 형 약전을 그리워하였다.

이곳은 귤동 사는 윤단의 산정(山亭)이었다.

백련사로 거처를 옮긴 후에도 제자들은 계속해 약용을 찾았다. 약속했던 미시(未時)면 매일 도령들의 소란이 백련사 어귀에 퍼지곤 했다. 약용은 전과 다름없이 정오면 자리에 앉아 책을 읽었다. 이젠 미시가 되기 전에 먼저 찾아와 약용의 곁에서 조용히 책을 읽는 도령도 생겨났다. 바로 윤종기 형제였다. 종기는 수업이 끝나고도 약용의 곁을 떠나지 않고 책을 읽었다. 약용은 그 모습이 기특하여 최대한 소리를 내지 않으며 함께 책을 읽어주었다. 약용이 책 한 권을 다 읽어 책장을 덮자 종기는 기다렸다는 듯 조심히 운을 떼었다.

"스승님, 드릴 말씀이 있습니다."

약용은 부드러운 눈으로 종기를 바라보았다. 그렇잖아도 열심히 수학하는 모습이 기특해 차를 끓여줄까 생각하던 참이었다. 종기는 천천히 보은산방을 둘러보았다. 진정한 학문을 하는 이에게 기거하는 공간은 큰 의미가 없었으나 편협한 공간임에는 틀림이 없었다. 늘 검소한 삶을 강조하는 약용이라 해도 더 많은 제자를 들일 수도 없고, 많은 서적을 꽂아둘 수도 없는 비좁은 공간이었다.

"저희 아버지께서 스승님께 다른 거처를 마련해 드리면 어떻겠느냐 물어오셨습니다."

"나는 이곳으로도 충분하다. 날 생각해준 마음만은 고맙게 받으마."

약용은 빙긋 웃었다. 생각해 주는 제자의 마음이 갸륵하였다. 서둘러 차를 우려주려 몸을 일으켰다. 그러나 종기는 지지 않고 약용을 붙잡았다. 제법 굳은 결심을 한 모양이었다. 약용을 설득하기 위해 온 마음을 다하는 것이 느껴졌다.

"집안 어른이 쓰시던 오래된 정자가 있습니다. 이곳에서 멀지 않으니 백련사 스님들과의 교류도 어렵지 않으실 것입니다. 여기보다 부지가 넓으니 스승님이 소일거리로 남새밭을 일구기도 좋으실 것이고, 무엇보다 그곳엔 책이 많습니다. 늘 스승님의 책장을 보며 속상하였습니다. 너무 많이 읽어 손때가 묻고 책장이 너절해진 책들이지 않습니까. 대대로 내려온 다양한 서적들이 그곳에 많이 있습니다. 저희 집안은 스승님의 외가이기도 하니 부담 느끼실 필요도 전혀 없습니다. 한 집안 사람끼리 무엇을 그리도 거리낀단 말씀이십니까."

간절한 종기의 말에 약용 역시 진중히 고민이 되었다. 생각해 보겠다며 약용은 다시 몸을 일으켰다. 종기에게 가장 향긋한 차를 우려주고 싶었다. 약용과 종기는 함께 차를 마시며 많은 이야기를 나누었다. 그리고 약용은 거처를 옮기기로 결정하였다. 백련사에도 승방이 줄어 곤란했을 터였다.

그렇게 약용은 아암과 초의의 섭섭함을 뒤로하고 거처를 옮기었다.

이른 봄의 동백꽃 향기는 퍽 싱그러웠다. 붉은 꽃에 샛노란 꽃술은 좋은 대비를 이루었으며 그 색깔에 반한 벌들이 부지런히 드나들고 있었다.

다산초당 주변의 경치는 참 아름다웠다. 옮겨온 지 얼마 되지 않아 틀이 아직 잡히진 않았지만 약용의 마음은 지극히 빨리 안정되어 가고 있었다.

어김없이 돌아오는 장날에 주모와 마 영감이 다산초당을 찾았다. 주모가 아침부터 정성껏 찐 고구마를 잔뜩 싸든 채였다. 주모 대신 고구마를 짊어진 마 영감이 무겁다며 잔뜩 투덜대며 초당 입새에 들어섰다. 두 사람의 티격태격하는 소리가 정겹게 들렸다. 초당 안에서 소리를 들은 약용이 기쁜 마음으로 얼굴을 내밀었다. 이사 후엔 처음으로 만나는 것이었다. 주모는 한달음에 약용에게 달려왔다. 마 영감은 초당을 이리저리 둘러보며 구경에 여념이 없었다.

"어디 몸 상하신 디는 없어라? 이사 헌다고 고생허셨소. 밥은 잘 챙게 드시고 기신게라?"

주모는 처음부터 끝까지 걱정뿐이었다. 약용은 빙긋 웃으며 괜찮다고 주모를 안심시켰다. 초당 뒤에서 마 영감의 목소리가 들려왔다.

"워따메! 여그 약수도 졸졸 잘도 나오그마!"

그 소리에 약용과 주모가 함께 웃었다. 세 사람은 툇마루에 함께 걸터앉아 고구마 보퉁이를 끌렀다. 갓 쪄낸 고구마가 아직도 뜨끈한 김을 뿜어내었다. 주모는 챙겨온 김치 보퉁이도 꺼내놓았다. 새큼한 김치 냄새가 구미를 당겼다. 주모는 뜨거운 고구마 껍질을 벗겨 제일 먼저 약용에게 건넸다. 거절하지 않고 받아든 약용이 고구마를 한 입 베어 물었다. 달콤한 고구마가 입안에서 사르르 녹았다. 마 영감은 목이 막힌다며 켁켁대었다.

"오메 뭔 고구마럴 그라고 쫓기듯 먹어 쌓소. 김치 하나 묵소. 그렇게 서둘러 묵다가 황천길 구경하게 생겨부렀네이!"

주모는 서둘러 마 영감에게 김치를 찢어 먹여주었다. 아삭한 배추김치가 그의 막힌 목을 뚫어주었다. 약용은 고구마를 먹다 말고 주모에게 넌지시 물었다.

"요새 가실이는 주막에 오지 않는가?"

"쩌번에 한 번 들렀다가 펑허니 가부렀는디요. 지나다가 생각나서 들렀담시로."

"아직도 남포에 있다던가?"

"이사했다는 말이 없었응게 아마 거그 살겄제라. 뭐 전헐 말 있으시어라?"

약용은 당장 말을 잇지 않았다. 만감이 교차하는 표정이었다. 산새들의 지저귐이 청량하게 울렸다. 약용은 방에 들어가 석작에서 서신을 꺼냈다. 가실이 지필묵을 담아 주었던 고운 석작이었다. 꽤 오래전에 적어둔 서신이었다. 언제고 가실을 만나면 전하리라 생각했었다. 직접 만날 일이 없으니 전해달랠 수밖에 없었다. 약용의 서신을 받아든 주모는 약용의 말을 거듭 새겨들으며 고개를 주억거렸다.

며칠간 다산초당은 조용했다. 시간 맞춰 도령들이 수학하러 찾아오는 외엔 찾는 이도 거의 없었다. 초의와 아암이 각각 한 번씩 다녀간 것이 전부였다. 약용은 약천에서 물을 길어다 차를 우려 마시며 조용히 책을 읽으며 지냈다. 평화롭고 마음이 편안했다.

"스승님 접니다."

더부룩한 머리에 수염도 아무렇게나 기른 꼴이 말해주지 않으면 스님인 것을 알아채지 못할 판이었다. 약용은 반가운 낯으로 아암을 맞이했다.

"그간 평안하셨습니까."

"참으로 오래간만이네."

"절에 가보니 사부님이 이리로 옮기셨다고 하여 단숨에 뛰어왔습니다."

"어서 들어오게."

아암의 뒤에 젊은 스님이 서 있었다.

"애야, 인사드려라. 정 대부(大夫)이시다."

"처음 뵙겠사옵니다. 빈승은 일공(壹孔)이라 하옵니다."

그의 손에는 약주 병과 조그만 보따리가 들려 있었다.

"이리로 들어오게."

약용과 아암은 대좌했다.

"사부님, 대접이 시원치 않습니다. 우선 이곳으로 옮기셨으니 축하주를 한 잔 받으십시오."

"고맙네."

약용은 단숨에 들이켰다.

"자네도 한 잔 하게."

두 사람의 대화를 듣고 있던 일공은 연신 고개를 갸웃거렸다.

아암은 대둔사의 대종사(大宗師)를 지냈으며 뛰어난 고승으로 이름이 높았다. 그런 그가 일개 서생 앞에서 사부님 운운하며 쩔쩔매는 것이 쉽게 납득이 되지 않았다.

아암의 교만함과 난폭함은 모든 스님들이 다 알고 있었다. 그의 눈에 들지 않으면 그의 밑에 있기란 여간 힘든 게 아니었다. 그러나 그의 해박한 지식과 선(禪) 사상은 타의 추종을 불허하였으며, 욕심이 없고 무아의 경지를 헤매는 그의 시상(詩想)에 접하고 나면 누구나 할 것 없이 끝없는 경의를 표하기에 충분하였다.

그러나 젊은 일공의 시야에 들어온 아암의 태도는 가히 상상을 불허하는 것이었다. 그렇게도 콧대가 높고 방약무인인 큰스님이 제자의 도를 다하고 있으니 놀라지 않을 수가 없었던 것이다.

두 사람은 대작을 하면서 차차 일공으로서는 알아듣지 못할 학문을 논하여 들어갔다. 호체(互體)가 어떻고, 효사(爻辭)가 어떻고, 효변(爻變)이 어떻고 하면서 긴 시간 동안 논의하는 중에 약용이 아암의 말을 번번이 정정해 주었다.

약용의 설명과 학설은 파도가 몰아치듯 도도하고 거칠 것이 없었다.

"사부님의 설을 듣고 있노라면 이제까지 제가 공부한 주역이 헛된 것만 같습니다."

약용의 입가에 잔잔한 미소가 번졌다.

"내가 완성하여놓은 주역심전(周易心箋)이네. 이것을 가지고 가서 체계적으로 공부해 보게나."

"감사합니다."

아암은 장시간을 다산초당에서 머무르다가 돌아갔다. 일공이 아암에게 물었다.

"정 대부님은 어떤 분이십니까."

"하늘 아래 둘도 없는 분이시다."

알쏭달쏭한 대답이었다. 그날 밤부터 일공은 고민을 하였다. 수양을 하고 공부도 하였지만 학문과 진리의 세계는 한없이 넓다는 것을 새삼 느꼈기 때문이었다.

밤을 꼬박 새우다시피 한 일공은 짐을 싸 짊어지고 다산초당으로 내려와버렸다. 자신이 알지 못하는 세계, 미지의 세계를 알고 싶은 욕망에 그의 가슴은 한없이 울렁거리고 있었다.

약용은 조석(朝夕)을 초당에서 귤동 윤단의 집까지 내왕하며 해결하고 있었다.

일공이 오자 약용은 깜짝 놀랐다.

"자네 웬일인가."

일공은 약용 앞에 너부죽이 엎드려 머리를 조아렸다.

"사부님께 수도의 가르침을 받고자 왔사옵니다."

"수도야 절에 가서 해야지, 중이 속세로 내려와서 무슨 수도를 한단 말인가."

"사부님 곁에 있게만 해주십시오."

"잘 데도 없고 먹을 것도 없네."

"개의치 않사옵니다."

"나는 모르겠네."

"가르침을 주십시오."

일공은 일방적이었다. 그날로 그는 동암 뒤편에 움막을 짓기 시작하였다. 나무를 베다가 기둥을 세우고, 흙을 이겨서 벽을 바르고, 이엉을 구해다가 지붕을 얹었다. 하루 만에 원두막도, 초가집도 아닌 괴상한 움막이 생겨났다.

"자네 제정신인가."

"소승, 마음먹은 일은 기어이 하고 맙니다."

약용이 어이없다는 듯 웃었다.

"허허, 별난 사람이로고."

겨우 바람막이가 될 거처를 장만하자 일공은 며칠 동안 모습을 보이지 않았다. 얼마 후 보따리를 한 짐 야물게 진 일공이 낑낑대면서 초당에 나타났다.

"그게 무언가."

"살림살이이옵니다."

밥그릇, 접시, 옹기, 수저 등 일체의 살림살이가 들어 있었다. 그는 부엌에다 이것들을 잘 정리하였다. 다시 하루를 나다니더니 곡식을 구해왔다. 약용은 하는 수 없이 그를 받아들였다.

그는 약용의 옷가지를 빨래하고 뜯어진 곳은 바느질하여 꿰매 놓았으며 조석을 마련하였다. 무던히 애를 써서 간신히 반찬도 먹을 만하게는 만들어 내놓았다.

"사부님, 구미에 맞으실지 모르겠사옵니다."

일공이 이렇게 말할 때마다 약용은 말끝을 맺지 못하였다.

"고맙기는 하네마는……."

"내일은 더 맛있는 것을 구해오겠습니다."

일공은 아예 공부할 생각은 하지도 않았다. 책을 거들떠보지도 않았고, 그러니 당연히 의문이 생기지도 않았다. 눈을 뜨면 아침을 짓고, 설거지를 끝내고 나선 산채를 뜯어 오고, 점심을 차리고 나면 다시 나무를 해오고 하면서 약용의 수발에만 온 정성을 다하였다.

처음에는 목탁을 두드리면서 불경을 외웠으나 약용의 글공부에 목탁 소리가 방해될까 봐 헝겊을 싸서 소리 안 나게 두드리더니 얼마 후에는 숫제 그것도 그만둬 버렸다. 중인지 산적인지 구별을 못할 만큼 그의 머리는 더부룩하게 길었고 수염이 온 얼굴을 덮었다. 그는 약용의 식성을 알게 되자 바닷가를 부지런히 다니기 시작했다. 생선을 구하기 위해서였다. 명절이 되면 마을에 내려가 쇠고기도 구해왔다.

"고기 좀 얻을 수 있겠습니까."

"스님이 고기를 먹습니까."

"다 아시지 않습니까. 저희 사부님 드리려고 그럽니다."

일편단심이었다. 일공의 노력으로 약용은 불편 없는 생활을 할 수 있었다. 그런 사이에 다산초당에는 가르침을 받으려는 제자들이 모여들었다. 이학래를 비롯하여 윤서유의 아들 윤창모, 이강회 형제, 윤종민 형제 등 20여 명이 그들이었다.

제자들 덕분에 생활도 넉넉해졌다. 양식 걱정도 안 하게 되었다. 일공은 여유가 생기자 모든 것을 더욱 정갈하고 알뜰하게 꾸려나갔다.

학문의 전당으로 바뀐 초당에서는 낮에도 새소리나 매미소리밖에 들리지 않았고, 글 읽는 사람 외에는 인적이 없었다.

오전 중에는 강을 하고 오후에는 각자가 복습을 하였다. 약용도 저술에 여념이 없었다. 유배된 이래 이때까지 약용은 많은 책을 저술하였다. 단궁잠오(檀弓箴誤), 조전고(弔奠考), 예전상의광(禮箋喪儀匡), 정체전중변(正體傳重辨), 예전상구정(禮箋喪具訂) 등 상례에 대한 연구서를 비롯하여 아학편훈의(兒學編訓義), 승암문답(僧庵問答) 등의 저술과 수많은 시를 남겼다.

그의 시 중에서 당시 군정의 문란, 즉 황구첨정과 백골징포의 실상을 생생하게 묘사한 애절양(哀絶陽)은 사회를 바라보는 약용의 시선이 어떠하였나를 단적으로 보여주고 있다.

갈밭마을 젊은 여인 울음도 서러워라
현문(懸門) 향해 울부짖다 하늘 보고 호소하네

군인 남편 못 돌아옴은 있을 법도 한 일이나
예부터 남절양(男絶陽)은 들어보지 못하였노라
시아버지 죽어서 이미 상복 입었고
갓난아이 배냇물도 안 말랐는데
삼대(三代)의 이름이 군적에 실리다니
달려가서 억울함을 호소하려도
범 같은 문지기 버티어 있고
이정(里正)이 호통하여 단벌 소만 끌려갔네
남편 문득 칼을 갈아 방 안으로 뛰어들자
붉은 피 자리에 낭자하구나
스스로 한탄하네 "아이 낳은 죄로구나."
잠실궁형(蠶室宮刑)이 또한 지나친 형벌이고
민(閩) 땅 자식 거세함도 가엾은 일이거늘
자식 낳고 사는 건 하늘이 내린 이치
하늘땅 어울려서 아들 되고 딸 되는 것
말, 돼지 거세함도 가엾다 이르는데
하물며 뒤를 잇는 사람에 있어서랴
부자들은 한평생 풍악이나 즐기면서
한 알 쌀, 한 치 베도 바치는 일 없으니
다 같은 백성인데 이다지 불공평한고
객창에서 거듭거듭 시구편(鳲鳩篇)을 읊노라

약용은 추이효변지학(推移爻變之學 : 주역)을 가르칠 때 가장
심혈을 기울였다. 스스로 오랫동안 연구하여 정립한 이론을
가르치는 약용의 낭랑한 목소리에는 천지조화가 꿈틀거렸다.

가끔 아암이 찾아왔다. 볼 때마다 그는 늘 색다른 것을 가
져오는 정성을 잊지 않았다.

"일공아, 잘 있었느냐."

"예, 큰스님."

일공이 합장으로 맞았다.

"공부는 어떠하냐."

"틈이 없었사옵니다, 큰스님. 이것저것 음식을 장만하다보
면 하루가 후딱 가버립니다."

"때를 놓치면 안 되느니라."

"예."

일공은 도통 학문에는 관심이 없는 듯하였다. 가끔 마당을
지나다 강하는 소리를 듣고 머뭇거렸지만 이내 자기 일에 열중
하였다.

아암은 약용을 찾았다.

"사부님, 아암입니다."

"어서 오게."

"오늘은 제가 차를 끓여 드리려고 왔습니다. 피로하실 때는
차가 제일입니다."

"허허, 오늘은 재수가 좋으이. 심산유곡에서 탈속한 중이 일

품차를 끓여 준다니 선경의 극치네."

"오늘은 주제넘게 제가 다도를 말씀드리겠습니다. 차에는 정신이 있어야 하고 철학이 있어야 합니다."

아암은 득의양양하게 설명을 시작하였다. 평소의 술주정뱅이 같은 행동은 찾아볼 수가 없었다.

"유불선(儒佛仙)과는 아무 관계없이 인간이 가장 올바르게 행할 수 있는 길을 가르쳐주는 것이 바로 다도입니다. 인간 본연의 자세 말입니다."

다도에 대한 그의 설명은 이러하였다.

첫째는 물이다. 물에 의해서 차 맛이 아주 달라지는 까닭이다. 가장 좋은 것은 산골짜기에서 졸졸 흐르는 시냇물이다. 다음이 석간수(石間水), 즉 바위 틈에서 나오는 물이며 그 다음이 우물물이다.

둘째로 중요한 것은 물의 온도이다. 중도(中道)를 벗어나면 안 된다. 지나치게 끓여도 차 맛을 버리며 덜 끓이면 맹탕이 된다.

셋째는 예절이다. 마시는 행위와 차의 역사를 아는 것, 차를 대하는 정신 등이 복합적으로 일치가 되어서 다도를 형성한다는 것이다.

차는 찻잔에 세 번 왕복하면서 따르는데, 그 이유는 맛과 색을 평등하게 하기 위해서다. 그래서 차는 평등과 화합을 의미한다. 이 화합의 의미는 여섯 가지로 나뉜다. 신화공주(身和

共住) 즉 몸으로 화합해서 함께 사는 것, 구화무쟁(口和無爭) 즉 입으로 화합해서 시비나 싸움을 안 하는 것, 의화동사(義和同事) 즉 뜻을 합해서 같이 일하는 것, 계화동수(戒和同修) 즉 뜻을 화합하여 수양하는 것, 견화동해(見和同解) 즉 보는 것을 화합해서 올바르게 해석하는 것, 이화동균(利和同均) 즉 이를 화합해서 고르게 나누는 것 등이다. 이러한 다도 정신에 의하여 차를 마셔야 한다.

"사부님, 지루하셨습니까."

"아니네. 아주 재미있게 들었네."

"눈으로 색깔을 감상하고 코로 향기를 음미한 후, 혀로써 맛을 보게 됩니다."

두 사람은 나란히 앉아서 아암이 달인 차를 마셨다.

"그리고 첫 잔은 향기로 마시고, 둘째 잔은 맛으로 마시며, 셋째 잔은 약으로 마신다고 합니다."

아암은 차나무의 관리법, 차의 채취법, 차의 제조법 등도 자세히 알고 있었다. 차나무는 그늘지고 북풍이 상쾌하게 부는 산북(山北)의 높은 땅을 좋아한다. 그러므로 가장 꺼리는 것은 습기다.

차를 기를 때는 잡초를 제거하고 뿌리 근방을 깊이 파서 겨울에는 외양간의 두엄이나 인분, 마분 등을 주며 마른 잎과 거미줄을 제거하여야 한다.

차나무는 키가 작고 옆으로 퍼진 것을 귀하게 여긴다. 봄에

싹이 날 때 일찍 딴 것을 '차'라 하고, 늦게 따는 것을 '차싹'이라 한다. 아직 잎이 펴지지 않은 차를 따서 가루차[만차(挽茶)]에 쓰고, 잎이 펴진 후에 딴 것은 잎차[전차(煎茶)]에 쓴다. 곡우(穀雨) 전후를 가려서 우전차(雨前茶), 우후차(雨後茶)로 구별한다. 대개 빛깔이 선명하고 아름답고 싹이 가늘고 작은 것을 상등품으로 삼는다.

"이외에도 구별 방법이 수없이 많습니다."

"너무 복잡하니 차차 알기로 하세. 찻잎을 따서 만드는 과정은 어떻게 되는가."

"차를 만드는 데는 불의 조화가 중요합니다. 센 불도 안 되고 약한 불도 안 됩니다."

찻잎으르 따서 불에 볶는다. 센 불을 무화(武火)라 하고 약한 불은 문화(文火)라 하는데, 그 중간인 중정(中正)을 쓴다. 조금 잎이 마른 것 같으면 꺼내어서 돗자리에 놓고 고루 비벼서 안의 향기가 밖으로 배어 나오게 한다. 이것을 여섯 번이나 반복한다.

아암은 차를 곱게 싼 봉지를 다산초당에 남겨놓고 갔다.

"아침에 일어나시면 꼭 한 잔씩 잡수십시오. 일공이 다도를 조금 아니 제가 잘 일러두겠습니다."

가을이 되었다.

일공은 약용의 점심식사를 차려올리고서 부지런히 마을로

151

내려갔다. 공부에 지친 약용의 제자 몇 명이 그의 뒷모습을 바라보고 있었다.

"저 스님 뭐 하러 가실까. 우리 알아맞히기 하자."

"보나마나 동냥하러 가시겠지."

"야, 너 그런 소리 말아. 사부님 음식 장만하러 가는데 동냥은 무슨 동냥이냐."

"하긴 그래. 나는 아무리 생각해도 저 스님이 뭐 하는 사람인지 알 수가 없어. 중도 아니고 공부하는 것도 아니고 그렇다고 머슴도 아니고……."

"하지만 예사 스님이 아닌 것은 분명해."

"왜?"

"일공 스님의 눈을 보면, 고요하면서도 빛이 나거든."

저녁나절이 되자 일공이 삼태기에다 미꾸라지를 가득 잡아왔다. 제자들은 그것을 보고 웃었다.

"몇 마리나 됩니까."

장난기가 심한 종심이 손을 넣고 휘젓더니 몇 마리를 잡아서 마당에다 던졌다. 일공은 허겁지겁 쫓아다니면서 미꾸라지를 주워 담았다.

"무슨 장난을 그렇게 해."

일공은 눈을 부라렸다.

"수십 마린데 한두 마리 없으면 어떻습니까."

"어떻게 잡아왔는데 여기서 없어지면 아깝지 않아."

시비가 붙으려는 것을 나이 든 사람들이 말렸다. 일공은 앞마당으로 물을 길어 와 미꾸라지를 깨끗이 씻고 소금을 뿌려 놓았다. 뒤에서 보고 있던 제자들이 한마디씩 하였다.

"불제자가 살생을 해도 됩니까."

"한 마리도 아니고 수십 마리를 한꺼번에 몰살시켜 버렸으니 극락 가긴 틀렸겠습니다."

종심이 다시 신이 나서 비웃었다.

"승복만 입었지, 중인가."

그러나 일공은 아무런 대꾸도 하지 않고 자기 할 일만 하였다. 이윽고 그는 미꾸라지를 솥에 넣고 끓였다. 살이 익자 건져내서 체에다 받쳤다. 그러고는 정성스레 비벼서 살과 뼈를 가려냈다. 거기에 시래기와 고추, 마늘을 넣어서 추어탕을 끓였다.

그것을 구경하고 있던 이학래가 말을 걸었다.

"스님."

"뭔가."

"무엇이 되시려고 이러십니까."

일공이 무구한 낯빛으로 되물었다.

"왜, 내가 이상해 보이는가."

"허구한 날 공부는 안 하시고 밥만 짓고 있으니 답답해서 그럽니다."

"아니네. 이것 또한 득도의 길이라네."

"요상스러운 득도도 다 있습니다. 하지 말라는 살생이나 하시고, 머슴처럼 일이나 하시면서 불경이고 선이고 팽개쳐 버리신 분이 어찌 득도를 하실 수 있다는 말씀입니까."

"자네는 아직 나이가 어리니 잘 모를 것이네. 차차 깨닫게 될 것이네."

일공은 전혀 상대를 하지 않았다.

가을이 가고 겨울이 되었다. 움막에서 지내기가 힘들어지자 일공은 제자들이 거처하는 서암으로 들어갔다. 그의 생활은 여전하였다. 아침부터 저녁까지 밥하고 빨래하고 청소하는 일이 전부였다. 밤에 잠자리에 들어서도 책이라고는 보지 않고 명상을 하면서 잠을 청하는 것이 일이었다.

바람 부는 추운 날이었다.

일공이 잠을 자려고 하는데 이기록과 윤종두 사이에 언쟁이 벌어졌다. 역학에 대하여 의견이 달랐던 것이다. 한참 열이 오르면서 이윽고 두 사람의 목소리가 커졌다. 일공은 잠을 이룰 수가 없었다.

"공부를 머리로 하지, 입으로 하는가, 좀 조용히들 하게."

"아니, 땡중이 무엇을 안다고 간섭입니까."

"그 말귀도 못 알아듣는가. 그렇게 멍텅구리니까 그런 것도 알지 못하지."

"스님은 밥 짓는 것밖에는 모르지 않습니까."

"자네들 같은 돌머리를 가르치는 사부님이 불쌍하시네. 나는 배우지 않았지만 서당개 3년에 풍월을 읊을 수 있지. 일음일양괘(一陰一陽卦)와 오음오양괘(五陰五陽卦)는 표리가 되므로 괘가 중복되어 있는 셈이다. 주자는 이것을 모르고 복잡한 주장을 하였는데 우리 사부님께서는 이 중복된 것을 찾아내시고 적은 자를 괘주(卦主)로 삼는다는 설을 만들어내신 거네."

일공은 도도히 주역의 역리사의(易理四義)를 논하여 갔다. 한 시간이 넘도록 막힌 데 없이 두 사람의 잘잘못을 지적하고 약용이 새로 발견하고 주장한 점을 강조하였다.

모두들 입을 쩍 벌리고 다물지를 못하였다. 나물이나 뜯고 미꾸라지나 잡는 위인으로 알고 있었던 그는 귀동냥으로 이미 주역을 꿰뚫고 있었던 것이다.

"그만들 자거라."

약용의 소리였다. 한 시간 남짓 밖에서 듣고 있던 약용은 흐뭇한 미소를 지었다.

다산초당에서 약용과 제자들의 학문에 대한 열의는 더욱 불타올랐다. 다산은 동암에서 자신의 학문에 열중하였고, 제자들은 서암에서 스승에게 배운 글을 열심히 익혔다. 아침나절의 약용의 강이 끝나면 제자들은 열심히 외우고 익히고 쓰고 하면서 보람 있는 나날을 이어나갔다.

논어를 읽고 있던 자동(慈東)은 요사이 머릿속에 떠오르는 의문을 풀 길이 없었다. 어떠한 해석을 따라야 하며 사부님의 생각은 어떠한 것이며, 앞으로 자신의 생각을 어느 방향으로 정립해 나가야 할지 갈피를 잡지 못해 머리가 복잡했다. 동료들끼리 백번 토론을 해봤자 다람쥐 쳇바퀴 도는 격이었다. 얼마 안 있으면 책을 떼게 되는 자동은 깊은 고민에 빠졌다. 그렇다고 강이 끝나면 열심히 저술을 하거나 명상에 잠겨 있는 약용의 시간을 잠시도 빼앗을 수는 없는 일이었다.

그러나 그는 과감히 공세를 취하였다.

"사부님, 죄송하옵니다."

"무슨 일로 왔느냐."

"잠시나마 저의 의문을 풀어주시옵소서."

"말해보아라."

"우문이옵니다만, 논어란 도대체 무엇을 위한 학문이옵니까."

"자동아, 왜 이런 질문을 하게 되었느냐."

"논어를 공부하다 보니 의문이 많이 생겼사온데 해결할 길이 없어서 제일 밑바닥부터 깨우쳐보고 싶사옵니다."

"논어란 공자와 그 제자들의 언행록이니라."

"기록에 의하면 논어의 주해서가 370종이나 되는데 어느 책을 기본으로 공부하여야 하옵니까."

"아직 네가 생각지 않아도 될 범주를 더듬고 있구나. 학문이란 처음 배울 때는 순수해야 하고, 그 순수성에 바로 가치가 있는 것이다. 그러니 잡학에 젖지 않은 논어를 있는 그대로 배우도록 하여라."

"하오나 사부님, 최소한 한(漢)나라 하안(何晏)의 집해본(集解本)과 송나라 주자의 집주본(集註本)을 구별해서 그 뜻은 알아야 하지 않사옵니까."

"너는 아직 학문의 기초를 닦고 있으니 아직 앞날이 창창하질 않느냐. 어찌하여 선인의 사고방식에 너를 맞추려고 하느냐. 나름대로의 학문의 길을 닦은 후 너의 방식에 의하여 설을 정립하고, 그것을 설명해 나가는 것이 도리이다. 지금 너는 편견이 너무 심하다는 것을 알아야 하느니라."

"하오면 논어를 한마디로 어떻게 표현하옵니까."

"수기치인(修己治人)의 군자학(君子學)이니라."

약용은 눈을 감고 명상에 잠겼다. 어린 자동이 방황하고 있는 것이 안쓰럽고 또 한편으로는 대견하였다.

"수기치인은 이론이 아니라 실천하는 학문이다. 말로만 자신을 다스리고 남을 다스리면서 실천하지 않는 것은 학문의 길이 아니다. 반드시 실천하는 것이 학문의 올바른 길이니라."

"공자의 언행록인 논어를 주자가 어떻게 왜곡하였기에 사부님은 이를 바로잡으려 하시옵니까."

"주자는 공리공상을 너무 추구하여 이론적 유교 정신을 캐는 데만 급급하였지 학문을 실천에 옮기는 데는 소홀히 하였느니라."

약용은 젊은 자동의 얼굴을 쳐다보면서 힘주어 말하였다.

이때 다른 제자들도 합석해왔다. 그들도 학문에 대한 열의나 궁금증은 매한가지였다.

"사부님 인(仁)이란 무엇이옵니까."

"논어 521장 중에 인에 관한 장(章)이 58장이며, 인 자(仁字)만 108자가 나오느니라. 이는 공자 사상의 근본 원리가 이 안에 있음을 보여주는 것이지만, 예부터 인에 대한 해석은 실로 구구하여 그 참뜻을 밝혀내기란 극히 어려운 일이다. 왜냐하면 공자는 평소에 그처럼 많은 인을 이야기하였지만 결코 인의 본질을 논하여 설한 일이 없고, 다만 인의 실천 방안만을 설명하였기 때문이니라."

모두 다 초롱초롱한 눈동자를 반짝거리면서 스승의 말을 한마디도 놓치지 않으려고 귀를 곤두세웠다.

"그러나 공자의 후학들은 인에 대하여 제각기 나름대로 설명하고 있다. 그것들을 두 가지로 정리하면 철학적인 것과 윤리학적인 것으로 나눌 수가 있느니라."

약용은 숨을 가다듬고 나서 다시 이어나갔다.

"주자는 인을 애지리심지덕(愛之理心之德)이라고 표현하였다. 다시 말하면 '사랑의 이치'라고 표현하였으니 이는 정주(程朱) 철학의 천리(天理)를 뜻하는 것이니라. 뿐만 아니라 주자는 성리설(性理說)의 근거가 되는 이(理)를 만유의 근원이라고 주장하였다. 성(性)이 만유의 근원인 이(理)라면 인(仁)도 성(性)처럼 천리의 일부가 되는 것이다. 다시 말하여 애(愛)만을 떼어서 말한다면 그저 수시로 일어나는 측은한 감정에 지나지 않을는지 모르나, 애지리(愛之理)로서의 인은 철학적인 근거를 가진 근원적인 것이 된다는 뜻이니라. 이러한 인은 인도(人道)로서의 인이라기보다는 천지의 근원적인 것으로서의 인이 될 것이다. 주자는 철저히 인은 천지생물지심(天地生物之心)에 근거하였다는 것을 강조하고 있다. 그러므로 인은 애지리일 뿐 아니라 심성적인 면에서는 심지덕(心之德)이라고 강조하는 것이니라. 이처럼 주자는 인을 애지리심지덕이라고 해석하고 있는 것이다. 이는 바로 이와 심이 둘이 아니고 하나라는 뜻이니라."

한참 동안 설명해 나가던 약용은 호흡을 가다듬었다.

"그렇지만 여기에 문제가 있다. 공자는, 인은 윤리관에 있어서의 최고 이념이고 사람답게 사는 데 요구되는 온순, 친절, 선량, 자애 등 덕성의 결정(結晶)이라고 말하였다. 그러므로 인은 결코 마음의 상태가 아니라 인간 스스로의 행동을 통하여 이루어지는 그 어떤 결과인 것이다. 다시 말하면 인이란 인간도(人間道)이지 주자가 말한 천리가 아닌 것이니라."

"하오면 사부님의 인관(仁觀)을 말씀하여 주시옵소서."

"인 자(仁字)는 두 사람의 관계를 의미하는 '二'와 '人'이 혼합된 글자이다. 그러므로 공자나 맹자가 다 같이 인을 애인(愛人)이라고 정의하지 않았겠느냐."

초당 밖은 봄기운이 무르익어 진달래가 온 누리를 붉게 물들이고 있었다. 산새들이 짝을 부르는지 다정스레 지저귀고 있었다.

약용의 인에 대한 강은 계속되었다.

"인은 향인지애(向人之愛)이니라."

약용이 마침내 자신의 인관을 피력하였다.

"그 뜻은 무엇이옵니까."

"한마디로 말하여서 인이란 남을 향한 사랑이라는 뜻이다. 인이란 인간관계[人倫], 즉 사람 사이에서 그 도리를 극진히 하는 것이니라."

"하오면 인간관계를 좋게 하려면 어떻게 하여야 합니까."

"사람 구실을 하고, 사람 노릇을 하고, 사람다운 행동을 하고, 사람됨이 있어야 하고, 사람값을 하여야 하느니라. 여기서 사람 구실 또는 사람 노릇으로 표현되는 인간도(人間道)는 인간으로서의 의무 또는 당위를 말하는 것이요, 사람다움 또는 사람됨으로 표현되는 인간상(人間像)은 인간으로서의 자질 또는 태도를 말하는 것이니라. 사람이 사람으로서의 사람 구실을 하고 사람다운 사람이 되려면 결코 어질기만 하여서 되는 것이 아니다. 의젓하고 굳센 용기도 사람다운 사람이 사람 구실을 다하자면 필요하기 때문에, 공자는 사람다운 사람만이 남을 좋아하기도 하려니와 남을 미워할 수도 있다고 말하였느니라. 알아듣겠느냐."

엉겁결에 모두 예, 하고 대답하였다.

"인은 천리가 아니라 인덕(人德)이니라. 사람과 사람 사이에서 이루어지는 인간도가 인이라면 그것은 사랑만일 수는 없다. 내가 비록 인을 향인지애로 설명하였지만 애친경장(愛親敬長)이 인의 근본인 효제(孝悌)가 되는 것이다. 향인지애는 인간이 인간에게 바치는 의무로서 이루어지는 순정(純情)이니라. 이 순정은 어머니의 사랑 같은 자애가 되기도 하지만, 스승이 제자에게 착하기를 요구하면서 매를 때리는 엄격한 태도로도 나타날 수 있는 것이다."

"그러니 철학적인 천리나 심덕 같은 형이상학적인 개념이 아니라는 말씀이옵니까."

"그러하니라. 일상적인 생활 속에서 겪어야 하는 실천윤리로서의 인간도이니라. 인은 결코 어진 사람의 마음씨가 아니라 사람다운 사람이 실천한 사람 구실의 결과를 총칭한 것이니라."

제자들은 숙연히 스승의 강을 듣고 있었다. 멀리 바라보이는 강진만의 절경조차 그들과 함께 진리의 세계에 뛰어든 듯하였다. 대섬이나 가우도의 아름다움이 인을 상징하는 것 같았다. 자연을 사랑하는 것, 무엇인가 절대적인 것을 사랑하는 것도 인임에는 틀림없었다. 마음가짐이 아니라 행동하는 것이어야 한다. 논리적인 것이 아니라 실학적인 것이어야 한다. 즉 실천윤리적이어야 한다. 그림의 떡 같은 학문이어서는 아니 된다. 집어 먹을 수 있는 떡이어야 하는 것이다.

"학문 자체는 순수해야 하느니라. 어떤 물건을 가리고 꾸미고 옷을 입혀 본연의 형태나 자세를 볼 수 없게 만들어버리면 원래의 모습을 알 수 없게 되는 것이다. 논어 역시 마찬가지 아니겠느냐. 잡학에 젖지 않는 순수성에 가치가 있는 것이니라."

약용은 학문의 진실성과 순수성을 강조하고 나서 다음 말을 이었다.

"학문의 순수성이 회복되면 다음 단계는 학문을 유희의 대상으로 삼는 것이 아니라 실행에 옮겨야 하는 것이니라. 실용(實用), 실증(實證), 실천(實踐), 실심(實心), 실사(實事), 실리(實利)를 하여야 하는 것이지, 그렇지 않으면 죽은 학문, 허수아비 학문이 되어버릴 것이다. 마찬가지로 논어 역시 실천윤리학적으로 다루어야만 그 학문의 본질에 접하게 되는 것이니라."

이듬해 봄이 되었다. 만덕산 일대는 시샘하듯이 진달래가 온 산을 덮었다. 볕든 곳 그늘진 곳 할 것 없이 화사한 보랏빛을 마음껏 자랑하였다.

약용은 아까부터 백련사의 오르막길을 오르고 있었다. 동백, 후박, 생달 등이 우거져 있고, 그 사이사이에 진달래가 조물주의 조화처럼 아름답게 산을 수놓고 있었다.

"사부님, 이 오솔길은 언제 다녀도 아늑한 고향 길처럼 정다움을 주옵니다."

"정말 그러하구나."

이학래와 이강회가 약용을 뒤따르면서 처음 오는 곳인 양

감탄하였다. 그들 뒤로는 구강포의 잔잔한 파도가 은비늘 금
비늘을 이루면서 그림같이 펼쳐져 있었다.

"강진만의 경치는 대섬과 가우도가 일품이지."

언제 봐도 싫증이 나지 않는 절경이었다. 절에서 약용 일행
을 보고 마중을 나왔다. 아암의 청에 의하여 백련사의 사지(寺
志)를 고증하는 날이었다.

"아암 계신가."

"심기가 불편하신지 누워계시옵니다."

아암의 방에 가서 문을 열어보니 난장판이었다. 술병이 머리
맡에서 구르고 옷가지들이 이리저리 흩어져 있었다.

"이거 아침부터 웬일인가."

정신없이 취해 있던 아암이 약용의 목소리에 조금 정신이 든
모양이었다.

"세상이 싫습니다."

"자네, 요새 너무 건강이 나빠진 것 같네. 섭생을 해야지."

그의 손바닥은 벌겋고 얼굴의 혈색은 백지장 같았다. 더욱
이 배는 임신부처럼 부풀어 있었다.

"간에는 술이 금물이네. 약주를 아주 끊어야겠네."

"아닙니다. 보기 싫은 세상 취생몽사(醉生夢死)라도 하여야
합니다."

"아직 창창한데 왜 이러는가."

"오늘은 날을 받아놓고 제가 이 모습이니 면목이 없습니다.

제가 제 목숨을 알고 있어서 살아 있을 때 사부님 신세 지려고 일을 시작하였습니다."

아암은 숨이 차는지 이내 돌아누워 버렸다. 아암의 제자 세 사람이 인사를 건넸다. 수룡, 기어(騎魚), 초의가 그들이었다.

그들은 절에 쌓여 있는 여러 기록들을 꺼내다가 차근차근 정리해 나가기 시작하였다. 몇백 년씩 묵은 책들은 좀이 슬기도 하고 비에 젖어 얼룩이 져 있었으며 찢겨져나간 곳도 있었다. 연대별로 정리하고 그 내용을 여러 사람이 분담하여 간추렸다. 하루 이틀에 될 일이 아니었다.

아암은 점심때가 되어서야 정신을 차렸는지 나타났다. 움직이는 것도 괴로운 듯, 간신히 벽에 기대어 있는 그는 손끝을 가늘게 떨고 있었다.

"사부님, 조금 쉬시지요."

초의가 약용에게 친밀하게 말했다.

"먼지를 많이 마시면 건강에 해롭습니다. 우리 젊은 사람들이 일을 할 것이오니 판단만 내려주십시오."

여러 사람이 동의하였다. 한나절이 되자 초의가 차를 끓여 왔다.

"피로가 풀리실 것입니다."

"이 차는 맛이 뛰어나군. 향기도 좋고."

"찻물을 대둔사에서 일부러 가지고 왔습니다."

"물맛에 의해서 이렇게도 달라진단 말인가."

"예, 사부님. 물의 종류는 다양합니다. 높은 산의 물을 청경수(淸輕水)라 하고, 바위에서 새어나오는 물을 청감수(淸甘水), 모래에서 솟아 나오는 물을 청렬수(淸洌水), 흙 속에서 나오는 물을 담백수(淡白水)라고 합니다. 밤중 자시(子時)에 뜬 물은 신령이 깃들인 정화수(井華水)라고 하지요. 차를 끓이는 물은 3대변 15소변(三大辨十五小辨)이라 하여, 그 물의 빛깔과 끓을 때 나는 소리와 증발되는 기(氣)의 모양으로 열다섯 가지로 가름하여 차맛을 다룹니다."

"한가할 때 자네에게 다례를 배워야겠네."

초의가 고개를 숙이며 무안해하였다.

"무례를 용서해주십시오. 별로 아는 것이 없사온데 사부님이 무료하실까해서 두서없이 떠들었습니다."

"이것은 어떻게 해석해야 좋을지 모르겠습니다, 사부님. 판단을 내려주십시오."

백련사 절 문에 걸려 있는 현판이 문제였다. '만덕산 백련사'라 씌어 있는 이 액판은 김생(金生)의 친필이라 전해지고 있었다. 김생은 신라 성덕왕 때, 즉 서기 170년대의 서성(書聖)이었다.

"연대가 안 맞지 않느냐."

"하지만 여러 기록에는 김생의 작(作)이라고 적혀 있으니 딱합니다. 백련사가 신라 때 지어진 것은 사실이니까요."

"그 사실조차 확실하지는 않지 않느냐."

약용은 문헌을 뒤지면서 고증을 하였다.

고려 강종·고종 때의 문신 최자(崔滋)의 비문에 본 사찰의 본명이 만덕사였고, 원묘국사가 보현도량을 개설한 후에 백련사라고 개칭하였다고 적혀 있다. 그러고 보면 중국의 금국(金國) 애종(哀宗) 천흥(天興) 원년(元年 : 1231년) 전에는 백련사란 사호(寺號)가 있었을 리 없다. 그런데 신라 서성 김생이 아직 생겨나지도 않은 백련사의 사호를 써두었을 리는 없다. 이는 필시 후세 사람들이 만들어낸 일임에 틀림없다.

몇 개월을 노력하여 사지의 정리를 끝냈다. 백련사의 스님들은 약용을 신주 모시듯 하였다. 이는 존경의 염(念)이었다.

그러는 사이 아암은 점점 쇠약해져 갔다. 발이 퉁퉁 부어올라 걷는 것조차 어려워졌다. 초의와 수룡, 기어 등 제자들이 그를 모시고 대둔사로 떠나갔다.

그리고 얼마 안 있어 부음이 왔다.

아암의 일생은 천재답게 기구하였다. 절의 책임을 후학들에게 물려준 후 주유천하 하는 것이 일이었으나 약용을 찾아올 때는 절대로 입에서 술내가 나지 않게 조심하였다.

"자네는 술을 좀 조심하게. 몸이 배겨내지를 못하겠네."

"세상이 하도 보기 싫어서 눈을 빼버릴 수도 없고 하여, 취해서나마 살아보려고 그럽니다. 그러면 보기 싫은 것이 조금 덜하니까요."

아암은 대둔사 북암, 만덕산 백련사, 석문산 석문암 등등에 거처하며 제자들을 시켜 약용에게 문안을 드리고는 하였다. 약용도 시름이 있거나 한가할 때는 아암을 찾아나서기 일쑤였다. 두 사람의 교분은 두터웠다.

하루는 아암이 대단한 고집을 부렸다. 당부를 해놓고 간 일을 제자들이 미처 해결을 못한 것이다.

"당장 짐을 챙겨 집으로 가지 못할꼬."

잘못하였다고 아무리 사정을 하여도 들은 척도 하지 않았다. 보다 못한 약용이 만류하고 나섰다.

"쥐도 내뺄 구멍을 남겨놓고 쫓는다는데 자네는 왜 몰아세우기만 하는가."

"혼을 내주어야 정신을 차리지요."

"성질을 좀 죽이고 영아(嬰兒)처럼 유순해졌으면 좋겠네."

그는 한참 동안 그 말을 음미하더니 무릎을 탁 쳤다.

"사부님, 앞으로는 빈승을 아암이라고 불러주십시오."

이렇게 해서 아암은 혜장(惠藏)이라는 이름 대신 아암으로 불리게 되었던 것이다.

아암은 논어를 좋아하여 그 깊은 뜻까지 통달할 만큼 모르는 것이 없었고, 성리학의 여러 책들을 정밀하고 해박하게 연마하여 감히 따르는 사람이 없을 정도였다.

대둔사의 스님들 중에서 아암을 못마땅하게 여기는 사람들이 뒷공론을 하고는 하였다.

"김생 또 술에 취하셨다."

중이 아니라 논어 맹자나 읽는 선비라는 뜻에서 비꼬는 말이었다. 그처럼 아암은 유학의 깊은 경지에까지 이르고 있었다.

단 하나 시를 좋아하지 않았으며 작시(作詩) 또한 매우 적었다. 그러나 증시(贈詩)를 하면 반드시 추후에 회답하는 시를 보내왔는데 사람들을 깜짝 놀라게 할 정도로 잘 지었다.

그는 수제자 수룡과 기어에게 가사를 물려주고 자유인처럼 살았다.

　백수(栢樹) 공부를 누가 힘써서 할 것인가
　연화세계는 이름만 있는 것인지
　광포한 노래들이 근심 속에서만 불려지고 있으니
　맑은 눈물이 술만 취하면 흘러나오네

아암은 술에 취해서 마지막 인생을 보냈다.

"부질없군, 부질없어."

늘상 입버릇처럼 이 말이 튀어나오곤 했다. 석학이자 고승인 아암이 마지막까지 인생무상을 되뇌었던 것이었다.

아암을 떠나보낸 약용은 시름에 잠겼다. 바람의 연(緣)인 듯 한순간을 스치고 지나간 가실에 이어 두 번째 쓰라린 이별이었다. 주역과 논어를 강하고 논하여도 삶은 여전히 견디기 힘든 고난이었다. 완성을 향해 다가가면 다가갈수록 고통의

덩어리는 견고하기만 하였다. 왜일까? 50 지천명의 나이에 이르러 아직도 회자정리의 천리도 깨닫지 못한 탓일까? 강진 땅 10여 년의 세월이 한스러웠다.

약용은 부탁받은 아암의 비문을 몇 날에 걸쳐 정성껏 지었다. 그간 아암과의 추억이 모조리 되살아나는 가슴 저린 작업이었다.

정씨(程氏 : 정자)의 역전(易傳), 소씨(邵氏 : 소강절)의 역설(易設), 주자(朱子)의 주역본의(周易本義)나 역학계몽(易學啓蒙) 등에 대해서는 모두 의심나는 것이 없지만 오직 경전의 본문에 대해서만은 알 수가 없다던 그의 말이 떠올랐다. 호소하듯 이야길 시작한 아암이 끝없이 말을 늘어놓은 밤이었다.

젊은 나이에 대종장이 된지라 유달리 고집이 셌던 그는 자신감이 넘쳐 남에게 굽히는 일이 좀체 없었다. 그런 그가 유일하게 새겨듣는 것은 약용의 말이었다. 오직 약용의 뜻만은 깍듯하게 대하고 그에 따라 생각을 고치곤 하였다.

늘 술과 고기를 가까이 하는 그에게 안타까운 마음에 말리던 때가 한두 번이 아니었다. 그때마다 아암은 특유의 너털웃음을 터뜨리며 말했다.

"겉으로는 아닐지라도 마음으론 정작 세속을 탐한들 무슨 소용이겠습니까. 차라리 세속 안에서 진정한 돈오(頓悟)를 찾는 것이지요."

문득 떠올리니 아암이 생생하게 웃는 것 같아 약용의 눈시울이 젖어들었다. 참으로 아까운 숙유(宿儒 : 학문이 깊은 유학자)가 지고 말았다.

약용은 아침 일찍 오솔길을 따라 산에 올랐다. 탁 트인 바다 건너 흑산도가 보였다. 약용은 마음으로 약전에게 말을 전했다. 늘 그리운 마음뿐이었다. 한동안 바다내음을 맡으며 경치를 바라보던 약용은 천천히 초당으로 걸음을 옮겼다. 초당에 다다르자 웬 사람이 보였다. 가까이 다가가자 약용의 기척을 듣고 돌아본 이는 가실이었다. 단출한 짐 보퉁이 하나가 전부였다. 그녀는 약용을 보자 그 앞에서 큰 절을 올렸다. 주모가 지체 없이 서신을 잘 전달한 모양이었다.

가실은 약용이 이끄는 대로 동암으로 들었다. 짐 보퉁이를 방구석에 놓는 것으로 가실의 이사가 끝났다. 남포에서의 모든 것을 정리하고 올라온 참이었다.

"얼굴이 많이 상한 듯하구나."

약용이 가실의 얼굴을 지그시 바라보며 말했다. 가실은 그 말에 얼굴을 돌려 시선을 피했다. 벌써 귀 끝까지 발갛게 달아올라 있었다. 그녀의 몸과 맘이 야윈 것은 사실이었다. 그렇게 약용이 쾌차한 것을 끝으로 그리워도 그립다 말 못하고 지낸 세월이 벌써 꽤 오래 되었다. 그간 이안묵의 횡포는 계속되었으나 가실은 여전히 약용을 가슴에 품고 묵묵히 견디고 있었던 것이다. 약용은 몸져누운 자신을 정성껏 간호하던 가실을 기억하고 있었다. 혼미한 기억이지만 늘 시선 끝엔 가실의 얼굴이 있었다. 따뜻한 손으로 낮밤 가리지 않고 늘 수건을 갈아대며 수발을 들었다. 그렇게 가실이 떠나가고 난 뒤 약용도 많은 고 민을 해왔었다. 갸륵한 가실의 마음이 약용의 마음을 움직인 것이었다.

"모든 것을 정리하고 올라왔습니다. 삯바느질이나 조금 하 며 곁에서 나으리의 수발을 들었으면 좋겠습니다."

가실이 떨리는 목소리로 의중을 전했다. 약용은 별다른 대 꾸를 하지 않았다. 사실 수발을 드는 것은 일공 하나로도 충 분했다. 그러나 그녀의 눈이 진중하게 빛나고 있었다. 재력이 있는 여인이 모든 것을 정리하고 산으로 올랐을 때는 그만한 결심이 있었을 터. 게다가 일공의 수발도 이제는 거둘 때가 되 었다고 여긴 참이었다. 그도 그 나름의 학업을 이어가야 했다.

"재미없을 것이오."

"괜찮습니다."

"나는 종일 글만 읽을 것이고 고향엔 소중한 내 처도 있소."

"알고 있습니다."

가실은 이미 모든 것을 결심하고 산에 오른 참이었다. 약용 이 자신을 찾는 글 하나에 모든 것을 내던질 준비가 되어 있었 던 것이었다. 약용도 그런 가실의 마음을 느낄 수 있었다. 그 날로 가실은 약용의 곁에서 자상하게 그를 보필했다. 솜씨를 살려 삯바느질을 계속 하였고 때마다 약용의 끼니를 거르지 않고 준비했다.

일공은 여전히 약용의 수발을 거르지 않았으나 가실과 협력하여 일이 많이 수월해졌다. 때문에 짬짬이 책을 펴보기 시작하였고 그간 익힌 풍월 덕에 학문은 눈부시게 성장했다.

가끔 찾아오는 주모와 마 영감도 가실을 보며 반가워하였다. 어느덧 한 가족이 된 셈이나 다름없었다.

37
마현에 심은 뜻

8월 한가위 전날이었다. 달은 휘영청 밝아 장안을 밝게 비추고 있었다. 골목길은 조용했지만 여기저기서 떡방아 찧는 소리가 간간이 정적을 뚫고 들려왔다. 온 식구들이 모여서 송편을 만드는지 웃음소리가 담을 넘었다.

천만호는 종자 둘을 대동하고 북촌 초입에 들어서고 있었다. 종자들은 지게에 짐을 잔뜩 진 채였다. 그는 채이숙의 집을 찾아가는 중이었다. 채이숙은 약용과 동갑내기 친구일 뿐아니라 약용과는 형제 이상으로 마음이 통하는 사이였다. 채이숙은 영조대왕 때부터 승지, 판서를 지냈고 정조대왕 말년에는 우의정, 좌의정, 영의정을 두루 거친 채제공의 양자였다. 남인의 거두였으며 일인지하 만인지상의 재상이었던 채제공은 목민관의 모범이었다. 그러나 그는 목만중, 이기경, 홍낙안 등 공서파의 모략으로 죽은 후에 삭탈관직을 당하는 수모를 겪어야 하였으며, 그의 양아들 채이숙 또한 뼈아픈 고통을 겪어야 했다. 채이숙은 신유사옥 때 약용과 함께 유배되었으나 그다음 해에 해배되었다. 그 당시 정순왕후는 채이숙과 약용을 함께 해배시키도록 언문 교지를 내렸으나 서용보의 반대로 약용은 해배되지 못하였다.

천만호 일행은 가회동 골목을 돌고 돌아 채이숙의 집 앞에 당도하였다. 영상을 지냈던 집안치고는 초라하기 이를 데 없 었다.

"여보시오!"

종자가 있는 힘을 다하여 소리를 질렀다. 명절을 맞아 떠들 썩할 만도 한데 너무 조용했기 때문이었다.

"누구십니까."

한참 만에 짚신 끄는 소리와 함께 여자의 목소리가 들려왔 다.

"나으리 계시옵니까."

"예, 계시옵니다만……."

이번에는 천만호가 직접 나섰다.

"천만호라는 사람이 찾아왔다고 전해주십시오."

조금 있으려니 채이숙이 직접 쫓아 나왔다. 채이숙은 아버지 가 영의정을 지냈으나 자신은 관직에 연연해하지 않았다. 그는 약용보다 4년 늦게 대과의 을과에 합격하여 이조참의와 우승 지를 역임하였으나, 관직에 염증을 느껴 야인으로 돌아가 있던 참에 신유사옥을 당하였던 것이다.

"자네가 웬일인가?"

채이숙이 지체 없이 대문을 활짝 열었다. 천만호는 두 종자를 데리고 안으로 들어섰다.

"어서 드시지요."

의아해 하는 채이숙을 앞세워 안으로 들자 천만호는 종자에게 짐을 내려놓으라 명하였다.

"이게 뭔가? 이러면 아니 되네, 천 서방."

"아닙니다요. 서방님의 분부가 계셔서 저는 그대로만 할 뿐입니다요. 소인을 곤란하게 하지 마십시오, 나으리."

"번번이 신세를 지지 않는가."

"추석인데 집 안이 너무 조용합니다요."

채이숙이 한탄하듯 내뱉었다.

"끼니를 때우기도 어려우니 조용할 수밖에 없지 않는가."

"쌀 한 가마니와 건포, 건어물 한 짝, 그리고 과일 조금이옵니다. 내일 차례상에 올리십시오."

천만호는 고개를 숙이며 오히려 멋쩍어하였다.

"아니 되네. 정공은 유배지에서 고생하고 있는데, 내 어찌 자네에게 이런 도움을 받을 수 있겠는가. 한두 번도 아니고 말일세."

"그분의 뜻입니다요."

"여하튼 사랑으로 잠시 들게."

"시간이 없습니다요. 지금부터 윤영희, 이주신, 윤지눌 나으리 댁을 차례로 방문해야 하옵지요."

채이숙은 천만호의 손을 잡고 장탄식을 하였다. 약용의 마음씀씀이 가슴속을 파고들었다. 아둔하리만큼 고지식한 약용이 한양에서 편한 세월을 보내고 있는 자신들에게까지 깊은 우정을 나누어주고 있는 것 같아 한없이 고마웠다. 그들은 천만호의 재력을 익히 알고 있었다. 장안을 휘어잡을 만큼 큰 부호였지만 몰락한 선비들에게 이토록 마음을 쓰는 것이 쉬운 일은 아닐진대 고맙기 그지없었다.

"마음의 정표니 차라도 한 잔 하고 가게."

"아닙니다요. 설에 다시 찾아뵙겠습니다요. 그러하옵고 이것을 유용하게 써주시옵지요."

"이게 뭔가."

"이걸 가지고 싸전에 가시면 쌀을 바로 내드릴 겁니다요. 넉넉지는 않지만 설까지는 지내실 수 있으실 겁니다요."

채이숙은, 얼마 전까지만 해도 자기 수하에 있던 벼슬아치들이 모두 등을 돌려버린 터에 이처럼 변치 않는 우직한 사람을 둔 약용이 부럽기 짝이 없었다.

돌아서려는 천만호를 채이숙이 다시 불러 세웠다.

"자네 죽란사를 아는가."

"알구말굽쇼. 소인이 만들지 않았습니까요."

"회현방의 죽란사는 이미 남의 것이 되어 버렸고……. 그런데 요사이 이상한 소문이 들리더구만……."

"어떤 소문입니까요?"

"자네 창동 집에다 정자를 지었다고. 소문에 의하면 회현방의 죽란사와 똑같다고 하던데……. 더구나 연못까지 있어서 풍취가 훨씬 더하다고."

"임 그리워 천리를 뛴다고, 소인이 서방님을 잊을 길이 없어 정원에다 정자를 하나 지었습지요."

나주 율정에서 약용 형제와 눈물을 뿌리며 이별을 하고 돌아온 천만호는 마음의 갈피를 잡기가 어려웠다. 일을 하면서도 정신 나간 사람처럼 멍청히 하늘을 쳐다볼 때가 많았다. 생각 같아서는 수단 방법을 가리지 않고 목만중 일파와 서용보 등을 해치고 싶었으나 약용의 추상같은 노여움을 샀던지라 마음이 쉬이 잡히지 않았다. 그리하여 시작한 일이 바로 죽란사를 짓는 것이었다.

"서방님께서 해배되어 올라오시면 죽란사란 글씨를 얻어 현판을 올릴 생각입니다요."

"자네의 두 번째 작품이니 멋이 절절 흐르겠구먼."

"정성껏 만들기야 했습죠만 서방님이 계실 때의 정취와 안 계실 때의 정취가 어찌 같겠습니까요."

"한 번 구경할 수 없겠나."

"나으리께서 원하신다면 언제라도 환영입니다요. 실은 소인 또한 나으리분들을 뫼시고 싶었지만 감히 말씀 여쭙지 못하고 있었습니다요."

사실 천만호는 정자를 지으면서 여러 생각을 했었다. 자신이 비록 천한 신분이나 약용을 통해 학문과 벼슬의 길이 얼마나 힘겨운 것인가 익히 알고 있었다. 더구나 정적들의 무고에 의해 젊은 혈기를 차단당한 특출난 재사들의 처지를 누구보다도 안쓰럽게 여겨왔던 터였다. 그리하여 그는 약용이 없는 이때 이들에게 편안하게 학문을 할 수 있는 생활의 터전을 마련해주고, 함께 모여 학문을 논할 수 있는 공간으로 정자가 이용되었으면 하는 바람을 키워왔다.

"자네의 작품도 보고 싶고, 그곳에 앉아서 그리운 정공을 얘기하며 친구들과 어울려 학문을 논하고도 싶네."

천만호의 눈에 눈물이 글썽였다.

"나으리, 고맙습니다요. 바로 소인이 바라던 바입니다요."

채이숙이 천만호의 손을 덥석 잡았다.

"고맙네."

"하오면 보름 내로 나리들을 뫼시게끔 준비를 하겠습니다요."

천만호는 총총히 사라져 갔다. 그의 뒷모습을 바라보는 채이숙의 눈에도 물기가 어려 있었다.

정자에 술상이 준비되었다. 채이숙을 비롯하여 윤영희, 이주신, 윤지눌 등이 자리를 같이하였다. 천만호는 사려 깊은 사람이었다. 그들이 당도하기 전에 국화꽃을 준비해 장식하는 것까지 잊지 않았다. 회현방의 옛 죽란사를 회상하기 위함이었다. 국화 향기가 정원에 진동하였다. 독하지 않으면서도 후각을 뒤흔드는 그 독특한 내음은 시정을 아는 문객들의 주요 소재였다.

"아이구, 몇 년 만의 정취인가."

정원에 들어서자마자 윤지눌이 탄성을 질렀다.

"정공 생각이 절로 나는구먼."

이주신의 독백이었다.

윤영희는 숫제 말을 잊고 멍청히 국화 향기만 음미하고 있었다. 누구에게도 지지 않는 재사들의 모임이었다. 약용과 함께하였던 죽란시사의 많은 추억들이 그들의 마음을 울적하게 하였다. 그들 중 어느 누구도 관직을 가진 이가 없었다.

모두가 자리에 앉자 그중 좌장 격인 이주신이 천만호에게 정중히 인사를 건넸다.

"천 서방, 정말로 고맙네. 친구들을 대표해서 감사하네. 더구나 번번이 마음을 써준 것에 대해서는 더 할 말이 없네."

"나으리들, 이러지 마십시오. 소인이야 서방님께서 하라시는 대로 따른 것뿐입니다요. 자꾸 그러시니 몸 둘 바를 모르겠습니다요. 어서 약주들 드시지요."

술은 무료함과 고독감, 패배감을 달래주는 마력을 지니고 있었다. 그때만큼은 아무도 옛 죽란시사 시우들의 자존심을 건드리지 못하였다.

술자리가 한창일 때 집사가 달려왔다. 천만호는 무슨 일인
가 하여 집사를 바라보았다.

"어떤 선비님께서 찾으십니다요."

"누구라고 하시더냐."

"남고(南皐)라는 분이신뎁쇼."

"아니, 그러면 윤지범 어르신 아니시냐."

천만호는 내객을 알고 나자 채이숙에게 가서 남고의 내방을
알렸다. 채이숙은 깜짝 놀라며 기뻐하였다.

"어서 뫼시게."

"예, 알겠습니다요."

조금 있자 백발이 성성한 윤지범이 정자에 모습을 드러냈
다. 그들보다 오륙 년 연상인 윤지범은 호된 맘고생으로 더욱
많이 늙어 있었다.

"이 사람들, 옛날 정의를 다 잊으셨나. 이런 좋은 자리에 나
만 빼놓다니, 서운하이."

채이숙은 할 말이 없었다. 미안할 따름이었다.

"윤공, 어찌 우리가 여기 모인 줄 아셨습니까."

"허허, 이 사람. 내가 냄새를 맡지 않았겠는가."

"어떻게 말씀입니까."

윤지범은 호탕하게 웃었다.

"어떻게 아셨냐니까요."

"무료하여서 자네 집에를 갔었지. 아주머니가 머뭇거리기에

넘겨짚고 말하였더니 실토를 하더구면."

윤지범이 채이숙에게 한 말이었다. 윤지범과 채이숙은 종종 왕래를 하는 사이였다.

윤지범은 후래삼배를 멋들어지게 하고 나서 바로 분위기에 젖어들었다. 약전과 약용에 대한 옛 추억을 되밟으며 모두들 거나하게 취해갔다.

"여러분들에게 할 얘기가 있다네. 약용이 장기에 유배 가 있을 때 그에게 보냈던 시 한 수가 생각나서 내 자네들에게 들려주려 하네."

윤지범이 좌중을 둘러보며 입을 뗐다.

"원 저런, 그런 일이 있었군요. 어디 한 번 읊어보시지요."

윤지눌이 응수했다.

"잘들 듣게."

산골짜기에서 산발한 채 긴 노래 읊조리나
망망대해 동쪽 큰 바다 만 리쯤 길으렸다
벗들이 없을까마는 서신 한 장 없을 테고
있을 거라고는 고향산천 꿈속에서나 찾으리
천고의 백운대야 무너지지 않으리니
오래도록 우리들의 흔적 남겠지

좌중에서 박수가 터져 나왔다. 이는 장기에 유배 가 있는 약용에게 보낸 위로의 시였다. 오래전에 그들 모두가 북한산 백운대로 산행하였을 때의 추억을 생각하며 지은 것이었다.

"약용과 함께 이 시를 감상했더라면 얼마나 좋았을꼬."

채이숙이 중얼거렸다. 감정이 격한 이주신은 눈물을 훔쳤다.

"그날 저녁에 회현방의 죽란사에서 국화 감상을 했던 일 생각나십니까."

"나고말고."

"마치 아득한 옛날 같기만 합니다. 약전 형님의 천문학 강의는 또 어떠하였구요."

그들은 옛 젊은 시절로 돌아간 듯 호연지기를 한껏 풀어내었다.

마현은 부촌이 아니었다. 마을 앞으로 한강이 흘러 경치가 수려하고 한양까지의 뱃길이 있어서 살기는 편리하였지만, 홍수가 났다 하면 있던 논도 자갈밭이 되고는 하여 강변의 농지를 믿고 살기는 힘들었다. 그래서 자연 산 쪽으로 붙은 천수답과 붉은 황토질의 밭뙈기를 갖는 것이 마현 사람들의 희망이었다.

정씨 일가의 살림도 윤택할 리 없었다. 풍년이 들어야 겨우 호구지책을 유지할 수 있을 정도였다. 감자나 조, 수수 등이 수확의 주를 이루는 한촌이었던 것이다.

아버지 정재원은 청백리였기에 아들 5형제 공부시키기도 힘겨운 살림이었다. 부를 축적하려면 인면수심으로 백성들을 쥐어짜야 하나 정재원은 겨우 먹고사는 것으로 만족하였을 뿐이었다.

부전자전이었다. 약용 역시 아버지와 오십보백보였다. 동부승지, 곡산부사 등의 벼슬을 지내면서도 국록만으로 살림을 꾸렸다. 목민관을 지내면서 손수 세금을 거두어들이는 됫박을 검사하고, 잣대를 바로 잡고, 아전들의 가렴주구를 감시하니 자신에게 돌아올 상납금이 있을 리가 없었다.

이렇게 십수 년 관직 생활을 하다 약용이 귀양을 가버리자 정씨 일가의 생활은 말이 아니었다. 계모인 김씨를 비롯하여 부인 홍씨, 장남 학연, 차남 학유, 그리고 머슴 석이의 가족 등 대가족의 호구지책이 당장 문제가 되었던 것이다.

집안 식구끼리 모여 앉아 여러 가지 가족사를 입에 오르내리다 집안의 호구지책에 대한 염려로 이야기가 모아지자 학연이 말하였다.

"할머님, 어머님, 제게 생각이 있습니다."

이 말에 김씨와 홍씨가 눈을 모아 학연을 바라보았다.

"생각이라니?"

"대역죄인의 자식으로서 과거로 입신출세할 수는 없는 노릇이고, 그렇다고 농토도 넉넉하지 않으니 농사를 지을 수도 없지 않습니까?"

"그래서 무엇을 하겠다는 말이냐."

"의술을 공부해볼까 합니다. 서책도 있고 아버님의 가르침도 있으니 말씀입니다."

어머니 홍씨가 펄쩍 뛰었다.

"아니 된다. 아버님이 절대 허락지 아니하실 것이다."

"……."

"네 아버님 성격을 몰라서 그러느냐. 아버님께서는 네가 백성을 위한 학문을 하기를 원하실 게다."

이때 옆에서 학유가 말을 치고 나왔다.

"어머님, 저의 의견도 들어주십시오."

"너는 또 무슨 말을 하려는 게냐?"

홍씨가 맏아들 학연에게 주었던 시선을 학유에게로 옮겼다.

"전에 아버님께서 유실수와 약초를 심으라시던 말씀 기억나시지요? 다행히 뒷산이 있으니 가계에 보탬이 되도록 해보겠습니다."

"오, 그래. 울 안에 살구, 앵두, 감, 대추나무를 열 그루씩 심으시면서 10년 후면 이 묘목들이 가계에 보탬이 될 거라고 흐뭇해하시던 모습이 생각나는구나."

"예, 그러셨지요. 하오니 이번 기회에 뒷산을 개간하여 잘 가꾸어 보겠습니다."

학연과 학유의 성격은 다소 차이가 있었다. 학연이 조금 편협하고 집착력이 강한 데 비해, 학유는 거시적이고 세상을 멀리 내다볼 줄 알았다.

    학유는 후에 다성(茶聖) 초의선사는 물론, 추사 김정희와도
돈독한 교분을 가졌다. 또한, 당시 초의를 중심으로 한 다인
들, 즉 윤효렴, 김인항, 윤치영, 박종림 등과도 폭넓게 사귀었
고, 정조대왕의 딸 숙선옹주의 남편인 홍현주와도 교분이 두터
웠다.

    어머니의 승낙이 떨어지자 학유는 산을 개간하는 일에 열중
하였다. 그는 머슴 석이와 함께 뒷산에 웅덩이를 파나갔다. 석
이는 약용의 일가에게 없어서는 안 될 존재였다. 궂은일을 도
맡아 하면서도 군소리는 물론, 불평 한번 하는 법이 없는 충
직한 사람이었다. 그런 석이가 무엇이 못마땅한지 볼멘소리를
하기 시작했다.

    "서방님."

    "뭔가."

    "아무래도 무리가 아닙니까요."

    열심히 삽을 놀리던 학유가 무슨 말이냐는 듯 석이를 돌아
보았다.

    "그게 무슨 말인가."

    "흙을 파고 나무를 심어놓으면 그게 그냥 살아난답니까요?"

    학유가 이마의 땀을 닦으며 싱긋 웃음을 지었다.

    "당연하지 않은가."

    "텃밭이야 나무들이 자랄 만큼 기름지다지만, 자갈밭이나
다름없는 이 땅에 무슨 농사를 지을 수 있겠습니까요."

"걱정 말게. 내게도 다 생각이 있다네."

학유는 석이의 불평은 아랑곳하지 않고 삽질에만 열중하였다. 석이는 기가 막힌다는 듯이 혀를 찼다. 농사일을 쉽게 생각하고 있는 학유가 안타까웠던 것이다.

"서방님, 흙은 거짓말을 하지 않습니다요. 도대체 무슨 생각이 있으신지 속 시원히 듣고 싶습니다요."

"간단한 이치 아닌가. 흙이 박하니 거름을 듬뿍 주면 되지 않겠는가 말일세."

"거름이 어디 있습니까요."

"구하면 될 게 아닌가."

"농사 지을 거름도 없어 난리온데 거름이 거저 생긴답니까요?"

"정 없으면 돈을 주고 사면 되지 않겠는가."

"돈은 어디서 생기고요?"

학유는 석이의 의문에는 아랑곳없이 부지런히 손을 놀렸다. 그는 천 서방의 도움을 받아 한양에서 거름을 실어 나를 계획이었다. 농군들로서는 생각하기 힘든 기상천외한 발상이었다. 그에게는 또 다른 계획도 있었다.

닭을 집단으로 길러서 닭똥을 거름으로 쓸 생각이었다. 재래식대로 방목하면 거름을 모으기가 힘들기 때문에 계사를 만들어 가두어 기를 작정이었던 것이다. 아무도 생각지 않는 기발한 발상이었지만 그는 자신이 있었다. 가두어 기르면 모이

값은 들겠지만 거름이 모아질 뿐만 아니라 달걀의 손실이 없을 것이니 모이 값은 나오리라는 계산이었다. 그는 농서(農書)를 독파하면서 자신감을 쌓아갔다. 그러는 사이에 또 한 가지 생각이 떠올랐다.

암탉은 알을 낳으면 그것을 품어서 부화시킬 때까지 알을 낳지 않는다. 그 기간이 무려 20여 일이나 된다. 그래서 혹시 알을 품지 못하게 하면 그동안에도 계속 알을 낳지 않을까 하는 의문이 생긴 것이다. 학유는 집에서 기르는 암탉으로 당장 실험을 해보았다. 그는 곧바로 자신의 생각이 옳다는 것을 확인하였다.

1만여 평의 뒷산에 3천 개의 구덩이가 패였다. 학유는 흐뭇하였다. 일단 일은 시작된 것이다. 그 당시 가장 요긴하게 쓰이는 과일은 제상에 오르는 것들이었다. 아무리 가난한 사람이라도 제사는 지내야 했기 때문이었다. 학유는 종자가 좋은 밤과 대추를 주요 종목으로 선택하였다. 그리고 은행나무와 뽕나무도 심을 요량이었다.

어느 정도 계획을 진척시킨 학유는 날을 받아 한양으로 나들이를 하였다. 천만호의 집은 창동 뒷골목에 있었지만 어마어마한 위용을 갖추고 있었다. 재력을 바탕으로 이웃집들을 사들여 담을 헐고 다시 집을 지었다. 누가 봐도 대궐을 방불케 하였다. 그러나 신분이 있으므로 솟을대문을 만들지는 못하였다. 그는 정원만은 갖은 멋을 부려 꾸며 놓았다. 마당 한구석에 연못도 파놓았고 가운데다가는 팔각정을 운치 있게 만들어 놓았다.

학유는 팔각정을 유심히 바라보았다. 재료가 독특했기 때문이었다. 나무로 된 뼈대에다 대나무를 모두 입혀 놓았다. 바닥도 곱게 다듬은 대나무로 깔려 있고 천장까지도 대나무로 짜 붙여 한껏 모양을 냈다.

우두커니 팔각정을 보고 있는 학유에게 지나간 추억들이 만상을 엮어놓고 있었다. 뒤에서 인기척이 났다.

"도련님 오셨습니까요."

천만호는 미소를 머금은 눈으로 학유의 얼굴을 더듬었다.

"천 서방, 오랜만이네."

"뭘 그렇게 넋을 잃고 보고 계십니까요."

"정자를 보니 아버님 생각이 나서 그러네."

"도련님도 그러시지요? 소인, 서방님 생각이 하도 간절하여지었습니다. 회현방의 정자도 실은 제가 만들었습지요. 서방님께서 금정찰방을 지내고 올라오셔서 소일하실 때 말씀입니다요. 죽란사라 이름 지으시고 친구 분들과 모여 앉아 시를 읊으면서 좋아하시던 모습이 눈에 선합니다요."

"엊그제 같은데 벌써 10여 년이 다 되었네그려."

"정자를 그 모양대로 짓고 나니 속이 다 후련합니다요. 서방님께서 환향하시면 죽란사라는 현판을 부탁드려서 걸 작정입지요."

"자네 심정을 알 만하네. 정자를 보니 나도 눈물이 나올 것만 같네."

"서방님이 그리울 땐 정자에 나와 술상을 차려놓고 마음껏 회포를 풉니다요."

학유는 얼굴을 옆으로 돌리고 손등으로 눈물을 훔쳤다. 천만호 역시 먼 산을 한 번 쳐다보고는 다시 학유를 바라보았다.

"도련님."

"뭔가."

"제게 방금 좋은 생각이 떠올랐습니다요. 도련님의 기분도 그러시니 아버님의 추억이 서린 정자에서 점심을 드시는 게 어떻겠습니까요."

옆에서 대기하고 있던 종자에게 천만호가 눈짓을 하였다.

천만호는 영리한 사람이었다. 여유 있는 살림이었으나 정씨 가문의 가풍을 아는지라 가능한 한 학유를 자극하지 않으려고 검소한 음식상을 내놓았다. 평소보다도 찬의 가짓수를 줄여 적당히 차려왔으나 학유에게는 그것도 진수성찬이었다. 인삼 등을 재료로 한 장아찌류의 밑반찬을 위시하여 정갈한 김치와 산나물들은 물론이고, 구경하기 힘든 꿩 볶음과 쇠고기 장조림이 구미를 돋우었다.

"도련님, 시장하실 텐데 어서 드시지요."

수저를 들다 말고 학유가 고개를 떨구었다. 배소에서 고생하고 계실 아버지가 다시 생각났기 때문이었다. 그런 학유를 바라보는 천만호도 만감이 오가는 것을 느꼈다.

"도련님, 우선 반주를 한 잔 하시고 기분을 푸시지요. 산 사람은 다 살 수 있는 방도가 있는 것입니다요. 아버님 생각은 잠시 잊으십시오."

천만호는 문배주를 잔 가득히 따라 학유에게 권하였다. 술기운이 전신에 스며들자 학유는 기분이 조금 나아진 듯하였다.

"천 서방, 실은 상의할 일이 있어서 왔네."

"그저 말씀만 하시지요. 제가 할 수 있는 일이라면 무엇이든 도와 드립지요."

학유는 그동안의 사정을 모두 이야기하였다. 그리고 그렇게 하지 않으면 안 되는 사유도 숨김없이 털어놓았다. 학유의 말을 들은 천만호는 깜짝 놀라면서 한숨을 쉬었다.

"어려우실 거라는 것은 짐작했습니다만 그 정도이신 줄은 몰랐습니다요. 제 불찰입니다요. 당장 손을 쓰겠습니다요, 도련님."

"그런 말이 아닐세. 자네의 도움을 직접적으로 받으려는 것은 아닐세. 그런 것은 거절하겠네."

"원 성품도……. 서방님과 똑같으십니다요. 제 맘을 몰라주시는 서방님과 똑같으시다는 말씀입니다요."

"내 어찌 천 서방의 마음을 모르겠나. 하지만 그것은 아버님의 뜻이 아닐세. 내 땅을 개간하여 살 터전을 마련하려고 하니 자네는 그 기틀만 마련해 주게나."

이윽고 천 서방이 두 손을 들었다.

"어떻게 말씀입니까요."

"우선 대추나무, 밤나무, 은행나무 등의 묘목을 구해주게나. 좋은 종자로 말일세. 그리고 그곳은 박토이니 거름을 마련하였으면 하는데 무슨 수가 없는지 자네 머리를 빌렸으면 하네."

"그까짓 거야 별일 아닙니다요. 제 수하에 묘목상이 있으니 가장 좋은 종자로 마련합지요. 거름 또한 걱정 마십시오, 포도청의 마방에 연락해서 말똥을 모두 거두어 마현으로 날라다 드립지요. 그게 답니까요?"

천 서방이 대수로운 일이 아니라는 듯 학유의 청을 들어주었다.

"실은 돈이 좀 필요하네."

"말씀만 하십시오."

"한 닷 냥쯤. 대나무를 샀으면 하네."

"무엇에 쓰시렵니까요."

"계사를 지으려 하네. 닭을 길러서 가용(家用)에 보태려고 말일세."

천 서방은 학유를 찬찬히 들여다보았다. 역시 그 아버지에 그 아들이었다.

"아주 좋은 계획입니다요, 도련님. 하오면 제가 대나무도 쓰

실 만큼 보내드리고, 닭도 종자 좋은 것으로 백 마리쯤 사 올
리겠사옵니다요."

"그럼 돈은 필요 없겠군. 일이 잘 풀리면 모두 갚겠네."

천만호는 가가대소하였다. 말투가 약용과 너무나 흡사하
였기 때문이었다. 생각하는 것도 똑같았다. 천만호는 돌아가
는 학유에게 돈주머니를 하나 들려주었다. 학유는 극구 사양
하였다. 천만호는 그러는 학유에게 세상 이치를 그 나름대로
일러주었다.

"도련님, 저는 무식하지만, 돈을 버는 이치만은 누구보다 잘
알고 있다고 자부하고 있습지요. 과수원을 만들고 양계를 하
시는 것은 일종의 투자이온데 뒷돈이 없고서야 일이 굴러가겠
습니까요. 그 모두가 견실한 생각이오니 이 천만호가 도련님
성공하실 때까지 뒷바라지를 해올리겠습니다요."

학유는 할 말이 없었다. 그저 그가 한없이 고맙고 든든하기
만 할 뿐이었다. 학유는 이번 만큼은 끝을 봐야겠다고 생각을
다졌다. 이제 든든한 후원자가 있으니 무서울 것이 없었다. 노
동력도 살 수가 있고, 계사도 지을 수가 있고, 모이도 마련할
수가 있는 것이었다. 그는 용기백배하였다. 모든 것을 갖추었
으니 지혜만 짜내면 되는 것이었다.

마현으로 돌아온 학유는 세밀한 계획을 짜나갔다. 이레 후
부터 마포나루에서 마현으로 배가 오르기 시작하였다. 큰 배
에 말똥이 가득가득 실려 올랐다. 대나무도 한 배 가득 싣고

와서 마현나루에 부려졌다. 이제 명년 봄에 묘목이 오기만 하면 되었다. 모든 일이 순풍을 만난 듯 순조로웠다.

대나무로 계사도 지었다. 학유는 면밀히 작성된 설계도를 꺼내어 목수들을 지휘하였다. 여유당 뒤곁의 텃밭이 계사로 변해갔다. 대나무를 넓은 간격으로 엮어 통풍이 잘되게, 또 일광이 잘 들게 만들었다. 여기까지는 누구나 생각할 수 있는 설계였다. 공동 계사를 만들고 난 후에 학유는 목수들에게 희한한 지시를 하였다. 사방 두 자 넉 자의 작은 칸막이를 만들게 한 것이었다. 사람이 겨우 들어가서 움직일 수 있는 공간이었다. 그는 완성되는 족족 일련번호를 매겨 각 칸의 입구에 적어 놓았다. 이윽고 그런 계사가 50여 개나 만들어졌다.

"목수 생활 30년에 이런 괴상한 계사는 처음이여."

"우리야 품삯 받고 일만 하면 그만이지만, 대관절 이걸 어디다 쓴담. 닭처럼 성질 급한 짐승을 가둬놓으면 열흘도 못 가서 돼져 번질 것인데……."

목수들이 새참을 들고 나서 저희들끼리 소곤거렸다. 그만큼 상식으로는 생각할 수 없는 건축물이었다. 며칠 후에는 횃대가 걸리고 각 계사마다 모이통과 물그릇, 그리고 둥지가 걸렸다.

계사가 완성되자 천만호는 암탉 백 마리와 수탉 열 마리를 보내왔다. 살이 포동포동 찌고 털에 윤기가 흐르는 건강한 닭들이었다. 그러고는 설사를 하는 놈은 가려내고, 알을 낳는 암탉들도 한 마리씩 가려서 작은 계사에 따로 수용하였다. 이런 작업을 마친 후에 다시 계사 50칸을 더 마련하였다.

계사의 일이 바빠지자 석이의 아들 칠득이까지 일손을 거들었다. 똥을 치우고 모이를 주고 물그릇을 깨끗이 치우고 달걀을 거둬들이는 등 손에서 불이 날 지경으로 바빴다. 학유는 칠득이에게 단단히 일렀다. 계사에서 달걀만은 손대지 말라는 것이었다. 저녁때가 되면 학유는 장부에다가 달걀을 낳은 닭의 번호를 기재하였다. 반드시 그런 연후에야 달걀을 수거하였다. 칠득이가 할 일은 더 많았다. 개구리, 지렁이들을 잡아다가 계사에 넣어주는 것도 그의 몫이었고, 토끼풀과 배추 등을 뜯어다가 먹이는 것도 그의 일이었다.

봄이 되자 약속대로 천만호가 3천 그루의 묘목을 보내왔다. 밤나무는 중국에서 가져온 신품종이라 하였고 대추, 살구, 은행, 감나무 등도 나라에서 가장 좋은 종자로 구하였다고 했다. 인편에 천만호는 식목이 다 되면 구경 삼아 한 번 들르겠다는 의사를 전해왔다.

학유는 묘목을 정성들여 심어나갔다. 물을 충분히 주는 것도 잊지 않았다. 어린 묘목이었으나 학유의 마음은 흡족하였다.

학유의 장부에 기재된 암탉의 산란율은 천차만별이었다. 하루 걸러서 알을 낳는 놈, 이틀 낳다가 하루 거르는 놈, 매일 낳다가 한 번쯤 쉬는 놈, 아예 안 낳는 놈 등 기재된 내용은 그 닭의 우열을 잘 가려주고 있었다. 반년이 지나자 닭의 우열이 완전히 가려졌다. 그동안에 백 개를 낳은 우수종도 있었고, 몇 개밖에 낳지 못한 열종도 있었다. 학유는 열종을 골라내어 장에 내다 팔았다. 그리고 우수종에는 수탉을 붙여 수정란을 낳게 하였다. 부화시킬 때도 우수종은 산란을 계속 시켰고, 적당히 알을 낳는 중간 종으로 하여금 부화를 대신하게 하였다. 닭의 품종 개량을 시도하였던 것이다.

여름이 되자 묘목은 부쩍부쩍 키를 더해갔다. 잡초 또한 무성하게 자랐다. 학유는 석이와 함께 잡초 제거에 쉴 겨를이 없었다. 이제 농부가 다 된 학유의 손바닥은 굳은살이 단단히 박혀가고 있었다.

이럴 즈음 마현에 귀한 손님이 나타났다. 천만호가 한양에서 배를 타고 마현나루에 내린 것이었다. 수하 종자 다섯 명에게 물건을 가득 지우고 그는 곧바로 학유를 찾았다.

"도련님, 오랜만입니다요. 고생이 많으셨지요."

"자네 덕분에 일이 순조롭게 풀렸네."

입가에 가득 웃음을 담은 천만호가 손을 홰홰 내저었다.

"일전에는 하도 기뻐 아버님께 서신까지 올렸다네."

학유는 천만호와 함께 과수원을 돌아본 후 계사로 갔다. 학유가 설명하는 동안 그는 말 한마디 없이 듣기만 하였다. 그는 이따금씩 고개를 끄덕이며 놀라워하였고, 산란율과 우수종자의 개량에 대해서 들을 때는 더욱 놀라 할 말을 잃었다.

"최선을 다하고 있네. 이 모두가 자네 덕분이 아니겠나."

"아닙니다요, 도련님. 정말 놀랍습니다요. 도련님은 반드시 성공하실 겁니다요."

천만호는 학유의 얼굴을 쳐다보면서 한없이 고개를 끄덕거렸다. 그의 생각으로는 이 모두가 약용의 뜻인 것만 같아 여간 기쁘지 아니하였다.

38
고난의 시대

약용이 유배 생활을 하는 동안의 사회상은 몹시 불안하였다. 여기 저기서 민란이 계속 일어나고 천재지변도 심심치 않게 일어나고 있었다.

어느 날 다산초당으로 마 영감이 찾아왔다. 예전과 마찬가지로 철에 따라 나는 별미를 한 보시기를 가지고서였다.

"그간 무고허셨는게라."

"오, 마 영감 아닌가. 그동안 잘 있었는가."

"뒤뜰에 딸기가 익어서 쪼깨 따왔지라."

약용이 그중 하나를 집어들었다.

"그것 참 맛있네."

"지가 나으리 잘 잡수시는 것 볼라고 이라고 온당께라."

마 영감의 입이 함박만큼 커졌다.

"어째 사시는 것언 좀 나으신게라."

"그럭저럭 편히 지내고 있네."

"헌디 빌어묵을 눔의 농가 살림언 점점 찌들어간당께라. 어찌혔으믄 쓰겄소."

"어제오늘의 일이 아니지 않는가."

"아니지라. 이번 새 원님이 오고 나등마 부쩍 더 심해져부렀어라."

마 영감의 말을 들은 약용의 미간이 찌푸려졌다.

"큰일이구만."

"전에는 호멩이(호미)로 긁어갔는디 시방은 소스랑(쇠스랑)으로 긁어가분께 전디기가 점점 더 심들지라."

귤동만 하더라도 양반촌이어서 덜 당하는 편이었다. 그러나 마 영감이 사는 곳은 곡창지대여서인지 관속들의 행패가 극심하였다.

"긁어갈 것이나 있는가."

"쥐꼬리도 송곳집에 쓴다고 도둑눔들 눈구녕에 비켜가는 것이 있간디요. 붙들어다 두들겨 패불믄 멋이라도 나오닝께."

"무작정 팬단 말인가."

"패는 것얼 워쩐다요. 뜯기다 못 전뎌 솔가 혀서 타향으로 가기도 허고 산속으로 화전을 일구러 가기도 하등마요. 이판사판이닝께라."

마 영감의 한숨에 겨운 이야기를 듣던 약용은 눈을 감아버렸다.

나라의 임금이 토지를 소유함은
비유컨대 부잣집 영감마님 같은 것
영감마님 가진 땅 1백 경이고
열 아들이 제각기 분가하여 산다면
한 집이 10경씩 나누어 가져
먹고사는 형편을 같게 하여야 마땅한데
약은 놈이 팔구십 경 삼켜버리니
못난 놈 곳간은 언제나 비어 있네
약은 놈 비단옷 찬란히 빛나는데
못난 놈은 가난을 괴로워하네
영감마님 눈을 들어 이 지경 보자 하니
슬프고 괴로워 속마음이 쓰리지만
그대로 둘 수밖에 어쩔 수 없기에
못난 놈들 동서로 뿔뿔이 유랑하네
부모 밑에서 뼈와 살 받은 바는 똑같은데
부모의 자애가 왜 이다지 불공(不公)한고
커다란 강령이 이미 무너졌으니
만사가 막혀서 통하지 않네
한밤중에 책상 치고 벌떡 일어나
높은 하늘 우러르며 길이길이 탄식하네
많고 많은 저 백성들
모두 같은 나라 사람

마땅히 징렴(徵斂)이 있어야 한다면
부자들은 그래도 괜찮겠지만
어찌하여 힘없는 백성들께만
가혹한 정사가 베풀어지나
군보(軍保)가 무엇이기에
이다지 모질게도 법률을 만들었나
일년 내내 힘들여 일을 해봐도
자기 한 몸 가릴 옷이 생기지 않네
어린아이 뱃속에서 태어나기 무섭게
죽어서 먼지 되고 티끌 되어도
아직도 그 몸에 요역(徭役)이 따라
가을하늘 곳곳마다 울부짖는 그 소리
원통하고 혹독해 절양(絶陽)에까지 이르니
참으로 슬프고 쓰라린 일이로다
호포법 논의가 있은 지 오래고
그 뜻이 상당히 타당하였는데
지난해 평양감사 이 법 시행해보았지만
수십 일도 되지 않아 그만두었네
만인이 산에 올라 통곡해대니
어떻게 임금의 뜻을 펼 수 있으리
먼 곳에 이르려면 가까이서 시작하고
낯선 사람 다스림은 친척부터 하는 법

어찌하여 굴레와 다리 줄 가지고서
들말부터 먼저 길들이려 하는가
펄펄 끓는 물속에 손 넣는 격이니
어찌하여 계모(計謀)를 펼 수 있으리
서민들 오랫동안 억눌려 지내
십세(十世) 동안 벼슬길 막혀버려서
겉모양 비록 공손하지만
가슴속에는 언제나 사무친 원한
지난번 왜놈들 쳐들어왔을 때
의병들 곳곳에서 일어났지만
서민들 유독 팔짱 끼고 방관한 것은
진실로 그럴 만한 이유 있었지
생각하면 가슴속이 끓어오르네
술이나 들이켜고 진(眞)으로 돌아가자

기사년(己巳年 : 1809년)이었다. 이때 순조는 겨우 스무 살이
었으며 그의 장인인 김조순 일파가 나라를 좌지우지하고 있었
다.

삼정의 문란이 극에 달하여 온 나라에 흉흉한 말들이 나돌
았다. 사람들이 기사년을 일러 기사년(飢死年)이라 말할 정도
로 민심이 좋지 않았다. 모두가 굶어 죽는 해라는 것이다.

2월에 함흥에서 큰불이 났다. 민가 1천여 호가 타버렸다.

며칠 동안 계속된 불은 하늘까지 새빨갛게 물들여 버렸다. 함흥이 송두리째 타버린 것이다. 3월에 울산에서도 화재가 나 민가 5백여 호가 타버렸다. 4월부터는 날이 가물어 두 달이 넘도록 비 한 방울 오지 않았다. 7월이 되자 평안도와 황해도에 태풍이 불어 닥쳤다. 이 재해로 50여 명 이상이 죽고, 3천여 호가 넘는 집이 파손되었으며, 논 2천4백만여 평이 바닷물에 휩쓸려 모래밭이 되어 버렸다.

다음 해에도 천재지변은 계속되었다. 정월에는 함경도 명천, 경성, 회령 등지에 지진이 일어나는 등 곳곳에서 재해가 잇따라 일어나 민심의 동요가 극심하였다.

3월에는 일식이 일어났다.

"해가 잡아먹혔으니 금년은 오죽하겠어."

"다 굶어 죽을 게야."

"굶어 죽고, 맞아 죽고, 불타 죽고……. 씨도 안 남을 게야."

백성들은 모였다 하면 수군거렸다.

7월에 한양 근교에 폭우가 쏟아졌다. 비가 한 자 이상 퍼부어 한양에서 7백여 호가 유실되었다. 의주에서도 폭우가 내려 1천8백여 호가 떠내려갔고, 덕원에서도 홍수가 났다.

천재지변에 놀라고 낙담한 백성들은 일할 의욕을 잃었고, 먹을 것이 없는 백성들은 유민이 되어 떼를 지어 몰려다녔다. 그들은 거지가 되거나 혹은 도적이 되어 목숨을 연명해나갔다.

1811년 2월에는 황해도 곡산에서 폭동이 일어났다. 박대성 등 수백 명이 관아로 몰려가 부사를 묶어서 길에 버렸다.

그리고 마침내 이해 말에 큰일이 터지고 말았다. 평안도에서 난리가 난 것이다. 이른바 홍경래의 난이었다.

홍경래의 난이 일어났을 때 영변부사로 있던 오연상이 다음 해 2월에 순조에게 소를 올린 일이 있었다.

관서의 농사는 재작년 가을부터 제대로 성숙한 것이 없었 사옵니다. 작년에도 논밭은 적지화(赤地化)되어 오곡이 전 무한 참경에 빠져 있었사옵니다. 그러하온데도 이에 대하여 구황의 방도를 세우지 못하오니 백성은 주림과 한고에 못 견디어 죽음의 길을 걷고 있사옵니다. 그런데다가 관가의 역사(役事)에 시달리는 이중고로 집을 버리고 가산을 내던 져 가면서 다른 지방으로 유리하는 자가 속출하고 있사옵 니다. 뿐만 아니오라 악역까지 유행하여 죽은 자가 노방(路 傍)에 즐비하여가고 있사옵니다. 홍경래는 이 틈을 이용하 여 난민을 선동하였사옵니다. 그는 성읍을 함락시키고 소 를 탈취하여 주린 백성을 먹이고 관창(官倉)을 점령하여 쌀 을 나누어 주었사옵니다. 적의 태반은 바로 이러한 무리들 이옵니다.

또 사헌부와 사간원 양사에서는 다음과 같은 소를 올렸다.

오늘의 반란을 초치(招致)한 것은 평안감사 및 병사가 굶어 죽어가는 백성을 위하지 아니하고 자신들의 이익만을 좇아 민생이 한층 도탄에서 헤매게 되어 일어났사옵니다.

평안감사처럼 높은 자리에 있는 관리들도 노략질하기는 마찬가지였다. 굶어 죽어가는 백성들은 못 본 체하고 자신의 배만 불리고 기생과 놀아나는 것이 일이었다. 하물며 군수나 현감 등 고을 수령들의 노략질은 눈뜨고는 못 볼 정도로 극심하였다.

홍경래의 난은 일어나지 않으면 안 될 여러 가지 복합적인 요소를 지니고 있었다.

이때 평안도 사람은 '평안도 놈', '평치(平痴)', '서한(西漢)' 등으로 불리는 멸시의 대상이었다. 태조가 조선을 건국한 다음 서북인(西北人)을 등용하지 말라는 엄명을 내린 후부터 그들에 대한 푸대접은 대단하였다. 아무리 우수하고 학문이 높아도 문관은 지평(정5품), 무관은 첨사(종3품) 이상의 벼슬은 주지 않았다.

평안도 용강에서 태어난 홍경래는 명색이 양반이었으나, 초가 세 칸과 세간 외에는 전답은커녕 노비도 없는 몰락한 양반가의 후손이었다. 아무리 공부를 열심히 하여 과거를 보아도 낙방만 하였다. 일초시(一初試)만이라도 붙었으면 하는 소원도 이룰 수가 없었다. 한없는 불만을 품게 된 홍경래는 가산

(嘉山)의 우군칙을 알게 되었다. 그는 뛰어난 재사였다. 그는 양반으로서 홍삼 무역과 금광업에 종사하면서 평안도 각 지방의 인재들을 끌어들이는 데 큰 역할을 하였다. 그들은 서로 자주 왕래하면서 마음이 통하게 되었다.

"남자가 세상에 태어나서 어찌 큰 뜻을 펴지 못하고 죽겠소. 우리 한 번 일어나 겨루어봅시다."

둘은 뜻을 합하여 주야로 의기투합하는 자들을 모았다.

가산의 이희저, 태천의 김사용, 개천의 이제초, 선천의 유문제, 정주의 정진교, 곽산의 김창시와 박성간, 철산의 정복일 등 여러 고을의 유력한 사람들이 모두 모여들었다. 조상 대대로의 한을 풀기 위해서였다. 여기에다 굶주린 백성들의 호응이 대단하였다. 그들은 운산의 금광을 캔다는 풍설로 사람들을 모집하여 군사를 조련하였다.

이때 홍경래는 참모를 시켜 정감록의 내용을 퍼뜨렸다. '일사횡관(一士橫冠)하니 귀신탈의(鬼神脫衣)요, 십필가일척(十疋可一尺)하니 소구유양족(小丘有兩足)이라.'

모두가 이 말을 지껄이게끔 하였다. 글을 좀 아는 사람이 이런 말을 하면 서로 모여들어 무슨 내용인가를 물었다.

"일사횡관이란 무엇이오?"

"한 일(一)자 선비 사(士)자를 가로로 관 씌우니 임(壬)자요."

"귀신탈의는 무엇이오?"

"귀신 신(神)자에서 옷(示)을 벗기니 신(申)자요."

"십필가일척은 무엇이오?"

"열 십(十)자 밑에 필(疋)자를 붙이고 한 자(尺)를 더하니 일어날 기(起)자요."

"소구유양족은?"

"구(丘)자에 두 발(八)이 있으니 병사 병(兵)자요."

"합하면 임신기병(壬申起兵)이란 말이군요."

"맞소."

"그럼 금년이 아니오."

"그렇소."

"누가 기병을 합니까."

"정감록에 씌어 있는 위대한 인물이 나오는 것이지요."

이는 평안도 지방에서는 공공연한 비밀이 되어 버렸다. 한 입 두 입 건너서 모르는 사람이 없을 정도였다. 어린아이들까지도 모이기만 하면 수군거렸다.

"난리가 난대."

"나도 알아. 정감록 장군이 나온대."

"이 바보야, 정감록에 그렇게 쓰여 있다는 말이야."

이윽고 난리는 임신년을 며칠 앞두고 터졌다. 작달막한 홍경래는 평서대원수가 되었다. 김사용이 부원수, 이제초가 전군장군, 이희저가 후군장군, 우군칙이 군사가 되었다.

그들은 홍총각을 선봉장으로 하여 가산을 점령하였다. 그리고 박천을 빼앗고, 안주 병영을 손에 넣었으며, 태천, 곽산을 점령한 다음 선천을 에워쌌다. 농민군은 점령하는 곳마다 창고를 열어 가난한 백성들에게 곡식을 나누어주는 등 민심 수습에 노력하였다.

이때 선천부사로 있던 사람이 김익순이다. 그는 안동 김씨로 그 당시 세도를 잡고 있던 김조순의 일가였다. 그는 홍경래의 협박에 못 이겨 항복을 하고 말았다. 이로 말미암아 그의 가족들은 대대로 죄인의 굴레를 벗지 못하였다. 그의 손자인 유명한 김삿갓은 평생 입신할 수가 없어서 방랑시인이 되었다.

홍경래는 더욱 기세를 올려 박천에서 모든 군사를 모으고 청천강이 언 것을 이용하여 단번에 강을 건너 평양을 습격하려고 하였으나 하룻밤 사이에 날씨가 풀려 강이 녹아버리고 말았다. 천재일우로 평양은 무사하였다.

일이 급하여지자 조정에서는 병조참판 정만석을 양서위무사 겸 감진사로, 이요헌을 양서순무사로, 박기풍을 양서순무중군으로 임명하여 난을 진압하도록 하였다. 사방에서 항복만을 계속하던 관군은 원군이 오자 힘을 얻어 여러 곳에서 농민군을 부수고 마침내 정주성으로 몰아넣었다. 그러나 반군은 완강히 저항하였다. 성문을 닫아걸고 결사적으로 버티었다.

관군은 농민군의 식량이 떨어지기를 기다리면서 성을 포위하였다. 소모전이 벌어졌다. 관군은 농민군 몰래 성 밑을 파서 화약을 묻고 폭파 준비를 하는 한편, 투항하면 살려주겠다는 방을 크게 써 붙였다.

식량이 떨어져 가자 성 안의 사람들은 동요하였다. 그들은 식량을 아끼기 위해 우선 부녀자들을 내보냈다. 관군의 선무 작전에 의해 빠져나간 사람들이 무사하다는 소문이 돌자 성 안 사람들이 하나둘씩 도망쳤다. 홍경래의 군사들까지도 마음이 움직였다. 야간도주하는 병사가 속출하여 군사들의 사기는 땅에 떨어지고 말았다. 그러나 우두머리들은 군사들을 독려하면서 투항을 거부하였다. 관군은 마침내 성을 폭파하면서 대대적인 공세를 취하였다.

천지를 진동하는 폭발음과 함께 성벽이 무너졌다. 이제초가 쓰러지고 김사용이 사로잡혔다. 수많은 반군이 잡히거나 총에 맞아 쓰러졌다. 홍경래 등은 싸움 도중에 전사하였고 우군칙, 이희저는 도주하였다. 그 외 다수는 한양으로 압송되어 참형을 당하였다.

반년 동안을 끌던 홍경래의 난은 이렇게 하여 평정되었다. 그들의 목은 효수되어 전국을 돌면서 전시되었다.

이 사건은 거듭되는 흉년으로 굶주림에 허덕이던 백성들을 무자비하게 노략질하던 수령이나 이속들에게는 커다란 경종이 었다. 그러나 그 경종조차도 오래가지는 못하였다.

북쪽에서 홍경래의 난으로 난리를 치르고 있을 때 남쪽에서는 살판이 났다. 비상시를 빌미 삼아 세금을 거두어들이는 까닭에 백성들이 꼼짝을 못하였다. 거기에다 조정의 온 신경이

북쪽에 가 있으니 뒤탈이 날 리도 없었다. 수령이고 아전이고 마음껏 백성들을 후리면서 노략질을 자행하였다. 백성들을 업신여기고 뇌물로 모든 것을 해결하려는 풍조가 고질병처럼 퍼져나갔다.

이 시기에 약용은 당시의 사회상을 고발하며 '고금도 장씨 여자의 일[古今島 張氏女子事]'을 기록하였다.

장녀(張女)는 경상도의 양반집 부인이었다. 어느 날 남편이 고을 원과 사이가 벌어져 목숨이 위험한 지경에 이르자 야밤에 도주해 버리고 말았다. 원은 화풀이로 장녀와 큰딸, 작은딸, 아들까지 네 사람을 고금도로 귀양을 보냈다. 고금도로 귀양 온 그들은 단칸의 협실을 얻어 죽지 못해 겨우 살아갔다. 장녀는 품팔이를 하였고 딸들은 가계에 조금이라도 보태려고 궂은일을 서슴지 않았다.

어느 날 작은딸이 큰딸을 보면서 까르르 웃었다.

"웃지 말그라."

우스븐 걸 우짜노."

큰딸은 누가 보아도 미색이었다. 반달눈썹에 맑은 눈동자는 호수 같았고, 웃을 때 패는 보조개는 귀신도 홀릴 것 같았다.

"더븐데 등물 좀 해줄래?"

큰딸은 저고리를 벗고 뒤꼍으로 돌아갔다. 그러고는 치마 끈을 느슨하게 하고 엎드렸다. 뽀얀 살갗에 반달 같은 젖무덤이 탐스러웠다.

"아이, 차거."

"언니 젖 참말로 이쁘네."

"가스나, 못하는 말이 없구마."

큰딸이 눈을 흘겼다. 햇볕에 그을린 얼굴이 건강미를 더하였다. 목부터 가슴까지 흘러내린 선의 굴곡이 명주실보다도 부드럽게 보였다.

등목을 마친 큰딸이 황급히 저고리를 입었다.

"언니, 그런 말 하믄 싫나?"

"할말이 따로 안 있나, 이 가스나야. 대낮에 그런 말 했다가 남이 들으면 우짜노."

"내도 커서 언니같이 됐으면 좋겠구마."

두 자매는 다정스럽게 이야기를 나누었다.

"그런데 언니야, 나 봤다."

"머 말이고."

"말 안 할란다."

"가스나, 니 또 사람 놀릴라 하나."

"아니데이, 하지만 비밀이다."

"먼데."

"언니 젖꼭지 밑에 동전만 한 점이 있드라. 내는 첨 봤구마."

"가스나, 입 닥치지 몬하겠나."

둘이 옥신각신하고 있을 때 담 너머에서 인기척이 났다.

"에그머니나."

두 자매가 한꺼번에 소리를 질렀다.

"왜 놀라냐."

진졸(鎭卒) 장천수가 느물거리면서 나타났다. 대낮부터 술
에 취해 있었다.

"썩 가지 못하겠습니꺼. 남녀가 유별한데…….."

"대낮부터 옷통 벗고 목욕 험서 이녁 맴을 흔들어 논 이가
누군디 남녀유별을 찾은당가잉."

"아이고, 이 일을 우짜믄 좋노."

큰딸은 얼굴을 가리고 방 안으로 들어가 버렸다. 장천수는
어슬렁거리면서 집 안으로 들어와 마루에 걸터앉았다.

"다 인연잉게 부끄러워허지 말드라고잉."

작은딸은 잔뜩 독이 올라 장천수를 노려보았다.

"너는 쬐깐한 것이 으짠다고 그라고 버티고 서 있냐."

"우째 어른이 돼갖고 그런 쓰잘 데기 없는 말을 하십니꺼."

"요것 보게. 나가 언제 씨잘 디 없는 소리를 혔냐. 사실을 말
혔제."

"가마니로 가렸는데 우에 봤단 말입니꺼."

"울타리에는 구멍이 없는 중 아나."

"어른이 점잖지 못하게 개구멍으로 남의 집을 엿본단 말입니
꺼?"

"나가 볼라고 혀서 봤는가? 보이니께 본 것이제."

"잔소리 말고 썩 가이소."

"요년이 살모사를 묵고 자랐다냐 독시럽기가 한이 없네이. 아따, 그라지 말고 나랑 말 쟌 허드랑께. 처녀 이리 나오소잉."

장천수가 방에 대고 이죽거렸다. 큰딸은 방 문고리를 잡고 분에 겨워 눈을 질끈 감았다.

"한술 더 뜬데이. 빨리 가시소. 안 가믄 똥물을 찌크러불 거구마."

작은딸은 뒷간에 가서 바가지에 오물을 퍼왔다.

"고것 참 고약하구만. 가마, 가. 근디 나가 한마디만 허고 갈라니께."

"무신 말입니꺼."

"나가 아직 총각인디 느그 언니헌티 장가들고 싶다."

"쓰잘 디 없는 소리 작작 허이소."

"나가 우선은 입을 봉헌다마는 나 청을 안 들어줘불믄 그때는 망신당헐 줄 알어라잉."

"별 사람 다 보겠구마. 멋을 안다꼬 공갈인교."

"나가 소문을 내불믄 고삐 풀린 망아지 맹키로 무섭게 퍼질 것이니께 알어서들 허드라고잉."

그날은 장천수도 그냥 물러갔다.

"언니야, 쫓아부렀데이."

"아이고, 이 일을 우짜면 좋겠노."

"머 지까짓 게 우째하겠나."

"창피해서 우짜노."

두 자매는 한숨을 쉬었다. 이튿날부터 장천수는 매일같이 찾아와서는 술주정에 희롱도 서슴지 않았다. 장녀가 달래기도 하고 타이르기도 하였으나 장천수는 막무가내였다.

"여보시오, 나으리. 우째 귀양살이하는 우리 모녀를 괴롭히십니꺼. 좀 봐주이소."

아무리 통사정을 해도 장천수의 능청은 더해만 갔다.

"나가 멋을 괴롭혀라. 노총각 장개 좀 들게 해주씨요."

"못 보냅니더. 객지에서 어떻게 시집을 보내예."

"아따 그라지 말고 사정 잔 봐주시씨요, 장모."

듣다 못한 장녀가 버럭 소리를 높였다.

"내가 우째 그짝 장몹니꺼. 썩 가시소."

"정 이러기요? 그라믄 좋소. 나도 뭉니가 있고 배짱도 있으니께 어디 두고 보시씨요."

장천수는 이를 부득부득 갈면서 장녀를 노려보더니 침을 마당에다 탁 뱉었다. 다음 날부터 이상한 소문이 돌았다.

"귀양 와 있는 장가네 딸 있잖여."

"잉, 그런디."

"그년이 얼굴언 반드르르 허게 생겨 처먹었제만 화냥년인가 배. 그년이 주정뱅이 장천수하고 붙어먹었다지 않남."

"설마 그랄라고."

"아니여. 본인이 직접 얘기혔다둥마."

"아니, 장천수는 처자식이 버젓이 있는 사람인디?"

"긍께 말이여."

"아무리 그랄라고. 귀양은 왔제만 양갓집 처자인디."

"나 말을 못 믿는감."

"어찌 믿어."

"나가 증거를 대줄라니께."

"먼디?"

"장천수가 그라는디, 어디는 어쩌크롬 생겼고 터럭은 올매나 나 있고 그것언 어디에 붙어 있는지 손바닥 보대끼 훤히 꿰고 있드라니께. 안 붙어 묵었으면 어찌 알것는가."

"구신이 곡헐 노릇이네잉. 그라고 얌잔한 샥시가 환장혔는 가비여."

"그것만인 중 아는가?"

"또 머가 있는디?"

수다쟁이가 갑자기 음성을 낮추면서 속삭이듯 말하였다.

"장씨네 큰년 말이여. 왼쪽 젖통 밑에 엽전만 한 점이 있다지 머여."

그러더니 제풀에 쿡쿡거리면서 웃어댔다.

소문은 그럴싸하게 꼬리를 물고 커져 갔다. 수다쟁이하고 얘기를 나눴던 여편네가 장녀네 집으로 쫓아왔다. 저녁을 먹다 말고 장씨 모녀들이 돌아다보았다. 여편네는 조금 멋쩍어하더니 이내 말을 꺼냈다.

"큰애기야."

"야."

"니 젖통 밑에 엽전만 한 점이 있냐?"

"와 그라십니꺼?"

"글씨, 있냐 없냐."

장녀는 부아가 났다.

"아닌 밤중에 홍두깨라카드이 그기 갑자기 무슨 말인교?"

살살이 여편네는 장녀의 말에는 아랑곳 않고 큰딸 곁으로
가더니 적삼을 들쳐보려 하였다. 큰딸은 깜짝 놀라 몸을 웅크
렸다.

"와 이라십니꺼."

"잔 보잔께."

살살이 여편네는 시치미를 떼면서 혼자 중얼거렸다.

"잉, 있기는 있는가배. 요라고 감추는 것을 보니께."

장녀네 식구들은 날벼락을 맞은 듯하였다. 먼저 퍼진 소문
에 덧붙여져 더욱 해괴망측한 소문이 나돌았다. 온 섬 안에 모
르는 사람이 없었다. 소문이란 무서운 것이었다.

장녀의 큰딸은 울고불고 야단이 났다. 장녀가 아무리 달래
도 서럽게 울 따름이었다.

"이제 지는 우얍니꺼."

"미친놈이 지어낸 말이제, 어느 개가 짖는가 하믄 되는 기
라."

215

"우찌 상관을 안 해예. 부끄러버가 나다니지도 못하겠습니더."

"미친놈들 소리까지 대꾸하면서 우예 살끼고."

"아이고, 원통해."

"아가야, 우리 정신 차리제이. 조금만 있으면 해배될 끼고 고향에 돌아가믄 무신 상관이 있겠노?"

"어무이, 야속합니더. 와 지 젖가슴에 점을 맨들어놨능교."

"그거야 조물주가 만드신 기제 내사 만들었나."

큰딸은 두문불출하고 집 안에서만 끙끙 앓았다. 장녀는 걱정이 태산이었다.

"큰애야, 좀 나다니그라. 몸 축난데이."

들은 척도 않고 있던 큰딸이 입술을 깨물었다.

"어무이요, 나 죽어버릴랍니더."

"니 지금 무슨 말 하는 기고?"

"창피해가 이대로는 몬 살겠십니더."

"지발 그라지 마라카이."

그러나 장녀가 말릴 새도 없이 큰딸은 바닷가를 향하여 버선발로 내달렸다. 혼비백산한 장녀가 급히 뒤를 쫓았으나 바닷가에 다다른 큰딸은 치마를 홀렁 뒤집어쓰고 바다로 뛰어들었다.

"아이고, 저 가스나가 기어이 죽는구마."

넋이 나간 장녀도 큰딸을 따라 허겁지겁 몸을 던졌다. 두 모녀는 몇 번이나 솟구쳤다가 가라앉고는 하였다.

그다음 날로 이 슬픈 사연은 온 섬 안에 퍼졌다. 며칠 후 어부들이 모녀의 시체를 건졌다. 그리고 곱게 장사를 지내 주었다. 이제 어린 남매만이 남겨졌다. 사리를 아는 사람치고 장천수를 비난하지 않는 사람이 없었다. 모녀가 죽고 나자 참새처럼 떠들어대던 사람들도 이성을 되찾은 모양이었다.

작은딸은 동네 사람들의 도움으로 진졸 장천수를 고발하였다. 고발을 접수한 고금도 수장은 이 사실을 강진현감 이건식에게 상신하였다.

어처구니없는 사건이었다. 누가 누구를 죽인 것도 아니었다. 그런데도 사람이 둘씩이나 죽어나갔다. 현감은 처리하기가 난처하여 관찰사에게 보고하였다. 관찰사는 해남수군사 권탁에게 조사, 보고하라고 하명하였다. 고금도의 진(鎭)이나 보(堡)는 수군에 속하였기 때문이었다.

권탁은 현지 조사를 면밀히 하였다. 장천수가 헛소문을 퍼뜨린 것도 사실이고, 그 소문 때문에 모녀가 죽은 것도 사실이었다. 권탁은 장계를 올렸다.

부하를 잘못 다스리고 감독을 소홀히 하여 생사람을 희생시킨 고금도 수장과 강진현감은 파면시켜야 마땅한 줄로 아뢰옵니다.

이 소식이 알려지자 현감은 펄쩍뛰었다.

"이방, 있느냐."

"예."

"빨리 고금도 수장을 데려오너라."

파발이 고금도로 달려갔다.

"빨리 가십시다. 현감이 난리를 치고 있소."

"왜 그러시냐."

"현감과 수장을 파면시키라는 징계가 올라갔소."

"큰일 났군."

얼굴이 노랗게 질린 수장이 강진읍으로 달려왔다. 현감은 수장을 보자마자 노발대발하였다.

"죄송하옵니다."

"네 이놈, 네가 살기를 바란다면 돈 천 냥을 내일까지 준비하여 오너라."

천 냥이라면 어마어마한 돈이었다. 작은 섬의 일개 수장이 그만한 돈을 가지고 있을 리가 없었다. 그러나 세상은 요지경 속이었다.

"잘만 수습해 주시옵소서. 며칠 내로 준비하겠사옵니다."

강진현감 이건식은 다시 이방을 불러 급히 돈을 마련하라고 일렀다.

"이방, 비밀리에 관찰사를 만나서 이 돈을 전하고 오너라."

뇌물의 효능은 대단하였다. 관찰사는 곧 장계를 해남수군사로 돌려보내고 말았다. 그리고 며칠 후, 고금도 수장이 천 냥을 마련해가지고 강진현감에게 달려왔다. 현감은 그 돈을 받아서 착복해 버렸다.

이러한 장녀 사건을 들은 약용은 비분강개하였다.

"위로 올라갈수록 부패가 더 심하구나."

약용은 치인(治人)의 도를 개탄하였다. 그리고 나서 염우부 (塩雨賦)를 지었다.

큰 태풍이 남쪽에서 올라오기 시작하여 모래가 날고 돌이 굴렀으며, 바닷물이 휘몰아쳐 눈 덮인 산악에서 눈발 날리듯 하였고, 흩날린 물방울들이 공중을 타고 날다가 염우가 되어 서 산꼭대기에까지 뿌렸다. 바닷가의 초목들이 모두 염분에 절 어서 그대로 말라죽어 큰 흉년이 들었다. 고금도 섬사람들은 이를 처녀 바람이라고 불렀다.

39
자산어보

정월 대보름날, 우이보에 경사가 났다. 종철이 새 배를 만들어 돌아온 것이었다. 배의 길이가 마흔 자도 넘었다. 새 돛에 새 닻을 달고 수십 가지의 깃발을 펄럭이면서 포구에 도착하였다.

그 배는 우이보의 어떤 배보다도 컸으며 멋이 있었다. 선미에는 노가 두 개나 있어 편리하게 되어 있었다.

동네 사람들이 갯가로 나와 의젓한 모습으로 돌아온 종철을 바라보며 부러워하였다.

"하룻밤 새에 팔자 고친다등마 바로 연포댁을 두고 하는 말인 갑서."

"이랄 줄 알았드라믄 한양 어르신얼 우리 집으로 뫼실 것인디."

"누가 요로크롬 될 줄 알았어야제."

"일평생 배 한 척 가진다는 것언 하늘에 별 따긴디, 공부헌 사람의 머리는 대차(정말) 다른갑네. 저라고 쉽게 배를 장만해부니 말이여."

종철은 배를 부두에 대고 바로 집으로 달려갔다. 약전에게 이 기쁜 소식을 제일 먼저 전하고 싶었기 때문이었다.

종철이 큰절을 하고 나서 배 애기, 돈에 관한 애기 등을 상세히 보고하였으나 약전은 건성으로 듣고 있었다.

"수고하였다."

"나으리, 이 은혜는 두고두고 갚을 것이구만이라. 꼭 즈이집에 계속 기셔야 되어라."

"내 너에게 할 말이 있다."

종철이 몸가짐을 다잡았다.

"첫째, 이 배는 네 배지만 네 것이 아니라고 생각하여야 한다. 무슨 말이냐 하면 너희 삼형제의 배이며, 덕보의 배도 되고 팔봉이의 배도 되고 동네 사람 전체의 배라고 생각하라는 말이다. 그래서 동네 사람들에게도 이익이 되게 하여야 한다. 알겠느냐."

"어치케 혀야 되께라?"

"품삯을 올려주고 공동 작업으로 건어물을 만들어 한양에 내다 파는 것이다. 그래서 이익을 똑같이 나누어 동네 사람들이 고루 어려운 살림을 면할 수 있도록 해야 한다."

"그 말씸은 잘 알겠구만이라. 그란디 호장이나 최 첨지헌티 미움얼 사믄 워쩌지라? 품삯을 올린다고 해코지나 해싸른……."

"그런 점도 있겠구나. 그러면 내가 그 사람들과 얘기를 해보마."

"그라제만 최 첨지네야 즈이를 웬수처럼 생각허는디 어르신 말씸이라고 듣겄어라."

"알았다. 차차 해결할 일이지만 그런 마음가짐으로 일해야 한다는 말이니라."

"무신 말씸인지 잘 알겄구만이라."

약전은 이어 자신이 배를 띄우지 말라고 할 때는 출어를 하지 말아야 한다고 일렀다.

"일진이 나쁜 날은 나가지 말라는 말씸이신게라?"

"아니다. 나는 그런 것은 가리지 않는다."

약전은 수십 년 바다에서만 사는 사람도 알 수 없는 앞날의 날씨를 알아본다는 뜻이었다.

"그라믄 고것을 어처크롬 안당가라우?"

"넌 알 것 없다."

종철은 아무리 생각해도 이해할 수 없는 말이었지만, 요즘 들어 약전이 술까지 끊어가며 몰두하는 것이 혹시 날씨를 알아보는 묘법을 연구하는 것은 아닐까 짐작만 할 따름이었다.

"세 번째 조심할 것은, 너희들 배라 하여서 삼형제가 같이 타서는 아니 된다. 이제까지 해오던 것처럼 각기 다른 배를 타거라."

"야."

그것은 각오했던 일이었지만 삼형제가 같이 타면 품삯도 줄일 수 있고 마음이 맞아 일이 수월할 것이라며 종철은 아쉬워하였다.

"내가 시키는 대로 하거라."

"야."

"됐다. 나가보아라."

종철이 나가려다 말고 돌아섰다.

"그란디 은제꺼정 그라고 두문불출허실랑게라?"

"이삼 일이면 나도 일이 끝난다."

약전은 하던 일을 계속하였다. 그가 하는 일이란 날짜별, 계절별로 상세한 표를 만드는 것이었다.

종철네에 많은 사람들이 모여 웅성거렸다. 음식을 장만하느라 모두들 바빴다. 내일이 새 배에 고사를 지내는 날이었다. 백 근이 넘는 큰 돼지가 육지에서 실려 왔다.

약전이 종철을 불렀다.

"좀 따라오너라."

약전이 종철에게 보퉁이를 들려서 참으로 오랜만에 문밖을 나섰다. 연포댁이 팔을 휘저으며 약전을 쫓아왔다.

"오늘언 해가 서쪽에서 떴는갑네, 우짠 일로 출입얼 다 허시씨요."

오랜만에 외출하는 약전을 보고 좋아서 하는 소리였다.

약전은 대꾸도 없이 동구 밖으로 나가 산에 올랐다. 종철이 바짝 그를 뒤따랐다.

우이봉 산꼭대기에 올라선 약전은 보자기를 풀어 이상하게 생긴 검은 통을 꺼내 들었다.

"고것이 멋이다요?"

"망원경이라는 것이다."

"워다다 쓰는 것인디라. 퉁소는 아닌 것 같은디……."

약전은 동서남북을 망원경으로 상세히 관찰하였다. 북으로는 비금도가 가까이 보였고 안마도는 보이지 않았다. 서쪽으로는 흑산도가 손에 잡힐 듯이 또렷이 보였다. 동쪽으로는 다도해의 많은 섬들에 가려서 육지가 보이지 않았다.

마지막으로 남쪽을 바라보았다. 동남방으로는 맹골군도가 보였고 그 위로 아스라이 제주도 한라산의 모습이 나타났다. 그리고 서남방으로 소흑산도의 모습도 나타났다.

약전은 관찰을 계속하였다.

"종철아, 이것을 한 번 보렴."

"야."

종철은 약전이 하였던 대로 검은 통을 들고서 들여다보더니 깜짝 놀랐다.

"오메 시상에, 배 안의 사람 얼굴꺼정 다 보여부네이."

종철이 신기해하며 이쪽저쪽을 살폈다. 그러고는 자신의 집을 찾아내고는 더욱 좋아하였다.

"나으리, 끝네가 물동우를 이고 집으로 들어가요이. 참말로 신기허요."

종철은 자신이 한양에서 가지고 온 것이 이렇게 신묘스럽고 귀한 물건인 줄은 몰랐다. 그는 동네 곳곳을 샅샅이 훑어보느라 시간 가는 줄을 몰랐다.

종철이 그러고 있는 동안에 약전은 무엇인가를 열심히 하고 있었다. 하늘의 구름 형태를 살피고, 팔랑개비같이 생긴 것을 꺼내어 바람의 속도를 재었다.

"나으리, 고것은 꼭 장난감 같소잉."

종철은 약전이 무엇을 하는지 알 수 없었다.

약전은 다시 책을 펴서 읽더니 무언가를 적은 후 종철을 불렀다.

"내일 고사를 지내느냐."

"야."

"내일은 안 되겠다."

"으째라우. 음식도 다 장만허고 비금도에서 강신무당꺼정 데려다 놨는디라."

"그래도 안 되겠다."

"손 없는 날이라고 허든디, 고로크롬 일진이 나쁜게라우?"

"그런 게 아니다. 내일 아침부터 비바람이 내리칠 것인데 3일 동안은 계속될 것 같다. 비가 오는데 어떻게 잔치를 치른단 말이냐. 배 단속이나 철저히 하거라."

"참말이어라?"

종철이 헐레벌떡 뛰어와서 연포댁을 불러냈다.

"엄니, 음식 장만 허지 마시씨요."

"먼 말이다냐. 아닌 밤중에 홍두깨라등마."

"고것이 아니어라. 허지 말라믄 허지 마랑께라."

"야가 미쳤다냐. 고사는 지내야제."

"나으리 말씀대로 허랑께라."

"멋 땜시 그라는지 알어야 이라든가 저라든가 허제. 일은 저질러났는디 워쩔라고 그라는 거여."

"고것은 몰라도 되닝께 시잘 데기 없는 말 해쌌지 말고 퍼뜩 그만두소."

"저 음식들은 다 으째야 쓰까."

"아니여라. 나흘 후에 허믄 된다고 허셨어라."

"택일이 그라고 나왔냐."

"야."

"그란디 으째 이제꺼정 통 그런 것얼 안 허셨다냐."

"나도 몰르겄소. 아무튼지간에 허시라는 대로 혀야제, 안 그라믄 어르신헌티 지청구 듣제."

"알었구만."

연포댁이 부엌에 들어가 모든 일을 중지시켰다.

"미안허네만 고사 날을 며칠 미루게 되았응게 오늘언 그만들 허드라고. 나가 다시 알릴 텡게."

"으째 인자사 그란다요?"

"한양 어르신께서 내일 날이 아주 나쁘다고 허시네. 손 있는 날인갑서."

연포댁이 동네 아낙네들 앞에서 우쭐댔다.

"오메, 고런 것꺼정 봐주신당가. 참말로 좋겠네이."

동네 아낙들이 수군대며 돌아가자 연포댁은 대충 정리를 하고 음식이 상하지 않게 잘 간수하였다. 그때쯤 약전이 집으로 돌아왔다. 그의 얼굴이 모처럼 아주 밝아 보였다. 그가 짚신을 벗으며 오래간만에 종철에게 주문을 하였다.

"목이 컬컬하구나. 약주나 한 사발 주려느냐."

"야. 은제든지 찾으시믄 디릴라고 딱 준비럴 혀놨어라."

종철이보다도 연포댁이 더 신이 났다. 몇 개월째 술을 끊고 지내던 사람이 술을 달라 하니 콧노래가 절로 나왔다.

"을매나 혀야 쓰까."

"오래간만에 잡숫는 것인께 몸 생각혀서 용수를 박아 윗것으로 한 보시기만 떠와보시씨요."

"알었다. 그리허제."

약전은 툇마루에 걸터앉아 약주를 맛있게 들이켠 후 다시 밖으로 나갔다.

"워디 가시게라?"

종철이 쫓아 나오며 물었다.

"좀 다녀오마."

박 호장네에서는 난리가 났다. 참으로 오랜만에 약전이 찾아왔기 때문이었다.

"아이고 나으리, 오셨어라. 지가 애타게 지둘린 보람이 있구만이라."

박 호장이 손을 슬슬 비비며 약전을 모셔 들었다.

"야들아, 술상 봐오니라이."

박 호장이 좋아서 어쩔 줄을 몰라하였다.

"헌디 그동안에 먼 공부럴 고라고 열심히 하셨습디여."

"한양에서 책을 보내와서 좀 보느라고 그리 되었네."

술상이 들어왔다.

"참말로 오랜만이시오. 술얼 끊으셨단 소식을 듣고서 을매나 섭섭허든지."

"고맙네."

여전히 약전은 대주가였다. 술병을 비우고 나면 바로 다시 들어왔다. 약전은 오랜만에 만취하였다. 박 호장이 약전의 눈치를 조심스럽게 살피며 말문을 열었다.

"그란디 나으리, 즈이 집으로 은제 옮기시께라?"

약전이 잠시 입을 다물고 있었다.

"자네 신세도 졌고 하니 나도 약속을 지킬 것이네."

약전의 그 말에 박 호장은 춤이라도 출 듯이 좋아하였다.

"고맙소이, 참말로 고맙소이."

그러고 있는 동안 박 호장의 배가 출어할 준비를 하느라 어부들이 들락거렸다.

"오늘 저녁에 추자도 쪽으로 떠나라잉."

"야. 알겄구만이라."

술을 들이켜며 듣고 있던 약전이 박 호장에게 물었다.

"무슨 일인가."

"지금이 청어 산란기여라."

"그래서 출어를 하려는 겐가."

"야, 그라지라. 오늘 나가믄 많이 잽힐 것이오."

"그만두게."

"오메, 고것이 먼 말씸이시다요. 괴기를 잡어야 묵고살 텐
디……. 혹 종철이네 고사 땜시 나가지 말라고 허시는 건 아니
신게라."

"그게 아니네."

박 호장이 의아해하자 약전은 더욱 알 수 없는 말만 늘어놓
았다.

"이번 일은 내 말을 듣게. 자네뿐만 아니라 만수 영감네 배
와 최 첨지의 배도 묶어두어야 할 걸세."

"고로크롬 허라시믄 허기야 헙지요마는……."

"틀림없이 풍파가 심해질 것이니 내 말을 듣게."

"요라고 날씨가 좋은디 먼 풍랑이다요."

"아무튼 내가 하라는 대로 하게."

호장은 워낙 귀한 손님이 하는 말이라 감히 거역할 수가 없

었다. 허무맹랑한 말이라 생각하면서도 약전이 시키는 대로 하기로 하였다.

고기를 못 잡아 한 번 손해 보는 것이 낫지, 제 발로 어렵게 온 사윗감의 기분을 상하게 할 수는 없는 노릇이었다. 그랬다가는 영영 놓치게 될 것 같기 때문이었다.

"배들을 가장 안전한 곳으로 끌어올리고 밧줄을 있는 대로 다 꺼내어 여러 곳에 단단히 매어서 떠밀려 나가는 일이 없게끔 하여야 하네."

"야, 잘 알겠구만이라."

"만수 영감과 최 첨지에게는 자네가 직접 가서 출어를 하지 말라고 일러주게. 심부름꾼을 보내면 곧이듣지 않을 걸세."

박 호장은 그 길로 가서 배를 뭍으로 끌어올렸다. 실었던 물건들을 모두 내리게 하고 단단히 풍파에 대비하였다. 종철네 배는 벌써 그렇게 해놓은 뒤였다.

박 호장 곁으로 만수 영감과 최 첨지가 다가왔다.

"오메, 으째 이랑가."

"한양 어르신께서 풍랑이 인다고 배를 띄우지 말라시등마."

그 말에 최 첨지가 콧방귀를 뀌었다.

"살다 본께 벨소리를 다 듣구마이. 그래 인자는 점꺼정 친당가. 요라고 존 날에 괴기 안 잡고 은제 잡으까이."

"하도 간절하게 말리신께 이번 한 번은 말을 들어볼라고 허구만."

최 첨지가 다시 쏘아붙였다.

"미친 소리 작작 허라고 허게."

"한양 어르신께서 최 첨지와 만수 영감헌티도 꼭 알리라고 허셨응께 나 말 듣고 이번만 속는 셈쳐불제."

만수 영감은 호장의 설득에 응하였으나 최 첨지는 완강하였다.

"벨 개떡 같은 소리 다 듣겄네. 요런 존 날에 바람은 무신 바람인고. 산란기에 괴길 안 잡고 은제 잡는다는 것이여. 술을 처묵었으믄 곱게 취허라고 하게. 내 배는 내보낼 것잉게."

최 첨지는 어부들을 시켜 출어 준비를 끝내고 저녁나절에 기어이 배를 내보냈다.

"시방 맹골군도 앞바다로 가믄 청어가 주서 올릴 만큼 많을 텡께 어서 가드라고."

최 첨지는 기고만장하였다. 며칠 있으면 자신의 배가 만기를 달고 포구에 들어올 꿈을 꾸면서 배 두 척을 모두 내보냈다.

종철네 집에서는 무당들이 난리를 치고 있었다.

"아니 굿헌다고 불러놓고 인자 와서 안 헌다는 것이 어디 벱도여?"

"일진이 나쁘다는 디 나가 어찌케 헌단 말잉가."

"아니 그래, 날짜도 안 따져보고 우리를 불렀단 말이여? 내일 굿하고 나믄 비금도에서 또 굿허기로 시간이 맞춰져 있는디 우리는 워쩌란 말이여?"

종철이 일침을 놓았다.

"내일 굿을 헌다고 혀도 비금도로 가기는 틀린 일이여."

"고건 또 먼 말이여."

"앞으로 사흘 동안언 풍랑이 심혀서 배를 띄우지 못헌당께."

"아니 요라고 존 날씨에 고것이 먼 소리당가."

"글씨 나 말 곧이듣고 지내보믄 알 것 아니여. 나는 어르신 말씸을 믿응께."

그 이튿날 해가 뜨기 전부터 약전의 말대로 갑자기 바다가 사나워지기 시작하였다. 비바람이 몰아쳐 한 치 앞을 볼 수 없을 만큼 어두웠고, 파도가 배를 집어삼킬 듯 거세었다. 산더미만 한 파도가 계속 밀어닥쳤다. 시간이 갈수록 물결은 높아만 갔고, 갯가에 매어 놓은 배들은 거센 파도를 이기지 못해 몸부림쳤다.

"큰일 나부렀구만."

최 첨지의 배를 탄 어부들의 가족이 억수같이 퍼붓는 빗속에서도 갯가에 나와 사납게 꿈틀거리는 바다를 바라보며 울부짖었다. 최 첨지도 맨발로 쫓아 나와 발만 동동 구르고 있었다. 괴물 같은 파도였다.

"워메, 이 일을 워쩌까. 그 냥반 말을 들을 것인디……. 먼지랄 났다고 고집부리다가 이 지경이 되았을꼬. 아이고 내 팔자야."

최 첨지는 꼭 미친 사람처럼 갯가를 뛰어다녔다.

바다에서 불어오는 거센 바람은 갯가에 서 있는 사람마저 집어삼킬 듯 거칠게 불어 닥쳤다. 마을 사람들은 나무를 붙잡고 서서 하늘을 원망했다.

한편 박 호장은 이른 아침부터 종철의 집으로 쫓아왔다. 약전이 묵고 있는 사랑으로 들어간 그는 연포댁을 불러 술상을 부탁하였다.

박 호장만 보면 괜히 심통을 부리는 연포댁이었지만 약전이 보는 앞이라 아무 불평을 하지 않았다.

"어르신, 참말로 고맙구만이라."

"무얼 말인가."

"어르신 덕분에 즈이 배들이 모두 무사혔어라."

호장이 싱글거리며 어쩔 줄을 몰라하였다.

"그란디 어치케 비바람이 칠 것을 미리 아셨어라?"

"……."

"신묘하구만이라."

이때 연포댁이 술상을 들고 들어왔다.

"먼 늠의 비가 요로크롬 온당가. 섬이 떠내려갈까 염려시럽소."

연포댁은 말로는 걱정을 하고 있었지만 얼굴에는 화색이 역력하였다.

"어르신은 점쟁이신가라우. 어치케 비 오실 것얼 미리 알아맞혀분게라. 어지께는 그라고 날씨가 명랑했는디……."

연포댁의 수다에도 약전은 역시 아무 말이 없었다.

호장이 얼른 술을 따랐다.

"어르신, 즈이들헌티도 날씨 보는 뱁을 쪼깬 갈쳐주시씨요. 섬에서 살라믄 꼭 알어야 쓸 일이 아닌게라우."

박 호장이 두꺼운 책들을 바라보며 손을 내저었다.

"아이고 어렵겄는디라. 즈이들이야 무식헌디 어치케 글얼 읽을 수 있겄어라."

"그렇다면 한 가지 일러줌세. 우이봉에서 한라산 꼭대기가 보이면 그 다음 날로 날씨가 나빠지네. 다른 여러 가지를 종합해 보아야 하긴 하네만."

사흘 밤낮으로 몰아치던 폭풍우가 씻은 듯이 개었다.

"아이고, 이 일을 우째야 쓰까. 당신 혼자 가번지믄 나넌 어치케 살라고."

땅을 치고 우는 여자가 있는가 하면, 진땅에 뒹구는 여자도 있었다.

박 호장이 위문 차 최 첨지의 집에 들렀다.

"참말로 안 되았네이."

"이르다뿐인가. 나가 고집얼 부렸다가 하루아칙에 알거지가 되아번졌네."

최 첨지의 몰골은 며칠 새에 말이 아니었다.

"이왕지사 요로크롬 되아분 일을 갖고 너무 상심 마소. 시상에넌 기적도 있고 요행도 있응께 혹 알겄는가. 무사히 워디 한쪽에 피해 있을란지……."

"그라믄사 오죽이나 좋겄는가만."

박 호장이 최 첨지를 조용한 곳으로 불렀다.

"한양 어르신언 신과 다를 바가 없는 사람이제."

"글씨 말이시."

"하도 기가 맥히게 날씨를 알어맞히길래 나가 찾아겄었제."

박 호장의 눈을 바라본 최 첨지가 다그쳤다.

"그려서?"

"말 끝에 나도 답답허길래 자네 배 야그를 꺼냈네."

최 첨지가 바짝 호장에게 다가섰다.

"긍께?"

그분 말씸으로는 무사헐 것이라고 허시등마."

"나랑 같이 좀 가세."

최 첨지가 호장을 앞세우고 한달음에 약전에게로 뛰어왔다.

"죽을 죄럴 지었구만이라. 나으리럴 못 알아 뵙고 철딱서니 없이 굴었구만이라. 용서해 주시씨요이."

최 첨지가 약전 앞에 꿇어 엎드렸다. 약전은 여전히 술사발을 기울이고 있었다.

"무얼 말인가."

"어르신, 호장헌티 야그 들었구만이라. 쬐께 가르쳐주시제라."

"난 모르네."

"그라지 마시고 쟌 알러주시씨요. 지가 요라고 안 비요. 지 배가 무사허께라?"

"내가 헛소리를 한 번 해봤네."

최 첨지는 안절부절못하였다.

"지발 요라고 빌 것이구만이라. 지 생각으로는 우이보랑 맹골군도 사이 섬 하나 없는 대양에서 폭풍우를 만났을 거인디 어치케 무사허께라."

"그렇지는 않을 걸세."

약전이 말문을 열었다.

"자네 배가 유시(酉時)에 떠났네. 포구를 빠져나갈 때는 조금 바람이 잠잠해졌을 때이네."

약전의 방에는 자명종이 째깍거리면서 돌아가고 있었다.

"그래서라?"

"화도를 지날 무렵부터는 하는 수 없이 돛을 내리고 노를 저었을 걸세. 우이보로 되돌아올까도 생각하였겠지만 자네 성화에 포기하고 가는 데까지 가보았을 걸세."

"그려서라?"

몸이 바짝 단 최 첨지가 다그쳐 물었다.

"그 큰 배를 노 저어 얼마나 갔겠는가. 내 생각이네만 죽도 쯤 갔을 것 같으이."

"대차 그랬겠구만이라."

"두 식경을 걸려서 죽도 근처까지 노를 저어간 그들은 지칠 대로 지쳤겠지."

"맞는 말씸이어라."

그제야 최 첨지의 불안했던 표정이 조금씩 누그러들기 시작했다.

"그날 밤에는 술시(戌時)부터 먼 남쪽 바다에서부터 바람이 일기 시작하였으니 금방 알았지 않나 싶네."

"……."

"내 짐작으로는 죽도에 피난해 있지 싶네만, 모를 일이지."

최 첨지는 약전의 상상력에 감탄했다. 그렇게 되어 있어야 한다고 몇 번이고 되풀이하여 주문처럼 외고 또 외었다.

"내 말이 맞는다는 것은 아닐세. 그랬을는지 모른다는 얘기일 뿐, 나는 점쟁이가 아니네."

폭풍우가 지나가고 난 바다는 백치처럼 무표정하였다. 언제 그랬냐는 듯이 조용하기만 하였다.

우이보의 진리는 한껏 잔치 분위기에 휩싸여 있었다. 미뤄진 종철이네 범선의 고사 날이었다.

오방기, 만창란기, 장군기, 호서낭기, 물기 등이 휘날리는 배를 모서 놓고, 긴 활옷을 입고 머리에는 고깔을 쓴 무녀들이 신명나게 춤을 추었다.

"어라 바다 만경창파. 죽은 나무를 타고 댕겨도 간 데마다 생기 지방 댕기게 허고 죽은 괴기 빛을 내고 산괴기는 얼러 잡아 싣고 팔 명 배옥선관이 한마음 한뜻이 되어 밤이면 불빛 속에 낮이면 꽃밭 속에……."

사해 용왕에게 온갖 정성을 다 들여 비느라 신이 오른 무녀들은 땀으로 온몸을 적셔가며 한시도 입을 쉬지 않았다.

종철이 삼형제는 연신 일어섰다 앉았다 쉴 새 없이 절을 하면서 진심으로 만선을 기원했다. 동네 사람들은 오랜만에 큰 잔치가 벌어지니 너도나도 흥이나 몰려다녔다.

굿이 절정에 달하자 무녀들이 신들린 양 칼을 휘두르며 소리 소리를 질렀다. 암소 머리보다도 더 큰 돼지 머리가 뱃머리에 올려졌다. 눈이 축 처진 모양이 빙그레 웃고 있는 듯하였다. 지치도록 오래 끌던 굿이 끝났다. 음식상이 차려지고 술자리가 벌어졌다. 진리, 선창구미 사람들은 물론이고 우이봉 남쪽의 예저, 서쪽의 돈목리, 한참 떨어져 있는 동소우이도, 서소우이도의 주민들까지 모여들었다.

"최 첨지네 일만 없었으믄 을매나 즐거운 잔치겠는가."

"금메 말이시. 술맛이 날라다가도 그 생각만 허믄 싹 가시요이."

그러면서도 분위기는 차츰 어우러졌다.

최 첨지와 그의 배에 탔던 어부들의 가족을 빼곤 우이보의 모든 주민들이 모여서 흥겹게 놀았다. 바로 그때 바다 쪽을 바라보고 있던 한 사람이 불에라도 덴 듯 깜짝 놀라 소리쳤다.

"오메, 저것 좀 보소이! 이것이 꿈이랑가, 생시랑가."

고사 음식을 먹고 있던 사람들이 너나 할 것 없이 모두 언덕 위로 올라갔다. 남쪽 송도 쪽에서 조그마한 어선이 진리 쪽으로 오고, 그 배에 타고 있는 사람들이 옷을 벗어 흔들며 환호하고 있었다. 배가 미끄러지듯 갯가로 다가왔다. 최 첨지네 어부들이 분명하였다.

"저승에 갔다가 살아온다는 것이 바로 이런 때 허는 말이시."

"싸게 싸게 오드라고."

온 동네 사람들이 소리를 지르고 외쳐댔다.

뒤늦게 연락을 받은 최 첨지와 어부들의 가족이 달려 나와 기뻐 날뛰었다. 그들은 너무 기쁘고 믿어지지 않는지 아예 주저앉아 울다가는 웃고, 웃다가는 다시 울었다.

"우이보는 참 좋은 곳인 가배. 새 배가 척척 생기질 않나, 죽었다는 사람들이 살아오지를 않나."

"긍께 말이시. 천지신명님이 돌봐주시는 모냥이여."

두 배에 나누어 타고 갔던 어부 열 명이 모두 무사히 돌아왔다. 얼굴이 긁히고 손에 상처가 심하게 나 있었지만 어쨌든 살아서 돌아온 것이었다.

최 첨지가 여기저기 다쳐 상처투성이인 어부들에게 달려가서 물었다.

"어치께 된 거여?"

"죄송허구만이라. 목심 건진 것만도 천만다행이었어라."

"배는 어치케 되았어?"

"미안시럽구만이라."

"배는 어치께 됐냐니께 자꼬 딴소리여. 사람이 살아왔으믄 배도 와야제."

최 첨지는 조금 전까지의 태도와는 딴판으로 울부짖었다. 다시 배에 대한 미련이 생겨난 모양이었다.

"죽어라고 노를 져서 게우 죽도럴 지나쳤제라. 죽도에서 쪼께 쉬어갈까 허다가 한시라도 빨리 어장에 도착헐라고 급히 서두름서 바람이 일기만얼 빌었지라. 저녁을 묵고 난께 바람이 쪼께씩 일어납디다. 돛을 올리고 쪼께 가다본께 고라고 초롱초롱허게 많든 별들이 갑자기 씨도 안 보이고 앞도 뒤도 몰르게 깜깜해져부렀어라. 이상허다 싶어서 찬찬히 본께 먹구름이 일고 바람도 점점 거칠게 불더구만이라. 그때가 해시(亥時)쯤 되았을 것이어라."

"그려서."

"안 되겄다 싶어 돌아가기로 혔제라. 허겁지겁 뱃머리를 죽도 쪽으로 돌렸등마 거그 닿기도 전에 비바람이 몰아쳐부렀어라."

최 첨지는 안타까웠다. 사정이 어찌되었던 그건 상관 없었다.

"싸게 싸게 배 야그나 허랑께."

"즈이들 야그를 다 들어야 경과를 아실 거 아니요."

"죽도꺼정 왔으믄 배는 건졌을 것 아니여. 포구도 존디."

"죽도 북족꺼정 포구 찾어갔드라믄 즈이는 다 물구신이 되았어라. 게우 죽도 꺼정은 왔는디 절벽인 줄은 알믄서도 남쪽 끝머리에 배를 댔지라. 그라고는 비바람이 무섭게 몰아치는 디도 배를 건져보겠다고 밧줄로 꼭꼭 묶었지라."

"그라믄 나 배가 거그 있겄구만."

최 첨지의 물음에 어부들은 거의 울상이 되었다.

굶주림과 피로에 지쳐 있는데다 최 첨지에게 계속 추궁을 당하자 견디기 힘들어진 것이다. 비바람이 그치고 배를 매어두었던 곳에 가보니 한 척은 흔적도 없이 사라졌고, 나머지 한 척도 돛이 부러지고 노도 떠내려가고 몸체도 많이 망가졌노라고 지칠 대로 지친 어부들이 서로 번갈아가며 그간의 일을 상세히 설명하였다.

그 말을 다 듣고 난 최 첨지가 넋 나간 사람처럼 땅에 털썩 주저앉았다.

여기저기 푸른 새싹이 돋아나고 이른 봄꽃이 하나둘 얼굴을 내밀었다. 노란 유채꽃도 꽃망울을 한껏 머금고 있었다. 노랑나비 흰나비가 꽃을 찾아 이리저리 날아다녔다.

솜옷을 벗고 가벼운 무명옷으로 갈아입을 즈음 약전이 드디어 박 호장네로 처소를 옮겼다. 종철네 사랑방과는 비할 수 없이 번듯한 기와집에 대청마루도 넓었고 방도 먼저 쓰던 곳보다 네다섯 배는 됨직하였다. 필요한 가구가 적당히 들어앉아 있었고 침구도 비단으로 된 새 것이었다. 보료도 새것으로 깔려 있었다. 박 호장이 여러 모로 오래전부터 세심하게 신경을 써 준비해온 것임이 분명하였다.

뒤쪽 문을 열면 바로 대나무 숲이었다. 곧게 뻗은 대나무들이 한껏 키 자랑을 하고 있었다. 식사 때도 나무로 깎아 만든 목상이 아니었고 자개가 드문드문 박힌 자개상이었다. 이렇게 하나에서부터 열까지 종철네와는 비교가 안 될 만큼 모든 것이 달랐다.

약전이 종철네를 나오던 날 연포댁이나 종철, 종수, 종만, 끝네 모두 아쉬움에 눈물을 글썽였다.

"아주 가는 것도 아닌데 뭘 그러느냐."

약전도 서운한 마음은 마찬가지였으나 뒤도 돌아보지 않고 걸음을 옮겼다.

약전은 박 호장의 집으로 이사를 한 후 본격적으로 자산어보의 집필을 시작했다. 그는 그간에 틈틈이 해두었던 기록들을 차근차근 정리해 나갔다.

약전이 물고기에 대해 연구를 한다는 소문을 듣고 많은 사람들이 얘기를 해주었지만 일관성이 없었다. 다만, 장덕순이라는 사람이 해초와 어조(魚鳥)들을 세밀히 관찰하여 깊이 이해하고 있어 그의 말은 믿을 수가 있었다.

약전은 아침에 일어나면 조반을 들고는 바로 자명종을 갖고 산으로 올랐다. 매일 거르지 않고 사방을 관찰하고 내려오는 것이 일과의 시작이었다.

"어르신, 물괴기 빼 개수를 시어서 어따 쓰실라고 그라시오."

"물괴기야 맛만 있으믄 되았제. 모양새가 워떻고 지느러미가 워디에 달렸고 허는 것이 무신 소용이 있어라? 어르신 허시는 것얼 보믄 이상해 죽겄구만이라."

그들은 약전의 행동을 납득할 수 없었다. 그러면서도 조금이라도 색다른 물고기가 걸려들면 반드시 약전에게 갖다 주었다. 약전은 그럴 때마다 마치 어린아이처럼 이리 만져보고 저리 만져보며 좋아하였다.

약전의 생각대로 박 호장도 협력을 해주었고 종철은 물론이고 만수 영감까지도 협조를 하여 어부들의 품삯이 예전보다 훨씬 많아졌다.

"한양 어르신 덕분에 우리가 잘살게 되았제. 옛날보다 꼭 곱이 불어나부렀당께."

모두들 기뻐하였으며 각 집마다 살림들이 살찌워져 갔다.

거기에다 예전에는 버렸던 잡어까지도 말려서 상품을 만들었다. 모두들 종철이나 덕보가 하라는 대로 따라주었다. 그들이 한양에 내다 팔아줄 것이라 믿으며 모두들 부지런히 일하였다. 약전은 이제 우이보 사람들에게 신이나 다름없었다. 어느

집이고 귀한 음식이 생기면 그에게 가져왔다.

사사건건 약전에게 반발하던 최 첨지까지도 한 발 앞서 지성을 다하였다. 배 한 척을 어렵게 건진 최 첨지는 그 후로 약전의 말에 절대적으로 따르게 되었다. 출어를 하지 말라고 하면 내보내지 않았고 이틀 후에 돌아오라 하면 그대로 따랐다.

약전의 어류에 대한 연구의 열정은 끊이지 않고 계속되었다. 그것은 훗날 수많은 업적으로 남았다. 특히 청어와 고등어의 회유에 대한 연구는 현대 어류학자들이 감탄할 만큼 정확하고 과학적으로 기록되어 있다.

자산어보에 의하면 1750년경부터 목포 서쪽 근해에서 고등어의 풍어가 시작되어 1805년까지 계속되었다. 풍어가 55년 동안 지속된 것이었다. 그 후 해마다 감소하여 1814년에는 거의 절종되었다. 반대로 영남 해안에는 새로 고등어 떼가 나타났다.

이 고등어 떼의 회유 변화는 난류와 플랑크톤의 번식 여하에 좌우된다. 고등어 떼는 제주도 연해로 북상하게 되는데 이때 난류의 변화와 먹이의 풍흉에 따라서 서남해로 들어가기도 하고 동해로 들어가기도 하는 것이다. 전에도 동해에 고등어 떼가 몰렸을 때 황해 쪽으로 회유하는 고등어는 거의 없었다. 이러한 동해와 서해의 풍흉의 주기가 55년이라는 것이 지금도 정설로 되어 있다. 고등어는 예부터 우리 서민들과 아주 밀접한 관계가 있는 식용 어종이다.

자산어보에 의하면 고등어는 두 가지 종류가 있다. 복부에 반점이 없는 종류를 벽문어(壁紋魚)라 하고, 반점이 총총히 있는 것을 배학어(拜學魚)라 한다. 약전은 이 두 종류의 고등어를 측선의 비늘 수로 구별해 놓았으며 5월에서 7월경이 산란기라고 기록하였다.

약전은 청어에 대해서도 기록하였다. 서해안 청어의 척추 뼈는 53개이다. 그리고 서해 청어는 동해의 청어에 비해서 한 배 반이 더 크다. 동해 청어와 서해 청어는 40년을 주기로 동해 쪽이 성할 때는 서해 쪽이 쇠하고, 다음에는 또 반대로 된다. 원래 청어는 맛있는 생선이지만 특히 서해 청어는 맛도 뛰어나고 기름지다. 이 청어를 한양 지방에서는 비웃이라고 불렀고, 명물기략(名物紀略)이라는 책에는 '값싸고 맛있어 한양 선비들을 보신시켰으며 비유어(肥儒魚)라고 하여 선비들을 살찌게 하는 물고기이다.'라고 기록되어 있다.

장덕순이 약전의 방 앞에서 기척을 하였다.

"들어오시게."

약전이 들고 있던 붓을 내려놓았다.

"집필 중이신디 지가 방해를 해부렀구만이라."

약전이 엽초 쌈지를 꺼냈다.

"아닐세. 그렇잖아도 쉬려던 참이었네."

"오늘언 멋을 쓰셨는게라우?"

"청어에 대해서 쓰고 있던 참이네."

"야. 그라믄 여그 식으로 맹글은 청어찜얼 잡숴보셨능게라?"

"여기 식이란 게 어떤 것인가."

덕순에게는 약전이 미처 모르고 있는 것을 알려줄 때가 가장 행복하고 뿌듯한 순간이었다. 가난한 살림이라 책은 많지 않았지만 덕순은 찾아오는 손도 돌려보내고 글을 읽을 정도로 노력하는 사람이었다.

"가마솥에 물얼 붓고 그 안에 대발을 깔고는 그 위에 청어를 올려놓고 찌제라."

그렇게 찌면 청어 기름의 대부분이 발 아래로 흘러내려 지방기가 적당히 제거된 청어살이 만들어진다는 것이었다.

점심상에 상추와 함께 청어찜이 올랐다. 약전은 그것을 초고추장에 찍어 쌈을 싸먹어 보았다. 담백한 맛이 일품이었다.

"맛이 그만이구먼."

약전은 모처럼 과식을 하였다. 그 뒤로는 약전이 입맛을 잃을 때면 청어찜이 늘 그의 입맛을 찾아주고는 하였다.

약전이 박 호장의 집으로 옮겨오자 을녀는 잠시도 쉴 새 없이 바빠졌다. 약전이 덮고 자는 이불에도, 꽃수 놓은 베개에도 을녀의 지극한 정성이 들어갔다. 을녀는 끼니때마다 약전의 밥상에 수저를 놓을 때면 가슴이 방망이질을 해대어 숨이 막힐 지경이었다.

밥상을 들고 약전의 방문 앞에 다가가서도 얼른 기척이 나지를 않고 입안의 침이 말라 한참을 망설이고서야 간신히 입을 열고는 하였다.

"저, 어르신, 진짓상 가져왔는디라."

"들어오너라."

약전의 체온이 묻어 있는 것만 같은 문고리를 잡고 문을 열면 방 안에서는 항상 묵향이 풍겼다. 그 냄새를 맡는 순간 조금 전까지 두근대던 가슴이 어느덧 편안해지곤 하였다.

"고맙다."

늘 그 한마디만으로 감사 표시를 하던 약전이 오늘은 조금 달랐다.

"게 앉거라."

뒷걸음질로 방을 나가려던 을녀는 흠칫 멈춰 섰다.

"앉으래도……."

을녀는 대답도 못하고 온몸을 떨며 문 앞에 쪼그리고 앉았다.

"술 한 잔 따라주겠느냐."

숨소리조차 죽인 채 몸 둘 바를 몰라 하던 을녀의 목이 더욱 움츠러들었다.

"어서."

술잔을 들고 채근하는 약전에게 간신히 다가간 을녀가 술병을 받쳐들고 천천히 술을 따랐다. 고개는 여전히 숙인 채였다.

"오메, 으짜까."

잔이 그만 넘쳐 술이 상 위로 흘러내리고 말았다. 약전은 어찌할 바를 몰라 진달래꽃같이 붉어진 을녀의 얼굴을 찬찬히 바라보았다. 고운 피부에 유난히 까만 눈썹이 바르르 떨리고 있었다. 약전이 따뜻하게 웃으며 을녀의 손을 덥석 잡았다. 을녀는 금방이라도 울음을 터뜨릴 듯이 어깨를 들썩였다. 험한 일은 하지 않았던지 섬사람답지 않게 손이 고왔다. 약전의 손에 쥐인 을녀의 손은 마치 한 마리 작은 새인 양 그 안에서 파닥거리고 있었다.

어느 물고기건 간에 산란기가 되면 생사를 잊고 산란에 열중한다. 천지조화이고 종족 보존의 본능이겠지만 청어의 산란 과정도 마찬가지로 열광적이다. 이 열광적인 생식은 산란이 시작될 때부터 끝날 때까지 계속된다.
이때 푸른 바닷물이 백청색으로 변하게 된다. 수놈이 방출하는 정액으로 인해 물 색깔이 변하는 것이다. 1월부터 2월까지가 산란의 성수기이며 그 후로도 몇 개월 계속된다.
우리가 즐겨먹는 오징어는 1년생이다. 생식이 끝나면 바다 깊숙이 들어가 자살한다. 남지나해에서 부화한 오징어 새끼는 대한해협을 따라 올라가서 동해로 진입, 연해주까지 올라가다가 한류를 만나게 되면 울릉도 근해로 되돌아온다. 이때 암놈은 수놈의 정액을 몸에 보관하였다가 남지나해로 환향하여 비로소 산란한다.

기상과 어류와 술밖에 모르던 약전에게도 봄이 왔다. 박 호장의 딸이 드디어 약전의 시중을 들게 된 것이었다. 을녀의 배가 눈에 띄게 불러오자 동네 아낙들을 빨래터에서나 김을 매면서까지 모이기만 하면 너나없이 쑤군대었다. 약전은 박 호장네로 옮기고 나서도 여전히 술독에 빠져 살다시피 하였다.

을녀는 무거워지는 몸으로도 그러한 약전의 건강을 걱정하며 지성껏 남편을 모셨다. 동치미가 먹기 좋을 만큼 익을 무렵, 따뜻한 날 저녁 을녀는 드디어 몸을 풀었다. 튼실한 아들이었다.

초산이었으나 순산이었다. 약전은 간간이 들리는 아이의 울음소리를 들을 때마다 묘한 느낌에 사로잡혔다. 망망대해에 떠 있는 외딴 섬에 유배 와서 느끼던 고립된 절망감이 녹아내리는 것 같은, 절망 속에서 헤어나지 못한 채 사그라지던 어떤 희망의 가닥이 잡히는 것 같은 느낌이 들었다. 그런 생활 속에서도 어부들에게는 빠지지 않고 날씨를 알려주었다. 약전이 날씨를 알려준 후로는 자연사하는 외에 배를 타고 나가 죽는 사람이 없게 되었다. 거기에다 고기 철까지도 고기 잡는 일에 잔뼈가 굵은 어부들보다도 더 잘 알아맞혔다.

"어르신, 으치케 허께라? 인자 청어 철이 되았는디라."

"조금 더 기다리게."

"너머 놀아놔서……."

"그래도 며칠 기다려야 하네. 그동안에 건어물이나 잘 간수하게."

앞일을 꿰뚫은 듯이 내다보았고 그 말이 틀림없이 맞아떨어
졌기 때문에 누구도 그의 의견에 반대하지 않았다. 이제는 섬
사람들의 살림도 윤택해졌다.

고기 철에 싼 값으로 뭍에 갖다 처분하지 않아도 되었고, 여
러 사람이 공동 작업을 하여 손쉽게 건어물을 만들 수 있었다.
이것을 종철이 한양에 내다 팔아주었으며 운임만 제할 정도로
섬사람들의 이익을 생각하였다. 모든 사람들의 생활이 넉넉해
지자 마음도 같이 너그러워졌다. 1년이면 몇 사람씩 희생되던
사고도 없어졌으니 섬 전체가 낙원이었다.

특히 약전은 천문과 기하(幾何)에 통달하여 성좌의 위치나
역술에 능하였으며, 현대 수학에서 논하는 피타고라스정리나,
원둘레는 원 직경의 3.14배가 된다는 파이(π)의 개념까지 이미
알고 있었다.

약용은 강진의 만덕산에서, 약전은 흑산도에서 큰 바다를
사이에 두고 서로 그리워하였다. 수백 리 길을 멀다 않고 자주
서신을 주고받아 서로의 안부를 물었다. 약용이 역전(易箋)을
완성하였을 때 제일 먼저 약전에게 보였는데, 약전은 아낌없는
격려와 칭찬을 해주었다. 약용은 역고(易藁), 예전(禮箋), 악서
(樂書) 등 저술한 책들을 모두 약전에게 보내어 자문을 구하였
다. 약전은 모든 것을 정독하여 잘잘못을 지적하고 칭찬을 아

끼지 않았다. 약용은 형의 의견이 옳음을 알고는 얼른 그 부분을 수정할 정도로 약전의 의사를 존중하였다. 두 형제는 이렇듯 서로 의지하고 서로 생각하며 서로 격려하였다.

우이보 사람들은 약전을 믿고 따랐기 때문에 어느 때나 강진까지의 심부름을 주저 않고 해주었다. 그는 비록 귀양을 살고 있는 몸이긴 하였으나 섬사람들의 존경과 사랑을 한몸에 받았다.

이럴 즈음 박 호장네는 을녀가 낳은 아들 학소의 재롱으로 웃음이 끊일 날이 없었다. 어린 나이에 과부가 되어 평생을 독수공방하며 슬픔으로 지새울 뻔하였던 딸이 한양 명문가 집안에 재가를 한 데다 아들까지 버젓이 낳았으니 그럴 만도 하였다.

그러나 약전은 그 웃음 틈바구니 속에서도 차마 입 밖에 내지 못할 한으로 가슴이 녹아내리는 듯하였다. 그토록 영민하였던 외아들 학초의 죽음이 떠올라 견딜 수가 없던 것이었다. 더구나 여러 명 낳은 아들들이 모두 일찍 죽은 끝에 얻은 귀한 손이었기에 학초에 대한 약전의 사랑은 무엇에도 비할 수가 없던 터였다.

말은 조금 더듬었으나 예닐곱 살에 이미 서(書)와 사(史)를 읽고 그 잘잘못을 의논할 만큼 호학(好學)하였던 학초였다. 게다가 바둑을 신묘하게 잘 두어 대국하는 사람들마다 그 재주를 칭찬하여 마지않았다. 그런 아들이 채 뜻을 펴기도 전에 요절하였으니, 멀고 먼 타향에서 부음을 들은 약전의 충격은 어떠하였겠는가. 그런데…… 그 슬픔이 차츰 가라앉아가던 중에 다시 아들을 보았으니 은연중에 수시로 슬픔이 되살아나는 것을 어찌할 도리가 없었다. 그 누구에게도 털어놓지 못할 상처를 달랠 길은 오직 술뿐이었다.

워낙 말술이었으나 자산어보 집필과 우이보 사람들의 살림에 신경을 쓰느라 과음을 피해 오던 그는 수시로 술을 입에 대기 시작하였다. 무슨 일이 있는지 감히 여쭙지도 못하는 을녀가 괜스레 걱정하는 가운데 그의 음주는 더욱 심해져갔다. 새벽에 눈을 뜨고부터 잠이 들 때까지 한시도 입에서 술을 떼지 않았다. 좋아하는 물고기 수집도 기록도 거들떠보지 않았다. 술로 병을 얻은 터에 매일매일 고주망태가 되도록 마셔대니 섬사람들의 걱정이 이만저만이 아니었다.

"큰일이구만. 곡기는 딱 끊어 불고 술만 저라고 잡수신디 이 일얼 으째야 쓰까."

"금메 말이시. 아무리 장사래도 술에 전딜 재간이 있간디."

"한양 어르신이 건강하셔야 우리 섬에 복이 올 거인디 큰일 낫당께. 어치케 혀야 곡기를 쪼매라도 드시까이."

"우리 모두 치성을 디리기로 허세."

그러나 누구보다도 걱정하고 가슴을 태우는 사람은 을녀였다. 을녀는 잠시도 약전의 곁을 떠나지 않고 열심히 수발을 들었다. 그러면서 돌아앉아 수없이 눈물을 찍어냈다.

을녀의 극진한 간병에도 불구하고 약전의 병세는 점점 악화되어 갔다. 급기야는 피를 토하기까지 하였다. 처음에는 몇 방울 나오다 말더니 순식간에 점점 양이 많아져 반 사발을 넘게 토해냈다.

이 소식은 삽시간에 번져나가 동리마다 발칵 뒤집혔다. 그러나 의원이 있을 턱이 없었다.

덕보 영감이 어디서 들었는지 다시마를 달여 먹으면 효과가 있다면서 다시마를 잔뜩 구해왔다.

"이를 으짜믄 좋겄소이."

"이라고 있을 것이 아니라 뭍으로 의원얼 찾어갑시다."

"한시라도 서둘러야제."

모두 의견 일치를 보였다. 이때 종철이 말을 꺼냈다.

"서투른 의원 데려다가 시간만 허비허지 말드라고이."

"그라믄 으짜란 말이냐."

"하루이틀 상관잉께 지가 강진에 핑 허니 댕겨오지라."

"거그는 멋허로. 한시가 급헌디."

"전에 한양 어르신께서 허신 말씸이 생각났는디라, 강진에 기신 계씨(季氏)가 의술에도 도통허다고 허십디다. 명의의 약방문얼 받아다가 치료해 디려야제 돌팔이 의원들 약방문으로 잘못혀서 먼 일이라도 생겨불믄 어쩌겄소."

"맞네, 맞어. 자네가 이 길로 바로 떠나게."

지쳐서 초점 잃은 눈으로 허공을 헤매던 약전에게 이 소식을 전하자 병세가 갑자기 호전되었다. 동생의 약방문만 보아도 기운이 솟을 것만 같은 모양이었다. 차츰 피를 토하는 횟수가 줄어들었다.

"내가 죽어선 안 되지. 불쌍한 내 아우도 살아 있는데……."

약전은 머리맡에 앉아 있는 박 호장, 을녀, 학소 등에게 생의 의지를 강렬히 드러내었다. 다시마 즙도 거르지 않고 마시고 볶은 도라지를 가루 내어 찹쌀 뜨물에 넣어 먹기도 하였다.

종철은 한걸음에 내달려 다산초당에 들어섰다. 약전의 병세를 듣고 난 약용은 한동안 말을 잃었다. 인편에 소식 몇 자 적어 보내지 못한 것만 보아도 약전의 병세가 어느 정도인지 알만하였다. 약용은 저린 가슴을 달래며 약방문을 적어 내려갔다. 약용의 손이 눈에 띄게 떨리고 있었다. 약방문을 들고 곧바로 일어나는 종철을 약용이 불러 세웠다.

"번번이 고맙네."

"툭툭 털고 일어나서야 쓸 텐디라."

긴 한숨과 함께 약용이 보퉁이 하나를 내놓았다. 혹 인편이라도 생기면 언제든지 보낼 수 있도록 꼼꼼하게 싸놓은 모양이었다. 뒷산에서 손수 따 말린 작설차와 제자에게 선물로 받아 먹지 않고 아껴둔 산삼 두 뿌리였다. 고향 마재 뒷마당에서 따온 배, 밤, 모과도 따로 한 보퉁이었다. 약용은 봇짐을 짊어지고 바쁜 걸음으로 초당을 내려가는 종철의 뒷모습을 오래도록 지켜보았다.

며칠이 지나 종철이 돌아왔다. 약전은 고향 소식을 들을 수 있다는 기대감으로 다소 생기를 보였다.

"그래 다들 무고하다더냐."

"집 안 구석구석까지 새로 단장얼 혀놓고 두 분 해배될 날만 지둘리신다고 혔어라."

약전은 눈을 감았다. 마재 고향은 눈을 감으면 더욱 또렷이 그의 앞에 다가왔다. 대문 옆에 돋아 있는 풀 한 포기까지도 다 기억이 새로웠다. 처자식들은 다 무고한지, 약현 형님은 얼마나 늙으셨는지 생각할수록 생이별의 아픔으로 가슴이 저려왔다. 다시금 지난 정묘년(1807년)에 죽은 아들 학초의 모습이 한으로 다가왔다.

약용이 써준 처방전이 군데군데 얼룩져 있었다. 자라 껍데기와 조개껍데기 각 한 냥쭝을 누릇누릇하게 볶아서 만든 가루와, 숙지황 한 냥 반을 말려 가루로 만든 것을 혼합하여 한 번에 한 돈쭝씩 식후에 차 대신 복용하라고 쓰여 있었다.

온 동리 사람들이 나서서 이웃 섬까지 뒤지기 시작하였다. 자라껍데기를 구하기 위해서였다. 그들의 열성으로 하루 만에 자라를 구할 수 있었다. 그러고는 처방대로 약을 급히 만들었다. 약전은 눈에 띄게 회복되었고 곡기도 조금씩이나마 먹을 수 있게 되었다. 섬사람들은 전복이나 멍게같이 소화가 잘되고 보신이 되는 해산물을 너나없이 가져왔다.

"어서 나으셔야제라."

"어르신이 펜찮으신께로 동네 사람들 전수가 일이 손에 안 잽힌다고들 혀싸라우."

여러 사람의 정성어린 간병은 쇠약해진 약전을 서서히 회복시켜주었다. 그의 가족들은 물론이고 온 섬사람들의 정성 때문인지 어느 사이엔가 약전은 옛날의 기운을 되찾게 되었다. 약전이 자리에서 일어나자 섬사람들은 너나없이 좋아들 하였다.

약전의 일과는 달포 만에 다시 옛날처럼 시작되었다. 아침이면 우이봉에 올라가 기상 관측을 하고 돌아왔다. 점심을 들고 나면 바닷가에 나가 해변을 거닐면서 해초를 수집하기도 하고, 배가 들어오면 고기를 종류별로 분류하여 해부도 하면서 기록하는 것을 잊지 않았다. 그는 술도 많이는 마시지 않았다. 그는 오직 어보 만드는 일에만 전념하였다.

민어는 서해안에 풍산하고 동해안에 희귀한 물고기이다. 민어의 주산지는 서남 연해이다. 그중에서도 고흥, 완도, 진도, 무안 태이도, 영광 칠산탄 연해가 주산지이다.

원래 민어는 맛있는 고기로서 민어찜은 한양 근처에서는 도미찜보다도 더 위로 친다. 여름 물고기로서 발육과 건강 회복에 좋은 영양가를 지니고 있어 미식가들의 애호를 받아왔다. 민어는 맛이 좋지만 머리의 붉은 껍질과 살은 맛이 더욱 좋다. 어두봉미(魚頭鳳尾)라는 말들이 이런 데서 나온 것이다.

민어를 면어, 또는 표어라고도 하고 배를 갈라서 소금에 절여 말린 암민어를 암치, 수민어를 수치라고도 한다. 민어는 속명도 많다. 한양 근처의 상인들은 두 뼘 반인 놈을 상민어, 네 뼘 이상인 놈을 민어라고 부른다. 성어기는 10월까지다.

고등어, 청어의 회유에 대해서나 가오리, 갈치에 대해서도 연구해 놓은 것은 물론 정어리, 멸치까지도 기록되어 있다.

자산어보에는 멸치가 추어, 속명 멸어(蔑魚)라고 소개되어 있다.

멸치는 행어(行魚)를 비롯하여 정어리, 곤어리, 운어리 등 네 종류를 합해서 부르는 이름도 되고 행어만을 가리키는 이름도 된다. 멸치는 우리나라 동해안, 남해안, 서해안에 널리 분포하여 오래전부터 삶아서 말린 건 멸치를 비롯하여 젓갈, 절인 멸치 등으로 널리 소비되었다. 멸치라는 이름은 물 밖으로 나오면 죽어버린다고 하여서 붙여진 이름이다.

멸치는 대양을 회유하고 돌아다니는 원양성 물고기인 동시에 난류성 물고기이다. 그리고 연안성인 동시에 표층성이다. 그러나 때로는 바다 깊숙이 들어가는 수도 있으며 위기에 처하면 서로 뭉쳐서 섬처럼 모이는 지혜도 가지고 있다. 또 주광성이기 때문에 불을 켜놓고 유도해서 잡는다. 산란을 위

하여 내만으로 들어올 때는 물 위로 물장구를 치면서 들어
오는 놈도 있고, 물 밑으로 가만히 들어오는 놈도 있다.

흑산도 근해에서는 갈치도 많이 잡혔다. 자산어보에 의하면
갈치를 군대어(群帶魚)라고 하고 속명이 갈치어라고 기록되어
있다. 여름에 많이 잡히는 갈치 새끼를 풀치 또는 풋갈치라고
부른다. 이것을 배를 갈라 말려서 저장하여 멀리 육지의 산간
벽지까지 생선 맛을 전한다.

약전에게 약방문을 지어 보낸 후 약용은 시름을 견디다 못
하여 큰 병을 앓기 시작하였다. 그럭저럭 유지해 오던 건강이
갑자기 나빠진 것이었다.
"식사를 좀 하셔야지요"
"생각이 없소."
"어디가 편찮으신지오?"
"고뿔인 것 같소."
가실의 다정한 물음에도 약용은 종일 누워 끙끙 앓기만 했
다. 제자들은 걱정이었다. 가실이 그의 곁을 떠나지 않고 간호
하였다. 암만 차가운 물수건을 갈아대어도 여전히 이마가 불
처럼 뜨거웠다. 제자들도 함께 정성껏 간병을 하였다. 밤을 지
새우는 제자가 태반이었다. 약용은 잠들었다가도 이내 헛소리
를 하였다. 평상시에는 마음 약한 말을 하지 않던 그였다.

들는 이의 가슴이 뭉클할 정도로 약용은 고향을 그리워하였다. 사흘 밤낮을 앓고 난 그는 약간 정신을 차렸다.

"조금이라도 좋으니 미음을 드셔야지요."

숟가락을 든 가실의 손이 가늘게 떨렸다.

"손이 마음대로 움직여지질 않소."

풍이 온 것이다.

"중병을 앓으셨습니다."

"아무래도 심상치가 않구려."

약용은 떨리는 손으로 간신히 미음을 떴다. 그러나 손을 제대로 움직일 수가 없었다. 보다 못해 가실이 떠먹여 주었다. 지켜보는 제자들이 그를 안타깝게 바라보았다. 약용은 눈물을 흘렸다.

"이젠 틀렸소."

"사부님, 왜 그렇게 약한 말씀을 하십니까."

참다못한 제자들이 울먹이며 대꾸하였다.

"객지에 와서 풍까지 얻었으니 다 되지 않았느냐."

약용은 한없이 시름에 빠져들었다. 그리고 이따금씩 눈물을 흘렸다. 전처럼 책을 오래 볼 수 없었고 붓을 오래 놀릴 수도 없었다.

풍을 앓으면서 약용의 생활은 조금씩 변해갔다. 제자들과 담소하는 구술을 그때그때 받아 적게 하였다.

반가운 서신이 날아들었다. 마현에서 큰아들 학연이 보낸 것이었다. 약용이 일전에 편지에서 이른 대로 곧 말을 한 필 사 강진으로 직접 오겠다는 말이었다. 편지를 부친 날짜가 열흘 전이었다. 아마 며칠 이내로 당도할 것이었다. 약용은 문득 마음이 급해졌다. 무엇을 해주어야 할지 벌써부터 마음이 부산해 졌다. 약용은 제일 먼저 어제 따두었던 찻잎을 덖었다. 공연히 마음이 들떠 찻잎이 바스러지거나 타지 않도록 조심했다. 고소한 찻잎 냄새가 코끝에 맴돌았다. 약용은 엷은 미소를 지었 다. 벌써부터 아들이 보고 싶어 견디기 어려웠다.

다음 날 약용은 유난히 일찍 잠에서 깨었다. 아직 부지런한 가실도 마당으로 나오지 않은 시간이었다. 약용은 주변 산을 돌아다니며 유심히 바닥을 살폈다. 찬거리로 삼을 만한 나물 을 찾는 것이었다. 얼마 지나지 않아 약용이 들고 갔던 자루에 는 충분한 양의 나물이 담겨 있었다. 자연이 주는 선물이었다. 싱싱한 비름나물에서부터 고사리, 취나물까지 푸른 산나물들 이 자루에 가득했다. 어느새 부엌에서 아침밥을 짓고 있던 가 실이 입새로 들어서는 약용을 보며 인사했다.

가실에게 다가가 자루를 건넸다. 어리둥절해 하며 자루를 받아든 가실은 나물들을 보며 미안한 표정을 지었다.

"말씀만 하셨으면 제가 다녀왔을 텐데요……."

가실은 여전히 약용이 자신에게 온전히 마음을 내주지 않 은 것 같아 내심 섭섭했다. 함께 지내도록 받아들여주기만 했 지 아직 자신을 편하게 대한다는 느낌을 받기 어려웠던 탓이었다. 가실은 공연히 약용의 입맛도 잡지 못했나 싶어 마음이 무거워졌다. 이에 약용은 가실을 잠시 바라보았다. 여전히 가실은 자루 속에 시선을 꽂은 채였다. 약용이 그리 뚫어져라 자신을 바라보고 있는 것도 느끼지 못했다. 약용은 그런 가실을 한동안 바라 보다 운을 떼었다.

"아마 조만간 큰아들 학연이 이곳에 당도할 것이오. 그렇다면 서쪽 방을 내어주어야 할 터이니 내 쪽으로 거처를 옮기심이 어떻겠소?"

가실은 당황하여 약용을 똑바로 쳐다보았다. 가실이 초당으로 올라온 이후 늘 약용은 동암에, 가실은 서암에 기거하였다. 생각지도 못한 약용의 제안에 가실은 당황하여 말을 잇지 못했다. 자루를 쥔 가실의 손에 약용의 손이 와 닿았다. 손등으로 그의 따뜻한 온기가 전해졌다. 가실의 얼굴이 금세 귀밑까지 빨갛게 달아올랐다.

툇마루에 앉아 글을 읽던 약용은 글자가 눈에 하나도 들어오지 않았다. 마침 익숙한 발소리가 초당 언저리에 닿았다. 반가운 기척에 약용은 벌떡 자리를 박차고 일어섰다. 그립던 학연의 얼굴이었다. 못 본 새 더욱 의젓해진 듯한 모습이었다. 한달음에 달려가 품에 안고 그리움을 전하고 싶었지만 굳은 듯 그렇게 서 있었다. 학연이 가까이 다가와 절을 올렸다. 바닥에 엎드린 학연의 등을 보며 약용은 격세지감을 느꼈다. 어느덧 아들의 등이 제법 넓어져 이젠 사내의 등이 다 되어 있었던 탓이었다. 약용은 일어선 학연을 껴안았다. 부자는 말없이 한동안 그렇게 그리움을 나누었다.

동암으로 들어선 약용과 학연은 가벼운 안부를 전했다. 약용의 큰형인 약현의 안부를 제일 먼저 묻고 그 후에 아내 홍씨의 안부를 물었다. 학연은 봇짐에서 무엇인가를 꺼냈다. 고이 싸여진 천 꾸러미였다. 약용은 조용히 그 꾸러미를 끌러 보았다. 아내가 보낸 헌 치마 다섯 폭이었다. 시집올 때 가져왔던 훈염(예복:붉은 활옷)인데 세월이 흘러 붉은빛이 담황색으로 변한 것이었다. 약용은 그만 콧등이 시큰해졌다. 손으로 낡은 치맛자락을 만져 보았다. 세월만큼 옷감도 몸에 익어 편안한 촉감이 손끝으로 느껴졌다. 약용은 떨리는 목소리를 다잡으며 학연에게 물었다.

"어머니의 병증은…… 좀 어떠하시더냐."

"매일 정성껏 약을 달여 드리니 호전하고 계십니다. 너무 염려 마세요, 아버지."

약용은 한동안 치마폭을 손에서 놓지 못했다. 아내에 대한 그리움이 사무쳤다. 자신 탓에 평생을 고생하며 살고 있을 아내를 생각하니 미안함까지 가중되었다. 그러나 아내는 단 한 번도 싫은 내색을 비친 적이 없었다. 늘 조용히 약용의 곁을 지키며 없는 살림을 살뜰하게 꾸려주었던 양처였다.

가실이 문 밖에서 작은 기척을 했다. 그리곤 점심상을 안으로 들였다. 아침에 약용이 따온 산나물이 함께 올라 있었다.

가실은 작게 목례하고 동암을 벗어나려 했다. 그러나 약용이 그녀를 붙잡았다.

"인사해라. 작은 어머니시다."

가실은 온몸이 뻣뻣하게 굳는 듯하였다. 학연도 약용의 갑작스런 말에 놀라긴 마찬가지였다. 가실이 흔들리는 눈으로 약용을 돌아보았다. 그러나 약용의 눈은 확신에 차 있었다. 학연도 이내 상황을 파악하고 자리에서 일어나 가실에게 절을 올렸다. 가실은 가슴이 두방망이질 쳐 머리가 어지러울 지경이었지만 체통 없이 자리를 뜰 수도 없는 노릇이었다. 약용의 체면을 생각해서 가실은 짐짓 당황하는 속내를 억누르며 엉거주춤한 자세로 절을 받았다.

"인사 올립니다, 작은 어머니. 소자 장남 정학연입니다."

약용이 다시 한 번 가실의 손을 따사로이 잡아주었다. 가실과 학연은 웃으며 인사를 나누었다. 학연은 오히려 작은 어머니가 생겨 다행이라며 고마움을 전했다. 아버지 혼자 유배지에 홀로 계시며 외롭고 고달프실 것이 늘 염려되었는데 이제는 한시름 놓게 되었다는 말도 덧붙였다.

가실은 기쁜 마음으로 동암을 벗어났다. 그리곤 서둘러 약천 앞으로 가 섰다. 산을 바라보고 선 가실은 가쁜 숨을 몰아쉬었다. 가슴이 요동쳐 숨도 잘 쉬어지지 않는 듯했다. 한동안 숨을 고르던 가실은 약천의 물소리에 눈을 감았다. 마음이 편안해지는 듯하였다. 두 손을 맞잡자 아까 약용의 온기가 느껴지는 듯 하여 금세 다시 가슴이 뛰었다. 그리고 거짓말 같던 학연의 인사도 떠올랐다. 너무 감격한 나머지 기쁨의 눈물이 뺨을 타고 마구 흘러내렸다. 그녀는 유년기부터 모진 풍파를 겪어왔던 모든 삶이 주마등처럼 스쳐 지났다. 드디어 가실에게도 다시 가족이 생긴 것이었다. 아버지의 유배로 고향을 떠나 강진에서 늘 외로운 삶을 살아야만 했다. 가실은 약천에 기대어 하염없이 눈물을 훔쳤다.

약용은 비름나물을 학연 앞으로 밀어주었다. 어려서부터 학연이 유난히 좋아하던 찬이었다. 학연은 거절하지 않고 배시시 웃었다. 이미 성인이 다 되었건만 약용의 눈엔 아직도 어린 아이나 마찬가지였다. 가실의 음식 솜씨는 일품이었다. 된장과 참기름으로 조물조물 무친 나물에서 고소한 맛이 배어났다. 학연이 맛있게 먹는 모습을 보며 약용은 흐뭇한 미소를 지었다.

찻잎이 우러나는 냄새가 퍼졌다. 약용은 초의에게 배운 대로 정확한 시간을 기해 찻잔에 찻물을 따랐다. 향을 맡아본 학연은 눈을 크게 뜨며 경탄하였다.

"언제 이렇게 다도에 능해지셨습니까? 소자 깜짝 놀랐습니다."

"좋은 벗을 사귀면 좋은 취미도 따라오는 법이지."

약용과 학연은 오랜만에 찻잔을 놓고 마주 앉았다. 선선한 바람이 불어와 귀밑을 시원하게 말려주었다. 약용은 오랜만에 편지가 아닌 육성으로 아들에게 이야길 전했다.

"이제 너희들은 망한 집안의 자손이다. 그러나 낙심할 것 없다. 폐족 가운데 이따금 기이한 인재들이 많지 않더냐. 그 이유는 과거 공부에 얽매이지 않은 덕이다. 그러니 과거에 응시할 수 없게 되었다고 하여 너무 괘념치 말거라. 좌절하지 않고 경전에 힘과 마음을 쏟으면 나라를 위한 좋은 인재가 될 수 있을 것이다."

학연이 반문했다.

"어차피 과거를 볼 수 없어 나랏일을 할 수 없는데 어찌 좋은 인재가 될 수 있단 말씀이십니까? 그렇다면 독서는 뜬구름 잡는 학문에 지나지 않는 것이 아닙니까?"

"이미 네 마음가짐이 글공부를 멀리하려는 듯하구나. 한낱 비천한 노예가 되려고 그러느냐? 청족(대대로 벼슬을 해온 집안)일 때는 글공부를 하지 않아도 혼인을 할 수 있고, 군역도 면할 수 있다. 그러나 폐족이 되어서 글공부까지 하지 않는다면 어떻게 되겠느냐? 글공부는 그렇다 치자. 그런데 학문을 하지 않고 예의마저 없으면 새나 짐승과 다를 게 있겠느냐?"

약용의 호된 꾸짖음이 이어졌다. 이에 학연은 고개를 숙이고 조용히 약용의 말을 듣고만 있었다. 잠시나마 비관적인 마음이 들었던 자신을 책망했다. 더불어 아비의 말이 너무나 고맙게 느껴졌다. 이 머나먼 땅 초가에 외로이 지내면서도 학문에 대한 열망을 굽히지 않고 지내고 있는 아버지의 모습을 보니 참으로 다행스러웠다. 행여 아버지가 절망하여 무너지시진 않을까 늘 멀리서 걱정하고 지내온 터였다.

그렇게 학연은 며칠간 다산초당에 머물렀다. 약용과 함께 글을 읽고 학업에 정진했다. 가끔 약용이 쓰는 책의 원고를 읽고 의견을 표하기도 하였다. 다정한 아버지인 약용은 짬 날 때마다 학연에게 좋은 말들을 일러주었다. 학연은 모처럼 아버지의 정을 지척에서 느낄 수 있어 좋았다.

약용이 초당으로 거처를 옮겼는데도 가끔 주민들이 찾아오곤 했다. 주로 약방문을 찾는 이들이었다. 약용은 도령들과 수학하는 시간만 아니면 언제든 약방문을 써주었다. 주로 환자가 직접 찾아오는 방법을 권하였고 그것이 불가피하다면 증상을 소상히 적어오라 일렀다. 학연은 그런 약용의 모습을 가까이에서 집중하여 지켜보았다.

환자에게 약방문을 다 지어주고 난 후, 약용은 먹을 갈았다. 쓰고 있던 의령(醫零) 원고였다. 기존의 의학과는 다른 약용이 터득한 나름의 의학에 대한 저술서였다. 강진에 와 숱한 환자를 겪으며 책으로 엮어 사람들에게 도움이 되었으면 하는 마음으로 시작하게 된 원고였다. 이를 지켜보던 학연이 넌지시 입을 열었다.

"아버지는 왜 약방문을 쓰십니까?"

"내가 알고 있는 작은 지식이 사람들을 이롭게 한다면 그리하지 않을 이유가 무엇이겠느냐?"

학연은 고개를 주억거렸다. 그리곤 잠시 생각에 잠기는가 싶더니 조심히 말을 이었다. 그간 여쭙고 싶었던 진짜 속내였다.

"저도 의술을 행해봄이 어떨까 합니다. 아버지처럼 사람들을 이롭게 하며 살고 싶습니다. 그것으로 조금씩 돈을 받아 집안 살림에 보탬도 되면서 말입니다."

이에 약용은 쓰던 붓을 내려놓았다. 그리고 어두운 표정으로 학연을 꾸짖었다.

"아무리 폐족이라고는 하나 너는 선비이다. 그런데 한낱 이익에 눈이 멀어 사람의 목숨을 갖고 저울질하며 돈이나 버는 왈패가 되겠다는 것이냐. 절대 그래서는 아니 된다. 그런 잡생각 말고 학업에 정진하란 아비의 말을 벌써 잊은 것이더냐."

학연은 고개를 들지 못하였다. 약용은 단 한 번도 약방문의 대가를 받은 적이 없었다. 주막에서 어려운 생활을 할 때에도 대가만은 거절해 왔던 약용이었다. 가끔 약용 몰래 주모에게 대가를 쥐어주어 약용이 눈치 채지 못했던 경우를 제외하곤단 한 번도 없던 일이었다. 그러나 학연이 현실적인 돈 이야기까지 꺼내자 약용은 이를 크게 꾸짖은 것이었다. 그러나 한편으론 아들의 마음이 기특하기도 하였다. 세상을 이롭게 만들고 싶은 마음씀이 하나요, 조금이라도 돈을 보태 가정에 도움이 되고자 하는 마음이 둘이었다.

결국, 학연은 이렇게 의술에 대한 생각을 접었다. 어머니 홍씨의 꾸지람에도 경제적 이득이 눈에 선하여 접을 수 없던 의견이었다. 그러나 어머니의 말씀대로 아버지가 이리도 꾸중을 하시니 더 이상 고집할 수가 없었다.

늦은 밤, 약용은 등잔에 불을 붙였다. 어룽대는 호롱불 밑에 아내 홍씨의 치마폭을 펼쳤다. 색이 바래 은은한 빛깔로 변한 천은 첩(帖)으로 만들기에 좋았다. 손수 치마폭을 잘라 정성껏 첩을 만들었다. 제법 손이 많이 가고 어려운 작업이었으나 약용은 묵묵히 해내었다. 아이들이 언제든 지니고 다니며 아버지의 정을 느낄 수 있도록 해주고 싶었다. 손 가는 대로 자녀들에게 타이를 말들을 적어 내려갔다. 나중이라도 아이들이 감회가 새로워 뭉클한 날이 올 것이라 확신했다. 동이 터오를 쯤이 돼서야 약용은 모든 작업을 마칠 수 있었다. 붉은 치마란 뜻을 가진 '하피첩(霞帔帖)'이라 이름 붙였다. 내일 학연이 떠나는 날 손에 쥐어 보낼 참이었다. 양계를 시작하였다는 학유에게 전하는 편지도 잊지 않고 작성하였다.

네가 양계를 시작하였다고 들었다. 양계란 참으로 좋은 일이기는 하다만 이것에도 품위 있는 것과 비천한 것, 깨끗한 것과 더러운 것의 차이가 있느니라. 농서를 잘 읽어서 좋은 방법을 골라 시험해 보아라. 색깔을 나누어서 길러도 보고, 홰를 다르게도 만들어보면서 다른 집 닭보다 살찌고 알도 잘 낳을 수 있도록 길러야 하느니라. 때로는 닭의 정경을 시로 지어보면서 짐승들의 실태를 파악해 보아야 하느니, 이것이야말로 책을 읽은 사람만이 할 수 있는 양계니라.

만약 이(利)만 보고 의(義)를 보지 못하면 가축을 기를 줄만 알지 그 취미를 모르면서, 애쓰고 억지 쓰면서 이웃들과 아침저녁으로 다투기나 한다면 이것은 서너 집 사는 산골의 못난 사람들의 양계일 것이니라.

너는 어떤 식으로 하고 있는지 모르겠구나. 이미 닭을 기르고 있으니 아무쪼록 앞으로 많은 책 중에서 닭 기르는 법에 관한 이론을 뽑아내어 차례로 정리하여 계경(鷄經) 같은 책을 하나 만든다면 육우(陸羽)의 다경(茶經), 혜풍(惠風) 유득공의 연경(煙經)처럼 좋은 책이 될 것이니라. 속사(俗事)에 종사하면서도 선비의 깨끗한 취미를 갖고 지내려면 언제나 이런 식으로 하면 되느니라.

날이 밝자마자 가실은 서둘러 장터에 나섰다. 삯바느질로 모은 돈을 들고 나선 참이었다. 푸줏간 앞에 선 가실은 한 동안 멈춰 있었다. 그동안 여러 일을 겪느라 몸이 많이 상한 약용 생각도 났고, 오랜 여정을 거쳐 고향으로 돌아갈 학연 생각도 났다. 결국, 가실은 질 좋은 고기를 끊어 샀다. 주머니는 가벼워졌지만 마음이 뿌듯해졌다.

아침상에는 고깃국이 올랐다. 더불어 구운 고기도 찬으로 올라왔다. 학연은 군침이 도는 것을 티 내지 않으려 애썼다. 마현에서도 어려운 형편 탓에 먹어 보기 힘든 귀한 음식이었다.

약용은 눈짓으로 가실에게 영문을 물었으나 가실은 방긋 웃을 뿐이었다.

"음식 다 식으니 얼른 드시지요. 학연이도 많이 먹고."

가실은 내심 학연이 고마웠다. 반감을 갖지 않고 잘 따라준 고마운 아들이었다. 아버지의 성품을 물려받아 온화하고 다정한 성미인 학연은 잠깐 사이에 가실을 잘 따라주었다.

고기를 먹은 후에는 꼭 차를 마시는 버릇이 있던 약용은 어김없이 학연에게도 차를 권했다. 그 차를 마지막으로 학연은 다시 길을 떠났다. 말에 오르기 전, 학연은 약용과 가실에게 다시 한 번 큰 절을 올렸다. 약용은 빠르게 흘러가는 시간이 야속하여 눈물이 날 듯하였으나 간신히 삼켜 내었다. 아쉬운 마음을 길게 전하는 대신 학연의 손에 밤새 만든 하피첩을 쥐어주었을 따름이었다.

"조심히 올라가고, 네 손에 보내는 서신들도 잘 전달하길 바란다. 곧 학유도 한 번 찾으라 이르고."

학연이 아쉬움을 뒤로 하고 초당을 벗어났다. 약용은 공연히 더욱 부산히 움직였다. 마음의 헛헛함을 쫓으려는 듯 도인법을 행하였다. 일종의 체조였는데 이는 약전이 건강을 위해 꼭 하라며 당부했던 것이었다. 아버지가 시름에 잠겨 옛 모습을 잃었을까 걱정이 많았다는 아들의 말이 약용에겐 큰 위안과 자극이 되어 주었다.

동암에는 두 채의 이불이 깔려 있었다. 하나는 약용의 것이었고 하나는 가실의 것이었다. 일부러 하루를 고단히 보낸 약용은 하루 사이에 많은 일을 해내었다. 백련사에도 다녀오고, 주막에도 잠깐 들르고, 미시에 도령들과의 학업도 빼놓지 않고, 쓰던 원고도 집필했다. 그러나 등잔을 끄고 고단한 몸을 뉘었는데도 쉬이 잠이 오지 않았다. 일을 모두 마친 가실이 방 안으로 들어섰다. 이에 약용은 몸을 일으켜 앉으며 달빛에 의존해 이야길 꺼냈다.

"아까 고기는 좀 지나치셨소. 돈이 어디 있다고 그런 비싼 것을 대접한단 말이오."

"괘념치 마시어요. 소일하여 여윳돈이 조금 있었습니다."

"이러다 아이들 버릇될까 고민이오. 게다가 아비는 혼자 잘 먹고 지낸다 생각하면 공연히 섭섭한 마음이 들지 않겠소."

좋은 대접을 하고도 염려가 많은 약용이었다. 이에 가실은 작게 웃었다.

"아닙니다. 필경 아버지가 잘 드시고 건강히 지낸다 여겨야 자식 된 마음이 편한 법입니다. 그리고 이미 아버지의 인격과 품성을 잘 알지 않습니까. 그렇게 사치스럽게 지낼 분이 아니라는 것쯤은 알고 있을 것입니다. 자신을 귀히 여겨 대접했다 여기고 기쁜 마음이 들었을 것입니다."

그제야 약용도 마음이 누그러졌다. 그렇게 생각을 하고 나니 가실이 얼마나 현명히 대처하였는지 알 수 있었다. 약용은 한없이 고마운 마음이 들었다. 어둠 속에 마주 앉은 가실의 손을 그러쥐었다. 따뜻하고 자그만 손이 그의 손 안에 폭 싸였다. 작은 떨림까지 오롯이 약용에게 전해졌다. 부끄러워 고갤 돌리는 가실의 얼굴이 달빛에 비쳤다. 참으로 고운 얼굴이었다. 약용은 가만히 가실을 품에 안았다. 조그만 어깨가 한 품에 쏙 들어왔다.

"사내를 아시오?"

약용의 나직한 물음에 가실은 고갤 가로저었다. 가실은 심장이 터질 것 같았다. 심장 고동소리가 약용에게까지 전해질까 숨을 참기도 하였으나 역부족이었다. 약용은 가실에게서 생명 이상으로 존귀한 영(靈)을 느끼고 있었다. 약용은 가실을 안았다. 밖에선 개구리 우는 소리가 요란했다.

학연은 마현에 당도하자마자 어머니 홍씨에게 가져온 물건들을 늘어놓았다. 그와 동시에 바삐 학유를 찾았다. 아비의 서신을 전함과 동시에 서둘러 의견을 내었다. 바로 한양으로 가자는 것이었다. 더 늦었다가는 생전에 아버지를 편히 뫼시지 못할 것만 같았다. 이때 그의 나이 스물일곱이었다. 그는 아버지를 위해 어디에든 호소를 하여야겠다고 생각하였다.

결심을 굳힌 학연은 학유와 함께 한양 천만호의 집으로 올라갔다.

"도련님들 어인 일이십니까요."

"아버님이 큰 고생을 하고 계시네."

천만호가 장탄식을 하였다.

"원 저런, 제가 사람노릇을 못했습니다요. 바쁘다보니 찾아뵙지도 못하고…….."

"아니네. 자네 사정이야 우리가 더 잘 알지. 자네 덕분에 우리 집안이 이렇게 평안하게 지내고 있지 않은가."

"몹쓸 병이라도 앓고 계시는지요."

"석이 영감 말로는 풍을 앓으신다네."

천만호의 눈이 금세 붉어졌다.

"그러면 수족을 못 쓰시는 것입니까."

"손을 자유로이 움직이시기가 힘이 드신 모양이네."

"제가 곧 약을 지어 올리겠습니다요."

차분하게 말을 잇던 학연이 손을 내저었다.

"그런 것을 부탁하러 온 것이 아니네."

"그럼 무엇을…….."

"임금님께 상소를 올리려고 하네. 너무 하시질 않는가. 귀양 가신 지 10년이 넘은 데다 다른 분들은 모두 풀려나셨는데 유독 아버님 형제분만 묶여 계시니 말일세."

천만호가 무릎을 쳤다.

"좋은 생각이십니다요."

형제는 방에 들어앉아서 열심히 상소문을 썼다. 임금의 은총을 바라는 상소였다. 다음 날 형제는 창덕궁 앞에 가서 지체 없이 바라를 두들겼다. 군졸들이 몰려왔다.

"무슨 일이오."

"억울한 사정이 있어 상소를 올리려 하오. 받아주시오."

그의 상소문은 형조에까지 올라갔다. 형조판서 김계락은 깜짝 놀랐다.

"아직까지 정약용이 유배 중이란 말인가?"

김 판서의 뇌리에 젊은 시절의 약용 모습이 떠올랐다. 김 판서보다 10년 연하인 약용이 임금의 사랑을 독차지하고 있을 때 그도 한몫 끼어 들어갔었다. 그러나 10년이 지난 지금, 그는 영화의 자리에 앉았고 약용은 머나먼 유배지에서 잊혀진 사람이 되어 있었다.

김 판서는 이 사실을 조정에 올려 순조의 어명을 받아내었다.

해배하여 고향으로 돌아가게 하라.

그러나 이렇게 풀려날 수 있게 된 것을 홍명주가 불가하다는 상소를 올리고, 이어 이기경이 급해 대계(臺啓)를 올려 방해하였다.

이기경은 불가사의한 인물이었다. 약용을 모략한 죄로 정조의 미움을 받아 경원으로 유배를 갔을 때는 약용이 그의 가족을 돌봐주었다. 그의 어머니 소상, 대상을 약용의 도움으로 가까스로 치렀을 뿐 아니라 자식들까지 뒤를 돌보아주었다.

이기경이 해배되지 않자, 약용은 이익운과 상의하여 그를 해배시킨 바 있었다. 그래서인지 그는 약용이 유배된 뒤에 약용의 말만 나오면 심각해졌다.

"내가 약용에게 몹쓸 짓을 하였네."

홍낙안이나 목만중을 붙들고 눈물을 흘렸다.

"이제와서 무슨 소용이 있나."

"아니네. 사람의 탈을 쓰고서 자신의 잘못을 몰라서야 어찌 인간이라 하겠는가. 내가 귀양 갔을 때는 약용이 우리 집을 돌봐주었는데 나는 그의 집에 한 번도 가보지 못하였네."

그런데 신세를 졌으면서도, 또 그것을 알면서도 그는 위급한 상황에 부닥치면 언제 그랬냐는 듯 마음을 닫아버렸다.

학연과 학유는 바라를 두드리면서까지 상소하였지만 결국 그 때문에 소원을 이룰 수 없었다. 실패한 학연은 여기저기 고관들의 집을 찾았지만 문전박대를 받았을 뿐이었다. 학연은 무거운 발을 이끌고 천만호의 집으로 돌아왔다.

"피곤하시지요."

학연이 방바닥에 풀썩 주저앉으며 한숨을 쉬었다.

"조석변이라더니 알 수 없는 것이 사람의 마음이네."

"너무 상심 마십시오. 반드시 기회가 올 것입니다요."

"아버님께서 마음을 여시고 한번만 고개를 숙여주시면 해배되실 수 있을 터인데……."

"그분이 그러실 분입니까요."

"고생하시는 것보다야 낫지 않겠는가."

"그것은 목숨을 끊으시라고 하는 것과 진배없습니다요."

"나도 모르는 바는 아니네만 너무 답답해서 그러네."

"언제쯤 내려가시렵니까."

"아직 예정이 없네."

"서방님께서 편찮으시다니 제가 탕약을 준비하겠습니다요."

학연이 바라를 두들겨 아버지의 해배를 호소한 지 4년이 지났다. 약용은 다시 잊혀진 사람이 되어 세상의 관심 밖에서 조용한 나날을 보내고 있었다.

유배 초기에는 악몽에 시달릴 만큼 두려웠고, 조금 지나자 혹시나 해배될까 하는 희망을 갖기도 했었다. 그러나 15년이 지난 지금은 아무런 생각 없이 병마에 시달리면서도 끊임없이 저술에만 전념하였다.

사의재 시절 이후 이때까지 약용은 큰아들 학연과 애제자 이학래의 도움을 받아 완성한 주역심전(周易心箋)을 비롯하여 제례고정(祭禮考定), 독역요지(讀易要旨), 역례비석(易例比釋), 춘추관점보주(春秋官占補注), 예전상복상(禮箋喪服商), 시경강의(詩經講義), 시경강의보(詩經講義補), 가례작의(嘉禮酌儀), 아방강역고(我邦疆域考), 예전상기별(禮箋喪期別), 민보의(民堡議), 춘추고징(春秋考徵), 논어고금주(論語古今注) 등을 저술하였다.

1814년(순조 14년) 4월에 대계가 처음으로 정지되었다. 장령(掌令) 조장한이 사헌부에 나아가 상소하여 특별히 정지시켰던 것이다. 대계가 정지되었다 함은 죄인 명부에서 삭제한다는 것을 의미한다. 의금부에서는 해배 명령을 발송하려고 준비하였다. 그런데 또다시 문제가 생겼다. 이기경이 강준흠에게 상소를 올리도록 사주하여 방해를 한 것이다.

그는 약용이 살아 돌아오면 다시 임금의 신임을 얻어 자신에게 복수하지 않을까 하는 피해망상에 사로잡혀 있었다.

아버지의 해배를 위하여 갖은 애를 쓰던 학연은 답답하였다. 천신만고 끝에 조장한을 시켜 계획했던 일이 실패로 돌아가자 학연은 강진으로 서찰을 띄워 아버지께 하소연을 하였다. 그러나 약용은 답장을 통해 학연을 준엄히 꾸짖을 뿐이었다.

보내준 서신 자세히 보았노라. 천하에는 두 가지 큰 기준이 있는데 옳고 그름의 기준이 그 하나요, 다른 하나는 이롭고 해로움에 관한 기준이다. 이 두 가지 큰 기준에서 네 단계는 큰 등급이 나온다. 옳음을 고수하고 이익을 얻는 것이 가장 높은 단계이고, 둘째는 옳음을 고수하고도 해를 입는 경우이다. 세 번째는 그름을 추종하고도 이익을 얻음이요, 마지막 가장 낮은 단계는 그름을 추종하고 해를 보는 경우이다. 너는 나더러 강준흠과 이기경에게 꼬리치며 동정을 받도록 애걸해 보라 하였는데 이것은 앞서 말한 세 번째 등급을 택하는 일이다. 그러나 마침내는 네 번째 등급으로 떨어지고 말 것이 명약관화한데 무엇 때문에 내가 그러한 짓을 하여야겠느냐.

조 장령의 대계는 내게는 불리한 것이었다. 이 일로 그들의 분노를 폭발시키는 것을 어찌 면할 수 있겠느냐? 그리고 이왕 일이 이렇게 되었으니 역시 고즈넉이 받아들일 뿐이지 애걸한다고 하여서 무슨 보탬이 되겠느냐. 강준흠이 작년에 나의 일에 대해 한 상소는 그에게 있어서는 이제 쏘아버린 화살인지라 지금부터는 죽는 날까지 입을 다물지 않고 나를 계속 비방할 것이다. 이제 내가 애걸한다고 해도 그가 나에 대한 공격을 늦추고서 자기의 잘못을 후회하는 태도를 취하려 하겠느냐. 이기경 역시 강준흠과 한통속인데, 그가 강준흠을 배반하고 나에게 너그럽게 대할 리가 없느니라. 그런데 그들에게 애걸한들 무슨 도움이 되겠느냐? 강준흠, 이기경이 다시 뜻을 모아 요직을 차지한다면 반드시 나를 죽이고 말 것이다. 죽이려 한다 해도 또한 어떻게 할 수 없으니 오직 고즈넉이 받아들일 수밖에 없다.

하물며 해배의 관문(關文)을 막는 하나의 잗다란 일을 가지고 절조를 잃어버려서야 되겠느냐. 비록 내가 절조를 지키는 사람은 아닐지라도 세 번째 등급도 될 수 없는 것을 알고 있으므로, 네 번째 등급으로 떨어지는 것만은 면하고저

할 따름이다. 만일 내가 애걸한다면 세 사람이 서로 모여서 넌지시 웃으면서 "저 작자는 참으로 간사한 사람이다. 지금은 애처로운 소리로 우리를 속이지만 다시 올라와서는 해치려는 마음으로 언젠가는 우리를 반드시 멸족시킬 것이니, 아아! 두려운지고." 하면서 겉으로는 풀어주어야 한다고 빈말로 나불거리면서 뒤로는 빗장을 걸어 버리고 위기에 처하면 돌멩이라도 던질 것이니, 바야흐로 나는 독수리에게 잡힌 새 꼴이 되어 네 번째 등급으로 떨어지게 되는 것이 아니고 무엇이겠느냐. 내가 꼭두각시가 아닌데 너는 나로 하여금 무엇 때문에 그들의 장단에 춤추게 하려 하느냐…….

내가 귀양이 풀려 돌아가느냐, 돌아가지 못하느냐는 참으로 큰일은 큰일이나, 죽고 사는 일에 비하면 극히 잔다란 일이다. 사람이란 때로는 물고기를 버리고 웅장(熊掌)을 취하는 경우도 있다만 귀양이 풀려 집에 돌아가느냐 돌아가지 못하느냐는 잔다란 일에 잽싸게 다른 사람에게 꼬리를 흔들며 애걸하고 산다면, 만약 나라에 외침이 있어 난리가 터졌을 때 임금을 배반하고 적군에 투항하지 않을 사람이 몇이나 되겠느냐?

내가 살아서 고향 땅을 밟는 것도 운명이고, 고향 땅을 밟지 못하는 것도 운명일 것이다. 그러나 비록 사람이 마땅히 하여야 할 일을 다 하지 않고 천명만을 기다리는 것 또한 이치에 합당하지 않지만, 너는 사람이 하여야 할 일을 이미 다

하였고, 이러고도 내가 끝내 돌아가지 못한다면 이것 또한 운명일 뿐이다. 강씨 집안의 그 사람이 어찌 나를 돌아가지 못하게 하겠느냐? 마음을 크게 먹고 걱정 말고 세월을 기다리는 것이 마땅할지니 다시는 이러쿵저러쿵하지 말거라.

정도(正道)가 아니면 걷지 않겠다는 약용의 꼿꼿한 기상을 엿볼 수 있는 서신이었다.

40

다선일체 茶禪一體

강을 받던 윤종두는 뜬구름처럼 잡히지 않는 개념을 세우기 위해 엉뚱한 질문을 하였다.

"사부님, 중(中)과 중용(中庸)은 어떻게 다르옵니까."

약용은 종두의 의중을 꿰뚫고 있었다. 학문의 정통을 알려고 파고드는 것이었다. 다시 말하면 글 가운데 깔려 있는 깊은 뜻, 행간의 이면을 알고자 하는 욕망에 불타 있었다.

"중은 가운데라는 뜻이다. 다시 말해서 알맞음을 의미하니라. 그러니 중과 용이 합하면 알맞음의 꾸준함이 되는 것이다. 알맞음만을 이야기하면 중덕(中德)일 뿐 꾸준함이 깃들어야 비로소 중용의 사상이 되는 것이다."

"중의 사상에 두 가지가 있다는 것은 무엇을 말하옵니까."

"중국에서 싹튼 중의 사상은 흔히 시중(時中)이니 정중(正中)이니 하는 말로 나뉘어지는데, 시중이라 하면 실천윤리학의 면에서 본 중용이요. 정중이라 하면 우주의 원리라는 면에서

본 중용인 것이다. 그러므로 전자는 중용서(中庸書)에서 찾아볼 수 있고 후자는 주역에서 읽을 수 있느니라."

"그러하오면 중용은 누가 지었사옵니까."

"논어가 공자의 서(書)이고, 맹자가 맹자의 서임에는 틀림없느니라. 그러나 공자의 손자인 자사(子思)가 중용을 저술하였다고 사기(史記)에 기록되어 있으나 이는 확실한 것은 아니고 여러 가지 설이 있느니라."

"공자와 맹자, 그리고 주자가 보는 중용은 어떻게 다르옵니까."

"공자는 중용의 덕은 꾸준하기가 어렵다고 설파하였느니라. 공자는 인(仁)이란 사람 구실을 할 줄 아는[知] 데 그치는 것이 아니라 사람 노릇을 하여야[行]만 비로소 인인(仁人)이 되는 것이라 하였으니, 공자의 학(學)은 어디까지나 지(知)에 있지 않고 행인(行人)에까지 이르러야 함을 뜻하느니라. 곧 지행(知行)을 겸하여야 한다는 것이니라. 다시 말하여서 언행일치를 하여야 한다는 말이니라. 그런 사람이라야 인인(仁人), 군자, 성인에까지 이르게 되는 것이지."

약용은 잠시 말을 끊었다가 계속하였다.

"맹자는 언(言)은 천명(天命)과 도(道)에 직결된다고 하였다. 공자의 지(知)는 지인(知人)하는 지이지만 맹자의 지는 지언(知言)하는 지이니라. 맹자는 중용의 이론을 성(誠)의 학(學)으로 변화시켰다. 성 자(誠字)가 좌언우성(左言右成)으로 되어 있는 것은 말을 이루는 것이 성, 즉 행하는 것이란 뜻이니라. 알고만 있으면 아무것도 이루지 못하니 행하여야 하는 것이니라. 지성(至誠)에 이르는 것이 곧 중화(中和)요, 중용인 것이다."

약용은 다시 숨을 가다듬고 강을 계속하였다.

"그러나 주자는 성이란 망념(忘念) 되지 않는 것이라고 하였으니, 이 망념이란 불가에서 말하는 무념무상과 통하는 것이며, 공자가 말하는 언행일치의 실천윤리학적인 유가 사상을 떠나버린 것으로 보면 되느니라."

"하오면 사부님께서 생각하시는 중용의 도는 어떤 것이옵니까."

"중용이란 간단히 말하면 무과불급(無過不及)이란 뜻이니라. 언행의 일치가 성이요, 변치 않는 꾸준함이 중용이니 성중(誠中)이 우리가 지켜야 할 도리이니라. 성중이란 자기의 말에 책임을 져야 하는 것이니 이는 천명(天明)의 소리이며 자기반조(自己返照)인 것이다. 중용서를 소주역(小周易)이라 하여 신비화시킨 글이나 주자 등이 써놓은 글을 벗어나려면, 중용을 성리학이 아닌 성중의 학으로 나누는 길밖에는 없느니라."

약용의 제자들은 각자 자기 실력에 맞추어 열심히 공부하였다. 다산초당은 완연히 학문하는 분위기에 싸여 있었다.

이 무렵에는 윤서유도 다산으로 자유로이 왕래하였다. 귀한 음식을 자주 보내오고 어떤 때는 민어회를 안주삼아 약주를 마시면서 약용과 함께 시를 읊었다.

"윤공, 올해도 저물어가는구려."

"오죽이나 가족이 보고 싶겠소."

"늘 버선을 만들어 보내는 딸의 얼굴이 눈에 선하오."

마현에 두고 온 딸을 보지 못한 지가 십여 년이 지났다. 이제는 제법 처녀다워졌을 터였다.

"정공, 내가 진작부터 얘기하려고 했었소만……."

윤서유는 망설였다.

"얘기해보시오."

"우리 사돈을 맺읍시다."

윤서유의 아들 창모와 약용의 딸 홍림을 혼인시키자는 뜻이었다.

"내가 죄인이 되어 이러고 있는데 혼인이라고 변변히 시키겠소."

"그게 무슨 상관이오. 우선 약조라도 합시다."

"너무 기우는 것 아니오……."

윤창모는 다산초당에 들어와서 공부한 지 4년이 넘은 유생이었다. 똑똑하고 영리하면서도 있는 티를 내지 않는 바른 청년이었다.

"귀양살이를 하고 있으니 그거야 당연한 것이 아니겠소."

"정히 그러하다면 승낙하리다."

이리하여 윤창모는 약용의 사위가 되었다. 혼인을 한 후 윤창모가 한양으로 이사를 하자 다산초당은 한동안 쓸쓸하였다. 늘 재치 있고 마음씨 고왔던 학우가 없어졌기 때문이었다.

혼례 날에도 약용은 초당을 벗어날 수 없었다. 초조한 마음으로 그저 마당을 서성이고 언덕을 오르내릴 뿐이었다. 북쪽 하늘을 보고 앉아 망연히 시간을 보내기도 하였다. 그 모습을 보다 못한 가실이 다가와 그의 곁에 앉았다. 어떤 방식으로든 그에게 위안이 되고자 하는 마음이었다. 약용은 마음이 무거웠다.

"못난 아비가 하나뿐인 고명딸 혼례에도 가보지 못하여 낯이 서질 않는구려. 행복해야 할 혼례에 아비를 원망하느라 눈물짓는 건 아닐지 걱정이 크오."

마음속으로 수도 없이 자신을 질책한 증거처럼 말이 튀어나갔다. 약용은 지난밤부터 온종일 힘이 없었다. 늘 곧던 자세도 어딘가 풀이 죽어 구부정해 보였다. 가실은 들고 있던 버선을 약용에게 건네어주었다. 엊그제 약용의 손에 도착한 새 버선이었다. 이번에도 홍림이 정성들여 만들어 보내준 것이었다. 약용은 버선을 받아들고 눈시울이 붉어졌다. 참을 수 없는 한이 금방이라도 쏟아질 것 같았다.

"마음 깊이 아버질 그리워할 것입니다. 원망이라니 당치 않으십니다. 이토록 다정한 아버지가 어디 계시다고."

그래도 약용의 마음은 쉬이 누그러지지 않았다. 아내 홍씨 곁에 휑하게 비어 있을 자리를 생각하니 가슴이 답답했다. 가실은 약용의 주의를 돌리려 애썼다. 효과적으로 약용의 생각을 돌릴 만한 것이 없을까 하다 문득 초당으로 날아든 두 마리 새를 발견했다. 유독 정다워 보이는 새들의 모습에 가실도 마음을 빼앗겨 한동안 바라보았다. 피어난 매화꽃과의 조화가 참으로 아름다웠다.

"새들이 참 정다워 보입니다."

이에 약용도 가실의 시선을 따라 새들을 바라보았다. 마치 그림처럼 앞마당으로 날아와 매화나무에 사뿐히 앉아 있었다. 그 모습을 홀린 듯 바라보던 약용은 퍼뜩 무언가 생각난 듯 서둘러 동암으로 들었다.

찬장을 뒤져 아내의 치마폭을 찾았다. 아들들에게 줄 하피첩을 만들고 남은 것을 고이 접어두었었다. 빛바랜 치마폭을 잘 재단해 자르곤 차분한 마음으로 먹을 갈았다. 홍림에게 결혼 선물로 그림을 그려주려는 것이었다. 족자로 만들어 보내주면 신혼 방에 걸어 놓고 아버지의 정을 잊지 않을 수 있을 터였다. 방금 마당에서 보았던 새들을 치마폭에 정교히 그려 넣었다. 곱고 소박한 매화 송이들도 잊지 않았다. 화폭의 한 가운데에 새 두 마리가 다정히 그려졌다. 어느덧 약용의 입가에 미소가 번졌다. 무엇이라도 해줄 수 있어 다행이었다. 그림이 완성된 아래에 시를 적어 내려갔다. 홍림과 창모의 결혼을 축하하는 마음을 담뿍 담은 아버지의 정이었다.

매조도(梅鳥圖)

가볍게 펄펄 새가 날아와
우리 뜨락 나뭇가지에 앉아 쉬네
매화꽃 향내 짙게 풍기자
꽃향기 사모하여 날아왔네
이제부터 여기에 머물러 지내며
가정 이루고 즐겁게 살거라
꽃도 이미 활짝 피었으니
그 열매도 주렁주렁 많으리

翩翩飛鳥　息我庭梅
有烈其芳　惠然其來
爰止爰棲　樂爾室家
華之旣榮　有蕡其實

　다산초당의 면학열은 한결같았고, 약용의 저술도 여전하였
다. 몸이 불편함에도 불구하고 초인적인 그의 노력은 방대한
업적을 남길 수 있었다. 제자들도 몸을 아끼지 않고 원고 정리
를 도왔다.
　다산초당에 새 손님이 들어왔다. 초의였다.
　"사부님, 오랫동안 격조하였습니다."

"그동안 어찌 지냈는가. 나는 아직 풍기가 있어 출입이 곤란하다네."

"빈승이 사부님의 회복을 도와드리겠습니다."

초의는 다기를 꺼내면서 빙그레 웃었다. 천진무구한 동안이었다. 찻잔도 그의 얼굴만큼이나 자연스러운 모양이었다.

"옛 기록을 보면 수문제(隋文帝)가 젊어서 뇌병을 앓았는데 백약이 무효하였다 합니다. 그런데 우연히 한 중이 차를 권하여 끓여 마신 후 나았다고 합니다. 사부님, 이것은 빈승이 가장 정성을 들여 만든 작설차이옵니다. 효험이 있으시기를 빕니다."

"자네 말만 들어도 몸이 가벼워지는 듯하이."

"아암 스님께서 돌아가실 때 빈승에게 부탁을 하셨습니다. 다산에 가서 사부님께 좋은 차를 달여 드리라고요."

초의가 새삼 스승 아암이 생각나는지 낮고 긴 숨을 내쉬며 눈을 감았다.

"성불하시기 직전에 빈승의 손을 꼭 잡으시면서 사부님이 말씀을 하셨습니다."

약용의 눈가에도 어느덧 이슬이 맺혔다.

초의는 마당으로 내려가 다로(茶爐)에 불을 지폈다. 윤종모가 옆에 와 말을 걸었다. 그는 고산 윤선도의 후손이자 공재 윤두서의 혈손으로 약용이 다산초당에 든 이후 줄곧 약용의 가르침을 받아왔던 터였다.

"스님, 다도란 무엇입니까."

"어려운 질문이네."

"한마디로 표현하면 무엇입니까."

"차를 끓여서 마시는 것이지."

"자세히 좀 가르쳐 주십시오."

"배울 생각이 있는가."

"예."

"간단하게 표현하자면 차를 딸 때 그 묘(妙)함을 다하고, 만들 때 정성을 다하며, 진실로 좋은 물을 얻어서, 중정(中正)으로 차를 달이며, 차의 체(體)가 되는 물과 물의 신(神)이 되는 차가 서로 조화를 이루어, 차의 신기(神氣)가 건실하고 더불어 물이 신령스러우면 이것이 다도에 다 통하는 것이라네."

초의는 진지하게 얘기하였다.

"그러면 중정은 무엇입니까."

"불은 보통 무화와 문화로 나뉘는데 센 불과 약한 불을 두고 한 말이네. 그 중간의 것을 중정이라고 하지."

이것이 초의의 다선일미사상(茶禪一味思想)이다. 초의는 조선의 다도를 중흥하였으며 노년에는 다선(茶仙)이라는 말을 들을 정도였다.

"그럼 다도란 차를 따고 만들 때부터 마실 때까지의 일관된 예법을 말함이군요."

"암, 그중 한 가지라도 소홀히 하면 도에 어긋나는 것이라네."

"전 또 숭늉 끓여 먹듯이 차만 끓여 마시면 되는 줄 알았습니다."

초의는 열심히 부채질을 하면서 스승에게 드릴 차를 끓였다. 그는 김이 나는 모양과 끓는 소리까지 그냥 지나치지 않았다. 찻잔도 미리 따뜻하게 데웠다.

"사부님, 차 드십시오."

책을 덮고 난 약용이 양손으로 찻잔을 받쳐 들었다.

"조물주가 한 아름다운 나무로 하여금 귤과 같은 성품을 지니게 하였고, 그 타고난 천성으로 따뜻한 고장에서만 자랍니다. 무성한 이파리는 설한풍(雪寒風) 겨우내 푸르고, 흰 꽃은 서리에 씻겨서 가을 경치를 빛나게 합니다. 이렇게 귤이 나는 귤동에서 맑은 향기를 은은히 풍기는 고귀한 차를 마시니 이것이 신선이고 도 아니겠습니까."

초의의 음성은 약용의 마음을 뒤흔들었다. 차를 마시는 것이 아니라 영약을 마시는 듯하였다.

초의는 주역과 논어에 열중하였다. 약용에게 강을 받고 나면 혼자서 열심히 글을 익혔다. 또 시간 맞춰서 약용에게 열심히 차를 끓여 올렸다. 그때마다 그는 잊지 않고 약용에게 편안한 얘깃거리들을 준비해서 들려주곤 하였다.

"하늘과 신선과 사람과 귀신이 모두 차를 아끼었다 하니 차의 됨됨이가 참으로 기이함을 알 수 있습니다. 식경(食經)에 이르기를 차를 오래도록 마시면 새 힘과 황홀한 뜻을 얻는다 하였사옵니다."

"자네가 끓여준 차를 마시니 힘이 절로 솟아나네그려."

"땅속의 귀신도 만금으로 사례하기를 아끼지 않았습니다. 옛날 진무(陳務)라는 사람의 아내가 일찍 과부가 되어 두 아들과 살고 있었습니다. 이 여자는 차를 즐겨 마셨는데 마실 때마다 집 뜰 앞에 있는 무덤이 안쓰러워서 무덤에다 차를 한 잔씩 올렸습니다. 두 아들은 어머니의 행동이 못마땅하여 간하였습니다. '어머니, 무덤에 무슨 영험이 있다고 그러십니까. 자꾸 이러시면 무덤을 파버리겠습니다.' 그러자 그들의 어머니가 극구 말렸습니다. '어찌 귀신인들 차를 싫어하겠느냐. 혼자 먹기가 죄송하여 드리는 것이니 관여치 말아라.'

그날 밤에 진무의 아내는 꿈을 꾸었습니다. 꿈속에 한 남자가 나타나서 '내가 여기 묻힌 지 3백 년이 되었는데 부인의 도움으로 화를 면하였습니다. 좋은 차를 주셨으니 비록 땅속에 묻힌 해골이라도 어찌 은공을 모르겠습니까.' 다음 날 아침에 부인이 뜰에 나가 보니 무덤 앞에 돈 10만 냥이 있었다고 합니다."

"흐음, 귀신도 차의 귀중함을 알고 은혜를 갚은 거로군."

"그러하옵니다."

"그 말을 들으니 차의 향기가 더한층 향기롭게 느껴지네그려."

"뉘라서 사제 간에 즐기는 진(眞), 색(色), 향(香)의 차 맛을 알겠사옵니까. 잡것이 한 번 스치고 나면 그 진성(眞性)을 잃고 마옵니다."

초의의 다도는 진지하고 시적(詩的)이었다. 다산초당의 분위기는 돌변하였다. 젊은 제자들이 공부하는 틈틈이 다도를 익히려고 노력하였다.

"차라는 것은 언제 생겼습니까."

제자들은 스승인 약용에게 묻지 못할 질문도 초의에게는 스스럼없이 할 수 있었다.

"여러 가지 설이 있네. 첫째는 중국 전국시대의 명의인 편작의 아버지까지 올라간다네. 그는 8만 4천 종의 약방문을 알고 있었다고 전해지는데 그중에서 6만 2천 종은 편작에게 전수하고 나머지 2천여 종은 차나무로 남겼다고 하네."

"그러니까 차나무는 비방(秘方)의 덩어리라는 말씀이시군요."

"그렇지."

"음…… 그러니 약이 되는구나."

"둘째는 불제자인 의원 기바[耆婆]가 여행에서 돌아와 보니 스무 살 된 딸이 죽어 있었다네. 기바가 속죄의 뜻으로 딸의 무덤에 좋은 약을 뿌렸더니 차나무가 돋아났다는 설이 있네."

"재미있습니다."

"셋째는 인도 향지국(香至國)의 왕자인 달마 스님이 선종(禪

宗)의 포교를 위하여 중국의 광동에 오셨을 때 밤을 세워 좌선을 하는데 방해가 되는 눈꺼풀을 떼어 마당에 던져버렸더니 차나무가 되었다는 설이네."

초의의 차에 대한 얘기는 끊일 줄 몰랐다.

오래간만에 잡담이 벌어졌다. 마당에는 모깃불을 피워놓았다. 아궁이에서 타다 남은 숯을 긁어다가 불을 붙이고 그 위에 한 자 이상으로 자란 쑥을 베어다가 걸쳐놓았다. 젖은 쑥은 지글거리면서 연기를 내었고 그 향기가 유난히도 진하게 코를 쏘았다. 바람에 따라 연기는 오락가락 꼬리의 방향을 바꾸었다.

늦도록 약용과 제자들의 글 읽는 소리가 들렸다. 약용은 저서에 몰두하였다. 가실이 밤이 늦었으니 그만 잠자리에 들라 권하기 전엔 시간도 가늠하지 못하고 글을 썼다. 제자들도 그런 그를 따라 밤도 잊은 채 학업에 몰두했다. 약용이 저서를 집필할 때면 너나없이 나서서 그의 집필을 도왔다.

경서와 사서(史書)를 부지런히 살피는 이가 두어 명, 입으로 부르는 것을 받아 적는 이가 서너 명, 항상 번갈아 가며 원고를 바꾸어 정서(正書)하는 이가 서너 명, 옆에서 도와 먹으로 줄 친 종이에 잘못 불러준 것을 고치고 종이를 눌러 편편하게 다듬고, 책을 장정하는 이가 또 서너 명 되었다. 이렇게 체계화된 집필 구조에 밤은 짧기만 하였다. 덕분에 약용도 혼자 힘으로는 버거웠을 방대한 저서 편찬을 무리 없이 해낼 수 있었다.

물론 그의 부지런함과 명민함이 뒷받침된 덕이었다.

가실은 늘 약용의 건강이 걱정이었다. 늘 소식을 하는 약용이 최대한 양질의 음식을 섭취할 수 있도록 항상 신경 썼다. 매일 장에 나가 물 좋은 생선이나 고기를 끊어왔다. 신선한 나물은 늘 근처 산에서 뜯어오고 밥 한 그릇에도 정성을 기했다. 가실이 나서기도 전에 고을 주민들이 좋은 찬거릴 챙겨 오기도 하였다. 모두 약용의 약방문 덕을 보았던 이들이었다. 물론 제자들도 좋은 먹을거리가 있으면 제일 먼저 가져왔다.

"사부님 첫물입니다."

윤종모는 참외를 가져왔다. 먹음직스러운 참외가 쟁반 위에 놓여 있었다.

"벌써 참외가 나왔느냐."

"예, 금년에는 비가 덜 와서 맛이 좋을 것입니다."

10여 명의 제자들이 약용을 둘러싸고 앉았다. 노란 껍질을 깎고 나니 흰 살이 더욱 구미를 돋우었다. 잘 익은 참외에서는 달콤한 향기가 풍겨 나왔다.

약용은 고향 생각이 절로 났다. 마현에서는 지금쯤 한참 참외가 익어가고 있을 터였다. 아이들과 부인 홍씨가 빙 둘러앉아 이야기꽃을 피우고 있을 모습이 눈에 선하였다.

참외를 먹다 말고 윤종삼이 대뜸 물었다. 그는 귤림처사 윤단의 손자였다.

"사부님, 꽃도 비슷하고 넝쿨도 비슷한데 오이와 참외는 왜 맛도 다르고 생김새도 다를까요."

"종자가 다르니 자연 다른 열매가 열리는 것이니라. 설핏 보기에 비슷한 소나무도 껍질이 빨간 것, 검은 것, 꾸불꾸불하게 비틀어지면서 기어오르는 것, 잣이 열리는 것, 솔잎이 두 개인 것, 다섯 개인 것 등 가지가지가 있지를 않느냐. 이것들은 모두 조금씩 종자가 다르기 때문에 형상 또한 다르게 나타나는 것이니라."

이강회가 옆에서 말을 거들었다. 그는 한양에서 과거공부에 열중하다 약용의 가르침을 받기 위하여 다산초당으로 와 경학(經學)과 예학(禮學)에 심취해 있었다.

"사부님, 그러니까 보리와 비슷한 밀이 있고, 쌀과 비슷한 찹쌀이 따로 있는 것도 이와 같은 이치란 말씀이십니까."

"그렇지. 허나, 농사꾼들은 그저 일하기에 바빠 십년이고 백년이고 같은 일을 반복하여도 아무런 변화나 깨달음을 얻지 못하느니라."

제자들은 약용의 설명에 조금씩 이끌려 들어갔다.

"이는 종자를 개량하여 살림을 윤택하게 하여야 함에도 그럴 만한 여유가 없음을 말하고자 함이니라. 같은 종자 중에서 크고 열매가 많이 열리는 놈을 골라서 다음 해에 그 종자를 재배하고, 그해에 가장 잘 열리고 큰 것을 다시 그다음 해에 심고 하는 식으로 종자를 개량하여야 한다는 말이니라."

모두들 고개를 끄덕였다.

"그러나 이렇듯 당장 이득이 없고 많은 시간을 요하는 일들을 입에 풀칠하기에도 바쁜 농민들이 해낼 수는 없느니라. 그러니 공부를 한 선비들이 나라의 뜻을 받들어 백 년 앞을 내다보고 하여야 할 일이 아니겠느냐. 이러한 노력들이 반드시 필요하다고 인정될 때에 이르러서야 나라가 부강해지고 농민이 잘살게 되느니라."

"언제나 그런 세상이 올까요."

"지금 현재로서는 불가능한 일이다. 선비들은 과거에 입격(入格)하기 위하여 공부하여야 하고, 조정에서는 탁상공론만 일삼고 있으니 어찌 쉬이 이루어지겠느냐."

"하오면 언제나 이런 이상을 실현시킬 수 있을까요."

"그것은 오직 너희 젊은이들의 어깨에 달려 있느니라. 남이 보았을 때 별로 중요하지 않다고 생각하는 일, 시간이 한없이 걸리는 일, 실생활과 연결되는 일들을 열심히 연구하는 젊은이들이 늘어나야 한다는 말이니라. 농책(農策)을 연구하고, 바다를 연구하고, 지도를 만들고, 기계를 만드는 사람들이 많이 생길수록 나라 살림이 불어날 수 있을 것이니라."

밤이 차츰 깊어갔다. 은은하게 피어오르는 연기 때문인지 모기들이 얼씬도 하지 않았다. 약용은 목이 말랐다.

"물을 좀 떠오너라."

"예."

윤종모가 뒤꼍으로 달려갔다. 초승달에 비친 큰 바위가 희미한 윤곽을 드러냈다. 약용은 그 바위에 정석(丁石)이라는 두 글자를 새겨놓았다. 힘찬 글씨체였다. 그 아래로 약수가 솟아나는 우물이 있었다. 종모는 방금 받아온 약수 그릇을 스승에게 내밀었다.

"음, 여기에 좋은 예가 있구나. 이 놋그릇은 어떻게 만들어졌는지 아느냐."

"……."

한참 후 윤종문이 대답하였다. 윤종문은 윤종영과 더불어 약용의 외조카였다.

"구리로 만든 것으로 알고 있습니다."

"구리를 본 적이 있느냐."

"예."

"어떻게 생겼더냐."

"빨간색이었습니다."

"맞다. 구리가 빨간색인데 어찌하여 놋쇠는 노란색이란 말이냐."

"……모르겠사옵니다."

"원래 구리는 빨갛고 연한 금속이다. 그래서 잘 구부러지고 단단하지 못하니라."

제자들은 처음 듣는 얘기에 흥미가 동하였다.

"누가 아연을 본 일이 있느냐."

"예."

"어떻게 생겼더냐."

"검고 무겁습니다."

"그렇다. 아연은 검고 구리는 빨갛다. 그런데 이 두 가지 금속을 녹여서 합하면 노란 빛깔을 내는 황동이 되며 녹도 슬지 않게 되는 것이니라."

약용은 제자들을 한번 훑어보고 나서 말을 이었다.

"이렇게 금속이란 녹여서 섞으면 성질이 다른 쇠붙이로 변하는데, 여기에 재미있는 일이 또 있느니라. 우리가 쓰는 놋쇠는 아연과 구리를 4 대 6으로 섞은 것이며 원래의 금속보다 대단히 단단한 성질로 변해버린다. 만일 이것을 3 대 7로 섞으면 붉은색이 더 나며 조금 연한 쇠붙이가 되어 주로 장신구 만드는 데 쓰이게 된다. 이렇게 합하는 비율에 의해서 물건이 달라지는 것이니라."

처음 듣는 이야기에 제자들은 어안이 벙벙해졌다.

"하나 내가 하려는 말은 지금부터이니라. 우리 조상들은 예부터 이런 놋쇠를 가지고 겨우 놋그릇, 놋대야, 놋요강 따위의 물건을 만드는 데만 급급하였느니라. 아니, 조금 재주를 부려서 촛대, 나팔 등을 만들기도 하였느니라."

달빛이 마당을 훤히 비추었다.

"그러나 서양 사람들은 달랐다는 것을 알아야 하느니라. 물론 그들도 우리나라 사람들처럼 그릇도 만들고 촛대도 만들어 쓰고 있지만, 거기에 조각을 하고 세공을 가하여서 매우 정교하게 활용하고 있느니라. 그뿐만이 아니니라. 그 똑같은 황동을 써서 자명종을 만들었다는 사실을 알아야 한다. 자명종을 뜯어보면 그 속에는 황동으로 만든 수많은 나사와 톱니바퀴가 있어서 서로 물고 얽혀 마치 살아 있는 것처럼 움직이고 있다. 재료는 같은데 어찌하여 서양에서는 자명종을 만들고 우리나라에서는 놋그릇 정도밖에 만들지 못한다는 말이냐."

약용은 손을 불끈 쥐었다.

"이는 바로 실학을 하려는 마음이 없기 때문이다. 백성을 위하는 학문, 실생활에 필요한 학문을 하지 않는 까닭이니라."

달은 구름에 숨었다 나왔다 하면서 젊은이들의 긴장된 얼굴을 비춰주었다. 약용이 강진에 유배 온 지 15여 년이 지난 이제까지 실학자란 말만 들었지 한 번도 이론적인 뒷받침을 들어본 적이 없는 제자들이었다. 무엇이 실학이며 어떻게 배워야 하는 것인지 알지 못하였던 그들이었다. 약용도 될 수 있는 한 말을 삼가던 입장이었다.

"그런데……."

대하가 흐르는 것 같은 그의 달변은 주위 사람들을 압도하고도 남음이 있었다.

"실학이란 어떠한 실체를 뒷받침해 주기 위한 순수한 이론 연구와 그 이론에 의하여 응용되거나 만들어진 응용학으로 나뉘어지느니라. 우주 삼라만상을 연구하고, 그 속에 숨어 있는 진리를 캐내어 우리 생활에 응용하여 편리하게 하여야 한다는 원칙에 입각한 학문이란 뜻이니라. 그래야 정도를 걷는 학문이랄 수 있으며 진정한 가치가 부여되는 것이니라."

약용은 물을 들이켰다.

"내가 젊었을 때 한강에 부교를 놓았으며, 수원성을 쌓을 때는 기중기를 만들어 조그마한 힘으로 무거운 물건을 번쩍번쩍 들어 올리게 하였느니라. 이는 실학 응용의 대표적인 예이니라. 그러나 그 외에 천문학, 기상학, 기하학, 수학, 농학, 수리학 등 헤아릴 수 없이 많은 지식들이 우리 앞에 놓여 있지 않느냐. 이러한 학문을 서양 사람들은 충실히 연구하여 백성들에게 알려주고 그들로 하여금 잘살게 하려고 노력하고 있음에도 정작 우리나라는 공자 왈 맹자 왈만 읊고 있으니 자명종을 만들어낼 수 없는 것 아니겠느냐."

실학의 범주는 너무나도 넓고 막연하였다. 그러면서도 꼭 필요하다고 느껴졌다.

"한 가지 예를 더 들면 서양에서는 철을 이용하여 대박이라 칭하는 엄청나게 큰 배를 만들어 세계를 돌아다니고 있다. 승선한 뱃사람만 수십 명이 넘고 수년씩 걸려서 서양에서 동양으로 항해를 하느니라. 그들은 정교한 나침반을 가지고 있으며, 망원경을 가지고 있고, 쇠로 만든 대포와 총을 가지고 세계를 정복하려 하는 것이다. 그런데 우리나라 사람들은 쇠붙이로 무엇을 하고 있느냐. 고작 솥을 만들고 호미나 삽을 만들어 농사나 짓고 있지 않느냐. 같은 재료를 가지고 한쪽에서는 배를 만들고, 한쪽에서는 호미밖에 만들지 못하니 당해낼 재주가 있겠느냐. 마지막으로 당부하건대 어서 빨리 실학을 공부하여 부강한 나라가 되도록 너희들이 힘을 써야 할 것이니라."

"잘 알겠사옵니다. 미력하나마 스승님의 뜻을 받들겠사옵니다."

제자들은 모두 눈을 빛내며 약용을 쳐다보았다. 실학이란 것이 그처럼 위대한 학문인 줄은 몰랐던 것이다. 그들은 실학이야말로 나라를 살리는 주춧돌이 된다는 것을 어렴풋이 느끼게 되었다.

아암은 불같은 사람이었으나, 초의는 물 같은 성격의 사람이었다. 언제나 조용하고 차분하였다. 더욱이 어떠한 경우이든 예의에 어긋나는 행동은 하지를 않았다.

약용도 초의의 영향을 많이 받았다. 그는 젊었지만 뛰어나게 박학한 데다 특히 차에 대해서는 일가견을 이루었다.

초의는 정성을 다하여 약용을 받들었다. 그의 차 심부름을 도맡아서 하였다.

"우리나라에 차가 들어온 것이 언제인가."

약용은 차에 대해 궁금한 점이 많았다.

"삼국사기에 의하면 흥덕왕 3년(828년)이라 하옵니다. 그해 12월, 당나라에 사신을 보내 조공하니 당나라 문종이 대면하고 잔치를 베풀었다 합니다. 이때 사신으로 갔던 대렴(大

廉)이 차씨를 가져오니 왕이 이를 지리산에 심게 하였다 합니다. 빈승의 소견으로는 이 종자가 남쪽으로 흘러 다산에까지 퍼진 듯하옵니다."

초의는 차를 따르면서 약용의 안색을 들여다보았다. 차 덕분인지 스승의 얼굴빛은 많이 좋아진 듯하였다.

"차라는 글자에 대하여도 재미있는 이야기가 있습니다. 지금의 차 자(茶字)를 옛날에는 도(荼)라고 하였습니다. 당나라에 이르러 육우가 다경을 지으면서 한 획을 줄여 비로소 오늘날의 차 자가 되었다 합니다."

"그런 사실도 있었구먼."

초의는 공손히 다기를 치웠다.

추사 김정희는 영암과 강진 사이에 있는 누릿재를 지나고 있었다. 괴나리봇짐을 짊어진 그는 누가 봐도 일개 서생으로 볼 수밖에 없는 차림이었다. 생부가 이조판서요, 누대에 걸친 명문가의 야심에 찬 청년이란 걸 알아볼 수는 없었다. 대낮에도 호랑이가 나온다는 누릿재였으나 혈기방장한 김정희는 당당하였다.

오른편에 있는 월출산의 기암절경이 그의 시선을 끌었다. 깎아지른 듯한 병풍바위들, 바위에 붙어 기묘하게 줄기를 뻗고 서 있는 소나무들, 그 밑으로 선경(仙境)처럼 굽이쳐 흐르는 계곡물.

"금강산을 쏙 빼닮았군."

추사는 걸음을 멈추고 장탄식을 하였다.

'마음 맞는 벗과 동행을 하였더라면 얼마나 좋았을까.'

김정희는 온 마음을 빼앗긴 월출산을 바라보며 시를 짓고 읊으면, 며칠이라도 지루하지 않을 것만 같았다.

사람의 눈은 이처럼 각기 다르게 마련이었다. 15여 년 전, 누 릿재를 넘으면서 약용은 도봉산을 연상하며 고향 생각에 눈물 을 지었다. 그런데 추사는 금강산을 떠올리며 시정을 느꼈다.

추사는 즐겁기만 하였다. 내일이면 꿈에 그리던 벗을 만날 수 있는 것이다. 그는 역사에 지대한 관심을 가지고 있었다. 그러나 그 방법에 있어서는 기존의 것과 다른 특이함이 있었 다. 삼국사기, 삼국유사 등의 기록이나 구전되어온 사실에만 얽매이는 것이 아니라 눈으로 확인한 후 그 증거를 가지고 역 사를 논하고자 하였다.

바위에 새겨진 글씨, 또는 오랜 세월을 비바람에 씻기고 풍 화되어 형태가 희미해진 비문을 판독하여 사실을 알아내려는 학문, 돌부처나 금동상 부처의 대좌와 동체에 새겨진 무늬를 통하여 그 연대적 특징을 알아내고 국적을 가려내는 학문, 땅 속에서 발굴된 기와나 토기 등을 연구하여 조상의 문화를 밝 혀내는 학문, 이것이 바로 금석학(金石學)이었다.

그는 24세 때 동지사로 청국에 가는 아버지 김노경을 따라 연경에 들른 적이 있었다. 당시 추사는 북학파의 거성 초정 박

제가에게 사사하여 실학자로서의 자리를 굳히고 있을 때였다.

연경에 도착한 추사는 청나라에서 제일가는 학자인 옹방강의 문하생이 되어 금석학을 익히고 돌아왔다. 이때 옹방강은 특히 경학, 서지학, 금석학에 뛰어난 78세 노인이었다. 그는 본래 성미가 까다로워 자기 집에 함부로 사람을 들이지 않는 것으로 유명하였으나 웬일인지 낯선 조선 청년에게는 마음을 열어주었다. 추사는 옹방강의 각별한 사랑과 함께 천재성을 인정받아 돌아올 때는 많은 서적들을 선물로 받았다. 이로써 추사는 우리나라 금석학의 효시가 되었다.

그는 전국을 누비면서 이름 있는 비석을 탁본하는 등 자료 수집에 몰두하였다. 그리하여 마침내 함흥 황초령에 있는 신라 진흥왕의 순수비를 해석해내고, 평양성 벽면에 새겨진 소형(小兄)이라는 글씨를 고증하여 이것이 고구려의 관명임을 밝혀내었다.

금년 봄에도 그는 큰 성과를 얻은 바 있었다.

북한산 비봉(碑峰)에 허름한 비석이 하나 서 있었다. 구전에 의하면 이 비석은 조선 태조 때에 건립된 것이라 하였다. 무학대사가 한양의 경계비로 세워놓았다는 것이었다. 그러나 금석학을 연구한 추사는 쉽게 납득이 되지 않았다.

'만일 그 말이 사실이라면 몇 백 년밖에 되지 않은 근세의 일일진대, 어찌 그러한 기록이 없단 말인가.'

그는 의심을 갖고 고증에 나섰다. 추사는 탁본을 하고 면밀히 연구하여 결국 그것이 진흥왕 순수비 중의 하나이며 덧붙여 '진흥'이란 이름이 왕 재세시(在世時)에 사용된 호칭임을 밝혀내었다. 버려진 비석에서 그 의미를 밝혀냄으로써 역사 연구에 큰 획을 그은 것이었다.

대둔사 입구의 수림은 몇백 년 묵은 소나무로 장관을 이루고 있었다. 기기묘묘하게 구부러지고 엉킨 나무들은 자연의 신비로움을 그대로 간직하고 있었다. 일주문 가까이에 있는 고승들의 부도는 절의 오랜 역사와 전통을 자랑하듯 당당하기만 하였다.

추사는 물어물어 두륜산 중턱에 있는 일지암으로 발걸음을 옮겼다. 인적이 드문 한가로운 암자였다. 법당 바로 밑에 연못을 파 주춧돌이 물속에 솟아 기둥을 받치고 있었다.

"스님 계십니까."

몇 번을 소리쳤으나 인기척조차 들리지 않았다. 추사는 웬일인가 싶어 문을 열어젖혔다. 선방에는 스님 한 분이 찻잔을 양손에 받쳐 든 채 미동도 않고 앉아 있었다. 스님은 천상(天上)의 인간인 듯 선정(禪定)에 들어 있었다.

추사는 한참을 기다렸다. 이윽고 참선을 끝낸 스님이 눈을 떴다.

"누구시지요."

초의와 추사는 서신 왕래만 있었을 뿐 서로 상면한 적은 없었던 것이다.

"초의 선사가 아니신지요."

"그렇습니다만……."

"저는 추사입니다."

"아이고, 저런."

초의는 후다닥 일어나 추사를 선방 안으로 들였다. 마치 천진무구한 어린아이 같은 행동이었다.

"오늘 아침에 까치가 울더니 기어이 귀인이 오셨구려."

초의는 체면이고 뭐고 벗어던지고는 희희낙락하였다. 두 사람은 서른 살 동갑이었다. 두 위대한 인물의 첫 대면은 이렇게 일지암에서 이루어졌다. 1816년이었다. 한 사람은 득도하여 다선이라 칭송받을 만한 고승이었으며, 한 사람은 서예와 금석학의 권위자이자 실학의 대가로 청나라에까지 해동문호(海東文豪)로 소문이 자자하던 대학자였다.

두 사람은 밤을 새워 담소하였다. 서로 각기 다른 환경에서 자라고 각기 다른 전문 지식을 가진 두 사람이었지만 그들의 우정은 학문을 초월하였다.

초의는 불경과 불법 외에도 사서삼경 등의 유학을 약용에게서 배우고 있었다. 추사 또한 불교에 조예가 깊었다. 그는 16세 때 생모를 여의고, 그때부터 고향 예산에 있는 화엄사에서 어머니를 위해 불도에 정진했다. 연경에서 돌아온 그는 마곡사에 4백여 권의 불경과 불상을 기증한 일도 있었다. 그것들은 모두 불교에 심취해 있던 그가 청나라에서 구해온 것이었다. 삭발만 안 했다 뿐이지 선문답이나 불경에 통달한 사람이었다.

두 사람은 금세 의기투합하였다. 하나를 말하면 둘을 느낄 만큼 마음이 통달함을 알 수 있었다. 많은 이야기가 오고간 끝에 초의가 제안을 하였다.

"추사께서는 나라 안팎의 여러 석학들을 만나보셨겠지요."

"그럼요."

"그러면 혹시 정약용 선생을 아시오."

"알다마다요. 만나 뵙지는 못했습니다만, 그 명성을 어찌 모르겠습니까."

"하오면 선생님을 만나 뵙지 않으시렵니까."

의외라는 듯 추사가 귀를 세웠다.

"신유사옥으로 귀양 가셨단 말을 들었습니다만……."

"가까운 곳에 유배 와 계십니다. 강진 귤동이란 곳이지요. 여기서 한나절이면 갈 수 있습니다."

추사는 기쁨을 감추지 못하였다.

"그래요? 하오면 당장이라도 찾아뵈옵시다. 헌데 그분과는 어떤 관계이십니까."

"소승은 그분께 오래전부터 사사를 받아왔습니다. 스승으로 뫼시고 있지요."

"잘됐군요. 지금 당장 떠나십시다."

추사는 기쁘기 한량없었다.

"허허, 서두르시긴. 명일 떠나서도 늦지 않습니다."

초의 또한 만면에 웃음을 담았다.

초의와 추사는 각각 바랑과 괴나리봇짐을 메고 귤동을 향하여 길을 재촉했다. 해남에서 강진으로 넘어가는 길목에는 석문산이 웅자(雄姿)를 뽐내고 있었다. 하늘을 찌를 듯이 양옆에 서 있는 기암괴석 사이에 마치 동굴처럼 길이 나 있어 사람들은 산을 넘지 않고도 쉬이 왕래할 수가 있었다. 그래서 사람들은 이곳을 일러 석문이라 불렀다. 글자 그대로 돌로 만든 문이 몇 마장이나 계속 펼쳐져 있었다.

두 사람은 석문 입구에 있는 주막에서 잠시 쉬어가기로 하였다. 추사는 주위 경관에 압도된 듯 연신 눈을 빛내며 경치를 감상하기에 바빴다.

"추사, 이런 경관을 본 적이 있소? 아마 삼남에서는 으뜸일 거요."

"정말 그렇군요."

"조물주께서 조선의 최북단에 백두산을 우뚝 세우시고 백두대간을 남쪽으로 달려 놓았지요. 이것이 이어져 태백산맥을 이루어 금강산, 설악산, 오대산 들을 품고 다시 남쪽으로 뻗어내려 소백산맥을 이루어 소백산, 지리산, 무등산 등의 영봉으로 솟아났습니다. 이 산맥은 죽은 듯하지만, 다시 맥을 이어 월출산, 만덕산, 그리고 이 석문산을 떨어뜨려 놓았습니다. 그러니 명산일 밖에요. 또한, 예서 그치지 않고 다시 남쪽으로 흘러 두륜산, 바다 건너 한라산까지 조선의 혼과 기가 흐르는 것입니다."

초의는 추사의 눈을 들여다보았다. 추사는 초의의 일장설에 넋을 빼앗긴 듯하였다.

"하하하, 각설하고, 컬컬하실 터인데 약주나 한잔 드시지요."

추사가 마치 기다렸다는 듯 말을 받았다.

"그거 좋지요. 한데 조건이 하나 있습니다."

"뭡니까."

"초의께서도 같이하신다면!"

초의가 가가대소하였다.

"허허, 친구따라 강남 간다더니 추사 덕분에 파계하게 생겼습니다."

"곡차로 생각하시고……."

"하긴 소승의 스승 아암이란 분은 대둔사의 대선사를 지내실 만큼 학문이 깊으셨는데 종일 술에 취해 지내셨지요. 결국 술병으로 돌아가셨소만. 그건 그렇고, 자 한잔 하십시다."

두 사람은 대접에 약주를 가득 따라 단숨에 들이켰다.

잔을 비운 초의가 말을 이었다.

"추사, 나이도 같고 주기도 오르고 인연도 무르익었으니, 우리 서로 말을 트고 지냅시다 그려."

이 말에 추사가 껄껄 웃으며 화답하였다.

"허허, 바로 내 맘일세그려. 그런 뜻에서 자, 한잔 더하세."

몇 잔 연거푸 들이켠 추사가 눈을 빛내며 말했다.

"이보게 초의, 석문을 평해볼 터이니 들어보려나."

"어디 들어보세."

나는 세 가지 시각으로 이 산을 보고 있네. 하나는 시정(詩情)으로, 하나는 화격(畫格)으로, 또 하나는 금석학으로 말일세."

초의가 호기심이 동하였는지 추사에게 바투 다가앉았다.

"금강산이 여자라면 석문산은 남자일세. 시정으로 말한다면 강한 기가 살아 있는 시가 제격일세."

"과연 그렇군."

"다음, 화격으로 본다면 호랑이가 있어야 어울리겠네. 힘이 넘치니 말일세."

"옳거니!"

"다음은 돌 자체를 뜯어보았네. 돌에는 현무암, 화성암, 석회암, 오석(烏石), 대리석 등 여러 가지가 있지만 뭐니뭐니해도 돌 중의 왕자는 화강암이 아닌가. 이 산은 화강암으로 되어 있네. 화강암은 암질이 튼튼하여 비석을 만들어 세우면 풍우에 시달려도 몇천 년은 끄떡없다네."

"그래서 비석을 화강암으로 만드는 게로군."

"그런데 화강암에도 두 종류가 있다네. 이 석문산의 돌을 보게. 웅장하지만 바위 사이사이에 금 안 간 곳이 없고 갈라지지 않은 곳이 없네. 그러니 자연 경치가 빼어나 시정을 돋울 수가 있는 것일세."

"또 다른 화강암은?"

"자네 북한산의 화강암을 보았겠지. 그 바위는 풍화되어 표면만 마모되었을 뿐 금간 곳이 별로 없어 전체의 모양이 한 덩어리로 보인다네. 그 외에 낙산이나 수락산 등 한양 근교의 돌들은 덩치 크고 웅장하지만 시정이 없는 모양들을 하고 있네."

"듣고 보니 틀린 말이 아닐세그려."

"내가 하고 싶은 말은 이제부터일세."

두 사람은 술 한 잔씩을 거푸 돌렸다.

"자네의 금석학 강의가 본격적으로 시작되겠군."

"잘 알다시피 동양의 문화는 목조(木造) 문화일세. 나무로 섬세하고 아름답기 그지없는 예술품을 수도 없이 만들지 않았는가."

"……."

"하지만 옛날에는 달랐네. 신라 때는 석굴암이며 분황사 등 석조 문화의 황금기였고, 고구려는 요동성, 평양성 등을 백제는 사비성 등을 만들지 않았는가. 특히 백제는 석조 기술을 일본에까지 전파했지. 이 석조 문화를 발전시켰더라면 우리 문화유산은 더욱더 많았을 것이고, 기술 또한 지금보다는 한층 더 발달하였을 것이네."

"정말 그렇겠군."

"한데 지금의 우리 사정을 보게. 애써 건축해 놓은 건물들이 몇백 년을 지탱하기가 어렵지 않은가. 화엄사, 대둔사, 범어사 등 화재가 없었던 명승고찰이 있는가? 선조들의 피땀이 하루아침에 잿더미로 화해 버리니 안타까운 일이 아닌가. 그런데 서양에서는 다르다네. 그들은 한결같이 석조 문화를 발전시켰다네. 사원도, 성곽도, 하다못해 주거지까지도 돌로 만들었지. 얼마나 부러운 일인가. 내가 이번 북한산 비봉에 있는 비석이 진흥왕 순수비임을 밝혀내었네. 비바람에 씻겨 알아볼 수 없을 만큼 마모되었지만 탁본을 떠서 고증을 끝내고 내려오는 길일세. 조그마한 돌덩이 하나가 역사의 진실을 증명한 예지. 금석학의 중요성을 알겠는가."

"물론일세."

"우리도 나무보다는 돌이나 금속 쪽으로 눈을 돌려야 하네. 하다못해 도장 하나까지라도 말일세."

석문을 지나 고개를 넘은 그들은 만덕리로 들어섰다. 왼쪽으로는 만두처럼 다듬어 만든 듯한 만덕산이 고운 모습을 드러내었고 울창한 수림이 엄숙하리만치 웅장하였다. 바른쪽으로는 너른 구강포가 펼쳐져 있고 멀리 대섬이 아른거렸다. 바다 위에는 고기잡이배들의 한가한 모습이 아지랑이 사이로 떠 있었다.

"초의, 볼수록 아름다운 곳이네. 화필을 잡고 싶네그려."

"세월이 모래알보다 많은데 자네 마음대로 하게나."

말은 그리하면서도 두 사람은 걸음을 빨리 하였다. 멀찌감치 귤동이 보였고 그 뒤쪽으로 다산이 한눈에 들어왔다.

"저기 다산이 보이는군."

"선생님은 어디에 계시는가."

"저기 다산의 초당에서 제자들과 함께 기거하고 계시다네."

"유배 온 지 얼마나 되셨는가."

"가만있자……. 올해로 16년째가 되나 보네. 사부님의 연세가 쉰다섯이니 말일세."

41
회자정리

　추사는 가슴이 뛰었다. 기호지방은 물론이려니와 온 나라에 이름이 자자한 대사상가요, 대석학인 약용과 초대면을 하게 되었기 때문이었다. 그의 가슴은 터질 듯이 부풀었다. 학문의 깊이가 얼마나 깊고, 사상의 폭이 얼마나 너른지 풍문만으로는 상상할 수가 없는 인물이었다.

　여러 상상을 하면서 추사는 초의를 따라 다산초당으로 올라갔다. 초당 입구에는 미나리꽝이 있었고 비탈진 산록을 개간하여 만든 텃밭에는 푸성귀가 파릇파릇 자라고 있었다.

　초당 안에는 동쪽과 서쪽에 초가집이 한 채씩 있었는데 각각 동옥, 서옥이라 불렸다. 서옥에서는 학동들의 글 읽는 소리가 낭랑하게 들려왔다. 서옥과는 대조적으로 동옥은 고요하였다. 연못이며 초당들이 자연과 조화를 이루기에 부족함이 없었다. 주인의 사람됨이 초당의 모든 정취에 그대로 녹아 있는 듯하였다.

"사부님 계십니까."

"누군가."

"소승, 초의이옵니다."

"들어오게나."

약용의 근엄한 목소리가 새어나왔다. 약용은 방구석에 놓인 책상 앞에 앉아 집필에 여념이 없었다. 초의는 그런 약용을 보면서 정중히 큰절을 올렸다. 그동안에도 약용은 초의에게 눈길 한번 주지 않고 열심히 붓을 놀렸다. 얼마나 지났을까. 뒤에서 있던 추사가 답답했던지 몸을 뒤틀었다.

이윽고 조용히 붓을 놓은 약용이 돋보기를 책상 위에 벗어 놓고 돌아앉았다.

"오랜만이네."

약용이 다정한 눈빛으로 초의에게 인사를 건넸다. 어딘가 모르게 아암의 체취를 풍기는 초의를 대할 때마다 약용은 묘한 착각에 빠져들곤 하였다. 마치 이미 죽은 아암을 대하고 있는 듯한 느낌이 드는 까닭이었다.

"예, 사부님. 평안하셨습니까."

"그동안 큰 절을 이끌어가느라 고생이 많았겠군."

아암이 입적한 이후, 초의가 대둔사의 대소사를 관장해왔기에 그 노고를 치하하는 말이었다.

"예. 하오나 지금은 일지암에 거처하면서 선과 다례에 전념하고 있사옵니다."

"부럽구먼. 어떤 세계에서든 삼매경을 이루고 사는 것이야 말로 보람을 느낄 수 있는 일이 아니겠는가."

거듭되는 찬사에 오히려 머쓱해진 초의가 바랑에서 무언가를 꺼내어 약용에게 올렸다.

"승설차(勝雪茶)이옵니다. 사부님 드리려고 각별히 정성들여 준비하였사옵니다."

약용이 보일 듯 말 듯 입가에 웃음을 담았다. 약용에 대한 마음씀씀이 그 스승에 그 제자였다. 어찌 보면 천양지차라 할 수 있는 아암과 초의 두 사람의 성정이 약용에게는 하나인 듯 생각되었다. 그것은 아마도 아무런 흠이 없는 듯한 천진무구함이 두 사람에게서 똑같이 엿보인 탓일 터였다. 아암과의 아련한 추억에서 벗어나려는 듯 약용의 시선이 초의 뒤에 서 있는 추사에게로 쏠렸다.

"누군고?"

초의는 그제야 추사의 존재를 깨달은 듯 머리를 긁적였다.

"한양에서 온 소승의 벗이옵니다. 사부님을 꼭 만나 뵙고 싶어 하기에 일부러 함께 들렀습니다."

추사를 바라보는 약용의 얼굴이 미소로 가득 찼다. 멀리서 온 그에게 호감이 들었다. 쭈뼛쭈뼛하며 서 있는 추사에게 초의가 눈짓을 하였다.

"어서 인사 올리게."

초의의 말에 추사가 목례를 한 뒤 정중히 큰절을 올렸다. 약용도 반쯤 일어나 그의 절을 받았다.

"김정희라고 하옵니다."

순간 약용이 두 눈을 동그랗게 떴다.

"김정희라고?"

"예, 그러하옵니다."

"아니, 초정 선생의 수제자인 추사 말인가."

"부끄럽습니다. 이렇게 늦게야 인사를 여쭙게 되었습니다."

추사의 말에 약용이 장탄식을 하였다.

"내가 이런 벽지에 와 있으니 경향의 재사들을 상면할 기회가 있나. 내 이미 오래전에 초정 선생의 부음을 들었네만⋯⋯."

"예. 연암 선생께서 돌아가신 해 겨울에 운명하셨습니다. 연암 선생의 죽음을 애통해하시다 그만⋯⋯. 을축년의 일이옵니다."

약용이 눈을 감았다. 이제 살 만큼 살았는가. 앞서간 사람들의 모습이 한없이 그립기만 하였다.

"스승님을 잘 알고 계시온지요."

"알다마다. 초정 선생은 나보다 12년 연상이셨지. 당파를 초월하여 학문을 논하고 싶어 하시던 선생의 모습이 눈에 선하네. 한번은 이런 일이 있었다네. 경신년, 그러니까 선왕께서 승하하시던 해 봄의 일이었네. 내가 종두설(種痘說)이라는 책을 입수하여 기뻐하고 있을 때 초정 선생께서 우연히 우리 집에 들러 그 책을 보시고 좋아하셨다네. 바로 그때 종두술을 연구하느라 함께 땀을 흘렸다네. 학문에 대한 그분의 열정은 대단하셨네. 기어이 종두법을 발명해내고야 말겠다고 열중하셨던 기억이 새롭네."

"소생 또한 그분의 은혜를 많이 입었사옵니다."

"그랬겠지."

약용은 먼 산을 바라보듯 추사에게서 시선을 거두며 말하였다.

"재주가 명석하다고 들었네."

추사의 나이 초의와 동갑이니 약용과는 스물네 살 차이였다. 아직 젊은 나이임에도 금석학, 사학, 문자학, 음운학, 지리학 등에 통달했다는 풍문을 약용도 들어 익히 알고 있던 터였다.

"앞으로 더욱 정진하여 실학을 이끌어나가도록 하게."

"명심하겠습니다."

그들은 금세 의기투합하여 조정의 무능력한 작태며, 그즈음 한창 일고 있는 크고 작은 농민들의 봉기에 근심과 걱정을 더하였다. 그들의 힘으로는 어찌해볼 도리도 없이 민란은 엄청난 피의 향연을 동반한 채 회복 불능의 상태로 치닫고 있었다. 한참 후에 약용이 마당으로 나섰다. 그러고는 마당 한가운데에 있는 다조(茶竈)에 솔방울을 모아 불을 지피기 시작하였다.

뒤따라 나온 초의가 황급히 나섰다.

"사부님, 제가 하겠습니다. 그냥 앉아 계십시오. 빈승이 끓여 올리겠습니다."

"아닐세. 귀한 손도 오고하였으니 내가 직접 끓이겠네. 다례를 배운 지 10여 년이 되었으니 내 솜씨나 감상하고 비평해 주기 바라네."

옆에서 두 사람의 대화를 듣고 있던 추사는 거리낌 없는 사제지간의 우의가 부러운지 빙긋이 웃었다.

약용은 철주전자를 가지고 뒤뜰에 있는 옥정(玉井)에서 석간수를 길러다가 다조에 올려놓았다. 솔방울이 바삭 소리를 내면서 타들어가고 있었다.

"초의."

"예."

"중화인지 잘 봐주게. 화기가 지나치면 맛이 덜하더군."

약용이 하는 양을 물끄러미 바라보던 초의가 이 말에 두 손을 내저었다.

"사부님께서는 달인의 경지에 오르신 지 이미 오래이시옵니다. 빈승은 그저 심부름이나 하겠습니다."

약용은 초의가 가져온 승설차를 그들에게 대접하였다. 조용히 차를 따르는 약용의 몸가짐에는 흐트러짐이 없었으나 나이 탓인지 손이 가늘게 떨리고 있었다. 그의 머리는 이미 백발이었고 얼굴에는 주름살이 깊이 패어 있었다. 약용의 모습에서 무심한 세월을 절감할 수 있었다.

이윽고 차 맛을 음미하던 약용이 입을 열었다.

"초의."

"예."

"향이 어느 것보다 뛰어나는구먼. 무슨 비결이라도 있는가."

"차를 만들 때는 정성이 제일이지요. 이 승설차는 아홉 번을 볶은 것이옵니다."

"그런 비결이 있었군. 헌데 왜 이제야 가르쳐주는 겐가."

약용이 짐짓 서운한 척 초의를 나무랐다.

"요 근래에 고안해낸 방법입니다. 진작 전해드리지 못하여 죄송합니다."

사제간의 정담을 듣고 있던 추사는 초의가 정색을 하고 대답하자 웃음을 터뜨렸다. 세 사람은 밤이 이슥하도록 사서삼경에서부터 서양의 천문지리학에 이르기까지 온갖 학문에 대해 의견을 교환하였다.

약용으로서는 유배 온 이래 유학이나 시문 등을 논할 수 있는 상대는 더러 있었으나, 동서양의 학문에 통달하고 의견을 공유할 수 있는 인물은 추사가 처음이었다. 더욱이 추사는 어려서부터 실학에 뜻을 두고 박제가의 문하에서 학문을 닦았으며 연경에 가 신학문인 금석학을 연구하고 돌아온 독보적인 존재였다. 다방면에 걸쳐 일가견을 이룬 약용조차도 추사의 지식을 습득하고자 할 정도였다.

"추사, 요즈음의 서학은 어떤 것이 주류를 이루고 있는가."

여러 가지 의논이 오가던 중에도 번번이 추사의 의견에 동감을 표하던 약용이 물어오자 추사는 송구스러운 듯 몸 둘 바를 몰라 하였다.

"소생이 감히 깊은 학문을 어찌 알겠사옵니까."

추사의 표정을 읽은 약용이 진지하게 말을 이었다.

"아니네. 귀양 와 있는 처지라 학문의 흐름을 모르기에 묻는 말일세."

"하오면 말씀드리지요. 소생은 지리학과 천문항해학에 관심이 있었는데, 연경에 있을 때 접해볼 기회가 있었습니다."

"어서 얘기해 보게나."

"우리나라에서는 예부터 나라 구석구석의 지리도를 그리면 역적으로 몰려 삼족이 멸살 당한 예가 많지 않았습니까. 그 때문에 지금까지 남아 있는 것이라고는 선생님의 외조부이신 윤 공재 공이 그리신 조선지도뿐인 것으로 알고 있습니다.

한데 서양에서는 나라에서 직접 정확한 거리를 측량하여 지도를 만든다 합니다. 그리하여 온 백성이 지도만 가지면 나라 안 어디든 찾아갈 수 있다 합니다. 하온데 이제 이 지리학의 개념은 땅에만 그치지 않고 바다에까지 뻗어서 수심의 깊이까지 기록하기에 이르렀습니다. 따라서 지도만 있으면 별의 위치를 측정해서 배가 떠 있는 위치를 알 수 있게 되었습니다. 세계의 어느 곳을 항해하고 다녀도 두려울 것이 없게 된 것입니다. 얼마나 편리합니까. 이처럼 발달된 항해술이 있으니 나라가 부강한 것은 당연한 이치가 아니겠습니까."

"그렇겠군."

"포도아는 조그마한 나라라고 들었습니다. 지도를 보니 우리 조선보다 작더군요. 그런데 그 나라는 화선(火船)을 타고 다니면서 세계 곳곳의 금은보화와 식량, 향료 등을 가져와 나라가 부유해졌고 온 백성이 배불리 먹고도 남는다고 합니다. 어찌 부럽지 않겠습니까. 또한, 발달된 무기를 가지고 크고 작은 나라를 정복하여 속국을 만든다고 합니다. 실제로 영길리란 나라는 세계 곳곳에 속국이 있어 해가 지지 않는 나라라고 불린답니다. 해가 떠 있는 곳 어디에나 자기 나라 땅이 있다는 말이지요. 영길리는 우리나라만큼 작지만 세계에 널려 있는 속국을 합치면 우리 조선의 몇 백 배가 된다고 들었습니다. 본국에서 쓰이는 모든 것을 속국에서 가져오니 나라가 부유해지지 않을 수 있겠습니까."

추사를 통하여 서학을 처음 접하는 초의는 신기한 이야기를 듣는 아이처럼 입을 쩍 벌리고 있었다.

약용은 자신도 모르게 흥분하고 있었다. 소년 시절 이후 성호사설에서 접한 일이 있고, 다른 실학 서적과 실학자들과의 대화에서 들은 적은 있었으나, 젊은 실학도의 막힘없는 이론을 듣게 되자 큰 인물을 얻었다는 데 따른 기쁨이 너무나도 컸던 것이다.

"소생은 하루빨리 바깥세계로 눈을 돌려야 한다고 생각합니다. 이제는 우물 안에서 나와야 합니다."

"그렇고말고."

"서양의 과학은 이처럼 엄청나게 발달해 있습니다. 일례로 무기를 들어보겠습니다. 그들은 육지에서는 화총을 쓰고 바다에서는 철선과 화포를 씁니다. 활이나 창을 들고 갑옷을 입고 싸우는 시대는 이미 오래전입니다. 화총은 오백 보 천 보를 날아가 적을 정확히 맞춥니다. 이런 신식 무기가 우리 조선에 하나라도 있습니까. 만일 서양 사람들이 처들어오면 우리는 하루아침에 망하고 말 것입니다. 가까운 청국에 가면 얼마든지 화총이 있으니 이를 구해서 만일의 경우에 대비하는 것이 나라를 다스리는 이치가 아니겠습니까. 그럼에도 그런 것에는 전혀 손을 쓸 생각을 하지 아니하니 답답한 노릇일 뿐입니다."

추사의 말은 계속되었다. 그의 이론은 수리학에서 농학으로, 농학에서 천문학으로, 또 이어 금석학에 이르기까지 상세히 더듬고 있었다.

세 사람은 그날 밤 유쾌한 담론을 나누느라 밤이 깊어가는 줄도 몰랐다.

아침 일찍 일어나 뜰에 나선 추사는 찌뿌드한 몸을 펴 한껏 기지개를 켰다. 연못 속에서는 잉어들이 상쾌한 아침을 맞이하는 듯 유유히 헤엄을 치고 있었다. 문득 눈을 돌려 텃밭을 내려다보니 약용이 호미질을 하고 있는 모습이 보였다.

"선생님, 안녕히 주무셨습니까."

"자네도 잘 잤는가."

"텃밭 가꾸는 것이야 학동들을 시키시지 손수 이러십니까."

이 말에 허리를 펴며 일어선 약용이 추사 옆으로 다가왔다.

"탁상공론을 싫어하는 까닭이지. 이론을 알고 나면 실행을 해야 하질 않겠나. 실학자가 농학을 논하고 이용후생과 실사구시를 주장하는 이유가 무엇인가. 입으로만 떠들고 농사일은 농군이 하여야 한다는 것은 언어도단이네. 양반도 먹고살려면 일을 하여야 한다는 것이 나의 지론이네."

약용의 설명에는 강한 설득력이 있었다. 양가에서 자라나 호미나 가래 한번 잡아보지 않았던 추사는 얼굴이 화끈 달아올랐다. 그는 자신도 모르게 약용에게 고개를 숙여졌다. 실천하는 실학자. 그렇다. 약용이야말로 진정한 학자라고 생각되었다.

추사는 어젯밤의 일이 다시금 생각났다. 젊은 혈기 하나로 자신의 지식을 마음껏 펴보았지만 상대는 누가 뭐라 해도 조선에서 으뜸가는 실학의 대가가 아닌가. 추사가 말한 모든 것들을 약용이 모를 리가 없었다. 그럼에도 추사는 마치 자기 혼자만 아는 양 서슴없이 떠들어댔던 것이다. 추사는 자신의 열변이 더해갈수록 말없이 묵묵히 듣고만 있던 약용의 모습이 새삼 떠올랐다.

추사는 그 까닭을 오늘 아침에야 비로소 깨달은 것이었다. 알고만 있으면 소용이 없다. 실천하지 않는 이론은 썩은 학문이다. 이와 같은 깨달음을 흙과 호미로써 추사에게 알려주고 있는 것이었다.

추사는 부끄러움과 함께 벅찬 감동으로 몸을 떨었다. 그러고는 약용이 서 있는 텃밭으로 걸음을 옮겼다.

조반을 간단히 마친 후에 초의가 끓인 차를 음미하며 담소하던 중 추사가 약용에게 은근히 청을 넣었다.

"선생님, 어제 저희들이 찾아뵈었을 때 열중해 계시던 것이 무엇이옵니까."

"음…… 그랬던가."

약용의 온화한 낯빛을 본 추사가 어렵사리 말을 이었다.

"근래 선생님께서 생각하시는 것이 무엇이온지 궁금해서 여쭙는 말씀입니다."

조심스럽게 말을 마친 추사가 약용을 올려다 보던 눈을 숙였다.

"개의치 말게나. 자네의 마음씀씀이 거기에까지 이르렀으니 되레 고마울 뿐이네. 어제 쓰던 것은 별것 아닐세. 오랫동안 머릿속에서만 묵혀 왔던 것을 글로 옮기는 것뿐일세. 책명을 목민심서라고 지었네만 아직 마무리를 못한 상태라네. 백성을 다스리는 목민관이 지켜야 할 기본 원칙을 간략하게 적은 것이라네."

"선생님, 무례이온 줄 아오나 소생이 읽어볼 수는 없겠습니까."

"이제 초고일 뿐인데 그래도 괜찮겠는가."

"예."

약용은 무엇보다도 추사의 학구열에 탄복하였다. 지금까지 멀리서나마 조언을 아끼지 않던 형 약전 이외의 다른 사람에게는 처음으로 자신의 초고를 보여주는 셈이었다.

"허허, 좋도록 하게나."

약용은 흔쾌히 승낙을 해주었다.

추사는 그 길로 목민심서의 첫 권부터 독파해 나가기 시작하였다. 그는 권이 거듭될수록 그 속에 내포되어 있는 약용의 혼을 느낄 수 있었다.

과거에 입격한 후 관리로 나서는 자들은 대개가 부를 축적하려고 백성들 위에 군림하는 것이 상례였다. 그리하여 백성들의 어려움이나 굶주림에는 아랑곳없이 자신들의 잇속 채우기에 급급하여 나라의 존립이 위태로운 지경에 처해도 그 행태가 바뀌지 않던 터였다. 약용은 목민관이 마땅히 갖추어야 할 덕목들을 조목조목 열거하며 그 방안을 제시하고 있었다. 목민심서는 그 첫머리에서 목민관의 마음가짐과 몸가짐을 논하고 그것이 목민관의 첫째 덕목임을 밝히고 있었다. 문맥 하나까지 놓치지 않고 읽어내려가던 추사는 어떤 대목에 이르러서는 자신도 모르게 무릎을 치고는 하였다.

책을 덮고 난 추사는 율기편(律己編) 육조(六條) 가운데 제2조를 되뇌어보았다.

청렴이란 목자의 본무요, 갖가지 선행의 원칙이요, 모든 덕행의 근본이니 청렴하지 않고서 절대로 목자가 될 수 없다. 청렴이야말로 다시없는 큰 장사인 것이다. 그러므로 큰 욕심쟁이일수록 반드시 청렴할 것이니, 사람이 청렴하지 못한 까닭은 그의 지혜가 짧기 때문이다. 그러므로 예로부터 지혜가 깊은 선비로서 청렴을 교훈삼고 탐욕을 경계하지 않는 이는 없었다. 목자로서 청백하지 못하면 백성들은 그를 도둑으로 지목하고, 그가 지나가는 거리에서는 더럽다 꾸짖는 소리로 들끓을 것이니 부끄러울 노릇이다. 뇌물을 주고받되 뉘라서 비밀리 아니하랴마는 한밤중의 거래도 아침이면 벌써 드러나는 법이다. 보내준 물건이 비록 작은 것이라도 은혜가 맺힌 곳에 사정(私情)은 이미 오고간 셈이다. 청렴한 관리를 귀하게 여기는 까닭은 그가 지나치는 곳에서는 산림천석(山林泉石)이라도 모조리 맑은 빛을 받게 되기 때문이다. 한 고을에서 진귀한 것이 반드시 민폐가 된다. 단장(短杖) 한 개라도 가지고 가지 않는다면 '청렴하다' 할 수 있을 것이다. 그러나 꿋꿋한 행동이나 각박한 정치는 인정에 맞지 않으니, 사람다운 이는 그렇게 하지 않는다. 청백하면서 치밀하지 못하거나 재물을 쓰고도 결실을 보지 못하는 따위의 짓은 칭찬거리가 못 된다. 관청에서 사들이는 물건값이 너무 싼 것은 시가대로 주는 것이 좋다. 잘못된 관례는 기필코 뜯어고치되, 혹시 고치지 못하더라도 나만은 범하지 말라.

목자의 생일날, 부하들이 성찬을 바치더라도 받아서는 안
된다. 재물을 희사하는 일이 있더라도 소리 내어서 말하지
말고, 하는 체 내색하지도 말고, 남에게 말하지도 말고, 전
사람의 잘못을 들추지도 말라. 청렴하면 은혜롭지 못하기에
사람들은 가슴 아프게 여기나 무거운 짐일랑 자기가 지고
남에게는 수월하게 해주면 좋을 것이요, 청탁하는 일을 않
는다면 청렴하달 수 있을 것이다. 청백한 명성이 사방에 퍼
지고 선정하는 풍문이 날로 드러난다면 인생의 지극한 영광
이 될 것이다.

추사는 눈을 감았다. 비록 초고였지만 그는 약용의 논리적
인 추론에는 물론, 백성 사랑하는 마음이 절절이 녹아 있는 저
서를 통하여 실학의 정수를 만나고 있음을 깨달았다.

"선생님, 소생을 제자로 받아주시옵소서."

두 손에 목민심서를 받쳐 든 추사가 초당에 들어서자마자
무릎을 꿇고 하는 말이었다.

"무슨 말인가? 자네야 스승이 필요 없는 사람 아닌가."

"아니옵니다. 소생은 이제까지 자만에 빠져 있었사옵니다.
저보다 박식하고 세상을 꿰뚫어보는 학자는 없다고 생각했사
옵니다. 청국의 학자들도 소생의 주장과 학론에는 반론을 내
놓지 못하였습니다. 그러나 오늘에야 소생은 저의 진면목을

알게 되었습니다. 학문의 길이 넓고 험하다는 진리를 미처 깨닫지 못한 소생, 이렇게 엎드려 선생님께 입문하기를 간절히 바라옵니다. 부디 허락하여 주시옵소서."

추사를 그윽이 바라보던 약용은 그의 눈빛만으로도 절절한 그의 소원을 읽어낼 수 있었다.

"자네 요량대로 하게나."

마침내 약용의 허락이 떨어지자 추사가 기쁨을 감추지 못하고 자리에서 벌떡 일어섰다.

"사부님, 절 받으십시오. 성심껏 따르겠나이다."

추사는 감격하여 눈물을 떨구며 큰절을 올렸다.

다음 날 추사는 초당으로 올라온 초의에게 청을 넣었다.

"여보게, 초의. 현판으로 쓸 나무 하나만 구해주게. 홰나무나 팽나무면 더욱 좋겠네."

물끄러미 추사를 바라보던 초의는 곰곰 생각하더니 이내 알았다는 듯 고개를 끄덕이며 학동들을 불렀다. 그러고는 대패와 끌 등도 준비하도록 일렀다. 추사는 학동들이 가져온 목판을 곱게 다듬었다. 그리고 '다산초당(茶山草堂)'이란 글씨를 써 넣었다. 옆에서 지켜보던 학동들은 추사의 명필에 입을 다물지 못하였다.

"대단한 명필이십니다."

"생전 처음 보는 체일세그려."

멀찌감치에서 제자들의 하는 양을 지켜보던 약용은 고개를 끄덕이며 만족스러운 듯 얼굴에 웃음을 지었다.

먹이 마르기를 기다려 추사는 글씨를 음각하기 시작하였다. 글씨의 안을 일일이 끌로 파내는 것이었다. 이윽고 해가 뉘엿거릴 때쯤 추사는 현판을 완성하였다.

"듣던 대로 자네의 각인 솜씨는 천하제일일세."

감탄을 금치 못하겠다는 듯 초의가 큰소리로 던진 말이었다. 주위에 있던 학동들이 모두 초의의 말에 동감을 표하였다. 멋쩍게 웃고 있던 추사가 초의를 돌아보며 말하였다.

"과찬일세. 이걸 적당한 곳에 걸었으면 하네만."

"아이들을 시키세."

이리하여 추사체로 널리 알려진 김정희의 명필이 강진 땅 다산초당에 길이길이 남게 되었다. 초당의 풍치가 한결 돋보인 것은 두말할 나위도 없었다.

추사는 두 달 가량을 다산초당에 머무르면서 약용의 저서를 탐독하였다. 유배 와 있는 동안 약용이 저술한 책은 막대한 양이었다. 추사는 열정을 가지고 그것들을 차례차례 독파해 나갔다. 특히 그의 관심을 끈 것은 일표이서(一表二書 : 경세유표, 목민심서, 흠흠신서)와 논책(論策) 등의 초고들이었다. 약용의 치밀하고 천재적인 혜안이 번득이는 명저들이었다.

아악(雅樂)이 없어지면서 형벌이 심하여지고, 아악이 없어지면서 병란이 잦아지고, 아악이 없어지면서 원망하는 마

음이 일어나고, 아악이 없어지면서 속임과 거짓이 성하여
졌다. 무엇으로써 그렇게 된 연유를 아는가. 일곱 가지 감정
가운데, 그것이 나오기는 쉬워도 억제하기 어려운 것은 노
여워하는 것이다. 왈칵하여 답답한 사람은 마음이 화평하지
못하고, 분하여 성내는 사람은 마음이 풀리지 않는 법이다.
바로 그런 때에 오직 남을 형벌함으로써 한때의 심기를 통
쾌하게 하면 비록 풀리는 듯 순수해질 수 있으나 거문고, 피
리, 종, 경쇠의 소리를 듣고 그 마음이 화평하여지고 풀어지
는 것만 같지 못하다.

그렇지 않으면 군사를 일으켜서 남의 나라를 정벌하여 그
부끄러움을 씻고 원한을 보복하는 뜻을 마음대로 부리어 또
한 한때의 기분을 통쾌하게 할 수도 있겠으나, 날마다 앞에
서 아악을 연주하도록 한다면 살벌하고 전투하려는 뜻이 어
디에서 일어나겠는가. 아악이 없어지자 형벌이 심해졌고,
아악이 없어지자 병란이 잦아지게 된 까닭이다.

윗사람이 형벌로써 제어하고, 병기로써 위압하면 아랫사람
은 이에 응하게 되는데, 그것은 오직 근심과 고통과 탄식하
는 소리와, 간사하고 아첨하며 엄폐(掩蔽)하는 꾀만 있게 될
뿐이다. 이것이 아악이 없어진 후에 원망하는 마음이 일어
나고, 아악이 없어지자 속임과 거짓이 성하여진 것이다.

지금 세속의 아악은 모두 음탕하고 상스러우며, 가락이
슬프고 부정한 소리다. 그러나 그런 아악이라도 앞에서

한참 연주하면 관장이 아전붙이를 용서해 주고 집 어른은 종들을 용서하게 된다. 세속의 아악도 오히려 그러한데 하물며 옛 성인의 아악이랴.

까닭에 예(禮)와 악(樂)은 잠깐 동안이라도 내 몸에서 떠나서는 안 된다는 것이다. 그렇지 않는 데에도 어찌 성인이 이것을 말하였으리요. 아악을 진작시키지 않으면 교화는 시행할 수 없으며, 풍속도 마침내 변화시킬 수 없으며, 천지 간의 화기(和氣)도 마침내 이르게 할 수 없으리라.

맥으로써 혈기의 쇠약함, 왕성함과 병증의 허함과 실함을 살핀다.

좌촌(左寸)으로는 심장을, 우촌(右寸)으로는 폐장을, 좌관(左關)으로는 간과 쓸개를, 우관(右關)으로는 비(脾)와 위를, 좌척(左尺)으로는 신(腎)과 방광과 대장을, 우척(右尺)으로는 신장과 명문(命門)·삼초(三焦)·소장을 진찰한다는 것은 망령된 것이다.

맥이 한 번 움직였다가 한 번 쉬는 것은 원기와 혈액으로써 그런 것이다. 모두 원기뿐이면 능히 위(衛)가 될 수 없고 혈액뿐이면 능히 영(營)이 되지 못한다. 혈은 기가 주장하는바되고, 기는 혈에게 함양(涵養)하는 바 되어서 영위(營衛)라는 명목(名目)이 성립된다. 기가 있으니 움직임이 능히 없을 수 없고, 혈이 있으니 쉼이 능히 없을 수 없다. 그것이 움직일 때에는 두루 돌아서 퍼지게 되고 쉴 때에는 자양이 젖어들게 된다. 이리하여 사람의 몸에 맥이 있게 되는 것이며, 맥이 낮아서 나타나는 것이 마침 손목에 있는 까닭에 손목을 짚는 것이다.

하늘이 사람을 만들면서 어찌 오장과 육부의 영향을 반드시 손목 위에 나타내어 사람에게 진맥하도록 하였겠는가.

맥경(脈經)을 저술한 그 사람이 벌써, 제가 지은 맥경을 믿지는 않았고, 그 후에 조금이라도 의술에 통한 자는 반드시 맥경을 믿지 않았다. 그러나 그 마음에는 오히려 현묘하고도 미망한 이치가 있는데 자신이 미처 깨치지 못하였는가 의심한다.

그리고 자신이 맥경을 선봉하지 않으면, 세상 사람과 후세의 사람이 '그 사람은 맥경의 뜻에 통달하지 못했다.'고 말할까 두려워하여, 이에 거짓으로 남이 알지 못하는 바를 저 혼자 깨친 것이 있는 체한다. 겉으로는 맥경을 높여서 영원히 전할 전적(典籍)이라 하며, 말을 넓혀서 그 뜻을 풀이하다가 해석할 수 없는 곳에 이르면 문득, '마음속에 깨친 미묘한 뜻을 말로는 전할 수 없다.'고 말한다. 어리석은 자는 어수룩하게 신봉하고 지혜 있는 자는 다시 그 방법을 이용하니, 이런 짓은 오직 맥경만이 그런 것이 아니라 거짓으로 된 기술은 모두 그러하다. 까닭에 맥을 잘 살피는 자는 손을 진맥하고 발을 진맥하고 뇌의 큰 경락을 진맥하여 그 맥

의 쇠약함과 왕성함만을 분별하고 허함과 실함을 살필 뿐이
니, 어찌 오장육부라는 말이 있으리요.

상(相 : 용모)은 버릇으로 인하여 면하고, 세(勢)는 상으로 하
여서 이루어진다.
그런데 그 형국(形局)이니 유년(流年)이니 말하는 자는 망
령스럽기도 하다. 어린아이가 엉금엉금 길 때에 그 얼굴을
보면 모두 아름다울 뿐이나, 자람에 따라서 무리[徒]로 갈
라지게 되는데 무리로 갈라지면서 버릇이 갈라지고, 버릇이
갈라지면서 상도 따라 변한다. 서당의 무리는 상이 아담하
고, 저자의 무리는 상이 검고, 짐승 치는 무리는 상이 텁수룩
하고, 강패(江牌 : 도박)와 마조(馬弔 : 골패) 놀이의 무리는 상
이 성난 듯하면서 영리하다.
대개 버릇된 것이 오래되면 그 성질도 나날이 옮겨지는데,
그 마음속에 있는 것이 성실하면 외면에도 나타나게 된다.
사람이 그 상이 변한 것을 보고는 '상이 이와 같은 연고로
그 버릇이 저와 같다.'하니, 아아 그것은 틀린 말이다. 대저
학문을 익힌 자는 사리(事理)를 통하는 데에 효과가 있고,
상리(商利)를 익힌 자는 재화를 모으는 데에 효과가 나고,
노동을 익힌 자는 끝내 비천하고, 나쁜 짓을 익힌 자는 마
침내 패망하게 되는데 익힘은 효과와 함께 진전(進展)함으
로써 효과는 상과 더불어 변화하게 된다.

사람들은 상이 변한 것을 보고 또한 말하기를, '상이 이와 같은 까닭으로 그 효과가 저와 같다.' 하니, 아아 어찌 그리 어리석은가.

아이가 있어, 눈동자가 빛나면 부모가 말하기를, '이 아이는 학문을 시킬 만하다.' 하여, 그 아이를 위해서 서책을 사들이고 스승을 정해준다. 선생은, '이 아이는 가르칠 만하다.' 하여, 그 아이에게 붓·먹·책상을 더 주게 된다. 그러면 아이는 더욱 부지런해져서 나날이 힘쓰게 된다. 대부(大夫)가 천거하여 말하기를, '이 사람은 등용할 만합니다.' 하니, 임금이 그 사람을 보고 말하기를, '이 사람은 총애할 만하다.' 하면, 권장하고 허여(許與)하고 칭찬하고 발탁하여 잠깐 동안에 재상이 된다.

아이가 있어, 뺨이 두툼하면 부모가, '이 아이는 부자가 될 만하다.' 하여 살림을 더욱 주며, 부자가 이를 보고 말하기를 '이 사람은 부릴 만하다.' 하여 자본을 더욱더 주게 된다. 아이는 더욱 부지런하여 나날이 힘써 사방으로 장사한다. 시장 가게에 물건을 두둑하게 갈무리했는가 의심하고 추천하여 객주로 삼는다. 장차 진전할 터인데 또 뒤따라서 도와주니 잠깐 동안에 큰 부자가 된다. 아이가 있어, 눈썹이 더 부룩하고, 콧구멍이 밖으로 드러났으면, 그 부모와 사장(師長)들이 키우고 생각하고 도와주지만 모든 것이 이것과 반대로 되니 이렇게 되면 그 몸이 어찌 능히 부귀해질 수 있겠는가.

이와 같은 것은 상으로 인하여서 그 세를 이루었고, 세로 인하여서 그 상을 이루게 된 것인데, 사람들은 그 상이 이루어지는 것을 보고도 말하기를, '그 상이 이와 같은 연고로 그 이룬 것이 저와 같다.' 하니, 아아 어찌 그리 어리석은가. 세상에 진실로 재주와 덕을 가지고도 운수가 막히고 궁하여서 재주를 펴지 못하는 자가 있으면 상을 탓한다. 그러나 능히 그 상을 보지 않고 총애하였다면 또한 재상이 되었을 것이다. 이(利)와 해(害)에 밝고, 귀와 천한 것도 살필 줄 알면서 종신토록 곤궁한 자가 있으면 상을 탓한다. 그러나 능히 그 상을 상관하지 않고 자본을 주는 자가 있으면 또한 의돈(猗頓)같이 될 것이다. 하물며 거처하는 것이 족히 기를 변하게 하고, 봉양하는 것이 족히 신체를 변하게 하며, 부귀가 그 뜻을 방탕하게 하고, 우환이 그 뜻을 슬프게 하여, 아침에 영화를 누리다가 저녁에 쇠잔하는 것이 있으며, 전일에 파리하였는데 지금 살진 자가 있으니, 상을 어떻게 정하겠는가.

사서인(士庶人)이 상법(相法)을 믿으면 그 업(業)을 잃게 되고, 경대부(卿大夫)가 상법을 믿으면 그 벗을 잃게 되고, 임금이 상법을 믿으면 그 신하를 잃게 된다.

공자께서 말씀하시기를 '얼굴로써 사람을 취했더라면 자우(子羽) 같은 사람을 잃었을 것이다.' 하였으니 과연 성인이로

다.

성리(性理)라는 학문은 도를 알고 자신을 알아, 그 실천할 도리를 스스로 힘쓰는 것이다.

주역대전에 이르기를, '하늘의 이치를 궁구하고, 사람의 본성을 다하면 천명에 이르게 된다.' 하였고, 중용에는, '능히 자기의 본성을 다하여야만 능히 남의 본성도 다하게 되며, 능히 만물의 본성도 다하게 된다.' 하였으며 맹자에는, '그 마음껏 하는 자는 그 본성을 알게 되니 그 본성을 알게 되면 천리도 알게 된다.' 하였은즉, 성리학이란 것이 근본한 데가 있기는 하다.

그러나 옛날에 학문하던 자는, 본성이 하늘에 근본한 것을 알고, 이치가 하늘에서 나왔다는 것을 알고, 인륜이 어디나 통하는 도라는 것을 알아서, 효제와 충신(忠信)으로써 하늘 섬기는 근본으로 삼으며, 예악과 형정(刑政)으로써 백성을 다스리는 도구로 하며, 성의와 정성으로써 하늘과 사람이 서로 교제하는 고동[機]으로 하였는바 그 명칭을 인(仁)이라 하였다. 그 일을 행하는 바를 서(恕)라 하고, 그 일을 배우는 바를 경(敬)이라 하며, 그 스스로 지키는 것을 중(中)하고 화(和)하는 떳떳함이라 하였으니, 이와 같을 뿐이고 많은 말이 있을 수 없다. 비록 많은 말을 하여도 이것은 중언부언일 뿐이고, 다른 말이 있을 수 없다.

오늘날 성리학을 하는 자는 이(理)·기(氣)·성(性)·정(情)·체(體)·용(用) 하고 본연기질(本然氣質)을 말하여 이가 발[理發]한다, 기가 발[氣發]한다, 이미 발[已發]하였다. 발하기 전[未發]이다, 한 가지만 지적한 것이다, 겸해서 지적한 것이다, 이는 같아도 기는 다르다, 기는 같은데 이가 다르다, 마음은 본디 선하여서 악이 없다, 마음에는 선도 있고 악도 있다 하여, 세 줄기 다섯 가지에 천 가지 만 가지 이파리를 털같이 분간하고 실같이 쪼개서 서로 성내고 서로 떠든다. 어리석은 마음으로 잠잠히 궁리하고는, 성낸 기운으로 얼굴을 붉히며 스스로 천하의 고묘(高妙)한 이치를 다 깨달았다 하여, 동쪽으로 두드리고 서쪽으로 부딪치며, 꼬리만 잡고 머리를 빠뜨린 자가 문마다 기(旗)를 하나씩 세우고 집마다 진(陣)을 하나씩 쌓아서, 세상이 다하도록 그 송사(訟事)를 능히 결단하지 못하고, 대를 전해가며 그 원망을 능히 풀지 못한다. 들어오는 자는 주인이 되고 나가는 자를 종으로 여기며, 뜻이 같은 자는 추대하고 뜻이 다른 자는 공격하여 자기 스스로 의거(依據)한 바가 극히 바르다 하니, 어찌 어설프지 않은가.

이 세상을 주관하면서 천하를 거느려서 광대놀음을 하는 재주는 과거(科擧)하는 학문이다.
요·순과 주(周)·공(孔)의 글을 읽고 노자와 불교, 회교와 황교(黃敎 : 라마교)를 배척하며, 시전(詩傳)과 예기(禮記)를 말하고 사서(史書)와 전기(傳記)를 논하는 것은, 천연한 하나의 유관(儒冠)과 유복(儒服)으로 꾸민 사람이다. 그러나 그 실상을 상고해 보면 자구(字句)를 표절하고 주묵(朱墨) 친 것을 추출(抽出)하여서 한때의 눈을 어지럽게 하는 것이다. 요·순을 사모한 것이 아니고 노·불(老佛)을 미워한 것도 아니며, 마음을 다스리고 몸을 단속하는 법을 묻는 것도 아니며, 임금의 잘못을 바로잡고 백성에게 혜택을 베푸는 방법을 생각한 것도 아니다. 항우와 패공(沛公)의 일로써 글 제로 삼으며, 경박하고 패려(悖戾)한 말로써 능사를 삼으며, 실상이 없는 거짓을 말하고, 환상을 얽고 허황한 것을 베 짜 듯 하여 스스로 섬부(贍富)한 견문을 자랑하며, 하루 동안 의 과거로 승부 내기를 할 뿐이다.

성리학을 하는 사람이 있으면 '속임수다.' 하여 성내고, 훈 고학을 하는 사람이 있으면 '궁벽하다.' 하여 꾸짖으며, 문 장하는 학문을 깔보면서, 자신이 공부한 것은 일찍이 문장 하는 학문이 아닌 것이 없다고 여긴다. 자기편으로 들어오 는 자는 우두머리가 되고 자기편에서 나가는 자는 미개인이 라 여긴다. 공교(工巧)한 자는 신선으로 여기고 졸렬한 자 는 노예처럼 여긴다. 혹 요행하게 명성을 성취한 자가 있으 면 아비는 그의 머릴 쓰다듬으며 '효자다.' 하고, 임금은 경 사로 여겨서 '좋은 신하다.' 한다. 종족(宗族)은 그를 사랑

하고 붕우는 그를 존경하게 된다. 그 시기를 만나지 못하여
뜻을 얻지 못한 자는, 비록 행실이 증자(曾子)와 미생(尾生)
과 같고 지혜가 저리자(樗里子)나 서수(犀首)와 같아도 모
두 실망하고 파리하여져서 슬픈 원한을 품고 죽게 되니 아
아, 이것이 무슨 법인가.

일본은 바다 밖의 작은 취락인데 과거하는 법이 없다. 그런
연고로 문학은 구이(九夷) 중에 뛰어나고 무력도 청국과 대
항할 만하고, 규모·기강을 유지하여 단속하는 것이 삼엄
하고, 정제(整齊)하여서 어지럽지 않고 조리 있으니, 어찌 그
나타난 효과가 아니리요.

지금은 과거하는 학문도 또한 쇠퇴하여졌다. 대가 명문의
자식은 이 학업을 즐겨 하지 않고 오직 시골에서 춥고 배고
픈 자들만이 이것을 하고 있으나, 문예를 겨루는 날에는 시
정(市井)의 종들을 불러 모아서, 접은 두건을 쓰고 짧은 바
지를 입고 눈을 부릅뜨며 주먹을 휘둘러서 시지(試紙)를 먼
저 바치려고 다툰다. 다만 이름 적은 막대기로 서로 찌르고
도리깨로 서로 치는 것이 보일 뿐이다. 이름을 부르게 되어
서는 쫓내 나는 아이로서 돼지 시(豕)인지 돼지 해(亥)인지도
분별하지 못하는 자가 나와서 차지한다. 이런 형편이니 그
학문이 능히 쇠퇴하지 않을 수 없는 이유이다.

만약 하늘이 이 도를 돌보아서, 그 쇠한 것으로 인하여 드디
어 이를 변경하도록 한다면 민생의 복이 될 것이지만, 그렇

지 않으면 이 일을 배운 자들과는 손잡고 요·순의 문하에 함께 들어갈 수가 없는 것이다.

실로 다방면에 걸친 약용의 해박한 지식의 편린들이 구석구석 배어 있었다. 추사는 목민심서를 읽을 때와는 또 다른 감동으로 몸을 떨었다.

학문 삼매에 빠져 있는 추사를 위하여 초의는 부지런히 대둔사 일지암과 다산초당을 왕래하였다.

추사가 피로한 눈을 돌려 먼산바라기를 하는 사이 약용이 다가왔다.

"어서 오십시오, 사부님."

"열심이로군. 그래, 추고할 것은 없던가."

"소생이 어찌 사부님의 이론에 이론(異論)을 대오리까."

추사가 송구스러운지 머리를 조아렸다.

"무슨 말을 그리하는가, 자네답지 않네."

"아니옵니다. 소생, 진심으로 드리는 말씀입니다."

"음…… 그건 그렇고, 자네 과거를 보지 않으려나."

"아직 학문이 모자라옵니다. 이곳에 와서 사부님을 뵙고 더욱 절실하게 느꼈사옵니다. 사부님과 마찬가지로 과거제 자체를 부정하는 입장이기도 하옵니다."

"오, 그랬던가. 그 이유를 들어보세."

"무릇 조선의 선비들이 구름 잡는 것과 같은 성리학에 세월을 허비하고 있으니 이것이 바로 과거제의 산물이 아닙니까. 이처럼 구름을 잡다가 목민관이 되니 자연 백성들을 잡으려 드는 것입니다."

말을 마친 추사가 일어나 차를 달여 왔다. 두 사람은 함께 승설차를 음미하였다.

"선왕께오서는 나에게는 대과를 늦게 보라고 하셨네. 스물둘에 소과에 합격하였는데 스물여덟에 이르러서야 대과를 보라고 승낙하셨지. 선왕께서는 인격을 쌓은 후에 벼슬을 해야 한다고 생각하신 게지……."

"……."

"내가 옛일을 들춘 까닭은 다름이 아닐세. 범을 잡으려면 범의 굴에 들어가야 하지 않겠는가."

"명심하겠사옵니다."

노소의 차이는 있었으나 약용과 추사는 조선조 후기 불세출의 대석학이었다. 추사는 4년 후인 34세 때 과거에 합격하여 승지, 설서 등의 높은 벼슬을 거쳤다. 그러나 세 번씩이나 유배를 당해 많은 세월을 유배지에서 보내야만 하였다. 이처럼 추사는 약용과 비슷한 인생을 걸었던 비운의 대학자요, 서예가였다.

보름 만에 초의가 다산초당으로 찾아왔다. 학문에 열중하고 있는 추사에게 충분한 시간을 주기 위하여 겸사겸사 대둔사에 다녀온 것이다. 또 추사의 귀경 날짜도 임박해왔다.

"좋은 시간을 보냈는가."

"내 생에 가장 보람 있는 시간을 보내고 있네. 이 모두가 자네 덕분이 아니겠나."

"역시 석학끼리는 통하는 모양이군."

"나야 이제 시작이 아닌가. 사부님과 감히 견주지 말게. 어디 말이나 되는 소린가."

"하하하, 그러한가. 내가 실수를 하였네그려."

두 사람이 담소하고 있는 중에 약용이 끼어들었다.

"오랜만이니 반가운 게로군. 무슨 좋은 일이라도 있는 겐가."

초의가 목례를 올린 후 대답하였다.

"아니옵니다. 헤어져야 할 시간이 다가오니 오히려 심란하옵니다."

"헤어지다니……."

"추사의 일정이 바쁜 모양입니다."

약용이 추사를 바라보며 서운한 듯 말하였다.

"좀 더 쉬었다 가지 않고……."

"집을 비운 지가 너무 오래되었습니다. 엄친께서 걱정이 크실 것이옵니다."

약용이 침울한 얼굴로 먼 산을 쳐다보았다. 두 젊은이는 약용의 심정을 헤아리고도 남았다.

"언제 떠나려나."

"모레 출발하려 하옵니다."

"그렇게 급히."

"죄송하옵니다."

한참을 생각하던 약용이 아이 같은 표정으로 활짝 웃으며 말하였다.

"추사, 자네 낚시를 해봤는가."

"예, 민물낚시는 조금 해봤습니다만……."

"초의는?"

"예?"

"낚시 말일세. 아, 그러고 보니 자네는 스님이군 그려."

세 사람이 한바탕 가가대소하였다. 이윽고 약용이 학동을 불렀다.

"학래 밖에 있느냐."

이학래가 급히 쫓아왔다.

"부르셨습니까, 사부님."

"내일 낚시를 갈 것이니 채비를 하여라."

"예, 알겠습니다."

약용은 혼자서 터벅터벅 뒷산으로 올라갔다. 천일각에 올라선 약용은 서쪽을 바라보면서 망연히 서 있었다. 멀리서 약용의 모습을 보고 있던 추사가 초의에게 물었다.

"왜 저러시는가."

"외로우시면 늘 저러신다네. 멀리 흑산도에 중형님이 계시질 않는가. 그분과 마음의 대화를 나누시는 게지."

추사는 약용의 심정을 알 것 같았다.

"오래전에 그분께서 몸이 쇠약해져 누워 계시다는 전갈이 왔었네."

강진만은 한 폭의 그림이었다. 고요히 엎드려 있는 바닷물은 아침햇살에 반사되어 잔잔한 물비늘을 일어내고 있었다. 암청색의 바다 위에 떠 있는 하늘은 푸르기만 하였다.

약용은 추사와 초의를 앞장세우고 갯가로 걸어가고 있었다.

"자네 오늘만은 파계를 하여야겠네."

추사가 초의에게 농을 걸었다.

"내가 파계를 하여서 자네가 즐거워진다면야 열 번도 더 할 수 있지."

초의가 지지 않고 받았다. 두 사람은 유쾌하게 웃었다. 영문을 모르고 뒤따라오던 약용도 함께 웃었다. 약용에게서 어제의 침울한 기색은 찾아볼 수가 없었다.

갯가에 대어놓은 배에서는 이학래, 김학중, 윤종모 등이 출어 준비를 하느라 바쁘게 움직이고 있었다.

"오늘 물때는 괜찮느냐."

"좋습니다."

"어서 가자."

"조금만 기다리십시오. 술과 음식이 곧 올 것이옵니다."

술과 음식이 오자 이윽고 배는 미끄러지듯 바다로 흘러갔다. 멀리 대섬이 보였고 그 너머로 고금도가 어른거렸다.

"가을은 돔 철입니다. 흑돔, 옥돔 할 것 없이 손바닥만 한 돔이 줄줄이 낚여 올라올 것입니다. 여기보다는 마량 앞바다가 훨씬 어장이 좋지요. 고금도 쪽으로는 전어가 널려 있고 마량 쪽으로는 돔뿐만 아니라 우럭도 꼬리를 물고 올라옵니다."

이학래가 제법 이력이 났는지 신이 나서 말하였다. 가만히 듣고 있던 추사가 꼬리를 달았다.

"자네, 입에 침이나 바르고 말하게."

이학래가 배시시 웃었다.

"하하, 낚시 솜씨가 좋은 사람이 그렇다는 말씀이지요."

이학래가 적당한 장소를 가리키자 약용, 추사, 초의 세 사람은 낚시를 바다에 던졌다. 이윽고 약용이 돔 몇 마리를 잡아 올렸다. 초의 역시 연방 고기를 낚았으나 다시 놓아주기에 바빴다. 슬그머니 심통이 난 추사가 초의에게 쏘아붙였다.

"혼자 극락가려고 무던히도 애쓰는군. 자네는 낚시질 그만 두고 염불이나 하고 있게."

"허허, 저 심보하고는……. 샘을 낼 염 있으면 정신이나 똑바로 차리고 한 마리라도 낚아볼 생각은 않고. 쯧쯧, 재주가 없다면야 할 수 없네만."

두 사람이 하는 양을 지켜보고 있던 약용이 웃음을 터뜨렸다. 약용이 낚아 올린 돔으로 학동들이 회를 떴다. 이학래는 경험이 많은 듯 날렵하게 포를 떠서 가지런히 접시에 담았다.

"추사, 이리 와서 속이나 풀게. 강태공이 낚시질로 세월을 보냈다 하나 고기 낚았다는 말은 못 들어봤네."

"예, 사부님."

추사가 약용 옆에 와 앉았다. 그러나 초의는 연신 낚시질에 열중하고 있었다.

"어이 돌중, 이리 오게나."

"난 취미 없네."

약용과 추사는 싱싱한 회를 안주로 술잔을 기울였다. 약용은 귀양살이하는 동안 술이 꽤 늘었다. 돔을 초고추장에 찍어 먹는 맛은 일품이었다.

어지간히 배가 부르자 추사가 약용에게 느물거리며 말하였다.

"사부님, 누구는 배가 터지도록 먹고 누구는 배를 곯고 있으니 불공평하지 않습니까. 초의도 이리 부르시지요."

추사의 말에 약용이 배를 잡고 웃더니 이내 초의를 불렀다.

"자네도 술 한잔하게."

초의가 마지못해 추사 곁에 앉았다. 약용이 초의에게 술을 따랐다. 술잔을 받은 초의가 머뭇거리자 추사가 상추쌈을 초의의 입에 수서 넣었다.

"역시 자넨 돌중이야."

"······."

"자자, 그만들 하게."

약용이 유쾌한 듯 큰소리로 웃었다.

초승달이 창문을 비추고 있었다. 벌써부터 곯아떨어진 초의는 코까지 골며 깊은 잠에 빠져 있었다. 약용은 잠을 못 이루며 몸을 뒤척이고 있었다.

"사부님, 못 주무시는군요."

추사도 잠이 오지 않는 모양이었다. 약용이 잠긴 목소리로 대답하였다.

"아직, 안 자는가."

그리고 한참이 지났다.

"사부님, 가족들 생각이 많이 나시지요."

"그리 보이는가. 허긴 하루에도 몇 번씩 내 마음은 고향에 가 있다네."

또 한참이 지났다.

"사부님, 연경에서 옹방강 옹과 헤어질 때 그분에 저에게 깨알 하나를 주셨습니다. 그 깨알에는 천하태평이라는 글자가 새겨져 있었습니다. 저는 그분의 정신력에 놀랐습니다. 그때 그분의 연세 일흔여덟이셨습니다."

침묵이 흘렀다.

"생각하옵건대, 사부님 또한 옹방강 옹 못지않사옵니다."

"그렇게만 생각지 말게. 저작이라도 하지 않았다면 긴 세월을 어찌 보낼 수 있었겠나. 아마 견디지 못하였을 걸세."

추사가 일어나 불을 밝혔다. 그러고는 봇짐에서 두 개의 인각(印刻)을 꺼내어 약용에게 바쳤다.

"사부님, 제 마음의 증표이옵니다."

약용은 인각을 받아들고 자세히 살폈다.

"가히 일품이군. 고맙네."

다음 날 아침은 화창하였다. 늦여름을 아쉬워하는 듯 매미가 요란을 떨었다. 귤동 어귀에서 세 사람은 각기 다른 방향으로 걸음을 옮겼다. 추사는 북쪽으로, 초의는 남쪽으로, 그리고 약용은 초당으로……. 세 사람은 못내 아쉬운 이별을 해야만 했다.

추사로서는 약용과 처음이자 마지막 이별이었다. 추사는 약용을 바라보며 눈물을 닦았다. 약용 또한 몇 번이나 돌아서서 초의와 추사의 그림자를 좇았다. 언제부터인가 그의 주름진 얼굴에 두 줄기 눈물이 흐르고 있었다.

42
바람아 구름아

우이보가 부유해져가는 것을 가장 부러워하는 사람은 흑산 도민들이었다. 그들은 유배 온 죄인을 달갑게 여기지 않았다. 때문에 흑산도로 가는 길목인 우이보에 약전이 머무르게 된 것을 처음에는 대수롭지 않게 여겼다.

그러나 흑산도민들은 세월이 흐를수록 살쪄가는 우이보 사람들의 살림을 보며 약전이 유배지인 흑산도에 정착했더라면 흑산도가 지금의 우이보처럼 많은 혜택을 입었으리라 생각하였다.

이럴 즈음 흑산도에서 이상한 소식이 전해져왔다.

물고기도 아니고 짐승도 아닌 묘하게 생긴 생물이 흑산도 근처에 나타났다는 것이었다. 그 말을 듣고 난 약전의 호기심은 불꽃처럼 일었다. 어류에 비상한 관심을 기울이던 터라 그 이상한 생물을 보아야겠다는 다짐이 섰다. 이에 박호장과 종철을 불렀다.

"흑산도에 좀 다녀와야겠네."

"먼 일로 가실라고라우?"

"자네들도 소문을 들어서 알겠지만 이상한 생물이 나타났다는데 그것을 꼭 봐야겠네."

"그라시믄사……."

호장은 왠지 불길한 예감이 들었지만 며칠 동안, 그것도 종철과 같이 갔다 오겠다고 하자 굳이 반대할 이유가 없었다.

"아버님, 잘 댕겨오시씨요."

이제 제법 큰 학소가 동생 학매의 손을 잡고 나와 인사를 하였다.

"어머님 말씀 잘 듣고 글 열심히 읽고 있거라. 곧 다녀오마."

바람이 좋아서 한나절 안으로 흑산도에 도착했다. 약전이 흑산도에 온 것을 본 그곳 도민들의 놀라움과 환영이 대단하였다.

우이보에서 약전의 활약을 익히 들어 알고 있던 그들은 약전을 만나보고 싶어 하였고 그의 도움을 받고 싶어 하였다. 그러던 그들 앞에 약전이 나타났으니 열광하는 것은 어쩌면 당연한 것이었다.

흑산도 호장 집에 약전의 숙소가 마련되었다.

"귀허신 분께서 으치케 여그꺼정 오셨당가라우."

"소문을 듣고서 왔네."

호장이 약전 앞에서 굽실거렸다.

"무신 말씀이신지……."

"이 섬 주위에 이상한 생물이 나타났다고 들었네. 어서 보고 싶구먼."

"야, 그거 말씸이셔라. 짐승인지 물괴긴지 몰르겄제만 짐승 대끼 뭍에 올라오고, 괴기대끼 물속에 들어가고 그라제라. 날쌔게 헤엄쳐 다녀라우. 즈이도 하도 신기혀서 몇 번 귀경혔지라."

"그곳이 어디쯤인가."

약전의 눈이 반짝였다.

"저 건너 호장도에 살고 있지라."

호장이 마련한 점심상을 뜨는 둥 마는 둥 하고 약전은 바로 종철의 배를 타고 호장도로 갔다. 마음이 급해서 일각을 지체할 수가 없을 지경이었다. 소문대로 정말 진귀한 생물이었다. 그것들은 무인도인 그 섬에 무리를 지어 다니며 짐승처럼 소리를 질러대기도 하고 서로 올라타며 장난질을 치기도 하였다. 그러다가는 엉금엉금 기어서 바닷속으로 들어가 헤엄을 쳤다. 설핏 보기에는 육지동물 같았다. 몸 생김이나 어정어정 걷는 모양이 느리기는 하여도 뭍에 사는 짐승이었다. 그러나 팔다리는 없었고 물고기의 지느러미 같이 생긴 것으로 걸어 다녔다. 꼬리 부분도 지느러미 같았다. 그런데 이것들이 물속으로만 들어가면 물고기 이상으로 날쌔고 자유자재로 헤엄쳐 다니는 것이었다. 망원경으로 그것들의 움직이는 모습을 관찰하던 약전이 신음소리를 내었다.

"으흠, 희한하구나."

따라왔던 사람들은 지루해서 견딜 수가 없었지만 약전은 귀신에게 홀린 듯 꼼짝도 하지 않고 온 정신을 거기에 쏟았다.

"동물인지 물고기인지 모르겠구나."

혼자서 중얼거리던 그는 한참만에야 다시 독백을 하였다.

"혹시 바다사자나 물개가 아닐까……."

날이 완전히 어두워진 후에야 약전이 입을 열었다.

"그만 돌아가자."

흑산도로 돌아오는 길에도 그는 흥분이 가라앉지 않았다. 섬으로 유배온 후로는 항상 외로움에 몸을 떨고는 하였다. 차라리 학문을 하지 않았던들 이런 곤경은 겪지 않았을 텐데 하는 후회도 수없이 했고, 그것을 달래느라 술독에 빠져 살았다. 늘 헌신적으로 보살펴주는 섬사람들에게 실학자로서 기상을 연구하여 보답하고자 하였을 뿐, 성리학이나 주자학 등은 무시하며 지냈다. 그러던 중 너무나 무료하고 외로워 어류를 연구해오기 10여 년, 그는 가슴 뭉클한 전율을 맛보게 되었다. 거의 비슷한 어류들을 분류해 보고, 방언으로 되어 있는 이름까지 수집하고, 동해 서해 남해의 어군들의 특징을 연구하고, 배를 갈라 창자를 비교해 보고, 뼈의 수를 세어보는 것을 수없이 반복하였다.

섬사람들은 그런 그의 행동을 이해할 수 없었다. 미쳤다고 수군대는 사람도 있었다. 그러나 그는 이제 누구보다도 물고기에 대한 지식이 많았고, 어부들에게 출어 시기를 알려주기까지 하였다. 그러한 약전을 그들이 존경하며 떠받들게 됨은 당연한 것이었다.

약전은 연신 싱글거렸다.

"어르신, 멋이 그라고 좋으신게라우?"

약전은 여전히 웃는 얼굴이었다.

"하 신기해서 그러니라."

"그 요상시런 것이 고로크롬 좋으신게라?"

"내 평생에 처음 봤으니 즐겁지 않겠느냐."

그날 저녁 약전은 오랜만에 술을 마셨다. 종철이 옆에서 걱정스러운 눈빛으로 안타까워하였으나 약전은 아랑곳않고 양껏 마셨다.

"어르신, 은제 가실라요."

"하루 이틀에 될 일이 아닌 것 같다. 얼마나 걸리는지 모르니 너는 내일 먼저 돌아가거라."

"뫼시고 갈라고 따라왔는디라."

"아니다. 이제 보니 시간이 좀 걸릴 것 같구나."

약전은 술에 취하면서도 진귀한 생물의 모습만을 생각하고 있었다. 종철은 먼저 돌아가라는 약전의 말을 거역할 수가 없었다.

약전은 흑산도의 장(張) 호장이 빌려준 배를 타고 매일 호장도에 가서 살다시피 하였다.

그즈음 흑산도의 유지들이 모여서 구수회의를 벌였다.

"이 기회에 어르신을 아주 붙들어두는 것이 으떻겠소."

"그라믄사 오직이나 좋겄소만 그분도 가실라고 헐 것이고 우이보 사람덜이 그냥 안 있을 거인디."

"아따, 고것을 몰르는 사람이 어딨당가. 그란께 꾀를 쓰자 는 거 아녀."

"어치케?"

"어르신 심바람맹키로 꾸며갖고 아짐씨랑 아그들얼 몰래 데 리고 와뻔지믄 즈그들이 워쩌겄소."

"거 참 존 생각이네이."

"그란디 우이보에서 눈치럴 안 챌까."

"그란께 거짓말얼 허자고 안 그요. 어르신 연구허시는 것이 몇 달이 걸리게 생겼응께 식구들얼 뫼시고 오라신다고 말이시."

일은 그렇게 주먹구구식으로 신속하게 비밀리에 진행되었 다.

당사자인 약전은 덤덤하였다. 가족이 왔음에도 반가운 내 색도, 그렇다고 번거로운 내색도 하지 않았다. 오직 그 생물의 생태를 관찰하는 것에만 온 정신을 쏟고 있었다.

얼마 후 우이보 사람들이 흑산도로 몰려왔다. 노소를 막론 하여 배를 나누어 타고 온 참이었다. 우이보 사람들 얼굴에는

355

하나같이 노기가 서려 있었다. 마치 싸움이라도 붙을 듯이 사태가 험악해져 갔다.

"염병해 뒈질 늠으 자슥덜. 으째 우덜 어르신얼 뺏어갈라고 허냐는 말이시!"

"미친 개고기를 처묵었남. 우리가 은제 뺏어왔다는 것이여. 어르신께서 스스로 오셨제."

"니늠으 자슥들이 속여갖고 어르신 가족들을 모셔왔제. 우덜 어르신께서 안 시키신 것얼 다 안디 으째 시치미를 뗀당가."

"머가 어쩌고 어째, 어르신이 불펜허신 것 같응께 뫼서운 건디 머가 잘못이란 말여."

"이 육시럴 늠아. 우리가 애써 10여 년을 뫼셨는데 하루아칙에 니늠들헌티 뺏길 중 아냐. 오늘언 천하없어도 뫼서갈 텡께 길을 비켜라."

"이 환장헐 늠들 봤나. 어르신 연구가 안 끝나셨는디 으째 생떼를 쓰고 지랄이여. 어르신헌티 여쭤보란께, 시방 가실 수 있는가."

약전은 어처구니가 없었다. 종철이 나서서 약전에게 공손히 여쭈었다.

"어르신, 안즉 일이 안 끝나셨는게라우."

"오냐."

"그라믄 은제나 끝나시께라우."

"내가 알고 싶은 것을 다 알아내려면 일 년을 가지고도 모자랄 것 같구나.”

약전의 말이 떨어지자 기세가 등등해져 쫓아왔던 우이보 사람들이 풀이 죽어 조용해졌다.

“큰일 나부렀구만.”

“우리는 앞으로 어치케 살아야 쓰까이.”

흑산도 사람들은 더욱 기가 살아 비아냥거렸다.

“망할 누무 자슥들이 괜시리 와갖고 강짜여, 강짜가.”

“봐라, 어르신께서 안 가신다고 허잖으신가.”

“안 그려도 속상헌디 왜 욕지거리여. 어디 한 번 해보끄나!”

우이보 청년들이 웃옷을 벗으며 싸울 듯이 덤볐다. 그러나 서로 말려 싸움은 일어나지 않았다.

빙그레 웃고만 있던 약전은 뼛속까지 스미는 따뜻한 인정을 느꼈다. 서로 신세를 져달라는 그들의 소박한 소망이 약전의 가슴을 촉촉이 적시고도 남았다. 유배 온 죄인은 서로 맡지 않으려는 것이 다반사인데 약전만큼은 그 반대였다. 조선조 5백 년 유배 역사 중에 오직 처음이고 한 번 있는 일이었다.

약전이 흑산도의 장 호장에게 술자리를 만들라 일렀다. 서로 으르렁대며 삿대질을 해대던 양 섬사람들이 약전의 한마디에 평정을 되찾았다. 우이보에서 박 호장을 비롯하여 최 첨지, 덕보, 종철, 팔봉, 대길과 힘깨나 쓴다 하는 젊은이 10여 명이 넘게 몰려와 모두 술상 앞에 쪼그리고 앉았다.

“어르신, 즈이들은 앞으로 어치케 살라고 이라시오.”

"술이나 먹게."

우이보 사람들이 가장 걱정하는 것은 기상예보였다. 매번 출어할 때마다 약전의 기상예보만을 의지해온 터였다. 그가 없는 지금에 와서는 배를 타는 사람이나 배를 내보내는 사람 모두가 불안하고 허둥대기 일쑤였다. 그런데다가 약전의 일이 1년 넘게 걸릴 것이라니 몸이 달 수밖에 없었다.

"염려 말게, 다 방법이 있으니. 술이나 마음껏 들게."

약전이 권해서 어쩔 수 없이 앉아는 있었지만 그들로서는 걱정을 떨칠 수가 없었다.

약전이 양 섬의 호장을 가까이 불렀다.

"이제부터……."

자신이 하는 말을 잘 들어달라며 약전이 얘기를 시작하였다.

"얼마 동안은 연구할 기간이 필요하니, 그때까지만 이곳 흑산도에 머무를 것이고 연구가 끝나면 바로 처가가 있는 우이보로 돌아갈 것이니, 이 약속을 지켜주겠는가."

"야."

"야."

두 섬의 호장들은 시원스레 대답하였다. 하지만 사실은 오월동주였다.

약전의 장인인 박 호장은 연구가 어서 끝나 빨리 모셔가야지 하는 생각이었고, 흑산도 장 호장은 어떻게 해서라도 질질 끌어 오래 머무르게 하여야겠다는 생각뿐이었다.

약전이 다시 말을 이었다.

"내가 흑산도에 있는 동안 기상이 가장 문제이니 신호로 그 것을 알려주겠네."

"으치케 말씸이어라우?"

"봉화라는 것이 있네. 산 위에서 불을 피우는 걸세."

"그래서라?"

"동이 틀 무렵에 불을 피우는데 한 군데서 불을 피우면 출어 를 해도 된다는 신호이고 두 군데서 피우면 안 된다는 신호일 세."

"잘 알었구만이라."

박 호장과 우이보 사람들이 약전의 말을 듣고는 조금 안심 을 하였다.

"그 대신 그쪽에서도 봤다는 신호를 해줘야 하네."

"으치케라우?"

"이쪽 신호를 보자마자 우이보에서도 봉화를 올려주어야 지."

"잘 알었구만이라. 그란디 안개가 끼거나 날이 나뻐갖고 신 호가 안 보이믄 으치케 혀야 되어라?"

"모두 탄탄한 살림이 되었으니 굳이 모험을 하지 않아도 되 지 않겠는가."

"야, 그라지라우."

그제야 서로 마음이 풀렸고 걱정거리도 사라지자 모두들 모처럼 마음껏 술을 마셨다.

하루는 약전이 쉬고 있는데 장 호장이 약전의 방으로 들어왔다.

"심심허시제라우."

"자네들이 신경 써주어서 괜찮네."

"섬 구석이라 변변헌 것이 웁서라우. 대접이 하도 셴찮은 것 같아서 걱정이구만요."

"괜찮네."

"헌디 어르신, 상의 디릴 말이 쪼께 있는디라."

"무엇인가."

"즈이 흑산도도 우이보맹키로 잘 살아보고 싶은디 어르신께서 방법을 잔 알려주셨으믄 좋겄어라."

"그렇지 않아도 궁리 중이네."

장 호장의 귀가 번쩍 뜨였다.

"멋인디라? 그저 어르신께서 시키시는 대로 헐 텡께 일러만 주쇼이."

"내가 보니 갈치를 말릴 때 창자를 다 버리더군."

"고것이사 쓰잘디가 없응께 버리제라."

"갈치가 맛있는 생선이니 그 창자도 맛이 있지 않을까 싶네. 그 창자만을 모아서 젓을 담가보면 어떨까……."

"글씨라우."

장 호장은 실망하였다. 무슨 궁리를 하였다기에 큰 기대를 걸었는데, 아무 쓸데없는 갈치 창자로 젓을 담가보라니 장 호장으로서는 실망이 이만저만이 아니었다. 약전은 장 호장의 이런 마음도 모르고 계속 이야기를 이었다.

"멸치젓, 황석어젓, 새우젓과는 아주 다른 맛이 날 걸세."

장 호장은 별로 내키지 않았지만 약전이 내놓는 의견이니 무시할 수도 없었다.

"경험이 없으니 우선 시험적으로 조금씩만 만들어 보게나. 갈치, 청어, 고등어, 전어 등의 창자로 말일세."

"야, 혀보겠구만이라."

장 호장은 그 길로 창자만을 모아 젓갈을 담갔다. 그렇게 두어 달이 지난 후 별 기대도 없이 젓갈 단지를 열어본 호장은 깜짝 놀랐다. 향긋하면서도 감칠맛이 뛰어난 것이었다. 그는 너무 좋아 젓갈을 단지째 들고 약전의 방으로 뛰어갔다.

"어르신, 되았구만이라."

"뭐가 말인가."

약전이 돋보기를 벗어 옆으로 밀쳐두었다.

장호장은 흥분해서 말까지 더듬었다.

"어, 어르신, 이 이거 쪼껨 잡숴보시씨요."

장 호장은 젓갈을 단지째 약전 앞에 밀어놓고는 연신 입가에 웃음을 흘렸다.

"아, 이게 갈치창자젓인가."

"하믄이라. 어르신, 고맙구만이라."

약전이 아이처럼 좋아하는 호장을 보고 빙긋이 웃었다.

"맛이 그렇게도 좋던가."

"좋다뿐이어라. 어르신께서도 쪼께 맛을 보셔야지라."

하더니 두리번거리다가 다시 웃었다.

"젓가락도 안 갖고 왔네그랴."

"됐네. 이따 저녁상에 올려주게나."

"오메, 은제 그때꺼정 지둘리겄소. 지금 맛을 보셔야지라.
밖에 누구 있냐."

"야, 삼돌이구만이라."

"너 핑 가서 어르신 젓가락 잔 갖고 오니라."

장 호장은 젓갈 다섯 가지를 모두 약전에게 시식하게 하였
다. 약전도 만족스러운 표정이었다.

"음, 좋구먼."

장 호장이 흥분할 만하였다.

"세 가지는 안 되겄고, 이 두가지는 맛이 썩 좋은데 무엇인
가."

"야, 요것은 갈치창자고 요것은 전어창자구만요."

장 호장의 흥분은 아직도 여전하였다.

"음, 잘 되었네. 그런데 창자의 껍질이 두꺼워서 그런지 아직
맛이 다 우러나질 않은 것 같네. 얼마나 되었나."

"두 달 쪼께 넘었지라."

"그러면 바람이 들어가지 않게 잘 봉해서 여섯 달을 채워보게."

"야, 잘 알았구만이라."

흑산도에서 약전의 생활은 봉화를 때맞추어 올려주는 것과 부지하세월인 생물을 연구하는 것이었다.

6개월이 지난 후 장 호장이 섯갈을 들고 찾아왔다.

전어창자젓과 갈치창자젓은 천하일미였다. 특히 전어창자 젓은 헛바닥을 녹일 듯한 감칠맛이 제일이었다.

"됐네. 아주 그만이구먼."

"인자 으치케 허께라우."

"이제는 대량 생산을 하여야지."

여태껏 좋아 어쩔 줄 몰라 하던 장 호장의 얼굴에 근심이 드리워졌다.

"그란디, 양신 맹글어놨다가 안 팔려불믄 워쩌지라."

"그건 염려 말게."

그날부터 흑산도민들은 활기를 띠기 시작하였다. 온 도민들이 합심하여 장 호장의 지시대로 움직였다. 이제까지 바다에 버렸던 창자를 깨끗이 씻어 옹기에 넣고 간을 한 다음 저장하였다. 무슨 소용이 있는지도 모르면서 한양 어르신께서 시키는 것이라면 열심히들 하였다.

이 무렵 강진에서 기쁜 소식이 왔다. 귀양 온 지 13년째(1814

년) 되던 해의 일이었다. 이 해 4월 장령 조장한이 약용을 죄인 명부에서 삭제하라는 대계를 올렸다는 소식이 학연을 통해 강진의 약용에게로, 다시 약전에게로 전해진 것이었다.

혹시 해배가 될 것 같은 조짐이 보이니, 그렇게 되면 흑산도로 뫼시러 가겠습니다. 유배되어 올 때처럼 동행하여 마현으로 돌아가십시다.

약용의 서신을 받고 지천명의 중간을 넘어선 약전이 어린아이처럼 기뻐하였다. 몽매에도 잊지 못하던 그리운 동생을 곧 만날 수 있으리라는 연락인 탓이었다. 이루 말할 수 없이 기쁜 소식이었다. 그리운 동생의 소식을 들은 약전은 을녀나 아이들 앞에서도 벅찬 감정을 억누를 수가 없었다.

"얘들아, 숙부님이 오신단다. 세월이 빨리 흘러 어서 만났으면 좋겠구나."

"강진에 계신 숙부님 말씸이신게라우."

"그렇단다."

"그라믄 아부지도 귀양살이가 풀리신다는 말씸이시제라."

"그렇고말고. 너희들 숙부님이 오신다니 기쁘기 한량없구나."

약전은 동네 유지들을 불러 모아놓고도 자랑하였다.

"내 동생한테서 소식이 왔는데 잘하면 유배가 풀릴 것 같소.

그러면 동생이 흑산도로 찾아오겠다고 하였소."

모두들 그 소식을 듣고 기뻤지만 마음 한편으로는 아쉬움
과 섭섭함도 숨길 수가 없었다.

"반가운 소식이구만이라. 계씨께서 오시믄 큰 잔치럴 벌이
고 즈이들이 한양꺼정 뫼셔다드리께라우."

"말만 들어도 고맙네. 어서 동생을 만났으면……."

"어르신허고 헤어진다는 생각을 허믄 섭섭하고 짠한 일이제
만 헐 수 있었어라. 고향에 돌아가셔갖고 펜히 쉬시야제."

약전의 마음은 벌써 고향 땅을 헤매고 있었다. 붉은 황토
의 마현이 눈에 선하였다. 뒷동산을 오르내리면서 도토리 줍던
일, 동생들을 데리고 개울에 가서 물고기를 잡던 어릴 적의 추
억들까지 눈에 어른거렸다. 많이 늙으셨을 약현 형님과 늘 마
음 한구석을 차지하고 있던 부인 김씨도 떠올랐다. 배를 타고
한강을 오르내리던 일, 과거에 급제하여 임금을 알현하던 일,
충주 하담의 선영에 참배하였던 일 등이 떠오르기도 하였다.

약전은 이제 돌아가면 조상 대대로 묻힌 곳에 자신도 잠들
수 있다는 안도감에 젖어들었다. 성묘를 못한 지가 어언 13년
이나 되었다.

허공을 짚어가면서 노을빛 꿈을 그리고 있을 때 옆에서 장
호장이 말을 꺼냈다.

"그란디 은제쯤에나 계씨께서 오시께라우."

"그거야 다시 소식이 와봐야 알겠네."

"빨리 알어야 즈이도 준비럴 헐 텐디라우."

대범하고 침착한 성격의 약전은 동생이 온다는 소식을 들은 후 잘 웃고 즐거워하고 자주 놀라고 때로는 서두르기까지 하였다. 약전이 장 호장을 불렀다.

"아무래도 우이보로 다시 나가야 되겠네."

"으째서라우."

"아우가 온다는데 여기 가만히 있을 수는 없네. 강진에서 우이보까지도 먼 바닷길인데 더구나 우이보에서 흑산도까지 또 바다를 건너게 할 수는 없잖은가. 내가 조금이라도 더 나가 기다려야지."

호장의 안색이 섭섭함으로 가득 찼다.

"어르신, 연구허시든 것도 안즉 안 끝나시고 계씨께서 은제 오신다는 통보도 없으셨는디 여그 더 기시써요."

"아니네, 일각이라도 어서 만나야지."

"어르신, 퍼지게 담가논 젓갈은 다 으치케 허고라우."

"그거야 내가 어디에 있든 보살펴줄 것이네."

"아무리 그려도 기신 것허고 안 기신 것허고는 다르제라. 계씨께서 오실 때꺼정은 여그 기서야 되아라우."

장 호장은 꽤 완강하게 약전을 붙잡았다. 약전의 마음은 당장이라도 떠나고 싶었으나 자신을 지성으로 섬기며 받드는 흑산도 사람들이 붙잡으니 매정하게 떠날 수도 없어 곤란하였다. 그렇다고 눌러앉아 있자니 마음이 조급하여 도무지 안정이 되지 않았다.

"답답하구나."

그는 다시 종일 술을 마시게 되었다. 을녀나 아이들이 보기에도 안쓰러울 지경이었다.

"아부지, 지가 우이보에 댕겨 오겄어라. 외할아부지나 종철이 아자씨헌티 부탁을 디려서 아부지를 꼭 뫼셔가게 허겄구만이라."

"그건 아니 된다. 흑산도 사람들에게도 신세를 많이 지지 않았느냐. 타협을 하고 설득을 해서 서로 합의하여 행동을 하는 것이 군자의 도리이니라."

"허제만 저들이 말얼 들어주질 않는디요. 이라다간 집으로 돌아가기는 점점 어려울 것 같어라우."

"이번만큼은 나으리께서 가만히 기시제라우. 학소 말이 맞는 듯허요."

"안 된다는데 자꾸들 그러는구나."

약전은 반대하였으나 아이들도 지지 않았다. 숙부님이 더 중요하지 않느냐는 아이들의 설득에 약전은 한풀 꺾였다.

"그럼 알아서들 하거라."

학소가 서둘러 우이보에 가서 이 소식을 알리자 우이보 사람들은 너나 할 것 없이 모두들 흥분하였다.

"지까짓 늠들이 으째 방해를 허는 거여. 우리 어르신께서 오신다는디 으째 막느냔 말이여."

"긍께 말이시. 호로 새끼들이 지들 멋대로 헐라고 드네이."

"이참에 우덜이 혼구녕을 내주고 오세. 하루 빨리 어르신얼 뫼서와야제."

우이보 사람들은 숙의를 거듭한 끝에 달이 없는 컴컴한 밤을 택하였다. 제일 날쌘 배를 골라 장정 세 사람이 가서 약전의 식구들을 모셔오기로 결정을 한 것이었다. 종철, 재길, 팔봉 이렇게 세 사람이 정해졌다. 학소가 온 지 닷새째 되던 날이었다.

아침나절에 우이보를 떠난 일행은 해질 무렵이 되어서야 흑산도 근처까지 왔다. 속력을 줄여 대둔도를 바른쪽으로 바라보면서 흑산도 진리 포구를 코앞에서 가로막고 있는 가도의 으슥한 곳을 찾아 자취를 숨겼다. 다음 날 새벽에 계획을 이행하려는 것이었다. 어린 학소는 잠을 재우고 장정들이 교대로 밤을 꼬박 새우며 때를 기다렸다.

"짐은 다 꾸려노셨겄제."

모두들 숨 막히는 흥분 속에 젖어 있었다. 정정당당히 데려와야 할 사람을 데리러 온 것이지만 왠지 마음이 편치 않았다.

"미리 준비가 다 되어 있어야 할 텐디."

"너무 서둘면 안 되어. 파수꾼이라도 있으믄 낭패니께."

"그란께 여그서 밤을 새우고 새벽녘에 사람덜이 곯아떨어졌을 적에 슬쩍 들어가잔 것이 아니여. 그랄라고 학소를 재웠제."

밤공기가 싸늘하였다. 그들은 서로 기대어 몸을 녹였고 어린 학소만은 준비해 두었던 작은 이불을 덮어 한기를 면하게 해주었다.

가도에서 흑산도까지는 10리도 안 되었다. 새벽녘이 되자 서서히 노를 저어 약전이 있는 동리로 접근해갔다.

"진리가 가차워졌응께 지침도 함부로 말아야 혀. 들키믄 큰 쌈이 날 것잉께."

"다 알고 있당께. 인자부터는 말도 혀서는 안 되어."

"그란디 배를 어디쯤에 대야 쓰까."

"동네에서 쪼께 떨어진 디다 대야제."

그들은 작은 소리로 속삭이며 동네에서 한 마장쯤 떨어진 곳에 조심스럽게 배를 대었다. 종철과 재길이 날쌔게 배에서 뛰어내렸다. 잠에서 깨어난 학소도 뒤따라 내렸다. 그들은 도둑처럼 몸을 숨겨가며 뛰었다. 어디에선가 첫닭이 울었다.

"서둘러야 쓰겄네."

그들은 숨소리도 죽여가며 다시 뛰었다. 돌담 사이를 한참 달려서 약전의 집 앞에 도착하였다. 사립문을 슬며시 열었다.

"엄니, 지가 왔어라."

학소의 말에 긴장하고 있었던지 을녀가 바로 일어나며 학매와 약전을 깨웠다.

"가져가실 것언 워디에 있는게라우."

"아무것도 없구만. 나으리 책허고 지필묵만 싸놨제."

"살림살이나 옷가지가 있으실 텐디."

"짐만 되제 고것이 무신 소용이 있겠는가."

"그라믄 싸게 가십시다."

약전은 자의가 아니어서 거북스러워하였으나 말없이 따라
나섰다. 여섯 사람의 그림자가 칠흑같이 어두운 밤공기를 갈
랐다. 종철과 재길은 조급해하였지만 약전은 서두르지 않았
다.

"어르신, 서둘르셔야 되아라우."

"내가 무슨 죄를 지었다고 도망을 하겠는가."

"그렇기야 허시제만 여그 사람덜이 알믄……."

다행스럽게도 배가 닿아 있는 곳까지 가는 동안 아무도 만
나지 않았다.

"이쪽이여."

배에서 팔봉이 기척을 하였다. 모두 배에 올라탔다. 세 청년
들이 서둘러 노를 젓기 시작하였다. 그들은 있는 힘을 다하여
노를 저었지만 역류를 만나 별로 빠르지 못하였다.

"흑산도를 빠져나갈 때꺼정은 말도 허지 말고 지침도 말어
야 혀. 잽히믄 시끄러워져분께."

약전은 눈을 지그시 감았다. 흑산도 근해를 빠져나갈 즈음
진리 쪽에서는 난리가 났다. 학소가 우이보에 간 후로 만약을
생각해서 밤마다 교대로 감시를 하고 있던 참이었는데 어둠이
걷혀가는 바다에 못 보던 배가 빠져나가고 있는 것이 눈에 띈

것이었다.

"조것이 뭐시까."

"오메, 배구먼."

"큰일 나부렀네. 자네 싸게 호장 어른헌티 가서 알리소. 나는 어르신이 집에 기신가 확인해볼 텡께."

한걸음에 약전의 집에 갔다 온 총각이 숨을 헐떡거리며 말하였다.

"텅 비었등마."

"오메, 어르신을 뫼서가부렀구만."

"우이보 놈덜 짓이제."

"멋들 허고 있당가. 싸게 쫓아가잔께."

장정들이 추위도 아랑곳 않고 바다에 뛰어들어 배를 끌어냈다. 세 척의 배에 서너 사람씩 나누어 타고 있는 힘을 다하여 노를 저었다.

세 척의 배가 한 척을 따라잡는 것은 쉬웠다.

"야 이눔들아, 느그들이 도둑꿩이여. 밤에 와서 몰래 뫼서가게."

"누가 도둑눔인디 이 지랄이여."

"거지 발싸개 겉은 놈덜. 으째 우덜 허락도 없이 어르신을 뫼서간다냐."

"글씨 말이여. 왔으믄 인사가 있어야제 몰래 왔다 몰래 가는 것이 어느 나라 벱도랑가."

서로 소리를 질러대자 분위기가 점점 거칠어졌다.

"이 싸가지 없는 자슥들아. 어르신께서 오시고 싶어 허시믄 은제라도 보내준다고 헌 것이 누구냐."

"염병허네. 이 똥물에 튀겨 죽일 늠들아. 그래 느그 동네에서는 도둑질이나 허고 사냐이."

"멋이 어쩌고 어째! 우덜이 먼 도둑질얼 헸다고 지랄이여. 모가지를 확 빼서 똥장군 뚜껑을 할 늠으 자슥들 같으니라고."

"그동안 우리가 많이 참았제만 인자 헐 말은 혀야 쓰것다. 어르신은 본래 우리 흑산도로 유배를 오신 거제, 느그 우이보가 어니여. 도야지만도 못헌 자슥들아."

흑산도 청년들은 약전이 타고 있던 배의 노를 빼앗아 다시 흑산도 쪽으로 젓기 시작하였다. 여기저기서 욕을 하고 악다구니를 써댔지만 별도리가 없었다.

"어르신이 가시믄 안 되제."

흑산도 사람들이 모두 나와 약전을 다시 모셔 들었다.

양쪽 섬사람들이 서로 약전을 모시겠다는 심정은 그도 잘 알았다. 그러나 어느 쪽도 한 치의 양보가 없었다.

"종철이 너는 돌아가서 기다리거라. 내가 이곳 사람들을 설득해서 우이보로 돌아가마."

"그라제만 억울혀라우, 어르신. 우이보 사람들얼 전수 데려와서 우격다짐으로라도 모셔가야지 맴이 시원허겄어라."

"아니다. 내가 움직인 것이 잘못이다. 설득하고 타협을 했어야 했다. 절대 싸울 생각은 말고 기다리거라."

종철이 마지못해 대답하였다.

"야, 알겠구만이라."

그날 이후 약전은 두문불출하고 마음을 가라앉히느라 자산어보의 저술에 전념하였다.

대체로 물고기가 알을 낳는 것은 암수의 교배에 의해서가 아니다. 수컷이 먼저 정액을 뿜으면 암컷은 그 액에 알을 낳아 수정, 부화되어 새끼가 된다. 그런데 유독 상어만은 태생이다. 잉태에 일정한 시기가 없다는 것은 바닷속에 사는 생물로서는 특이한 예이다. 수놈에게는 밖으로 두 개의 콩팥이 있고 암놈은 배에 두 개의 태가 있다. 태 속에는 또 각각 네다섯 개의 작은 태가 있다. 이 태가 성숙해지면 새끼가 태어난다. 새끼상어의 가슴 아래에는 각기 하나의 태와 알이 있다. 알이 없어지면서 새끼가 태어난다. 상어는 원래 살결이 까칠까칠하여 마치 모래 같다는 뜻에서 사어(沙魚)라고 이름을 지었다.

약전은 우이보에 와서 가오리를 처음 먹었을 때 혼이 났던 기억이 떠올랐다.

모양은 연잎과 같이 생겼고 색깔은 검붉고 코는 머리 부분에 자리하고 있으며 그 기부(基部)는 크고 끝이 뾰족하다. 입은 코밑에 있고 머리와 배 사이에는 일자형의 입이 있다. 등에 코가 있으며 코 뒤에 눈이 있다. 꼬리는 돼지꼬리 같다. 꼬리 중심부에 거친 가시가 있다. 수놈에게는 양경(陽莖)이 있다. 모양은 흰 엽전 같다. 두 날개에는 가느다란 가시가 있어서 교미할 때 그 가시를 박고 교합한다. 암놈이 낚시 바늘을 물고 늘어질 때 수놈이 이에 붙어서 교미를 하다가 낚시를 끌어올리면 나란히 따라 올라오는데 이때 암놈은 먹이 때문에 죽고 수놈은 간음 때문에 죽는다고 말할 수 있는 바, 음을 탐내는 자의 본보기가 될 만하다.

상어도 새끼를 낳는 문이 따로 있는데 홍어나 가오리도 그러하다. 대체로 뱀에 물린 데 홍어의 껍질을 붙이면 잘 낫는다. 그것은 뱀이 홍어 냄새를 싫어하기 때문이다. 또 홍어로 끓인 국은 주기(酒氣)를 없애는 데 매우 효과가 있다.

약전이 우이보에서 흑산도로 건너가 정신을 팔면서 관찰했던 이상한 동물은 물개였다. 그는 처음 보는 희귀한 동물을 매일 관찰하며 흥분을 가라앉히지 못한 채 기록을 해나갔다.

전체적으로 개를 닮았으나 몸이 크고 털이 짧고 뻣뻣하여 창흑황백(蒼黑黃白)의 점들로 이루어진 무늬가 있다. 눈은 고양이를 닮았고 꼬리는 당나귀를, 발은 개를 닮았으며 발가락이 붙은 것이 물오리 같을 뿐만 아니라, 그 발톱이 매와 같이 날카롭다. 물에서 나오면 발톱이 펴지지 않으므로 걷지 못하여 누운 채로 뒤뚱뒤뚱하며 항상 물속을 좋아한다. 잠을 잘 때는 반드시 물가로 올라와서 자는데 어부들은 그때를 틈타서 잡는다. 그 외신(外腎)은 크게 양기를 돕고 가죽은 신과 말안장과 주머니를 만든다. 물개를 해구(海狗)라고도 부르는데, 생식기를 해구신(海狗腎)이라고 하며 양기에 좋다.

현대의 백과사전을 볼 것 같으면 물개의 수놈은 하루에 열 번에서 스무 번의 교미를 하여 한 번의 번식 기간 중 1천 번에서 2천 번의 교미를 하여야 한다고 씌어 있다. 이는 1백 마리 이상의 암놈을 거느리면서 성지를 꾸려야 하기 때문이다. 물개는 베링 해를 중심으로 동쪽은 미국의 캘리포니아 주 연해까지, 서쪽은 우리나라 동남서해까지의 북태평양을 회유하면서 서식하고 있다. 우리나라에서는 울릉도에 가장 많이 나타난다.

약전의 길고 긴 연구가 서서히 마감을 해가고 있었다. 그러나 그렇게도 애타게 기다리는 아우 약용에게서는 아무런 소식이 없었다.

"이렇게 답답할 데가…….."

약전은 아우를 기다리는 초조함을 달래느라 미친 듯이 자산어보의 집필에 몰두하였다. 그러나 이제 그것을 완성할 날도 얼마 남지 않았다.

약전은 불을 끄고 잠자리에 들었다. 그러나 잠이 오지 않아 오래도록 몸을 뒤척거렸다. 가슴이 뛰고 갑갑하여 견딜 수가 없었다. 그는 이불을 걷어차고 벌떡 일어나 앉았다. 뒷마당의 대나무 숲이 바람에 스산한 소리를 내고 있었다. 문을 열자 시리도록 찬 초겨울의 바람이 그의 얼굴을 덮쳤다. 그러자 정신이 맑아져왔다. 그는 다시 먹을 갈았다.

자산어보만 완성하고 나면 곧 약용을 만날 수 있을 것 같다. 약전은 붓을 들었다. 문밖에서는 쓸쓸하게 겨울비가 내리고, 대나무 잎은 찬 겨울비를 털어내느라 아삭아삭 소리를 내며 몸을 흔들었다.

차가운 밤공기에 손이 꽁꽁 얼었다. 약전은 입김으로 손을 녹여가며 계속 써내려갔다. 방문은 여전히 열어놓은 채였다.

쏘라는 벌레의 머리는 콩처럼 생겼고, 머리 아랫부분은 겨우 형체를 구비하고 있으니 콧물과 흡사하다. 머리는 매우 단단하고 부리는 칼날과 같아서 잘 벌렸다 닫았다 한다. 배 판자를 갉아먹는 것이 나무좀과 비슷하다. 담수에서는 죽는다. 조수가 급한 곳에는 나아가지 아니하고 대개 잔잔한 물에서 서식한다. 그래서 동해의 뱃사람들은 이를 심히 두려워한다. 그것들은 간혹 해양 한가운데에 마치 개미같이 떼지어 나타나는데 항해하는 배는 이를 만나면 속히 뱃머리를 돌려 피해야 한다. 배 판자를 그을려 두면 접근하지 못한다.

약전이 붓을 놓았다. 사산어보가 완성된 순간이었다.

기록에 의하면 약전은 논어난(論語難) 두 권, 역간(易柬) 한 권, 송정사의(松政私議) 한 권 등을 지었는데 이것들은 분실되고 말았다. 다만 자산어보 세 권만이 필사본으로 네 질 전해온 것으로 되어 있다.

자산어보의 자산(玆山)이란 흑산(黑山)이라는 말이다. 자자(玆字)는 검을 현(玄) 자를 두 개 겹쳐 써서 흐리다는 뜻도 되고 검다는 뜻도 된다. 약전은 이 흑 자를 싫어하였는데 섬 이름까지 흑산도였기 때문에 고향에 편지를 쓸 때도 흑자를 피해 흑산도를 군이 자산도라고 바꾸어 썼다.

약용도 흑산이라는 이름이 듣기만 해도 끔찍하다며 매 편지마다 자산으로 표기하였다. 뜻은 같지만 어감은 매우 다르기에 무섭고 두려운 흑자를 대신하여 유순하고 평이한 글자로 대체한 것이었다.

자산어보는 약전이 흑산도 귀양살이 중에 도민들의 불확실한 지식들을 정리하고 분류한 것으로 장덕순의 도움을 받아가면서 십수 년에 걸쳐 완성한 우리나라 최초의 해양어류 전문지이다. 이 책에는 수산동식물 155종의 명칭, 분포, 형태, 습성 등이 기록되어 있다.

이 자산어보는 세 권으로 되어 있다. 제1권에는 인류(鱗類: 비늘이 있는 고기) 73종, 제2권에는 무인류(無鱗類) 42종, 제3권에는 잡류(雜類)로서 해충(海蟲) 4종, 해금수(海禽獸) 1종, 해초(海草) 35종 등이 비교적 세밀히 분류, 기재되어 있다.

물론 현대 어류학의 분류와는 다르고, 한국 근해에 분포되어 있는 어류만 해도 현재 870종이나 되어 비교가 되는 것은 아니지만, 장비도 없는 어려운 환경 속에서 이 정도로 상세한 관찰을 하여 기록한 것을 보면 실학자로서 면모가 여실히 나타나 있다 할 것이다.

꼬끼오……. 어디선가 새벽닭 우는 소리가 겨울을 재촉하는 비에 젖어 들려왔다.

밤을 꼬박 새워 10여 년의 연구에 매듭을 짓고 나자 약전은 홀가분하면서도 깊은 허탈감이 들었다. 그는 구부정한 허리를 펴고 바람에 닫힌 봉창문을 열었다. 칠흑의 어둠이 한꺼번에 몰려들었다. 술 생각이 났다. 그러나 모두가 잠들어 있는 이른 새벽이었다.

그는 술 생각을 달래려고 엽초를 피워 물었다. 그러고는 솜이불을 끌어다 뒤집어쓴 채 밖을 내다보았다. 비는 계속 내리고 있었다.

약전은 아우를 기다리는 초조함을 자산어보 집필로 간신히 견뎌왔다. 이제 그것이 완성되고 나자 더 이상 버텨나갈 기운이 없었다.

약전이 장 호장을 불렀다.

"내가 아우를 기다리며 보낸 세월이 1년을 넘어섰네."

"죄송허구만이라."

"이곳 일도 이젠 다 해결이 되지 않았는가."

"감사허게 생각허고 있지라. 어르신 덕분에 애써 맹근 젓갈도 다 팔아서 목돈을 만질 수 있었어라."

"그럼 나를 이젠 보내주게."

"지도 송구스럽게 생각허고 있었구만이라. 곧 마을 어르신네들허고 상으혀서 모셔다 드립지라우."

"고맙네."

장 호장이 얼굴까지 붉히며 미안해하였다.

우이보가 떠들썩하였다. 2년여 만에 약전이 돌아왔기 때문이었다.

"인자 우리 섬이 살아났당께. 어르신께서 돌아오셨응께."

"그라고말고."

온 마을 사람들이 그를 반겼지만 약전의 마음은 무거웠다. 약용에게서는 아직도 아무런 소식이 없었다. 우이보로 돌아오자 동생에 대한 그리운 마음이 더욱 간절해졌다. 박 호장도,

을녀도 갖은 애를 썼지만 그의 마음을 채워주지는 못하였다.

그는 조반도 뜨는 둥 마는 둥 우이봉에 올라가 한나절도 넘게 강진 쪽을 바라보고는 하였다. 멀리 보이는 섬들 너머 강진에 있을 동생이 그립기만 할 뿐이었다. 그때마다 그는 언제인가 약용이 보내온 시구를 되뇌었다. 그것은 약용이 보은산의 산정(山頂)에 올라 형님을 그리워하며 지은 애절한 시였다.

절정(絶頂)에 오르고 나서 서쪽을 바라보니 바다와 산이 얽혀 있고, 안개와 구름이 꺼졌다 솟으며 나주의 여러 섬들이 또렷하게 눈앞에 있었습니다. 다만 어떤 곳이 형님 계시는 우이보인지를 가려내지 못하였을 뿐입니다. 이날 한 스님이 따라왔는데 그 스님이 말하기를, '보은산의 다른 이름은 우이산이고, 절정의 두 봉우리는 형제봉이라고도 합니다.'라고 하였습니다. 바다를 사이에 두고 형님이 계신 곳을 그냥 바라볼 수라도 있겠구나 싶었는데, 형님이 계신 곳과 제가 있는 곳 두 곳 모두 이름이 우이이고, 봉우리 이름 또한 형제봉이라 하니 결코 우연만은 아닌 것 같았습니다. 산에 오른 기쁨은 사라지고 슬퍼지기만 하여 돌아와 시를 지었습니다.

나주의 바다와 강진 사이 2백 리
험준한 우이산을 두 곳에 만들었네
3년 동안 묻혀 살며 풍토를 익혔으나

흑산도의 이름이 여기 있음을 몰랐네
인간의 안력(眼力)이야 애쓴들 멀리 못 봐
1백 보만 멀어져도 눈앞이 희미해라
더구나 흙비 구름 끼어 술빛처럼 짙으니
눈앞의 섬들이야 더욱 구별 어렵구나
손에 쥔 옥돌 신표(信標) 바라본들 무엇하랴
괴로운 마음 쓰린 창자를 남들은 모른다네
꿈속에서 서로 본 듯 안개 속 바라보니
눈물만 흐르고 천지는 어둑하여라

약전은 마지막 시구를 계속 되뇌며 끝없는 시름에 잠겨들
뿐이었다.

학소와 학매가 쫓아올라와 재촉하였지만 아랑곳없었다.

"아부지, 바람이 솔찬히 찬디 그만 내려가셔야제라."

"알았다."

"이러다 병이라도 나시믄 워쩌실라고라."

"알았다."

하지만 마치 돌부처라도 된 듯 약적은 움직이지 않았다. 주
름진 그의 눈가에 물기가 촉촉이 젖어 있었다. 언뜻 그 모습을
훔쳐본 학소는 콧잔등이 시큰해져 마른침을 삼켰다.

흑산도에 있을 때는 우이보로 가기만 하면 곧 아우를 만날
수 있을 것만 같았다. 그러나 막상 와보니 그곳과 하나도 다

381

를 바가 없었다. 더욱 외롭고 막막할 뿐이었다. 약전은 산에서 내려오면 다시 술만 마셔댔다.

"어르신, 빈속에 안주도 안 자시고 어쩔라고 이라시오."

여러 사람이 걱정하였으나 그는 마치 혼이 나간 듯 비척거렸다.

"어르신, 곡기를 끊으시면 안 되아라우."

"쪼께라도 잡수셔야제라."

옆에서 아무리 사정해도 소용이 없었다. 그가 평소 좋아하던 청어쩜도 그의 입맛을 돋우지 못하였다.

"아부지, 몸 관리를 이라고 소홀허게 허시다가 숙부님이 오시믄 을매나 걱정얼 허시겠어라."

"맞어라우. 숙부님 오실 때꺼정 몸이 건강허셔야 마현으로 돌아가실 수도 있으시제라."

그런 말을 들을 때면 억지로 한두 숟갈을 뜨다가도 이내 다시 수저를 내려놓았다. 약전이 자리에 누운 후로 종철은 매일 약전을 찾아왔다. 하루가 다르게 수척해지는 약전을 보다 못한 종철이 무겁게 입을 열었다.

"지가 강진을 핑허니 갔아 와야 쓰겄소."

"좋은 소식이 있으면 벌써 기별을 했을 사람이다."

"그래도 지가 가서 만나 뵙고 와야 속이라서 씨언할 것 같어라."

종철이 도착하였을 때 약용은 초당에 없었다. 종철은 옥돔, 새우, 전복 말린 것, 미역 등을 싸온 꾸러미를 내려놓고, 초당 옆 옹달샘으로 갔다. 한걸음에 오느라 갈증이 나던 터에 마신 그곳의 물맛은 어느 때보다도 신선하였다. 약천이라고 이름 붙여질 만도 하였다. 약천 바로 옆 바위에 머무른 것을 기념하기 위하여 약용이 새겨놓은 '정석(丁石)'이라는 글씨를 볼 때마다 종철은 이상하게 가슴이 옥죄어오고 컥 하고 차올라오는 것이 있었다. 오랜 유배 생활을 견디기 어려웠으면 단단한 돌을 깎아 저리도 깊고 분명하게 새겨놓았을까.

종철은 석가산 쪽으로 걸음을 옮겼다. 돌을 쌓아 산에서 물을 끌어들여 늘 흐르게 하였고, 그 가운데에 성을 만들어 화초도 심고 물고기까지 기르는 작은 연못이었다. 약용이 그의 제자들과 만든 것이었다.

석가산에서 산길 쪽으로 몇 발짝만 더 가면 약용이 약전이 있는 흑산도 쪽을 지치도록 바라보는 곳이 있었다. 그곳에는 언뜻 보아도 알아볼 수 있을 약용의 발자국이 마치 도장을 찍어놓은 듯 나 있었다. 그의 체온마저 느껴질 정도로 선명하였다. 그곳에서 내려다보이는 바다는 한낮의 햇살을 받아 은가루를 뿌린 듯 눈이 부셨다.

약용의 목소리가 들렸다. 종철은 얼른 초당 쪽으로 내려갔다.

"자네 왔는가."

약용은 산책을 다녀오는 길이었다. 그의 손에는 난 한 뿌리가 들려 있었다.

"야. 그간 무고허셨는게라우."

"그렇다네. 형님 건강은 어떠신가."

"그만허시구만이라."

방에 든 종철은 어설프게나마 약용에게 큰절을 올리고 꿇어앉았다.

약용이 종철의 안색을 읽으려고 뚫어지게 그를 바라보았다.

"행여 좋은 소식이 있나 허서 와봤어라우."

약용은 다소 안심하는 얼굴이 되더니 말없이 긴 담뱃대에 불을 붙였다. 그리곤 담배를 다 태우도록 한마디도 하지 않았다. 눈을 지그시 감은 채 담배연기만 내쉴 뿐이었다.

종철이 강진으로 떠난 날부터 약전은 보채기 시작하였다. 날짜가 왜 이리 더디냐며 학소, 학매에게 채근이 대단하였다. 아침에 물었던 말을 저녁이 채 안 되어서 다시 묻고는 하였다.

"아직 안 왔느냐."

학소가 수차례 같은 대답을 되풀이하였다.

"아부지, 안즉 날짜가 안 되았어라우."

그 말을 듣고 난 약전은 슬며시 눈을 감았다.

닷새 후 종철이 돌아왔다. 약전은 대뜸 종철의 안색을 살피기에 바빴다. 그러나 그는 종철의 침울한 표정에서 비관적인 소식을 직감했다. 다그쳐 물을 필요도 없었다.

무거운 침묵만이 방 안 가득 괴었다. 종철이 입을 열어 두껍게 쌓인 침묵을 허물었다.

"어르신, 쪼께만 더 지둘리시믄 좋은 소식이 있을 것이구만이라."

약전은 애써 위로하려드는 종철이 고마웠다.

"건강하시더냐."

약전은 수없이 많은 궁금함을 한마디로 일축하였다.

"몸은 그만허신디 눈이 잔 어두워지셨는가 봅디여."

꼼꼼한 성격의 약용이 손질한 엽초와 차를 보내왔다.

"책을 손에서 놓는 법이 없는 사람이니까……."

약전이 아우가 손수 묶어 보낸 엽초뭉치를 만지작거리다가 고개를 돌렸다.

"참, 요것도 전해디리라고 허셨어라."

종철이 저고리 소매에서 부스럭거리며 서찰을 꺼냈다. 그가 돌아가고 난 후에야 약전은 떨리는 마음으로 서찰을 읽었다.

날마다 북쪽 하늘과 흑산도 쪽을 바라보며 해배 소식을 손꼽아 기다리고 있는 제 심정이 바로 형님의 심정임을 잘 알고 있습니다. 마치 하루가 열흘인 것만 같습니다.

몸이 많이 쇠약해지셨다는 전갈을 받고 가슴을 도리는 듯 아팠습니다. 인편에 서찰을 보내지도 못하신 정도이니 걱정이

더해만 갑니다. 형님, 여지껏 잘 견뎌오셨듯이 조금만 더 기다
리시면 곧 좋은 소식이 있으리라 믿고 계시옵고, 제 간절한 소
망이오니 부디 건강하십시오.

어느새 약전의 얼굴이 다 젖어 있었다. 그는 눈을 감았다.
아우의 필체를 오랜만에 대하고 나니 그리움이 밀물처럼 겹겹
이 밀려들었다. 밤이 깊도록 잠들지 못하고 뒤척이며 종철 편에
몇 자라도 적어 보내지 못한 것을 못내 후회하였다.

그렇게 달포가 지났다. 박 호장뿐만이 아니라 모든 우이보
사람들이 만나기만 하면 모두 약전의 얘기를 나누었다. 온 동
리의 걱정거리였다. 약전의 몸이 점점 야위어가고 걸음걸이마저
이상해져갔다.

정조대왕이 살아 있을 때 '아우보다 형이 낫다.' 했던 적이
있었다. 그런 칭찬을 들을 만큼 그는 인물이 훤칠하고 박식하
였으며 약용이 한직인 곡산부사로 나갔을 때는 병조좌랑을 제
수받았고, 임금의 명으로 영남인물고를 편찬할 정도로 관심과
아낌이 대단하였다.

쇠약해질 대로 쇠약해진 약전은 을녀가 어렵게 구해다 끓인
전복죽을 한 수저도 받아넘기지 못하였다. 걱정하는 마을 사
람들의 병문안이 끊이지 않았다. 그러나 그는 을녀의 시중도,
마을 사람들의 보살핌도 귀찮았다. 물 몇 모금으로 하루를 넘
기기가 일쑤였다. 물처럼 엷게 끓인 미음도 몇 순갈을 넘기면

바로 토하였다. 숨소리도 고르지가 못하였다. 옆에서 보는 사
람은 더욱 애가 탔다.

"학소야, 나를 우이봉에 데려다다오."

쏟아지는 눈물을 애써 삼키며 학소가 아버지의 손을 꼭 쥐
었다.

"아부지, 고것은 안 되아라우. 요라고 쇠약혀지셨는디 으딜
가신다고 이래싸시오. 얼렁 기운얼 챙기셔야제라."

긴 한숨과 함께 약전의 눈에서도 눈물이 흘렀다. 눈물이 그
의 주름진 눈가를 적시고 마른 귓불에 고여 들었다.

"강진 쪽을 바라보기라도 해야 속이 시원해질 것만 같구
나."

약전은 학소에게 굳이 강요는 하지 않았다. 그것이 학소의
가슴을 더욱 후벼 팠다. 어쩌면 아버지의 마지막 부탁일지도
모를 일이었다.

"엄니 아부지 두루마기 내어주시씨요. 지가 아부지 업고 산
에 댕겨 올라요."

을녀의 옷고름도 흠씬 젖어 있었다.

"그러다가 더 악화되시기라도 허믄 어쩔라고……."

"하고 잡은 것얼 허시믄 오히려 더 기운이 나실지도 몰르제
라."

학소가 약전을 업고 우이봉에 오르는데 약전의 몸이 빈 지
게보다도 가벼웠다. 학소는 새털보다도 가벼운 아버지를 업고

는 자주 걸음을 헛디뎠다. 눈물이 앞을 가린 탓이었다.

"힘들 텐데 학매하고 교대하려무나."

"그래라우, 형님."

그 말을 듣자 학소의 눈은 걷잡을 수 없이 더욱 아려왔다.

"고것이 아니여라."

학소는 자주 아버지를 치켜 업었다. 그렇게라도 확인하지 않으면 아버지의 마른 몸이 빠져나가고 빈손만 뒤로 잡은 듯한 착각이 자주 드는 까닭이었다. 그 후로는 학소의 심정을 읽기라도 한 듯 약전도 말이 없었다.

우이봉에 올라서자 말없이 업혀 오던 약전이 입을 열었다.

"동쪽을 볼 수 있도록 앉혀다오."

학소가 약전을 조심스레 강진 쪽을 향해 앉혔다. 힘없는 시선으로 오래도록 강진 쪽을 바라보던 약전이 다시 입을 열었다.

"큰소리로 숙부님, 하고 불러보아라."

"야."

"야."

"숙부님—."

"숙부님—."

학소와 학매는 있는 힘을 다하여 소리를 질렀다. 그들의 소리가 멀리 검은 바다로 메아리쳐 흘렀다. 그들은 크게 소리를 지르며 빨리 오지 않는 숙부 약용을 원망하고, 그를 오지 못하게 막는 세상을 원망했다.

"됐다. 이제 좀 시원하구나."

백주의 햇볕에서 보는 약전의 모습은 해골 같았다. 뼈에 가
죽만이 앙상하게 붙어 있었다. 유배가 풀릴지도 모른다며 모
시러 오겠다던 약용은 2년이 다 되도록 오지 못하였다. 안타
깝기는 곡기를 거의 끊고 애타게 기다리는 약전이나, 초췌해져
가는 그를 곁에서 지켜보는 사람이나 마찬가지였다.

"아무래도 만나기는 틀렸나보다."

"아부지, 근력을 체리셔야제라. 숙부님은 꼭 오실 것이어라."

약전이 고개를 돌렸다.

"아니다. 내가 내 몸을 잘 안다. 이제는 틀렸다."

"곡기를 끊으싱께 그라제라. 억지로라도 쪼껜 잡숴보시랑께
라."

"나도 그랬으면 좋겠다만……."

상봉에 앉아 끊어질 듯 이어지는 아버지의 말을 학소와 학
매가 조용히 경청했다.

"내가 죽거든 가매장하였다가 나중에 충주 하담에 있는 선
영에 묻어다오."

두 아들은 차마 대답을 못하고 고개를 숙인 채 입술만 깨물
었다.

"알겠느냐."

"야."

학소의 대답은 이내 통곡으로 변했다. 곁에 있던 학매의 소리도 따라 변하였다. 마치 유언을 듣는 듯하여 설움이 복받쳤다. 그러나 아버지 앞에서는 그런 모습을 보이지 않으려 갖은 애를 다하고 있었다.

"인생은 공수레공수거이니라. 어차피 한 번은 죽을 텐데 너무 섭섭다 생각지 말아라."

약전은 자신의 명줄이 다한 것을 느끼고 있었다. 두 아들은 아버지의 지푸라기 같은 몸이 걱정되었다.

"산 우라 바람이 찬디, 인자 그만 내리가시제라."

그들은 다시 약전을 업고 산을 내려왔다. 집으로 돌아오면서 학소, 학매는 몇 번이고 숨죽여 울음을 삼켰다.

그날 밤 약전은 신열이 많이 나고 헛소리를 계속하였다. 그의 눈앞에 고향 마현의 뒷동산이 펼쳐졌다. 동산 정상에서, 귀양 간 두 동생을 기다리다 망부석이 되어 남쪽만을 바라보는 약현 형님의 주름진 얼굴도 보였다.

"형님……."

약전이 허공에 헛손질을 하며 형님을 불렀다. 몽매에도 그리던 약용의 얼굴도 겹쳐져 나타났다. 같이 귀양을 떠나 나주 율정에서 헤어진 지 16년. 약용의 얼굴도 많이 야위어 보였다.

"이보게, 아우……."

그는 계속 헛손질을 하였다. 학소가 허공에서 헤매는 약전의 손을 잡아주었다.

"아부지, 정신차리시씨요. 지 알아보시겄소."

학소, 학매, 을녀, 장인 박 호장, 장모, 심상치 않다는 연락을 받고 늦은 밤에 뛰어온 덕보, 종철, 종수, 종민, 그 외 많은 사람들이 둘러앉아 약전을 안타깝게 지켜보고 있었다. 학소가 약전의 손을 잡고 다시 불렀다.

"아부지, 지여라우, 학소여라."

땀으로 온몸이 흠씬 젖은 약전이 살며시 눈을 떴다.

"아부지, 지가 보이시제라?"

약전이 보일 듯 말 듯 고개를 끄덕였다.

"맴을 단단이 잡숫고 이겨내셔야 되아라우. 지 말 아셋지라?"

학소가 울먹이며 말하자 약전이 학소에게 쥐인 손을 가만히 움직여주었다. 학소의 눈에서 굵은 눈물 방울이 떨어졌다.

"아부지, 꼭 일어나셔갖고 고향에 기신 큰엄니랑 식구덜 다 만나 재미나게 사셔야제라. 안 그라요."

방 안이 온통 울음바다였다. 약전이 다시 눈을 감았다. 약전의 기억 저편으로 마현에 두고 온 처 김씨가 떠올랐다. 부인이 말없이 그를 보고 미소를 지었다.

방구석에 앉아 슬픔을 함께하던 장덕순의 눈이 우연히 약전의 머리 맡에 놓인 자산어보에 닿았다. 그는 사람들을 밀치고 다가가 그것을 펼쳐 들었다. 그러고는 단아한 필치로 깨끗이 정리되어 있는 자산어보를 읽어내려갔다. 그는 약전이 사경을 헤매고 있는 것도 잊고, 환희의 소용돌이에 빠져들었다. 그에게는 이제 주위의 통곡도, 약전의 신음 소리도 들리지 않았다.

자신이 칠십 평생 관심을 가져왔던 것이지만 이렇게 책으로 엮는다는 것은 미처 상상도 하지 못한 터였다. 그런데 불과 10여 년 만에 수백 가지 물고기의 생태, 습성 등을 종류별로 알기 쉽게 분류하고 정리해 놓은 약전의 과학적인 연구에 절로 머리가 숙여졌다. 늘 약전의 곁에서 물고기에 대해 아는 지식을 다 동원하였지만, 이렇게 대단한 것으로 결실을 맺으리라곤 상상도 하지 못한 터였다. 더군다나 물고기의 모습을 똑같이 그려 놓아 실제 고기를 보듯 생동감이 있었다.

"아부지, 눈을 잔 떠보시씨요, 야?"

학소가 애절하게 통곡하며 약전의 손을 쥐고 흔들었다. 그러나 이제는 손을 마주잡던 힘마저 잃었는지, 별 반응이 돌아오지 않았다.

학소가 놀라 황급히 박 호장을 쳐다보았다. 박 호장이 다급하게 다가가 약전의 얼굴에 손을 대려는데, 약전이 크게 숨을 한 번 몰아쉬더니 이내 고개를 한쪽으로 떨구었다.

그렇게 약전은 자는 듯이 숨을 거두었다. 방 안은 참고 억눌러오던 슬픔이 한꺼번에 터져 통곡으로 넘실댔다.

약전의 숨이 끊어진 그날 밤 하늘에서 갑자기 엄청나게 많은 비가 내렸고 바다도 몸부림치며 울었다. 1816년 6월 6일의 일이었다. 우이보에 유배온 지 16년째 되던 해였다. 약전의 나이 59세였다.

우이보 사람들은 너나 할 것 없이 모두 눈두덩이가 퉁퉁 부어 있었다. 흑산도에서 온 사람들이나 비금도, 대야도 등 이웃 섬들에서 온 문상객들까지 목이 메었다.

을녀는 그간 약전의 병간호로 지칠 대로 지쳤으나, 옷매무새를 흩뜨리지 않고 시신 옆에 붙어 있었다. 을녀의 눈빛은 허공을 헤매는 듯 초점이 없었다.

출상날이었다. 부인네들은 밤을 새워 상복을 지었고, 장정들은 상여를 단장하였다. 앞이 보이지 않을 정도로 눈이 퉁퉁 부은 종철이 훌쩍이면서 상여를 어루만졌다.

"마지막 가시는 길인께 곱게 꾸며디리야제."

목이 메어 미처 말끝을 맺지 못하였다.

"암, 곱디곱게 정성시럽게 꾸미세."

덕보 영감도 눈물을 훔쳤다. 학매가 상여 옆에 다가와 종이꽃을 만지작거렸다. 이것을 본 종철과 덕보가 학매를 끌어안으며 참았던 울음을 터뜨렸다. 상가에 모인 사람들이 눈물바다 속에서 더디게 손을 놀렸다.

"객지에서 돌아가셔번졌으니 영혼인들 을매나 슬프시겄능가."

"그런께 온 섬사람덜이 다 울제, 달리 슬프당가. 고향 땅도 못 밟아 보시고 일가친척 한 분도 못 뵈시고 홀로 가셨으니, 요라고 슬플 디가 또 어딨겄소."

박 호장도 덕보 영감도 슬픔을 감추느라 술만 거푸 들이켰다.

상식(上食)을 올리고 영구를 상여에 옮겨오고 나서 견전제(遣奠祭)를 지냈다. 장정들이 영구를 새끼로 단단히 묶었다. 상주들의 곡은 한덩이가 된 마을 사람들의 울음소리 때문에 들리지도 않았다.

명정과 만장, 공포(功布)가 하나씩 쓸쓸한 상여를 인도하였다.

북망산이 멀다 하니
저 건너 안산이
북망이로구나

요령잡이가 상여 위에 올라가 소리를 메기자 상여꾼들이 후렴을 하였다.

어허 넘차 너와너
새벽 종달이 쉰 길 떠
서천 명월(西天明月)이 다 밝아온다
어허 넘차 너와너

인경치고 바투치니

각대하님이 개문을 하네그려
어허 넘차 너와너
너어너어 어이 가리 넘차 너와넘

물가 가재는 뒷걸음을 치고
다람쥐 앉아서 밤을 줍는디
원산(遠山) 호랑이 술주정하네그려
어허 넘차 너와너

앞마당에서 상여가 왔다갔다하며 소리를 메기다가 요령잡
이가 떠날 채비를 서둘렀다.

가네 가네 나는 가네
정든 처자식 다 버리고
북망산에 나 먼저 가네
어허 넘차 너와너

어쩌다가 내 팔자가
고향땅 한번 다시 밟지 못하고
흑산도꺼정 와서 죽는당가
어허 넘차 너와너

상여 앞에서 만장과 공포가 펄럭였다.

마을 사람들은 눈물을 훔치면서 상여 뒤를 따라 천천히 산으로 올라갔다. 철모르는 어린아이들이 큰 구경거리를 만난 듯이 상여 앞뒤로 뛰어다니며 즐거워하였지만 섬사람들은 숙연히 뒤따랐다.

고향땅 위 형제들아
인사도 없이 먼저 가네
어허 넘차 너와너

강진에 있는 아우님아
너를 못 보고 가는 것이
너무나도 원통하구나
어허 넘차 너와너

사랑하는 내 아들들
언젠가는 내 육신을
고향땅에 보내주오
어허 넘차 너와너

마누라야 잘도 있게
자네 두고 무슨 일로

이렇게도 서둘렀당가
어널 어널 어널

여보소 섬사람들
이내 말을 들어보소
자네가 죽어도 이 길이요
내가 죽어도 이 길이로다

어허 넘차 너와너
어널 어널 넘차 너허
어이 가리 넘차 너와너

　처음에는 요령잡이와 상여꾼들에 의해서 불려지던 소리를
뒤처진 사람들이 너나 할 것 없이 따라하며 슬픔을 달랬다.
　남쪽 다도해의 하늘이 구름 한 점 없이 맑았다. 멀리 바다는
끝없이 펼쳐지고 암청색의 물결이 잔잔히 일었다. 고고히 떠나
간 그를 애도하는 것만 같았다. 약전이 거의 매일 올라와 기상
을 관측하였던 우이봉 상봉으로 상여가 올랐다. 그가 늘 오르
내려 오솔길이 뚜렷이 난 그곳을, 이젠 다시 못 올 불귀의 객이
되어 지나고 있었다. 을녀도 수척해진 몸으로 비척거리며 그 뒤
를 따르고, 학소와 학매도 뒤따랐다.
　산역(山役)꾼들이 묘를 다 파놓고 기다리고 있었다. 하관이

되었고 명정이 관 위에 덮였다. 온 섬사람들의 울음이 관 위로 떨어져 쌓였다.

앞에 서서 끝까지 이를 다 지켜본 을녀의 얼굴이 순간 창백해지더니 이내 푹 쓰러졌다.

"에미야, 정신 차리그라. 요것이 먼 일이다냐, 에미야."

을녀의 어머니가 쓰러진 딸을 붙잡고 쉰 목소리로 부르짖었다.

"산 사람언 살아야제. 서둘러 끝내고 얼렁 데리고 내리가야 쓰겠소."

헌토가 끝나고 봉분을 다지는데 갑자기 어두워지며 바람이 불어 닥쳤다. 만기가 찢겨져 나가고 제사 음식을 담았던 목기들이 이리저리 굴렀다. 아이들이 무서워 어머니의 손을 꼭 잡았고, 여자들의 무명치마가 바람에 심하게 펄럭였다. 사람들의 두건도 하늘로 날아갔다. 끝없이 펼쳐진 암청색의 바다도 순식간에 먹물을 풀어놓은 듯 거무튀튀하게 변해갔다.

"아무래도 한바탕 퍼부을 것 같구만."

"서둘러야 쓰겠네."

바쁜 발놀림으로 봉분을 다지며 모두들 내려갈 채비를 서두르는데, 갑자기 하늘에서 물고기들이 우수수 떨어졌다. 봉분 위로 떨어진 물고기들은 젖은 몸을 퍼덕거렸다.

"요것이 먼 일이여?"

"시상에 이런 일도 다 있으까이."

모두들 너무 놀라 어찌할 바를 모르는데 누군가가 다급하게 소리쳤다.

"저것 잔 보소!"

모두들 그가 가리키는 쪽으로 고개를 돌렸다.

바다에서 높은 물기둥이 회오리바람에 실려 산으로 몰려오고 있었다. 한참을 그렇게 회오리바람에 얹혀 한 무더기씩 떨어지던 물고기가 비바람과 함께 그치더니 다시 하늘이 드러났다. 비구름이 몰려가고 나자 동네 아낙이 입을 열었다.

"옛날에 우리 조부님헌티 들은 말이 있구먼."

"먼 말인디."

"큰 변괴가 생길 때믄 하늘에서 괴기가 떨어진다고 말이여"

장덕순이 구부정한 허리를 펴 하늘과 바다를 번갈아 바라보며 중얼거렸다.

"큰 어르신이여. 미물인 괴기들꺼정 슬퍼허는 것을 본께."

약전의 가묘(假墓)는 그의 유언대로 우이봉의 양지바른 곳에 쓰였다. 고향도 볼 수 있고 아우가 있는 강진도 볼 수 있게끔 동북 방향으로 쓴 것이다.

43
이별의 장

약전의 부음이 전해졌다. 약용은 하늘을 우러러보며 탄식을 하였다. 비록 수백 리 바다를 사이에 두고 멀리 떨어져 있었지만, 흑산도에 있던 약전의 존재는 약용을 그토록 든든하게 해 줄 수가 없었다. 너그러운 사람이었다. 죽어가면서까지 동생을 그리던 그였다. 의지하고 살면서 같이 고향으로 가자던 형 약전이 죽자 약용은 이루 말할 수 없는 쓸쓸함을 느꼈다. 며칠 동안 식사도 제대로 못 하였다.

6월 초엿샛날은 바로 어지신 중형님께서 세상을 떠나신 날이다. 슬프도다! 어지신 이께서 이처럼 세상을 곤궁하게 떠나시다니……. 원통한 그분의 죽음 앞에 나무나 돌멩이도 눈물 흘릴 일인데 무슨 말을 더 하랴! 외롭기 짝이 없는 이 세상에서 다만 손암(巽菴 : 정약전의 호) 선생만이 나의 지기였는데 이제는 그분마저 잃고 말았구나.

지금부터는 학문 연구에서 비록 얻어지는 것이 있다 할지라도 누구에게 상의를 해보겠느냐. 사람이 자신을 알아주는 지기가 없다면 이미 죽은 목숨보다 못한 것이다. 네 어미가 나를 제대로 알아주랴, 자식이 이 아비를 제대로 알아주랴, 형제나 집안사람들이 나를 알아주랴. 나를 알아주는 분이 돌아가셨으니 또한 슬프지 않겠는가. 경서에 관한 240책의 내 저서를 새로 장정하여 책상 위에 보관하여 놓았는데 이제 나는 불사르지 않을 수 없겠구나.

율정에서 헤어진 것이 이렇게 영원한 이별이 되고 말았구나. 더욱 더 슬피디슬픈 일은 그 같은 큰 그릇, 큰 덕망, 심오한 학문과 정밀한 지식을 두루 갖추신 어른을 너희들이 알아 모시지 않았고 너무 이상만 높은 분, 낡은 사상가로만 여겨 한 가닥 흠모의 뜻을 보이지 않은 것이다. 아들이나 조카들이 이 모양인데 남들이야 말하여 무엇하랴. 이것이 가장 슬픈 일이지 다른 것은 애통한 바가 없다.

요즈음 세상에 그 고을 사또가 한양으로 영전하였다가 다시 그 고을에 올 때는 그 고을 백성들이 길을 막으며 거부한다는 소리는 들었어도, 귀양살이하는 사람이 다른 섬으로 그 거처를 옮기려고 하는데 본디 있던 곳의 사람들이 길을 막으며 더 있어 달라고 하였다는 말은 우리 형님 말고는 들은 적이 없다.

집안에 형님 같은 큰 덕망을 갖춘 분이 계셨으나 자식이나 조카들이 알아주지를 않았으니 참으로 원통한 일이로다. 돌아가신 선왕께서 신하들의 인품을 일일이 파악하시고 우리 형제에 대해 말씀하시기를 "아무개는 형이 아우보다 낫다."라고 하셨다. 슬프도다. 선왕께오서 만은 형님을 알아주셨느니라.

약전이 죽은 후 그 괴로움을 잊으려고 약용은 집필에 열중하였다. 경세유표와 목민심서 등 대작을 쓸 무렵에는 약용의 풍기도 깨끗이 없어져 버렸다. 다산초당에 기거한 이후부터 약전의 부음이 전해지기까지 약용은 다시 수많은 저술을 완성시켰다. 역학서언(易學緖言) 등의 역학 관련 서적을 비롯하여 맹자요의(孟子要義), 대학공의(大學公議), 중용자잠(中庸自箴), 중용강의보(中庸講義補), 대동수경(大東水經), 심경밀험(心經密驗), 소학지언(小學枝言), 악서고존(樂書孤存) 등등 이루 헤아릴 수 없을 만큼 많은 저술이었다.

다시 봄이 되어 진달래가 피었다. 약용은 미나리꽝을 찾았다. 초당 아래쪽에 직접 만들어 놓은 것이었다. 비류폭포에서 흐르는 물이 연지에 괴면, 이 물이 흘러 미나리꽝으로 들었다. 겨우내 싱싱하게 자란 미나리는 초당 식구들이 먹고도 남았다. 약용의 실학에 대한 집념의 소산이었다. 가실이 미나리를 뜯고 있다가 약용을 보고 일어섰다. 가실은 늘 티 나지 않게 약용의 모든 것을 보필하고 있었다.

"봄이 되니 생기가 더 합니다. 초고추장에 무쳐 내면 도령들도 좋아할 것입니다."

"나도 아주 좋아하지 않소. 벌써 침이 넘어가는구만."

약용은 기분 좋게 웃었다. 그때 멀리서 가실을 애타게 부르며 달려오는 소리가 들렸다. 약용도 소리 나는 곳을 바라보았다. 비안이었다. 가실이 다섯 해 전에 낳은 약용의 딸이었다. 여섯 살배기 비안이 천방지축 미나리꽝으로 달려오다 약용을 발견하곤 우뚝 멈춰서 조신하게 인사를 올렸다. 그 모습에 약용이 기쁜 듯 허허 웃었다.

"벌써 제법 숙녀 티를 내는구나."

약용이 비안을 높이 들어 안았다. 그 모습을 바라보는 가실도 행복한 미소를 지었다. 연지에 큰 잉어 두 마리가 여유롭게 헤엄을 치고 있었다. 약용이 잉어의 움직임을 가만히 바라보았다. 약용을 따라 한동안 연못을 바라보던 비안이 궁금한 듯 물었다.

"아버지, 연못 속에 저것은 무엇이어요?"

비안이 가리킨 것은 연못 가운데에 꾸려 놓은 석가산이었다. 둥그런 인공 섬을 만들어 두고 그 위에 물을 끌어다 인공 폭포인 비류폭포를 놓은 것이었다.

"연못 속에 있는 둥그런 석가산은 하늘을 의미하고, 네모난 연못은 땅을 나타낸 것이란다."

"조그만 연못 속에 천지조화가 들어 있는 것이네요?"

비안이 알겠다는 듯 작은 머리를 끄덕이며 천연덕스럽게 말했다. 이에 약용은 큰 소리를 내며 웃었다. 천지조화란 말을 벌써 구사하는 비안이 여간 기특한 것이 아니었다. 익히 머리가 비상한 것은 알고 있었으나 매번 피부로 느낄 때마다 기특하여 견딜 수가 없었다. 미나리를 다 뜯은 가실이 다가와 비안에게 면박을 주었다.

"아버지 팔 아프신데 얼른 내려오렴. 다 큰 아이가 채신머리 없이."

"괜찮소. 이렇게 아비의 정을 느낄 수 있을 때 누려야 하는 것이라오."

약용은 비안을 내려놓지 않고 계속 뜰을 거닐었다. 약용은 홍림에게 주지 못한 사랑을 비안에게 다 쏟고 있는 참이었다. 여전히 약용은 자식들 곁에 있어 주지 못해 미안한 마음이 늘 가슴 한켠에 자리하고 있었다. 그나마 비안은 곁에 둘 수 있어 다행이었다. 곁에 있을 때 아버지의 정을 함뿍 쏟아주고 싶은 마음이었다.

몇백 평 안 되는 다산초당의 꾸밈새에서나, 그 안에 자리한 나무 하나하나에서도 약용의 세심함을 엿볼 수 있었다.

여기저기 지천에 핀 진달래꽃 사이사이로 배꽃이 시샘하듯 청초한 자태를 뽐내었다. 약용이 다산으로 옮겨온 후 원래 있던 감나무나 배나무를 모두 잘라내고 품질이 좋은 종자로 접을 붙여놓아 가을이 되면 모두 먹음직스러운 열매를 맺었다.

동백나무, 대나무, 후박나무, 소나무 등등이 고루고루 무성하고 그 사이에 밤나무, 배나무, 감나무 등의 과일나무가 풍성하게 열매를 맺었다. 또한, 철따라 파초, 모란, 작약, 치자, 백일홍, 해바라기 등등 안 피는 꽃이 없었다.

"선상님, 선상님!"

아이들은 서로 지지 않으려고 목소리를 높였다. 팔을 휘저으며 달릴 때마다 몸통이 드러났다. 하나같이 바지가 흘러내리는 것을 막느라 한 손으로 바지춤을 움켜잡은 채였다.

"한양서 손님이 왔어라우."

아이들이 서로 다투듯 말을 앞세웠다.

"쉬염이 나고 멋지게 생긴 냥반이든디요."

"머가 멋지다고 그래 쌌냐. 우리 선상님이 질인디."

"종자가 셋이나 있잖여."

조무래기들은 할딱거리면서 코가 누에고치만큼 나오면 반질반질한 소매 끝에다 쓰으윽 문질렀다. 아이들 말에 의하면 나이 든 양반이 종자 서너 명을 거느리고 약용을 찾아왔다는 것이었다.

'누구일까.'

좋은 일이든 나쁜 일이든 사람이 찾아오면 우선 반가웠다. 멀리서 희끗희끗 사람의 모습이 보이기 시작했다. 사령들이 없는 것을 보니 나쁜 일은 아닌 것 같았다. 앞에서 활개를 치며 올라오는 사람은 어딘가 안면이 있는 듯싶었다.

김이교였다.

나이는 약용보다 두 살 아래였으나 같은 무렵 과거에 합격하여 함께 옥당에서 학문을 연구하고 수원성 건축에도 참여한 동료였고, 정조대왕 승하 후 벽파에 몰려 명천으로 귀양 갔다가 1년 만에 해배된 후 두루 벼슬을 거쳐, 나중에는 정승까지 지냈다.

약용은 반가움에 어쩔 줄을 몰라 하였다.

"김공 아닌가."

"오, 정공. 오래간만이네."

두 사람은 손을 맞잡고 한참 동안 말이 없었다. 서로 얼굴을 뜯어보고 손을 어루만지며 무언의 정을 나눌 뿐이었다.

"어서 들어가게."

약용은 김이교를 서둘러 초당 안으로 안내했다. 그들은 미처 엉덩이를 부리기도 전에 그간 못다 한 정을 나누었다.

"얼마나 고생이 많은가."

"그럭저럭 지내고 있네."

"내가 너무 무심하였네."

약용이 헛웃음을 날렸다.

"사노라면 그런 것 아니겠는가. 한데 어쩐 일로 예까지 들렀는가."

"전라어사로 두루 돌아다니다 일이 거의 끝나 돌아가려던 참이네."

"고맙네. 여기까지 찾아와준 사람은 자네뿐일세."

"이번에 돌아가면 어떻게든지 힘써 보겠네. 대계가 끝났는데도 서로 눈치만 보면서 풀어주지 않으니, 말이나 되는 얘긴가."

"이제 나는 포기하였네. 내 죄가 무엇이기에 20여 년 동안이나 귀향을 살아야 한단 말인가. 신유년 때만 하더라도 무죄방면되리라는 풍문이 돌았었네. 그런 것이 어느덧 이렇게 세월이 흐르지 않았는가."

"자네 심정 이해가 가네……. 자네에게 면목이 없네. 나야 벼슬 한답시고 술이나 먹고 다녔지 어디 제대로 학문을 했는가. 자네는 책 속에 파묻혀 세월을 보냈으니 어이 장하지 않겠는가. 하늘이 자네에게 공부를 하라고 무심하였나 보네."

김이교와 정약용은 시간 가는 줄 모르고 얘기에 열중하였다.

"자네 늘그막에 어사로 지내면서 무엇을 느꼈는가."

"모두가 부질없더군. 사람이 사람을 다스린다는 것이 얼마나 턱없는 일인가를 깨달았네."

"무슨 말인가."

"가는 곳곳에서 부정을 발견하였네. 진위를 가려보면 반드시 그럴 만한 이유가 있었네. 따지고 또 따져보니 결국 어사인 나에게까지 책임을 돌아오지 않겠나. 내가 받는 국록도 백성들의 피로 만들어진다는 것을 알았네."

"역시 자네는 명관이네. 그런 것을 느꼈다면 이제부터는 세상 보는 눈이 달라질 걸세."

"자네야 시골에 있으니 오죽이나 잘 알겠나."

"내가 요사이 목민심서라는 책을 쓰고 있다네. 이 책에서 나는 박부추수(剝膚椎髓)니 두회기렴(頭會箕斂)이니 하는 말을 즐겨 쓰고 있네. 박부추수란 살갗을 벗기고 속골을 망치질한다는 뜻이고, 두회기렴이란 머릿수를 세어 곡식을 내게 하고 키로 거두어들인다는 말이네. 나야 귀양살이하다가 끝나면 그만이지만, 자네는 백성의 고통스러움을 이해하고 정치하는 데 꼭 반영을 하게."

"알겠네."

"지금 백성들은 돈만 있으면 죽은 사람도 살릴 수 있다고 말들을 한다네. 무지한 백성들이 서슴지 않고 그런 말을 하고 있으니 관이 얼마나 썩었는지 알 수 있지 않는가. 이대로 두었다가는 홍경래의 난 다음으로 더 큰 난리가 줄을 이을 걸세."

정치 얘기에 열을 올리던 김이교가 화제를 다른 데로 돌렸다.

"손암께서 돌아가셨다는 소식은 나도 들었네만……."

"……."

김이교의 말에 약용이 갑자기 눈물을 뚝뚝 떨어뜨렸다. 이순(耳順)의 나이가 가까워서인가. 눈물샘이 한없이 약해져 있었다.

김이교가 약용의 손을 꽉 잡았다. 김이교의 눈에도 눈물이 괴였다. 약용이 김이교의 손에 들린 부채를 쥐더니 그 위에 담담한 표정으로 시를 적었다. 유명한 선자시(扇子詩)였다.

역정(驛亭)을 적시는 가을비
사람 보내기를 더디게 하네
이 두메산골에 자네 떠나면
뉘 다시 나를 찾겠는가
반열에 다시 오르리라
어찌 감히 바랄 수 있으리
오얏꽃 언덕 한수(漢水)에
돌아갈 길 기약이 없네
유사(酉舍)에서 글 쓰던 날은 잊지 마소
경년에 떨어진 칼 그 설움 말문이 막히네
푸른 대[竹] 두어 개 새어든 달 아래
고향을 생각하니 눈물만 짓네

약용의 손이 가늘게 떨렸다. 시의 뜻을 새긴 김이교도 말을 잃었다.

김이교는 한양으로 돌아왔다. 그는 순조 앞에서 민정(民情)을 아뢰었다. 부복한 그의 머리맡에는 부채가 놓여 있었다.

"그것이 무엇이오."

"시가 적힌 부채이옵니다."

"누구의 시요."

"정약용의 시이옵니다."

"정약용이라니?"

순조의 귀에는 낯선 이름이었다.

"선대왕의 신임을 받았던 중신이옵니다만, 18년째 귀양을 살고 있사옵니다."

"아니, 무슨 죄를 지었기에 그렇게 오랫동안 유배 중이란 말이오."

"아뢰옵기 황공하오나 그는 죄가 없사옵니다."

순조가 탄식을 하였다.

"어디, 부채를 보여주시오."

순조는 선자시를 읽어보았다. 그동안 몇 번인가 상소가 올라와 대계를 내렸던 기억이 어렴풋이 떠올랐다.

"부왕의 사랑을 극진히 받은 사람 맞소?"

김이교가 머리를 조아렸다.

"예, 전하."

"과인이 임금으로 있으면서 부왕의 총신(寵臣) 하나를 구제하지 못한다면 말이 되겠소. 더욱이 20년 가까이 잊혀 지냈다니 안타깝구려."

"황공하옵니다."

"빨리 계를 올리도록 하시오."

약용이 써준 시는 읽는 사람의 애간장을 녹이고도 남음이 있었다. 이 부채를 본 응교(應敎) 이태순은 그 즉시 임금에게 상소를 올렸다. 그는 준열히 조정을 꾸짖었다.

정약용은 이미 5년 전에 무죄임이 밝혀졌사옵니다. 그런데도 의금부에서 해배 공문을 보내지 않은 것은 국조(國朝) 이래 아직까지 없던 일인 줄로 사료되옵니다. 죄인 아닌 죄인을 묶어두고 나라가 국법을 어기고 있사오니, 이 나라는 과연 누구를 위한 나라란 말씀이옵니까.

이기경을 두고 하는 말이었다. 영의정 남공철은 당황하였다. 문서를 뒤져 보니 약용의 형(刑)은 이미 정지되어 있었다. 영의정은 의금부를 꾸짖으며 추상같은 명을 내렸다.

"당장 정약용을 해배하시오."

아무도 반대하는 사람이 없었다. 이기경도 이제는 어찌할 도리가 없었다. 파발이 바람같이 천 리 길을 달렸다. 파발이 강진에 다다라서 현청에 공문이 도착하자 웃지 못할 희극이 벌어졌다. 18년이라는 세월이 흐르는 동안 현감만 해도 대여섯 번이나 바뀌었고, 육방관속들도 나이 들어 죽거나 갈리고 난 후였다.

문서를 받아든 현감은 얼른 생각이 나지를 않았다.

"정약용이 누구냐."

육방 등은 아무 대답도 하지 못하였다. 유배 일지를 뒤졌으나 하도 오래된 문서여서 찾기가 힘들었다. 혹여 화를 당할까 현감은 안절부절못하였다.

"빨리 찾지 못하겠느냐."

새로 온 젊은 현감이 정약용을 알 리가 없었다. 아전들은 혀를 내두르면서 딴전을 피웠다. 노략질만 일삼는 원님이 미워 어떻게든지 골탕을 먹이고 싶던 차였다.

"누구 귀양 온 사람을 모르느냐."

이방이 능청을 떨었다.

"하도 많이 왔다 가서 말씀입니다요. 노인들을 모아 놓고 물어보면 알 수 있을 것입니다요."

우여곡절 끝에 귤동으로 아전들이 몰려왔다. 저녁 무렵이었다.

"정약용 해배요."

다산초당에 동리 사람들이 몰려들었다. 18년 만의 일이었다. 약용의 해배 소식이 전해지자 제자들은 반신반의하였다. 나름의 몫만큼 희비도 엇갈렸다. 이별을 해야 하기 때문이었다. 그러나 정작 당사자인 약용은 태연하기만 하였다. 제자들이 모여 수군덕거렸다. 책이 손에 잡히지 않는 것이었다.

"사부님."

"오냐."

"언제 떠나시겠사옵니까."

"책이 마무리되는 대로 떠날 생각이다."

약용은 책 정리를 서둘렀다. 어마어마한 분량이었다.

책 정리가 끝나는 날을 기해 약용은 초의와 이학래를 은밀히 동옥으로 불렀다. 한동안 두문불출하며 선방에 박혀 있던 초의는 그렇지 않아도 스승 약용이 떠나는 날에 맞춰 다산초당에 들를 요량이었다. 그러던 차에 이학래를 통해 자신을 부른다는 전갈을 받았다.

"사부님, 빈승 초의 진즉에 찾아뵙지 못하였습니다."

"아닐세. 불가의 일과 속세의 일이 어찌 같겠는가. 괘념치 말게."

호롱불에 세 사람의 그림자가 너울거렸다.

"이제 떠나오시면 언제 또 뵈올지……. 빈승이 미력하여 사부님을 제대로 뫼시지 못하였습니다. 하옵고……."

그때 약용이 차분한 목소리로 초의의 말을 잘랐다.

"성불하였다는 자네가 어찌 이리 미욱하단 말인가. 내 오늘은 그런 말을 듣고자 자네를 부른 것이 아닐세."

약용의 진지한 표정을 뚫어져라 쳐다보던 초의와 이학래는 자신들도 모르게 긴장하였다.

"세월이 하 어수선하여 내 비밀리 자네들에게 전할 것이 있어 이렇게 불렀다네."

말을 마친 약용이 한쪽 벽 가득 쌓인 책더미 위를 가리켰다.

"학래야, 저것을 내리거라."

초의와 이학래가 서로 마주보며 눈을 동그랗게 떴다. 이윽고 이학래가 무릎걸음으로 다가가 두 손 가득 책을 안아 내렸다.

"내 이제 한양으로 올라가면 또 어떤 봉변을 당할지 모르네. 하여 이것들을 자네 둘에게 나누어 보관하고자 하니 그리 알게나."

"사부님, 무슨 일이시온지……."

초의와 이학래는 영문을 몰라 하였다. 다시 약용의 말이 이어졌다.

"이 논책들이 세상에 나오면 아마도 나는 살아 있는 목숨이 못 될 걸세. 그러니 자네들이 잘 보관하였다가 좋은 때가 오면 알아서들 전포(傳布)하여 주게."

"무엇이온지요."

초의와 이학래가 입을 모아 물었다. 그러나 약용은 할말을 다하였다는 듯 굳게 다문 입을 열지 않았다. 그렇게 침묵 속에 한참을 앉아 있던 초의와 이학래가 약용에게 큰절을 올리고는 소리 없이 방문을 나섰다. 그때 약용의 인자한 목소리가 초의의 등 뒤로 들려왔다.

"초의, 자네의 다도는 일품이었네."

방문을 나서다 말고 돌아선 초의가 약용을 바라보았다. 그러나 약용은 이미 등을 보인 채 면벽을 하고 있었다. 약용이 초의에게 마지막 이별을 고한 것이었다. 코끝이 시큰해진 초의가 다시 들어와 머뭇대다가 큰절로 하직 인사를 다시 올렸다.

안개가 초당 주위를 부옇게 감싸고 있었다.

이때 약용이 초의와 이학래에게 준 논책들은 다름 아닌 경세유표의 초고들이었다. 조선 후기 사회를 신랄히 비판하며 가히 혁명적이라 할 만한 내용을 담은 논저들이었다. 그들의 손에 들어가면 약용의 죽음은 불을 보듯 훤한 일이었다. 물론 약용이 죽음을 두려워하였던 것이라기보다는 본인의 사상의 정수가 담긴 책들을 온전히 보관하고자 함이었다.

저서의 제목이 이미 그의 그런 의지를 분명히 담고 있었다. 유배 사는 중죄인으로 나라에 개혁안을 올릴 자격 또한 없으니, 자신이 죽은 뒤에라도 세상에 나면 다행이라 여겼다. 때문에 옛날 신하가 죽은 뒤에 올리는 국가 정책 건의서라는 뜻에서 '유표(遺表)'라 이름 지었다. 즉, 유언으로 올리는 건의서라는 뜻이었다.

강진읍지 명승(名僧) 초의전에 의하면, 그들이 받은 경세유표의 전문은 중간에 유실되었고 그 일부가 대원군에게 박해를 당한 남상교, 남종상 부자 및 홍봉주 등에게 전하여졌으며, 이 일부는 강진의 윤세환, 강운백 등과 해남의 주정호 등을 통하여 갑오농민전쟁 때 기병한 전봉준, 김개남의 수중에 들어가기에 이르렀다. 이에 조정에서는 이 책이 농민군들을 선동하였다 하여 강진 근방에 살던 약용의 제자들의 후손과 고성사, 백련사, 대둔사 등의 사찰을 수색한 일까지 있다 하였다. 그만큼 경세유표는 당시 조선 사회의 실상을 낱낱이 파헤친 명저였던 것이다.

제자들은 각자 자신들이 해야 할 일을 검토하였다. 그들은 우선 떠나야 할 스승의 마음을 편케 해드려야 하고, 남은 사람들이 뭉칠 수 있도록 약조를 해서 뒤처리를 잘하여야 한다고 생각했다. 예를 들면, 스승이 좋아하는 차를 해마다 보낸다든지, 다산초당의 이엉을 이어서 초당이 잘 보존되게 한다든지 하는 일들이었다. 초당의 제자들은 미리 이런 일이 있을 줄 알고 조금씩 돈을 모아 계를 만들어 놓았다.

약용이 해배되던 1818년 8월 그믐날, 제자들은 스승을 둘러쌌다.

"언제 다시 뵈올는지……. 안타깝사옵니다, 사부님."

"내 나이 연로하니 다시 오긴 어렵겠지만, 너희들이야 올 수 있지 않겠느냐."

"사부님을 잊지 않으려는 마음으로 계를 완전하게 만들고 싶사옵니다만……."

"좋은 생각이다."

제자들은 머리를 모아 계칙을 만들었다.

귀하다는 사람은 신의가 있는 법, 만약 떼 지어 모여 즐기다가도 흩어진 뒤에 서로 잊어버린다면 이는 금수의 짓이다. 우리들은 무진년(1808년) 봄부터 오늘에 이르기까지 형제처럼 모여 살면서 글을 읽었다. 이제 사부님께서 북녘으로 돌아가시고 우리들이 흩어져서 막연히 서로를 잊고 생각지 않는다면 되겠는가⋯⋯.

이렇게 전문을 쓰고 제자 열여덟 명의 이름을 기록하였다. 그러고는 약조문을 썼다. 차와 햇무명을 언제 어떻게 보내고 초당의 이엉은 언제 얹는지 등의 내용이 하나씩 결정되었다. 이것이 약용의 유명한 다신계(茶信契)이다. 기록에 남아 있는 우리나라 최초의 계 절목(節目)이다. 제자들의 간절한 소망을 표현한 것이었다.

이 약조는 잘 지켜졌다. 약용 생전에는 장남인 학연에게 꼬박꼬박 보내어졌고, 그의 사후에도 제자들의 자식의 자식들이 약속을 지켜나갔다. 기록에 의하면 다신계가 만들어진 지 1백년 후인 1920년대까지도 계속된 듯하다. 다산초당 제자들의 정성이 어떠하였는지를 짐작할 수 있다. 10년 동안 입은 은공을 대를 물려가며 열 배로 갚은 셈이었다.

약용의 귀향 준비가 거의 마무리되어 갔다. 책을 운반할 수레가 마련되었고 시중들며 따라갈 제자들도 선정되었다.

떠날 날을 며칠 앞두고 제자들이 모두 모여 환송식을 치를 장소를 물색하였다.

"어디가 좋겠는가."

"가장 기억에 남으실 만한 곳으로 정하세."

"몸도 불편하시고 과로하시면 안 좋으니 구강포로 가는 것이 어떻겠는가."

"아무래도 만덕산이 좋겠네."

만덕산 기슭에서 10여 년을 지내셨으니 그 정상에서 하는 것이 가장 의미가 있으리라는 결론이었다.

여러 사람이 준비를 분담하였다. 다산초당에 들어올 때는 코흘리개 떠꺼머리총각이었던 그들이 이제는 의젓한 성인이 된 참이었다. 이학래는 18년 동안이나 약용의 가르침을 받았으니, 서른이 넘었다.

모두가 경쾌한 차림으로 출발하였다.

"대낮이 되면 푹푹 찔 것이니 일찍 올라가세."

"이곳에서 태어났지만 만덕산을 오르기는 생전 처음일세."

"자네가 얼마나 살았다고 생전 운운하는가."

"그러는 자네는 올라와본 일이 있나."

"허긴 나도 처음일세."

칡넝쿨이 나무를 감싸며 하늘로 치솟아 있고 다래와 머루가 익어가고 있었다. 갈대가 한 길은 커서 앞 사람을 가렸다. 초당에서 공부만 하다가 산을 오르니 다리가 뻑뻑하고 땀이 비 오듯 하였다.

정상에 오르니 강진만이 눈앞으로 펼쳐졌다. 대섬, 가우도,

그 너머로 고금도가 그림처럼 아름다웠다. 다도해의 크고 작은 섬들이 옹기종기 모여 속삭이는 듯하였다.

강진만으로 들어오는 구강포의 물결이 햇빛에 반사되어 반짝거렸고 그 위로 돛배들이 흐르는 듯 떠 있었다.

"참 좋구나."

"여기 살면서도 이렇게 좋은 줄은 미처 몰랐네."

"이 바다가 멀리 서양까지 연결되어 있다면서."

"우리도 대박을 만들어서 서양을 왕래하게 된다면 얼마나 좋겠는가."

그들은 약용의 실학 강의에 연결지어 꿈을 키웠다.

"우리 사부님 같은 분이 나라를 다스리면 대박도 만들고 대포도 만들어서 부강한 나라가 될 수 있을 터인데……."

땀을 식히고 난 제자들은 곧 식사 준비를 시작하였다. 머슴들이 따라와서 시중들겠다는 것도 일부러 사양하고 자기들끼리 꾸려온 것이었다. 솥을 걸고 나무를 해오고 쌀을 씻고 반찬을 만들고 국을 끓였다.

"사부님, 먼저 약주를 한잔하십시오."

술 한 사발을 단숨에 들이켠 약용이 수염을 쓰다듬었다.

"맑은 공기 속에서 맛있는 술을 마시니 세상에 부러울 것이 없구나."

약용은 제자 한 사람 한 사람에게 차례로 앞으로의 일들을 지시해 나갔다. 마지막으로 이학래 차례가 되었다.

"너는 앞으로 무엇을 할 것이냐."

"전에 말씀드린 대로 지학(地學)을 하려고 하옵니다."

"마음에 변화는 없느냐."

"예."

"네가 주역을 열심히 공부한 것은 안다만 역학의 노예가 되어서는 아니 되느니라."

"명심하겠사옵니다."

"내가 주역을 20년이 넘게 공부하였다만 한 번도 사학(邪學)으로 이용해 본 일이 없느니라. 돌아가신 중형께서 흑산도에 계실 때 주역심전을 보내드리면서 장담한 일이 있다. '생전에 주역을 이용해서 사주관상이나 점을 쳐본 일이 없음을 자랑으로 여기고 있습니다.' 하고 말이다."

"무슨 말씀이신지 잘 알겠사옵니다."

"너는 처지가 다르고, 또 생계로 삼겠다고 하니 말릴 도리가 없다만, 항상 바른 마음으로 학문하는 자세를 지켜야 하느니라."

"예, 명심하겠사옵니다."

이런저런 이야기를 나누다보니 밥이 다 되어 식사가 시작되었고, 또 술이 몇 순배 돌았다. 모두들 기분 좋게 취하였다.

"사부님과 식사하는 것도 마지막일는지 모르겠사옵니다."

"오냐."

"사부님께서 따라주신 술을 마시니 세상이 모두 우리 것 같사옵니다."

모두 기분이 좋았다. 약용도 양볼이 벌겋게 달아올랐다. 제
자들이 앞을 다투어 한 잔씩 권하였기 때문이었다.

이때 이학래만이 혼자서 골똘히 생각에 빠져있었다.

"학래야, 이리 오너라."

약용이 불렀다.

"무슨 생각을 하였느냐."

"사부님, 소원이 한 가지 있사옵니다."

"무엇이냐."

"드릴 말씀이 아니온 줄은 천 번 만 번 아옵니다만, 가르침
을 받고자 하옵니다."

"말해 보아라."

"강진의 지세를 보시고 운세를 봐주셨으면 하옵니다."

약용의 낯빛이 단번에 굳어졌다.

"왜 그런 생각을 하였느냐."

"학문과 실제가 어떻게 다른가를 알고자 하옵니다. 제가 판
단하는 것과 사부님께서 내리신 결론이 어떻게 다른 것인지 일
생 동안 명심하면서 참고로 할까 하나이다."

약용은 눈을 감았다. 진퇴양난이었다. 생전에 학문에만 충
실하리라는 것이 그의 신조였다. 그런데 사랑하는 제자가 간
절한 부탁을 하고 있었다. 오랫동안 생각에 잠겨 있던 약용이
눈을 떴다.

"학래야."

"야."

"나의 맹세도 어길 수가 없고, 너의 소원도 들어주지 않을 수가 없구나."

학래가 머리를 조아렸다.

"죄송하옵니다."

"가까운 장래를 이야기하면 맹세를 어기는 것이 되니 먼 미래를 말하겠느니라."

"예."

"백 년 후에는 만덕산의 북쪽에서 이 나라 제일의 갑부가 나올 것이고, 2백 년 후에는 만덕산의 서쪽에서 우리나라를 다스리는 사람이 나올 것이다. 이것은 네가 죽은 후의 일이니 내 마음에 거리낄 것이 없구나."

이학래는 스승의 대답에 깊은 뜻이 있음을 직감하였다. 학문이 깊어지면 몇백 년 후까지도 내다볼 수 있다는 것을 깨달은 것이었다.

"감사하옵니다. 사부님의 이 한 말씀으로 제가 나아가야 할 방도를 알았사옵니다."

즐거운 나들이였다. 희희낙락하면서 학문을 얘기하고 장래를 설계하였다. 마지막 있었던 시회(詩會)가 그들의 마음을 더욱 들뜨게 하였다. 그들은 해가 뉘엿거릴 무렵에야 자리를 떴다.

초당에서 보내는 마지막 밤이었다. 가실과 나란히 누운 약용이 좀처럼 잠들지 못하고 늦도록 뒤척였다. 가실 역시 잠들지 못하고 약용의 기척을 가만히 듣고 있었다. 함께 마현 집으로 들기로 정하였으나 걱정이 많았다. 곁에서 곤히 잠든 비안이 잠꼬대를 하였다. 가실이 비안의 뺨을 가만히 쓸었다. 척박한 강진 땅에 처음 발을 붙이고 살기 시작하던 때가 다시 떠올랐다. 아무 연고도 없는 땅에 죄인의 자식이라는 신분으로 살아가는 것은 쉬운 일이 아니었다. 마현 역시 가실과 비안에겐 낯선 땅이었다. 그때 약용이 이불 아래로 가실의 손을 따스히 잡았다. 가실이 잠들지 못하는 것을 약용도 알고 있었던 것이다. 가실도 힘주어 약용의 손을 맞잡았다. 마음을 굳게 먹기로 하였다. 새로이 만나게 될 마현 식구들을 생각하다 보니 두렵기도 하고 설레이기도 했다. 가실의 마음이 따뜻한 기대로 부풀어 올랐다.

간신히 잠든 약용의 꿈엔 고향 산천이 선연히 떠올랐다. 약용은 형들을 따라 진달래를 꺾으러 깊은 산속을 헤매었다. 약용은 형들보다 더 많이 딸 욕심으로 깊은 산속으로 들었다. 그런데 그만 길을 잃고 말았다.

"형님ㅡ."

힘껏 소리 지르며 찾았으나 형들이 온데간데없다.

온산을 헤매었다. 손이고 발이고 모두 가시에 긁혀 피투성이가 되었다. 얼굴까지 엉망이었다.

"형님—."

아무리 불러도 대답이 없었다. 산을 몇 번이고 오르내리면서 진종일을 헤매었다. 해는 서쪽으로 기울고 어둑어둑해져 갔다. 약용은 걸을 힘도 없었다.

"형님—."

자기 딴에는 힘껏 불렀으나 개미소리였다.

'이제는 죽는구나.'

그런 생각이 들자 등골에 식은땀이 흘렀다.

"사부님, 사부님."

어느덧 방에 든 윤종두가 약용은 흔들어 깨웠다. 가실과 비안은 이미 방에서 나섰는지 보이지 않았다. 허공을 휘젓던 약용이 놀라 잠에서 깼다.

"사부님, 악몽을 꾸셨나 보옵니다."

벌떡 일어나 약용이 이마의 땀을 닦았다.

"허허, 내가 늙기는 늙었나보구나."

그 길로 약용은 마을을 다니며 두루 인사를 전했다. 10년이나 머물러 정이 깊어진 곳이었다. 책을 잔뜩 실은 소가 느린 걸음을 옮겼다. 월출산을 따라 약용과 가실도 비안의 손을 잡고 느리게 누릿재를 넘었다. 18년 동안의 유배 생활을 마감하는 순간이었다. 약용의 얼굴에 온갖 감정이 동시에 스쳐 지났다. 가실의 눈에 떨리는 약용의 눈두덩이 보였다. 늘 약용을 주의 깊게 살피는 가실만이 알 수 있는 약용의 소소한 감정이었다.

"감개무량하시지요⋯⋯."

많은 의미가 담긴 말이었다. 길고 긴 세월이었다. 갖은 시련을 겪었음에도 이제는 떠나기가 아쉬울 만큼 정이 든 고장이었다.

"고향과 가까우면 또 올 수도 있으련만⋯⋯."

약용은 떨어지지 않는 발걸음을 뒤로 하였다. 영암에서 하룻밤을 지내고 다음 날 해질 무렵이 되어서야 나주 땅에 들어섰다. 긴 여정이 여섯 살배기에겐 무리가 될까 싶어 아예 비안은 책 수레에 함께 타도록 하였다. 비안은 칭얼대지도 않고 의젓하게 여정을 함께 했다. 그렇게 율정 주막에 다다랐다. 18년 전 약전과 헤어졌던 곳이었다. 그동안에 한 사람은 유명을 달리하였고, 한 사람은 긴 유배 생활 끝에 백발이 성성하여 다시 찾은 것이었다. 약용이 두리번대며 주막을 둘러보는 사이 주모가 다가와 맞았다.

"메칠이나 묵으실 참이어라?"

"내일 떠나겠소."

"방은 합방얼 허실라요?"

"소나 잘 먹여주시오."

약용이 주문하는 대로 고개를 끄덕이던 주모는 퍼뜩 무언가 생각난 듯 약용의 얼굴을 뚫어져라 바라보았다. 약용이 먼저 아는 체를 하지 않자 확신이 서지 않는지 한동안 주모가 고개를 갸우뚱거렸다. 그러다 떠오른 듯 만면에 미소를 띠며 무룹을 쳤다.

"혹시 신유년에 형제분이 함께 여그 들르시지 않으셨어라?"

약용이 허허 웃었다. 약전과 함께 했던 마지막 순간을 기억하는 이를 만나니 더없이 반가웠다.

"자네가 어찌 나를 알아보는가."

"눈썹얼 보니께 금시 알겄구만이라. 요로크럼 시 개로 갈라져 있응게 요상혀서."

주모가 손짓을 해가며 수다를 떨기 시작하였다.

"을매나 고생얼 하셨어라. 가만있자…… 워따메, 벌써 18년이나 되아부렀소? 참말로 징한 세월이네이."

"어찌 햇수까지 아는가."

"금년 봄에 나으리 형님 묘를 이장혔어라. 그 참에 조카들이 몽창 다녀갔지라."

주모의 수다는 여전하였지만 정이 뚝뚝 흘렀다. 약용은 가만히 주모의 수다를 들으며 빙긋이 미소를 지었다. 그제서야 이별을 하던 두 형제를 극진히 대해주던 주모가 떠올랐다. 꿩고기로 만든 만둣국을 먹었던 기억도 새로웠다. 약전은 그것을 맛있게 먹고서 한 그릇을 더 청하였는데 약용은 반도 먹을 수가 없었다. 그때도 주모가 곁에 붙어 앉아 수다를 늘어놓으며 다독여 주었던 기억이 떠올랐다.

"고향에 가시믄 을매나 기쁠꼬. 다시는 못 오시것지라?"

"글쎄……."

"그눔의 천 서방, 요즘은 코빼기도 안 비치등마."

주모는 터지듯 나온 불만을 손으로 틀어막았다. 불쑥 튀어 나온 말을 주워담을 수도 없이 주모의 얼굴이 붉게 달아올랐다.

"염병헐 눔의 주둥아리 잔 보소. 생전 입 밖에 내지 않겄다고 혀놓고 또 지랄얼 혀 쌌구만, 지랄얼."

주모는 화닥닥 자리를 떴다. 무슨 속인지 잘 모르는 약용도 빙그레 웃었다. 우물가에서 비안의 발을 씻기는 가실의 소리가 들렸다. 약용은 다시 한 번 주막을 둘러보았다. 18년이란 세월이 흘러 주막도 많이 낡아 있었다. 오늘도 밤늦도록 약용은 잠을 들지 못하였다. 18년 전 그날과 다름없는 달빛이 방문으로 새어들었다. 몸이 늙어 벌써부터 지독한 여독이 퍼졌지만 그는 형 약전 생각에 밤새 뒤척였다. 이장한 묘에 대한 소식도 구체적인 것은 아니어서 모든 것이 궁금했다.

약전의 이장은 학소가 도맡아 하였다. 본부인인 풍산 김씨에게서 뒤늦게 아들 학초를 얻었으나 17세에 요절하여 학소와 학매가 약전의 유일한 손이다. 학초가 세상을 떠난 후 약전이 친척 중 한 아이를 학초의 아들로 입양시키려 한 적이 있었다. 그것이 학초를 위한 일이라 여겼다. 그러나 약용이 이를 반대하고 나섰다.

형수님과 두 아이(학연과 학유)들이 의논하여 친족되는 사람의 아들을 데려다 학초를 위하여 양자를 세웠다 들었습니다. 비록 큰 종갓집의 자식도 할아버지의 가계를 잇지 못하고서 죽는다면 입후(立後)하지 않고 차자(次子)로 가계를 잇는 것이 예이온데, 더구나 형님께서는 지자(支子: 맏아들 이외의 아들)이지 않습니까. 몸소 받들어야 할 선조도 없는 터에 촌수가 먼 아이를 데려와서야 되겠습니까. 형님께는 서자(庶子) 학소가 있으니 앞으로 아들을 낳게 하여 학초의 뒤를 세워준다면 고금의 예에도 위반됨이 없고 합당한 일이 될 것입니다.

물론 약전이 약용의 의견에 동의하였음은 두말할 것도 없다. 이처럼 약용의 생각은 당시 관행과 달리 서출의 아들이 있으면 다른 후계자를 세울 필요가 없다 하여 인간 평등사상에 한발 다가서고 있었다. 혈육인 서자를 놔두고 먼 일가붙이를 양자로 세워 인정과 도리에 어긋나는 일을 일삼던 당시의 세태를 통박한 것이었다.

학소와 학매는 부친의 유언에 따라 묘를 이장하였다. 이때 학소와 학매는 건장한 청년으로 성장해 있었다. 두 형제는 대나무 상자에 부친의 유골을 정성스레 넣고 유품과 책들을 싸서 충주 하담의 선영으로 향하였다.

우이보를 떠나 아버지가 꿈에도 잊지 못하고 늘 말했던 나주의 율정 주막에 들른 것은 말할 것도 없었다.

"아버님, 늘 말씀하시던 율정 주막에 도착혔어라."

학소는 마치 산 사람에게 얘기하듯이 말하였다.

주모가 너털웃음을 웃으면서 수작을 붙여왔다.

"젊은 양반들, 으디로 가시씨요이?"

"충주여라."

"으디서 오셨는디라?"

"우이보여라."

"그라믄 혹시 손암 어르신얼 아시오?"

두 형제가 눈을 동그랗게 뜨고 서로 마주 보았다.

"즈이 아버님 되시는디요."

"워메, 이란 일도 다 있당가. 한양 천 서방이 맨날 말씸허시던 나으리의 조카 분덜 아니여라?"

주모는 주막이 떠들썩하도록 수다를 피웠고, 대야에다 물을 떠다 바친다, 새 이부자리를 마련한다 하여 요란을 떨었다.

"그래, 손암 어르신께서도 안녕허시지라우."

"돌아가셨어라."

"오메, 먼 일이당가. 아직도 정정허실 나이신디……."

"몸이 약하셔서……."

"은제 돌아가셨어라우?"

"2년이 다 되았어라."

"그라믄 먼 일로 충주에 가신다요."

"이장하러 가는 길이여라."

극진하게 학소 형제를 대접한 주모는 노자까지 보태주었다.

"이라시믄 안 되어라."

"아따, 무신 말씸이요. 잘 이장 허시고 제물 사는 디나 잔
보태 쓰시라고 디리는 것잉께, 그리 아시고 돌아가실 때도 꼭
들러가시씨요잉."

"야. 고맙구만이라."

그들은 보름 길을 걸어 하담에 도착하였다. 벌써 연락이 닿
아서 산지기 박 서방이 묘역사(墓役事)를 다 해놓고 기다리고
있었다. 마현에서도 약현과 약용의 아들 학연이 날짜를 맞추어
내려왔다. 이들은 처음 만났으나 다정스럽기 이를 데 없었다.

"그래, 얼마나 고생이 많았느냐."

"지들이야 섬에서 나고 섬에서 컸으니께 암시랑토 않제만 아
버님께서는 늘 고향얼 그리워허셨어라우."

"마음이 곱고 유하신 분께서 오죽이나 고향에 오고 싶어 하
셨겠느냐."

"돌아가실 무렵에는 숙부님이 기신 강진 땅얼 바라보시기만
허셨지라. 오늘 오실까, 내일 오실까. 지들이 보기에도 안타까
웠어라."

"두 형제분의 우의가 그토록 깊었느니라."

학소 형제는 이장을 끝마치고 아버지의 유물을 산지기 박 서
방에게 맡기고는 하담을 떠나왔다. 약현과 학연도 부득이한

일이 있어 그들을 마현으로 데려가지 못하고 강원도로 떠났다.

이렇게 하여 약전은 선영에 뼈를 묻었고, 그리웠던 고향에서 얼마 떨어지지 않은 충주 땅에 안식처를 찾았다.

44
해후

백발의 노인이 산등성이에 앉아 있었다. 초가을의 햇살을 받아 은빛으로 부서져 흐르는 한강을 내려다보는 그의 눈은, 불안감에 떠는 듯 주름진 눈꺼풀에 가늘게 경련이 일었다. 가끔 가쁜 숨을 토해내기도 하였다. 십수 년을 하루같이 기다려 오던 바람이, 너무 들떠 행여나 깨질세라 애써 감정을 억눌러야 했다. 백설같이 흰 구레나룻이 볼과 입, 턱을 덮어 얼굴 윤곽을 거의 가리다시피 하였고, 넓은 이마에는 밭이랑처럼 가지런한 주름살이 깊이 패어 있었다. 늘어진 그의 눈언저리에 누르스름한 눈곱 옆으로 눈물 자국이 지적지적하였다.

마현 뒷산 고갯마루에 앉은 그는 울창한 적갑산을 등에 진채 굽이쳐 흐르는 한강 줄기를 끊임없이 내려다보고 있었다. 지나는 배를 한 척이라도 놓칠세라 늙어 주름진 눈꺼풀을 끔벅거렸다. 한강 너머 잡힐 듯이 가까운 금단산이 초가을 햇살에 조는 듯이 아련하였다.

"후!"

노인은 깊은 한숨을 내뿜었다.

"오늘도 못 오는 모양이구먼."

고통스러운 독백이 흘러나왔다.

노인이 곰방대를 탁탁 바위에 두들겨 담뱃재를 털었다. 담배를 태울 때마다 늘 얻어맞은 바위 모서리가 돌맞이 아이의 주먹만큼이나 패여 있었다. 얼마나 오랜 세월 동안 곰방대에 얻어맞았으면 저리도 많이 부서져 나갔을까. 칠십 고개를 바라보는 약현이 굽은 허리를 두드리며 느린 걸음으로 언덕을 내려왔다.

열여덟 해 동안 거의 매일 뒷산에 올라 남쪽을 바라보는 것이 어느새 그의 일과로 자리 잡고 있었다. 그렇게 한다고 하여 소원이 이루어지는 것이 아니고, 기약도 없는 바람이라는 것을 잘 알고 있었지만, 그렇게라도 하지 않고서는 허한 마음을 견뎌내기가 힘들었다. 그것만이 기다림에 지친 그에게 유일한 낙인 셈이었다.

집에 돌아온 그는,

"아직 남쪽에서는 소식이 없느냐."

하고 습관처럼 물었다.

"예, 오시려면 앞으로 열흘은 더 걸릴 것입니다."

약현에게는 이내 또 다른 허탈감이 몰려왔다.

그도 며칠 정도 걸릴 것이라는 것을 모르는 바는 아니었다.

그러나 왠지 마음이 불안하였다. 젊었을 때는 철인(鐵人)이라는 말을 들었을 만큼 침착하고 강인했으나 이 몇 년 사이에 그는 부쩍 심약해져 있었다. 같은 말을 되묻기도 하고 공연히 보채기까지 하였다.

수년 전에도 귀양 가 있던 동생 약전과 약용이 해배된다는 소문이 돌았었다. 십여 년 동안이나 떨어져 있으면서 매일같이 기다리던 육친과의 만남을 생각하며 그는 한량없이 기뻤다. 그들이 쓰던 방을 정갈하게 치우게 하고 마당에 돋은 잔풀들도 말끔히 뽑아내었다. 대문 밖도 비로 깨끗이 쓸게 했음을 물론이었다. 이엉을 다시 얹고, 삐걱거리는 마루도 손질하고, 그들이 오면 입을 옷도 여유 있게 지어 놓도록 일렀다. 그들 형제는 성격이 각각 달라, 옷 입는 것도 가지각색이었다. 약현은 어떻게 지어주든 아무 말 없이 입었지만, 술과 친구를 좋아하던 약전은 바지통을 보통 사람보다 좁게 입었고, 차분하고 책 읽기를 즐겨 하던 약용은 저고리 소매가 팔목이 약간 나올 정도로 짧은 것을 좋아했다. 신유사옥 때 참형을 당한 약종은 저고리 품을 넓게 해서 입었다. 약현은 그 모든 형제들의 취향을 기억했다.

아침이면 산등성이에 올라 지치도록 남쪽만을 바라보다가, 낮이 되면 나루터에 나가 새로운 소식을 듣지나 않을까 기웃거렸고, 동네에 낯선 사람이 오면 쫓아가서 말을 걸어 뜬 소식이라도 들으려 눈치를 살피기 일쑤였다.

그러나 끝내 기대는 허물어지고 말았다. 그들이 해배될 것이라는 소식은 차라리 듣지 않느니만 못하였다. 약현의 허탈과 실망, 좌절은 스스로를 지탱하기조차 힘들게 만들었다. 동생들은 도무지 쉽게 오지를 못하였다. 흑산도의 약전도, 강진의 약용도……

약현은 기다리다 지치고, 지친 채 또 기다려야 했다. 그러다가 청천벽력 같이 슬픈 소식이 전해져 왔다. 흑산도에서였다. 그토록 기다리던 큰 동생 약전의 부음이 잔인스럽게 날아든 것이었다.

꿈속에서까지 어른거리던 동생의 부음은 남아 있던 그의 마지막 의욕마저 송두리째 앗아갔다. 그에게 남은 것은 이제 절망뿐이었다. 그보다 일곱 살이 아래였지만 늘 부모처럼 보살펴주었고, 숱한 뒷바라지도 마다 않고 해주었던 사랑하는 동생이었다.

그렇게 하염없이 그리던 아우가 일가친척 하나 없는 남해의 고도에서 쓸쓸히 생을 마쳤다는 소식을 들은 그는 마당에 쓰러져 섧디섧게 울었다.

약현은 예순여섯이 되도록 이러한 불행을 수없이 겪었다. 그의 머리카락은 시름의 세월로 백발이 된 지 오래였다.

"어이 이리도 오래 살아 몹쓸 일들만 봐야 한단 말인가!"

그는 술기운을 빌려 장탄식을 하였다. 일가족의 가장으로 궂은일만 무수히 겪으며 살아온 세월이었다.

약현은 재취한 의성 김씨에게서 3남 4녀를 얻었으나 대부분 요절하고 아들은 오직 막내인 학순이 남았을 뿐이었다. 많은 자식들과 처를 눈앞에서 여의었으나 이러한 자연사는 오랜 세월에 걸쳐 일어난 일들이었다. 그러나 신유사옥으로 한꺼번에 혈육을 잃는 고통은 말로 다할 수 없었다. 이제 그의 마지막 소원은 강진에 귀양 가 있는 동생 약용의 무사귀향뿐이었다.

"약용의 해배가 결정되었소."

반가운 소식이었다. 그 전갈을 전해 받은 약현은 이제까지의 고통이 일순간에 스러지는 전율을 맛보았다. 죽기 전에 꼭 동생을 보겠다는 소원이 이루어지게 된 터였다.

약현은 떨리는 손으로 날짜를 꼽아보았다. 해배 소식을 전하러 가는 데 열흘, 준비하는 데 닷새, 오는 데 열흘. 이제 곧 만날 수 있을 것이라는 희망에 그는 밤잠을 설치며 베개를 밀쳤다. 약용이 돌아올 날이 하루하루 가까워오자 그는 식사조차 통 하지 못하였다.

"아버님, 곧 숙부님께서 오실 텐데 건강하셔야지요. 진지를 잡수십시오."

"아니다. 나는 먹지 않아도 배부르구나. 20년 가까이 귀양 가서 고생한 사람도 있는데 몇 끼니 안 먹는 것이 무어 그리 대수로우냐."

약현의 얼굴에서도 훈풍이 지나가듯 가끔 밝은 미소가 지나갔다. 그는 오늘도 밥을 뜨는 둥 마는 둥 산으로 올라갔다.

곰방대에 엽초를 꾹꾹 눌러 담고 부싯돌을 부딪쳤다. 오늘따라 유난히 담배 맛이 좋았다.

"이제 몇 번만 올라오고 나면 동생을 만날 수 있겠지……."

그는 연기를 길게 내뿜으며 남쪽 하늘을 바라보았다. 짓무른 노안에는 어느새 웃음이 번져들었다. 담배를 맛있게 피우고 난 그는 곰방대를 바위에 털었다. 언제나처럼 그곳이었다. 그는 배시시 웃었다.

"너도 꽤나 아팠겠구나. 20년이나 얻어맞았으니."

약현이 깨진 바윗돌을 어루만졌다.

"이제 며칠 안 남았구나. 네가 미워서 때린 게 아니라는 것은 너도 알겠지."

그러나 그의 마음 한구석에는 떨쳐지지 않은 한 가지 기우가 있었다. 만일 돌아오지 못한다면……. 약전처럼 기다리던 사람은 오지 못하고 혹 부음이라도 전해져오면 어떻게 하나……. 약용의 건강도 좋지 않다는 소식을 들었던 약현은 고개를 설레설레 저었다. 그러고는 잠시나마 방정맞은 생각을 한 자신을 나무랐다. 실은 그의 식욕이 없어진 가장 큰 이유가 여기에 있었다. 숱한 몹쓸 일을 겪으며 많은 사람들을 앞세워야 했던 그로서는 어쩔 수 없는 걱정이었다. 세월이 약이라지만 거듭되는 불행에 지칠 대로 지친 때문이었다.

그날 저녁 그는 신열이 나 몹시 앓았다. 악몽에 시달려 온몸에 비지땀이 비 오듯 흘렀다. 죽은 동생들의 파리한 모습이 백

437

발의 빈껍데기뿐인 그를 괴롭혔다. 가족들이 밤을 지새우며 머리맡에 앉아 그를 지켜주었다.

"이놈들, 나만 두고 먼저 가느냐!"

그가 두 손을 허우적거리며 헛소리를 하였다. 그러나 정신이 들면 이내 또 물었다.

"숙부님 아직 안 오셨느냐."

"예."

"왜 이렇게 늦느냐."

"하루밖에 지나지 않았습니다."

"틀림없이 오신다더냐."

"예."

"하루가 여삼추 같구나."

"며칠만 참으시면 이번에는 틀림없이 오실 것입니다."

몇 번이고 되풀이되는 물음에도 학순은 한결같이 공손히 답하였다.

학순이 짚신도 미처 벗지 못하고 허겁지겁 방으로 달려들어 왔다. 기다림에 지쳐 누워 있던 약현이, 헐떡이는 아들의 안색을 살폈다.

"아버님, 오셨습니다!"

약현은 학순의 말을 얼른 알아듣지 못하였다.

"너…… 너 지금 무어라 하였느냐."

"숙부님께서 지금 막 나루터에 당도하셨습니다."

"틀림없느냐."

학순의 얼굴이 벌겋게 달아올라 있었다.

"예."

약현이 몸을 추슬러 일어났다.

"그렇다면 어서 나가 봐야지 않겠느냐."

약현은 아들의 부축을 받으며 모래밭을 뛰다시피 하였다. 그러나 마음만 급할 뿐 발이 미처 따라와 주지 못하였다.

1818년 9월 14일이었다. 황토땅 마현은 약용이 떠나던 그 때나, 열여덟 해가 지난 지금이나 변함이 없었다. 강가의 모래 알 하나에서부터 얼굴을 스치는 바람 한 점까지 모두 그를 따뜻이 반겨주는 듯하였다.

약현이 버선발로 비척거리며 달려오고 있었다. 약현이 동생 약용의 손을 덥석 잡았다. 두 사람은 한동안 말을 잃고 바라보기만 하였다. 서로의 얼굴에 늘어난 주름을 보며 마음이 아팠지만 너무나도 오랜 시간 바라오던 만남이라 선뜻 눈물마저 나오지 않았다. 다만 주름져 거칠어진 손만 더 꼬옥 고쳐 잡을 뿐이었다.

약현은 그저 살아 돌아온 아우 약용이 고마울 따름이었다.

"잘 왔네."

약현이 떨리는 목소리로 입을 열자 약용의 어깨가 가늘게 떨렸다.

"형님, 절 받으십시오."

약현도 눈을 끔벅거리면서 먼발치로 시선을 돌렸다.

"아니네, 어서 집으로 가세."

약현의 만류에도 불구하고 약용은 모래밭에 엎드렸다.

열여덟 해 전, 뒷산에 올라 유배 가는 두 아우를 남모르게 전송하며 한숨짓던 약현 형님을 발견하고는 하직 인사 올리던 그 모래밭이었다. 그곳에 다시 엎드려 아버지께 드리는 예로서 형님을 대했다.

약용의 부인 홍씨도 백발이 다 되어 있었다. 이제 실컷 소리 내어 울어도 되건만 이상하게 통곡이 나오지 않았다. 그녀는 침착한 성격대로 매무새를 조금도 흩뜨리지 않고 옷고름으로 입을 틀어막아 조용히 흐느꼈다. 그것이 18년 만에 돌아온 남편을 맞는 그녀만의 방식이었다. 형수들, 조카들도 모두 뒤쫓아나와 약용을 반겨주었다. 고향은 참으로 따뜻하고 포근하였다.

누구보다도 좋아하는 이는 계모 김씨였다.

"영감, 고생 많았네."

약용의 손을 볼에 갖다 대고 얼굴을 쓰다듬고 발도 어루만져주었다. 집안에서 가장 어른이어서 누구의 눈치를 볼 필요가 없었지만 유달리 정이 많던 사이였다. 약용이 열두 살 때 들어온 계모였다. 생모를 여의고 3년 동안이나 개밥에 도토리처럼 마구 자란 약용의 머리에는 부스럼이 나 있었고 서캐가 눈처럼 허옇게 슬어 있었다. 그런 약용을 계모 김씨는 자상하게 돌보아주었다.

볼품없이 늙어버린 계모는 기뻐서 어쩔 줄을 몰라 하였다.

"영감 못 보고 죽는 줄 알았는데 하늘이 도우셨네."

어린아이처럼 펄쩍펄쩍 뛰는 시늉까지 하였다.

"어머님, 서캐나 잡아주시지요."

약용의 농담에 계모가 방바닥을 치며 웃었다. 온 집안에 오랜만에 웃음꽃이 피었다.

약용 뒤쪽으로 숨듯 서 있는 가실과 비안에게 홍씨가 먼저 다가와 손을 내밀었다. 비안은 가실 뒤로 숨어들었다. 가실도 선뜻 고개를 들지 못하고 가만히 인사를 올렸다. 홍씨는 인자하게 웃으며 가실의 손을 꼭 부여잡았다.

"이야기 들었네. 벽지에서 모시느라 고생이 많았네. 내 몫을 대신 해준 이가 있다기에 얼마나 마음이 놓였는지 모르네. 이제부턴 형님이라 부르고, 잘 지내보세."

가실의 코끝이 찡해졌다. 박대는 하지 않을지라도 환대를 받을 것은 예상치 못했던 터였다. 그제야 가실은 사람들을 조금 둘러볼 수 있었다. 모두 환히 웃으며 가실과 비안을 반겨주었다. 낯선 환경이라 비안이 조금 겁을 먹었을 뿐, 사람들은 이미 가실과 비안을 가족으로 여겨주는 듯했다. 가실은 모처럼 대가족 틈에 끼어 구성원임을 실감하니 가슴이 벅찼다.

이런 와중에 약용의 눈에 무엇보다 대견한 것은 손자 대림

(大林)의 성장이었다. 벌써 열두 살이었다.

"할아버님, 절 받으십시오."

"네가 대림이냐."

"예."

"많이 컸구나."

"그간 얼마나 고생이 크셨사옵니까."

대림이 큰절을 하고 나서 약용 앞에 꿇어앉았다.

"뵙고 싶었습니다."

"오냐……."

약용이 말을 하다 말고 고개를 돌렸다. 이슬이 맺혀 견딜
수가 없었다. 손자가 저렇게 크도록 얼굴 한 번 보지 못하고
살아온 세월들이 한스럽기만 하였다.

동네 사람들이 몰려오고 일가친척이 여유당을 가득 메웠다.
약용이 방에서 친척들과 오랜만에 상봉하고 있을 때 약현은
밖에 나와 일을 보고 있었다. 젊은이들을 시켜 마당에 차일을
치고 멍석을 내다 깔아 푸짐하게 상을 차렸다. 미리 담가두었
던 술도 넉넉히 걸러 내왔다.

"오늘은 즐거운 날이오. 죽었던 동생이 살아온 것이나 다름
없소. 술도 넉넉히 마련해 두었으니 마음껏 드시고 즐겨주시
오."

동네 사람들 얼굴에 홍조가 피었다.

"대감마님을 뵙고 인사를 올려야 도리일 텐데요."

원래는 삼정승 육판서 등 종2품 이상이어야 대감 소리를 들을 수 있지만 정3품을 지냈던 약용을 고향 사람들은 대감이라 불렀다.

그들은 간절히 약용을 만나고 싶어 하였다.

약용이 방에서 나와 아는 얼굴 모르는 얼굴 가릴 것 없이 인사를 하였다. 그중에는 어렸을 때 같이 물고기를 잡고 재기를 차던 옛 친구도 있었다.

"이 사람, 자네 삼봉이 아닌가. 아직도 옛 모습이 남아 있네 그려."

약용이 손을 잡아주자 늙은 삼봉은 그저 송구해 허리를 굽실거렸다.

"반갑구먼."

약용의 집에 모인 사람들은 그가 비록 귀양을 다녀왔을망정 앞으로 임금을 모시며 높은 벼슬을 하리라 생각했다.

모두들 약용을 우러러보며 그의 귀향을 한껏 축하해 주었다.

잔치가 한창 무르익었을 무렵, 밖에서 누군가가 주인을 찾았다.

"뉘시오"

"서 정승 댁에서 왔습니다."

서용보는 이때 정승에서 물러나 이웃 마을에 낙향해 있었다. 밖에는 그 집 하인들이 술독과 음식을 바지게에 가득 지고

와 있었다.

"저희 대감마님께서 정 승지 나으리의 해배를 축하하신다고 전하라 하셨습니다."

하인들은 가져온 짐을 모두 내려놓고 돌아갔다. 약용의 작은아들 학유가 잔뜩 노한 표정으로 씩씩거렸다.

"쏟아버립시다."

"사람의 정성을 그리 대접해서야 되겠느냐."

큰아들 학연이 달랬다.

"서 대감이 아버님을 얼마나 괴롭혔는지 잊으셨사옵니까. 축하는 무슨 얼어 죽을 축하랍니까, 그저 비꼬는 것이지."

"나이가 들면 과거의 잘못을 뉘우치는 법이다."

"형님, 원수 같은 사람에게서 축하를 받고 가만히 있으라는 말입니까."

"학유야, 저쪽은 칼자루를 쥐고 있는 사람이다. 술과 음식을 모조리 버렸다는 소문이 그 집으로 안 들어갈 성 싶으냐."

"그러면 어떻습니까. 분통이 터져 견딜 수가 있어야지요. 아버님께서 여태껏 고생하신 게 다 누구 때문입니까. 그자 때문입니다."

"그건 하나는 알고 둘은 모르는 행동이다. 긴 세월 고생하신 아버님의 심기를 편케 해드리는 것이 자식된 도리가 아니겠느냐."

학연이 흥분한 학유를 달래느라 애를 먹었다.

약용과 서용보의 관계는 견원지간을 넘어선 기연의 연속이었다. 개와 원숭이 사이라면 비슷한 힘으로 맞싸워야 하였다. 그러나 약용은 늘 얻어맞고 당하기만 하였으니 쥐와 고양이 사이였다는 말이 옳을 것이었다.

무인년(1818년) 이태순의 상소도 서용보가 현직에 눌러앉아 있었더라면 어떠한 수를 써서라도 약용의 해배를 가로막았을 터였다. 이렇게 서용보는 약용의 반평생을 괴롭혔다. 그랬으니 서용보가 보낸 음식을 보고 학유가 흥분한 것은 당연한 일이었다. 잔치는 밤이 깊어갈수록 더욱 무르익었다.

"대감이 귀양에서 풀려났으니 이런 경사가 어디 또 있겠나."

거나하게 취한 약현이 덩실덩실 춤을 추었다. 계모 김씨도 덩달아 추었다. 흥은 흥을 불러 즐거움이 더해갔다. 노인들은 춤을 추고 아낙네들까지 삼삼오오 무리지어 앉아 웃음소리가 끊이지를 않았다. 아이들도 떡을 집어 들고 이리 뛰고 저리 뛰며 시시덕거렸다.

약용도 술을 몇 잔 받아 마셔 얼굴빛이 불그레 달아올랐다. 살아서는 못 올 것만 같던 고향 땅을 밟고, 일가친척들의 기쁨에 찬 얼굴들을 바라보니 꿈만 같았다. 고향의 따뜻함이 새삼 절실하였다. 넘쳐흐르는 기쁨 속에 인정이 넘실거렸다.

"영감, 고단하실 터인데 쉬시게."

계모 김씨가 흥에 겨워 놀다 말고 약용에게로 다가앉았다.

"괜찮습니다. 어서 더 노시지요."

"여독에 지치셨을 터인데 어서 푹 쉬시게."

"구경하는 것이 더 즐겁습니다."

"아니네. 어서 들어가시게."

안방에 들어선 약용은 참으로 오랜만에 부인의 손을 잡았다. 부인 홍씨가 고개를 떨구었다.

"얼마나 고생이 많았소."

"영감께서는……."

서로 말을 맺지 못하였다. 두 사람의 눈에 이슬이 맺혔다.

"오랫동안 없는 살림 꾸리느라 애쓰셨소."

홍씨는 솟구치는 오열을 참아내느라 이를 악물었다. 영영 만나지 못할 줄 알았던 남편의 얼굴이 눈물 탓에 아른거렸다. 남편의 해배가 결정되었다는 소식에 남편 맞이 음식을 장만하면서도, 정말 살아 돌아와 이 음식을 먹을 수 있을는지 마음이 놓이지 않아 타는 가슴을 남몰래 쥐어뜯었었다.

홍씨는 약용이 귀양 가 있을 때도 집안을 잘 추스르고, 풍비박산 난 형제간의 우의를 자신의 희생으로 보살폈다. 아내로서할 일을 했을 뿐이라고 생각해온 그녀는 남편에게서 위로의 말을 들으니 몸 둘 바를 몰랐다.

약용이 방 안을 둘러보니 눈에 익은 글씨가 벽에 걸려 있었다. 하피첩이었다.

"부인, 이것은 아이들을 위해 써준 것인데 어찌 여기에 있소."

"하도 의지할 곳이 없어 큰아이의 양해를 얻어 한 폭 갖다놓았습니다."

홍씨가 거듭 흘러내리는 눈물을 옷고름으로 찍어내며 말을 이었다.

"이것을 영감 보듯 하며 늘 마음을 달래왔습니다."

"원, 저런……."

10여 년 전에 썼던 하피첩을 바라보니 그날이 바로 어제이듯 뭉클한 정념이 그의 머리를 스쳤다. 얼마나 외로움을 견뎌내기 어려웠으면 아이들에게 보낸 것을 머리맡에 걸어두고 풍상을 견디어 내었다는 말인가.

"영감, 몸은 어떠하오신지……."

"몸 상한 사람이 어디 나뿐이겠소. 부인도 많이 여위었구려."

눈도 잘 안 보이고 귀도 어두워지고 왼쪽 팔다리가 아리고 쑤셔서 잠을 설치는 날이 많은 약용이었다.

"고생이 얼마나 크셨겠습니까."

홍씨는 오랜 세월 떨어져 있어 서먹하기까지 한 남편의 팔다리를 부끄러움 없이 주물렀다.

"괜찮소, 부인."

"아무 말씀 마십시오. 남들은 세월이 약이라지만 저에게는 크나큰 고통이었습니다. 영감께서 이 지경이 되도록 시중 한 번 들어드리지 못하였으니……."

홍씨는 말을 더 잇지 못하고 눈물을 찍어냈다.

18년 전, 세 살 난 막내 농장을 업고서 과천 주막까지 따라 나와 유배 길에 오르던 남편과 생이별을 나누었다. 그때의 남편은 머리에 새치 하나 없는 정정한 장부였다. 그런 남편과 헤어져 유달리 정을 쏟으며 귀여워했던 막내도 얼마 되지 않아 잃었다. 그렇게 세월이 흘러 이제 남편은 병든 몸으로 겨우 해배되어 돌아온 참이었다.

"울지 마오. 내 이렇게 살아서 돌아오지 않았소."

"그러믄요. 이 좋은 날 제가 왜 울겠습니까. 영감께서 이렇게 돌아오셨는데……."

홍씨의 일그러진 미소 위에 다시 눈물이 흘러내렸다.

"부인, 술이나 한 잔 더 주오."

약용이 분위기를 바꾸려고 술을 청했다.

"잠시만 기다리십시오."

홍씨가 바로 술상을 받쳐 들고 들어와 앉았다. 아직까지도 밖에서는 떠들썩한 소리들이 밤하늘을 날고 있었다. 홍씨가 남편에게 정성껏 술을 따랐다. 참으로 오랜만인 남편을 위한 시중이었다.

"고향 땅에서 부인이 따라주는 술을 마시니 맛이 그만이구려."

약용이 너털웃음을 웃었다.

홍씨가 작은 며느리 이야기를 꺼냈다.

"효부였지요. 그 아이를 의지하며 살았는데, 그만……."

약용도 애통해하던 터였다.

"겨울밤에 제가 이질에 걸려 고생하고 있을 때 꼬박 밤을 새워가며 곁에 있어주던 아이였습니다."

"심오(沈澳)의 딸이 아니오."

"그렇게도 효성이 지극하였는데 영감을 한 번 뵈옵지도 못하고 먼저 가다니……."

홍씨가 며느리의 죽음을 못내 애통해하였다.

한과 기쁨이 뒤엉킨 채 조용히 밤은 깊어갔다. 동리 사람들은 하나둘씩 떠나가고 정적이 쌓였다. 이따금씩 멀리서 들려오는 개 짖는 소리가 밤공기를 흔들었다. 집으로 돌아온 다음날, 약용은 자리에서 일어나지를 못하였다. 열이 나고 어지러워 뒷간 출입도 하지 못하였다. 긴장이 한꺼번에 풀린 데다 무리한 여행을 서두른 탓이었다.

아지랑이 피어오르는 봄 동산 같던 어제의 웃음은 사라지고 다시 무거운 적막만이 온 집안에 내려앉았다. 어른 아이 할 것 없이 기침 소리까지 죽여 가며 걱정을 하였다.

"영감, 미음 좀 드시게."

계모 김씨가 그의 머리맡을 떠나지 않았다. 약현도 근심스럽게 방을 드나들었다.

"어서 몸이 회복되어야 선영에 성묘를 갈 수 있지 않겠나."

더 이상 피를 말리는 기다림의 고통은 없었으나 혹시나 하는 불길함이 약현을 괴롭혔다.

약용의 병세는 온 가족의 정성스런 보살핌에도 아랑곳없이 더욱 악화되었다. 왼쪽 팔과 다리에 힘이 없어지고 저려와서 몹시 고통스러워하였다. 식구들이 번갈아가며 주무르고 두들 겼지만 그렇게 해서 가실 통증이 아니었다.

약용은 내색하지 않으려 애썼지만 자신도 모르게 잇새로 새 어나오는 신음소리는 어쩔 수가 없었다. 그럴 때마다 주위 사 람들이 더욱 안타까워하였다.

몸이 많이 쇠약해진 약용은 자리에 누워 있는 동안 많은 생 각을 하였다. 그중에서도 같이 귀양을 떠났다가 불귀의 객이 되어버린 약전에 대한 추억이 그의 머릿속을 가득 메웠다.

친형제이면서도 약전과 약용은 다른 데가 너무나 많았다. 약전은 호탕하고 개방적이었다. 거기에 반해 약용은 침착하고 계획적이었다. 약전은 두주를 불사하는 호주가였으나 약용은 몇 잔만 마셔도 얼굴이 붉어지고 운신이 거북할 정도였다. 약 전은 세론(世論)에 흔들리지 않고 무서워하지 않으며 거리낌 없 이 세상을 살았다. 약용은 정의와 왕도만을 고집하며 세상과 타협할 줄을 몰랐다. 약전에게는 학문 이전에 남아로서의 세상 이 따로 있었으나 약용에겐 오로지 학문만이 있을 뿐이었다.

이런 성격의 차이는 귀양살이를 하면서도 잘 나타났다.

약전은 학문과는 등을 돌린 채 살았다. 그러나 동생 약용은 모든 생명력을 경주하여 새로운 학문을 추구하고 재정립하면 서 실학의 체계를 치밀하게 세워나갔다. 약전은 자신의 기록이 나 역사를 전혀 남기지 않았지만 약용은 어릴 때 지었던 시 한

편에서부터 귀양 가서 주고받았던 서신에 이르기까지 자신의
역정을 찬찬하게 간수하고 기록해 남겼다.

그러나 그들 형제에게는 공통점이 한 가지 있었다. 그것은
매우 뛰어난 머리를 가졌다는 점이었다. 약용의 학문을 연구하
는 후학들이 몇백 권에 달하는 그의 저서와, 지칠 줄 모르고 쌓
아둔 그의 학문에 겸허하다 못해 절로 고개가 숙여지는 엄숙
함마저 느낀다고 고백하였다. 이것만 보아도 약용이 얼마나
뛰어난 학자였는지 알 수 있다. 그러한 약용이 술만 마시고 취
생몽사하며 세상을 등지고 살던 약전에게 일일이 학문의 방향
을 수정받고 잘잘못을 지적받으며 의문점이 생길 때마다 가르
침을 받았다는 점에서는 약전 또한 얼마나 뛰어난 사람인가를
알 수 있다.

약용이 다산초당에서 가장 정열을 쏟아 저술한 책 중에 주
역심전이라는 것이 있다. 역학에 관한 책으로, 5년에 걸쳐 다섯
번 고쳐 쓴 책이다. 처음에는 여덟 권이었던 것이 추고를 하다
보니 스물네 권으로 늘어났다. 약용은 이것을 모두 흑산도에
보내어 형의 조언을 들었다. 약전이 이 책의 서문을 썼다.

하늘과 땅 사이에 이 책을 읽은 자는 손암이요, 이 책을 지
은 자는 약용이다. 가령 약용이 편안히 부귀를 누리며 존귀
한 자리에 올라 영화롭게 살았더라면 이 책은 이루어지지 못
하였을 것이다.

이렇듯 칭찬을 아끼지 않았으며, 방대한 그 책을 일일이 읽어 잘잘못을 지적해 주었다. 또 악서고존이라는 열두 권짜리 책은 약용이 영감을 얻어 쓴 것으로서 심혈을 기울였다고 자부하고도 남을 만큼 뛰어난 음악에 관한 책이다. 5천 년 전에 쓰인 육경 중 하나였으나 책이 중국 본토에서 분실되고 말았다. 분실된 이 책을 약용이 다시 저술하고 있을 때 홍경래의 난이 터졌다. 약용은 사회가 어수선해지자 책을 대충 끝맺은 후 약전에게 교정해 주기를 청하였다. 약전은 그것을 읽고 의심나는 부분이나 틀린 부분을 소상히 지적해 주었다.

약용이 20여 년에 걸쳐 5백여 권을 넘게 저술한 저서 중에서 중요한 것들은 모두 약전의 감수를 거친 것들이다. 불세출의 대학자인 약용은 마흔이 넘어서야 귀양살이 중에 독학한 것이었고 그 이전엔 형 약전이 스승인 셈이었다. 고주망태가 되어 술만 마시던 약전은 동생이 책과 서신을 보내오면 그렇게 좋아하던 술을 끊고 책과 씨름하였다. 그의 머리는 워낙 명석해서 바로 평을 내려주곤 하였다.

과거를 볼 때도 약전은 소과(小科 : 진사시)에 합격하고 나서 벼슬은 할 필요가 없다며 술만 마셨다. 그러나 약용은 스물두 살에 소과에 합격한 후 성균관에 들어가 열심히 대과 공부를 하여 스물여덟 살에 대과에 합격하였다. 그러던 중 약전은 생각을 바꾸어 임금을 모시려면 자격을 얻어야겠다며 약용이 합격한 이듬해에 좋은 성적으로 대과에 합격하였다. 그의 머리는 늘 옥과 같이 빛나고 명도(名刀)처럼 예리했다.

"종백부님의 묘는 잘 모셨느냐."

"예, 조부님 선영 아래로 좋은 자리를 잡아 뫼셨습니다."

"그분은 자(子)의 방향으로 뫼셔야 하는데 어떻게 하였느냐."

"아버님께서 분부하신 대로 하였사옵니다."

"박복한 양반이 동생들 잘못 둔 덕에 고생만 하시다가 가셨구나."

약용의 눈시울이 젖어들었다. 자신과 약종 때문에 귀양을 가게 되었다는 죄의식을 떨쳐내기 어려웠다.

"아버님, 지나간 일은 잊으시고 어서 건강을 회복하십시오."

"오냐. 어서 일어나야 형님을 만나 뵙지."

약용이 베갯머리로 굴러 떨어지는 눈물을 가리려고 이불을 들썩이더니 돌아누웠다.

늦가을 들판에서 노랗고 풍성하게 너울대던 물결이 논 곁에 노적으로 쌓여갔다. 약현과 약용 형제가 아들 조카를 데리고 죽산 땅을 지나고 있었다.

"꼭 20년 만입니다."

약용이 이마에 솟는 땀을 닦아내며 말을 이었다.

"제가 신유년에 장기로 귀양 갈 때 하담을 지나면서 성묘하였던 것이 마지막이었습니다."

그의 목소리가 회상에 젖어 가늘게 떨렸다. 하담까지는 사흘 길이었다. 죽산까지 하루, 가흥까지 하루, 그리고 하담까지 하루가 걸렸다.

"아버님, 몸도 아직 쾌차하지 않으셨는데 천천히 쉬어가며 가시지요."

학연이 근심스러운 표정으로 약용의 뒤를 바짝 쫓아오며 여쭈었다. 약현의 아들 학순도 걱정이 대단하였다.

"숙부님, 신열이 아직 남아 있는데 며칠만이라도 더 쉬셨다 오실 걸 그랬습니다."

"아니다. 일각이 급하구나."

오랜 귀양살이 끝에 꿈에서까지 간절히 원하였던 성묘길이어서 약용은 마음이 바빴다. 그의 조급한 심정으로는 혀가 굳는 갈증도 견뎌낼 수 있었으나 약현의 권유까지 뿌리칠 수는 없었다. 그들이 주막에 들어서자 부지런히 쫓아온 주모가 방으로 안내하였다.

"먼 길 가시는감유."

"충주까지 가는 길이네."

학연이 두 어른의 눈치를 보며 술을 시켰다.

"얼굴 생김새가 비슷하신 것을 보니 한집안이신 모양이네유."

기분이 들떠 있던 약용이 농담으로 받았다.

"족보 따지다가 술맛 달아나겠네. 잔이나 어서 채우게."

약용이 약현과 술잔을 기울였다.

"형님, 정말 오랜만입니다. 제가 코흘리개 적에 아버님을 따라 성묘를 가다가 이 집에 들렀던 기억이 새롭습니다."

"그러고 보니 나도 기억이 나네. 헌데 주모는 그때 사람이 아니네."

"세월이 많이 흐르지 않았습니까. 그 주모는 죽고 며느리가 이어받았다 합니다."

약용은 과거에 급제하여 어사화를 꽂고 성묘하였을 때 읊었던 시를 술기운에 천천히 다시 읊어보았다.

검은 고깔 씌운 말을 타고서
머리에는 어사화를 아름답게 꽂았어라
어머님 살아생전 바라고 비옵던 일
어린 자식 이날 있기를 바라던 마음이셨건마는
너무 멀리 계시온지 꿈속에서도 아니 뵈어
다시는 그 모습 그 목소리 기억할 길 없고
꾀꼬리만 봄바람 따라와서
날다 울다 숲을 돌며 오락가락하는구나

약용이 눈을 감은 채 시를 읊자 각자 옛 생각에 잠겨 잠시 말들을 잃었다.

주모가 호들갑스럽게 떠들며 분위기를 바꾸었다.

"점잖으신 분들 같은데 막걸리에 막김치로 잡숫게 헐 수 있어야지유. 솜씨는 별로 없지만 이것을 안주로 잡숴보시유."

주모가 계란찜을 올렸다. 새우젓으로 간을 해 맛이 일품이었다.

"솜씨가 보통이 아닐세."

"음식 허믄 이 근동에서는 소문이 좀 났어유. 애호박에다 돼지고기 몇 점 썰고 두부를 반듯하게 잘라 넣어서 된장찌개를 보글보글 끓여냈다 허믄 환장들 허지유. 아이고, 내 정신 좀 보게. 밥 안쳐 놓고 입방정만 떨고 있었네유."

부모가 부리나케 부엌으로 뛰어갔다.

약용 일행이 떠날 채비를 하였다. 약현이 뒷간에 간 동안 세 사람은 방에서 기다렸다. 약용이 무심결에 방 안을 둘러보는데 다락문에 낡은 그림 하나가 붙어 있었다.

독수리가 산꼭대기에 앉아 비상을 하려고 자세를 가다듬고 있는 그림이었다. 그림은 낡았지만 독수리의 눈이 쏘아보듯 살아 있고 발톱이 무엇인가를 낚아챌 듯 날카로워 힘과 기백이 느껴지는 뛰어난 그림이었다.

"누가 그렸는지 힘이 넘쳐나게 잘 그렸구나."

"독수리 그림은 처음 봅니다."

"이렇게 좋은 그림이 이런 곳에 있다니……."

학연과 학순도 한마디씩 하였다. 약용이 학연에게 일렀다.

"필시 보통 사람의 그림은 아닌 것 같다. 낙관을 보려무나."

"예."

그림에 가까이 다가간 학연이 파리똥에 가려진 낙관을 유심히 살폈다. 그리곤 갑자기 소리를 꽥 질렀다.

"아니, 아버님, 이게 웬일입니까."

약용이 낮은 소리로 학연을 나무랐다.

"사내대장부가 어이 그리 호들갑이냐."

"아버님!"

학연은 아버지의 꾸중도 들리지 않는 듯 다시 부르짖었다.

"너답지 않구나."

학순도 그러는 학연을 보고 의아해하였다. 입을 다물지 못하고 앉아 있는 학연에게 보다 못한 학순이 다시 채근하였다.

"낙관이 보이지 않습니까?"

"그런 게 아니라……."

"그럼 어서 여쭙지 않고 왜 그러십니까."

"아버님."

학연이 무릎을 꿇었다.

"……."

침착한 성격인 아들이 흥분을 가라앉히지 못하자 약용은 무언가 석연치 않음을 느끼곤 학연의 입만 바라보았다.

"중백부님의 그림입니다."

학연의 말에 약용과 학순은 몸이 굳는 듯한 충격을 받았다.

"지금 뭐라고 하였느냐."

"중백부님의 그림이 확실하옵니다."

"손암이라고 쓰여 있더란 말이냐."

"늘 즐겨 쓰시던 옥도장이 분명합니다."

"음……."

약용이 신음소리를 내며 눈을 감았다.

한참을 그렇게 앉아 있는가 싶더니 이내 벌떡 일어나 그림 앞으로 다가갔다. 그러고는 조끼주머니에서 돋보기를 꺼내어 낙관을 확인하였다. 약전의 낙관이 분명했다. 흑산도에서 소식을 보내올 때 꼭 눌러 찍어 보냈던 옥으로 된 네모난 도장이 틀림없었다.

"형님……."

나이가 들면 마음이 약해지고 눈물도 많아진다 했던가. 약용의 눈에 어느새 눈물이 가득 괴었다. 약용은 말없이 눈을 감은 채 형님의 그림을 어루만졌다. 멀고 먼 고도에서 쓸쓸히 생을 마친 것도 마음이 아픈데, 날 듯 살아 숨 쉬는 형님의 그림이 초라한 주막 다락문에 붙어 습기와 파리똥에 얼룩진 것을 보니 가슴에 비수가 꽂힌 듯 아려왔다. 학연의 부축으로 자리에 앉은 약용이 말했다.

"어서 가서 주모를 불러오너라."

주모가 방 안으로 들어서면서 가라앉은 분위기에 눌려 쭈뼛 쭈뼛 눈치를 살폈다.

"자네, 다락문에 붙어 있는 저 그림의 내력을 아는가."

"알고 말고유. 그런디 저 그림이 뭐가 잘못됐남유?"

약용은 입술이 바짝바짝 탔다.

"그런 것이 아니네. 아는 대로 소상히 말해주게."

주모가 약용과 학연, 학순의 눈치를 차례로 살펴가며 말을 이었다.

"쇤네가 시집올 때구먼유. 그러니께 저것이 즈이 시어무님이 곱게 간직해 오시든 것인가비유. 즈이가 혼인을 허자 저것을 꺼내서 몇 번이고 어루만지시드니 저기에다 붙여주셨어유. 두루마리로 기냥 물려주믄 즈이가 팔아먹을께비 그러신다고 허시믄서 오래오래 가보로 잘 물려주라고 허셨어유. 저 그림을 받은 뒤로 즈이 집에 손님이 많이 끓었다나봐유."

"저 그림을 나에게 팔 수 없겠는가?"

약용의 요구에 주모가 설레설레 고개를 저었다.

"안 되지유. 좋은 그림인지 어쩐지는 잘 모르지만 돌아가신 시어머니 뵈듯이 뫼시고 있는 그림인디유."

그 말에 학연이 발끈하였다.

"모시고 있는 그림을 저리 소홀히 간수할 수가 있는가."

학순도 마찬가지였다.

"눈이 있으면 보게. 그림이 숫제 파리똥으로 덮였네. 저것은 쥐오줌인가 뭔가."

약용이 그들을 제지하였다.

"조용히들 하거라. 이보게, 자네 시어머니께 들은 얘기를 소상히 해보게."

"첨이사 보기 좋았지유. 이 방에 든 손님마다 탐을 내고는
허데유. 그런디 요새는 쳐다보는 사람도 없어유. 즈이도 잊어
먹고 산지가 사실은 한참 됐구먼유. 그란디 워쩐 일로들 그렇
게 관심이 많으시대유."

"어서 그 얘기나 하게."

약용의 표정이 워낙 진지해서인지 주모는 손님이 찾는 것도
아랑곳 않고 얘기를 계속하였다.

"쇤네는 보지 못한 일이지유. 바깥양반헌티 들은 얘긴디유.
선비 한 분이 즈이 집에 묵게 되셨는디 그만 병이 나서 그때 즈
이 시어무님이 열심히 병구완을 해드렸대나봐유. 무슨 병이라
고 허드라……. 가만있자……. 맞어."

주모는 손뼉까지 쳐가며 말을 이었다.

"술병이 나셨대유. 그러던 선비님이 몸이 좀 쾌차해지시니께
지필묵을 꺼내서 단숨에 저 그림을 그리시드래유. 그 그림만
있으믄 금방 부자가 될 것 같아서 오래오래 간직허겠다고 허니
께 그 선비께서 빙그레 웃으시드니 다시 들르신다고 허시고는
홀쩍 떠나셨대유."

어느새 들어왔는지 약현도 주모의 이야기에 귀를 기울이고
있었다.

"그런디 그 뒤로는 한 번도 안 들르셨대유."

약용은 주모가 해준 말들에 납득이 갔다. 약전의 성격으로

보아 충분히 그다운 행동이었다. 형님을 만나러 하담에 가던 길에 기적적으로 그의 그림을 발견하다니……. 약용은 형님에 대한 그리움에 목이 메었다. 그는 다시 그림 앞으로 다가가 자세히 들여다보았다. 독소리의 눈알이 금방이라도 움직일 듯 매서웠다. 그가 그림 속에 무엇을 담으려 하였는지 알 수 있을 듯도 하였다. 야생마와 같은 그의 가슴속에 꿈틀대던 그 무언가를…….

약용은 자리에 주저앉으며 한숨을 토해내듯 말하였다.

"주모, 그분은 돌아가셨네. 바로 내 중형님 되시는 분이네."

"워메 저런……."

"나에게는 소중한 그림이니 저 그림을 넘겨주게나."

"지 집에 있는 그림이지만 쉰네 마음대로 헐 수는 없지유. 나으리도 형님이 중요허시겠지만 지한테는 시어무니가 더 중하구먼유."

"그러지 말고 마음을 고쳐보게."

"지 맘대로 되간디유. 바깥양반허고 상의해 봐야지유."

약용은 빛바래고 얼룩진 그림 한 장을 얻기 위하여 주모에게 통사정을 하였다.

"그림을 거저 달라는 것이 아닐세. 돈으로 안 된다면 내가 다른 그림을 그려줄 것이니 바꾸면 어떻겠는가."

약용은 네 폭을 그려줄 터이니 문 사방에 붙이라며 타일렀다.

"워메, 그러믄 나으리네는 형제간이 모두 환쟁인감유?"

주모가 깜짝 놀라며 눈동자를 굴렸다.

"아무렇게나 생각하게."

옆에서 학순이 주모를 노려보았다. 주모 주제에 함부로 불경스러운 언사를 쓰니 매우 불쾌한 일이었다.

"학연아, 죽산읍에 가서 화선지와 붓 몇 자루를 사오너라."

"제 봇짐에 있습니다."

"아니다. 가는 붓하고 물감도 좀 구해오너라."

학연이 서둘러 붓과 종이를 사러 떠났다. 밤이 되자 바깥주인이 돌아와 여태껏 일어난 얘기를 다 전해 듣고는 약용을 찾아왔다.

"화사(畵師)람서유?"

약용은 여전히 웃기만 하였다.

"그저 다락문에 붙어 있는 저 그림을 갖고 싶네."

"저야 거저 드려도 상관없지만 어무니가 그렇게 아끼든 것을 자식 된 도리로 함부로 헐 수가 있어야지유."

바깥주인은 뭔가 주저주저하다가 말을 꺼냈다.

"노형, 돈 한번 벌어보지 않겠어유?"

"무슨 말인가."

"환쟁이가 돈벌 일이 마침 생겼시유. 건넛마을에 김 첨지라는 부자가 있는데 곧 자식을 장가들인다고 허대유. 그 집서 환쟁이를 구헌다고 허든디 안성맞춤이지 뭐유. 더구나 한양서 왔다고 허른 얼씨구할 것이구먼유."

"시간이 없어 그럴 수가 없네."

약현과 학순의 얼굴이 붉으락푸르락해지고 머리끝까지 열이 뻗쳐 있는 것을 눈치 챈 약용이 바깥주인 몰래 가만히 있으라는 눈짓을 주었다.

"아따, 그러지 마시유. 꼭 빼야 맛인감유. 세상에 여자 싫어하고 술 싫어하고 돈 싫어하는 환쟁이가 어디 있남유. 김 첨지네가 깍쟁이로 소문은 났지만 쓸 때는 팍팍 쓰는 부자니께 틀림없이 한밑천 잡을 꺼구만유. 형씨, 내 말을 들으면 후회는 안 할 것이유."

약현과 학순이 흥분 속에 몸을 떨고 있는데 약용은 여전히 빙글빙글 웃고만 있었다.

"거참 아깝네그려. 내가 바쁘지만 않다면 봉을 잡는 건데."

"같이 오신 양반 분들은 먼저 보내시고 형씨만 남아서 한 달 정도 푹 쉬다가 가면 될 거 아닌감유. 이번 일이 잘 끝나면 저랑 같이 기생집이나 갑시다유. 춘향이 저리 가라 할 만한 계집이 있지유."

이럴 즈음 저녁상이 들어왔다. 시골 주막치고는 주모 말마따나 음식이 정갈하고 맛있었다.

"저녁 자심서 잘 생각해보시유. 이런 일자리보다 더 좋은 디가 어디 있겠남유. 이따 다시 들르겠시유."

약현이 무거운 표정으로 쓴맛을 다셨다. 임금님을 모셨던

463

동생이 하찮은 자에게 당하기만 하는 것이 못마땅했다.

"형님, 약전 형님의 분신과도 같은 저 그림을 찾기만 한다면 이보다 더한 수모도 견뎌야지요. 고정하십시오."

"아무리 그렇다지만 낡아빠진 그림 한 장 때문에 그렇게 당하고 있대서야, 원."

"이까짓 것이 무슨 수모입니까. 강진 귀양 시절에는 제 신분을 다 알고 있는 사람들에게서도 백안시당하고 손가락질 당하는 때가 허다하였습니다."

대쪽 같은 약용의 성격도 오랜 귀양살이로 많이 변해 있었다.

술시(戌時)가 넘어서야 학연이 돌아왔다. 약용은 종이를 펼쳐놓고 바로 그림 그릴 자세로 앉았다.

"아버님, 몸도 불편하신데 오늘은 쉬시고 내일 그리시지요."

"아니다."

약용은 일각이 급하였다. 어서 그려주고 형님의 유작을 찾아 하담으로 가야 했다. 가늘게 흔들리는 호롱불에 비친 약용의 눈빛에 긴장감이 감돌았다. 약용은 화조(花鳥)를 그려 나갔다. 먼저 나무를 그리고, 매화가 피어났다. 그 가지 위에 고운 원앙새가 앉아 지저귀었다. 붉은색, 초록색, 노란색들이 조화를 이루어 대자연이 화합하는 것 같았다. 약용은 긴 한숨과 함께 가끔 붓을 놓고는 눈을 감고 옛일을 회상하였다.

돌아가신 정조대왕도 약용의 그림을 좋아하였다. 그가 곡

산부사로 가 있을 때, 파초를 그려 올렸던 적이 있었다. 정조
는 그 그림을 사랑하는 신하 약용을 대하듯이 하였다. 힘찬
파초 잎이 아끼는 신하를 가까이 두지 못하는 아픈 마음을 달
래준 것이었다.

한창 그림 속에 꽃이 피어나고 있을 때 바깥주인이 방으로
들어왔다. 봉오리가 꽃이 되고 나뭇잎이 푸르러지고 꾀꼬리가
아름다운 목소리를 내자 그는 연신 고개를 끄덕거렸다.

"정말 훌륭한 솜씨네유. 그러니께 그림을 그려 먹고 살겠지
유."

그는 주위의 눈총을 아는지 모르는지 혼자 떠들어댔다.

참다못한 학연이 핀잔을 주었다.

"떠들지 말게. 그림 그리시는 데 방해가 되네."

"잘 그리시니께 잘 그린다고 허는데 뭐가 잘못됐남."

"아니, 반말을……."

"환쟁이의 아들이믄 중인인데 뭘 그려."

학연이 불쾌해하자 약용이 말렸다.

"네가 손아래 같으니 참아라."

그러고는 바깥주인에게 다시 다짐을 해두었다.

"그림이 거의 다 되었네. 이제 저 그림을 뜯게 해주게."

"어무니 말씀이 있었는디 그래도 될란지 모르겠시유."

약용이 그를 노려보며 못을 박았다.

"내 그림을 한양에다 내놓을 것 같으면 한 장에 쌀 열 섬도

465

더 받네. 자네가 정 싫다고 하면 야 더 이상 그릴 필요가 없겠
네."

바깥주인이 그림을 걷어치우려는 약용의 손을 막으며 눈을
둥그렇게 떴다.

"그렇게 비싼감유?"

그가 머리를 긁적이더니 밖으로 나갔다. 방 안은 무거운 침
묵만이 흘렀다. 누구도 더 이상 입을 열지 않았다.

모두 이런 대가를 치러가면서까지 그 그림을 구하려는 약용
의 심사를 이해하지 못했다. 부아가 치민 학연은 한숨만 내쉬
었고 옆에 앉은 학순도 씩씩거렸다. 조금 후에 바깥주인이 다
시 들었다.

"에펜네하고 한바탕했어유. 그란디 조건이 있구만유."

"무엇인가."

"건넛마을 김 첨지네 그림을 그리겠다고 약조를 해주셔야겄
시유."

난처한 일이었다.

"그렇게도 소원인가."

"지가 수단껏 엮을 테니께 그림값은 반타작 허는 거여유. 아
셨지유?"

잠시 궁리하던 약용이 입을 열었다.

"그림이란 정성이 들어가야 하는 법이네. 내가 갈 길이 바쁘
니 지금은 안 되겠네."

"형씨, 정 그르믄 돌아오는 길에 들리시유. 그동안 내 준비를 싹 해놀 테니께유."

아무리 지금 입장이 시급하다고 거짓 약속을 할 수는 없는 노릇이었다.

"그건 그때 가봐야 알겠네."

약용이 입을 봉한 채 다시 그림 그리기에 열중하였다.

마무리 작업이 끝나고 그림이 완성되자 그제야 약용이 약전의 그림을 품에 안듯 집어 들었다. 다른 사람들은 울화통이 터져 견디기 힘들었지만 약용에게는 감격의 순간이었다. 약용은 새 종이 두 장에 약전의 그림을 잘 펴놓고 조심스럽게 말았다.

하담은 여전하였다. 아늑하고 조용한 곳이었다.

좌우로 바람막이처럼 산이 뻗어내려 좌청룡 우백호가 완연하였다. 조상들의 묘부터 차례로 인사를 올린 약용은 20년간 격조하였던 죄를 빌었다. 선영의 묘 중에 아직 떼가 제대로 자리 잡지 못한 묘가 한눈에 들어왔다.

"중백부님의 묘입니다, 아버님."

약전의 묘였다.

나주 율정에서 헤어진 후 열여덟 해 만에 묘 앞에서 처음 상면한 것이었다. 유배 중에 서로 서신 왕래는 하였지만, 그토록 그리워만 하다가 이제야 묘 앞에서 만나게 되자 약용의 심정은 말로 다 표현할 수 없이 착잡하였다.

"같이 돌아와서 성묘를 하였더라면 얼마나 좋았을까."

"동생, 일어나게."

약전의 묘 앞에 무릎을 꿇은 채 머리를 땅에 박고 일어나지 못하는 약용을 달래는 약현의 눈에도 지적지적 물기가 어렸다.

"형님, 중형님을 이렇게 만나 뵙게 될 줄은 정말 몰랐습니다."

"그러게나 말일세."

약용이 학연을 불렀다.

"중백부님의 그림을 가져오너라."

"예."

학연이 봇짐 속에 넣어온 약전의 그림을 꺼내었다.

약용이 이제는 낡아 볼품없는 그 그림을 펼쳐 들었다. 그 순간 모두가 그 그림을 보며 경악하였다.

어두운 방에서 보았던 때와는 전혀 달랐다. 낡고 습기에 얼룩져 있기는 하였지만 정말 살아서 하늘을 날 듯한 독수리였다. 천리를 꿰뚫듯이 노려보는 눈매, 실수 없이 먹이를 낚아챌 듯한 매서운 발톱, 바위라도 쳐부술 듯한 힘찬 날개. 분명 명품이었다. 남성다운 힘, 호연지기가 넘쳐흘렀다.

"형님, 이 그림을 보십시오. 형님의 그림을 찾았습니다. 젊으셨을 때, 형님의 야생마 같던 기상이 잘 나타나 있습니다. 늘 형님 대하듯 보며 간직하겠습니다."

약용은 얼룩진 얼굴로 마치 곁에 있는 사람과 얘기하듯 말하였다.

"밝은 곳에서 보니 더욱 좋네."

"중형님이 장난삼아 사군자를 치시는 줄은 알았으나 이런 명화는 처음 보았습니다."

"자네가 그토록 갖고 싶어 하였던 뜻을 이제야 알겠네."

약용이 미소로 대답하며 군데군데 묻어 있는 파리똥을 긁어 냈다. 그는 몇 번이고 그림을 어루만지고 쓰다듬었다.

"숙부님, 늦었습니다. 어서 하산하셔야지요."

학순이 하산을 권했다.

"대감마님, 그동안 고생이 많으셨시유."

박 서방이 제물을 지고 내려오며 약용에게 인사를 하였다.

"자네는 예나 다름없이 건강하네그려."

"웬걸유. 지도 갈 때가 다 되었지유. 쪼께 꼼지락거렸다 허믄 뼈마디가 쑤셔서 밤새 뒤척거리니⋯⋯."

박 서방은 나이 일흔이 넘도록 하담 정씨 선영의 산지기로 살아오고 있었다.

"곡산에 지실 때 다녀가시고 처음이시지유."

"아닐세. 장기로 귀양 가던 길에 들러 가지 않았나."

"아 참 맞어유. 늙으면 죽어야 허는디 너무 오래 살아서⋯⋯." 산지기 박 서방네의 살림은 탄탄하였다. 오랫동안 산을 지켜오며 문중답을 부쳤기 때문에 생활이 넉넉하였다. 문중답을 부치게 되면 전세(田稅)의 혜택도 있고, 4대가 한집에 살

앉기 때문에 일손도 넉넉하였다.

"고단허실 텐디 좀 쉬셔야지유. 곧 저녁을 해올리겠구만유."

박 서방의 아들, 손자들이 모두 나와 인사를 여쭈었다. 돌배기 증손자까지 나와서 아장거렸다. 얼마 전에 작은 손자가 혼인을 했다고 하였다.

"대감마님 귀양 가시던 해에 낳은 놈이 벌써 장가를 갔구먼유."

박 서방이 스스로 대견해하며 자랑을 하였다. 밥상이 들어왔다.

"찬은 없지만 맛있게 드셔유."

귀양살이에 고생하였다며 씨암탉까지 상에 올랐다. 산채나물이 코를 톡 쏘았다.

"약주 한잔 허시지유."

박 서방이 뒤편에 꿇어앉아 여러 가지로 마음을 써주었다.

"귀양 생활이 오죽허셨겠어유."

"나야 그럭저럭 지냈네마는 고향을 지키신 형님의 마음고생이 크셨을 것이네."

약현은 술사발을 단번에 비웠다.

"중형님도 박복하시지. 같이 성묘 가자고 늘 벼르시더니만……."

"손암 어르신은 흑산도에 기셨을 때 호강허셨든가봐유."

"그게 무슨 말인가."

"흑산도 조카님들 말을 들으니께 대궐같이 큰 집에서 없는 거 없이 풍족하게 사시다가 가셨다고 허대유."

"그러셨다니 그나마 다행이지."

"더군다나 흑산도하고 우이보 양쪽 섬에서 서로 뫼실라고 쌈까지 했다니 복도 많은 분이셔유."

"그 어른이 덕이 많으셔서 그랬을 걸세. 복이 많았다면 귀양 가신 곳에서 외롭게 돌아가셨겠는가."

약용이 긴 한숨을 쉬었다.

"그분이야 술이 과하셔서 일찍 돌아가신 거지유. 성묘를 오셔서도 밤새껏 약주를 자셨으니께유."

약용은 약전 생각에서 벗어나려는 듯 말머리를 돌렸다.

"술맛이 아주 좋네. 형님 한 잔 더 하시지요."

"자네하고 성묘를 와서 같이 마시니 더욱 좋구먼."

오랜 숙원이던 성묘를 끝낸 약용은 기분이 홀가분해 평소의 그답지 않게 많이 마셨다. 옆에 앉아 시중을 들던 학연이 걱정되어 엉덩이를 들썩였다.

"아버님, 너무 과하십니다."

"아니다. 오늘은 기분이 썩 좋구나."

학연은 부친의 심정을 조금은 헤아릴 것 같았다. 술이 거나해진 약용이 여러 가지 얘기를 꺼냈다. 약현은 눈을 지그시 감고 들었다.

"형님, 중형님에 대한 추억들이 떠오르는군요."

약용이 술 한 잔을 마저 비우고 먼 옛날의 추억을 더듬었다. 그는 아들과 조카를 보며 말을 이었다.

"그분이 젊으셨을 때는 마치 야생마같이 호기로우셨느니라. 고삐 없이 살아온 야생마가 얼마나 자유분방한지 아느냐."

학연과 학순은 대답 대신 고개를 숙였다.

"장군감이셨지. 호쾌하신 데다 머리까지 명석하셨으니 시운을 타셨더라면 국가 존망지사에 큰 공을 세우고도 남을 분이셨다."

"그렇게 무인다우셨다면 무과를 하시지 않고 왜 문과를 하셨는지요?"

"그분의 학문이 출중하셨기 때문이다. 내가 형님께 과거 보실 것을 간청하였지. 아무도 모르는 일이다마는……."

학연은 알 듯 모를 듯한 표정으로 약용의 다음 말을 기다렸다.

"나 혼자 벼슬을 하자니 외로웠다. 벽파들에게 몰려 남인들은 기도 못 펴고 있을 때였으니까. 형님이라도 옆에 계시면 힘이 될까 하여 말이다."

약용은 피곤함도 잊고 모처럼 술에 젖어 회상에 잠기었다.

"그런데 중백부님께서는 왜 일찍 관직을 그만두셨습니까."

"그분의 성격 탓이다. 야생마의 기질이 되살아나도록 세상이 어수선하였다. 탐관오리들의 꼴을 하루도 못 보시던 분이셨으니까."

약전에 대한 대화는 끊임없이 이어졌다. 모처럼 홀가분한 기분에 술기운까지 겹쳐 분위기가 한껏 무르익었다.

"유배 생활은 불행한 일이지만 어느 모로 보면 하늘이 나를 도우신 건지도 모를 일이다. 내가 소원하던 학문의 길을 열어준 셈이니 말이다."

학연이 말을 막았다.

"별 말씀을 다 하십니다. 저희들은 조석으로 노심초사해서 견디기가 힘들었습니다."

"나라고 편하였겠느냐."

"아버님은 유배되지 않으셨더라도 학문의 길을 충분히 여셨을 것입니다."

"강진에서는 하릴없고 외로우니 학문에만 열중할 수 있었다. 내 저작을 알아줄 사람이 후세에 반드시 있을 것이니 너희들은 소중히 간직하여 다음대로 이어지게 하여라."

"예, 명심하겠습니다."

"학문이란 세월이 지나면서 그 진가가 나타나는 법이다. 지금 내가 아무리 발버둥을 쳐도 탐욕에만 눈이 어두워 있는 벼슬아치들이 내 학문의 가치를 알아줄 리는 없다."

약용은 눈을 감았다. 열여덟 해 동안 심혈을 기울여 저술한 5백여 권의 책을 그의 제자들 이외에는 읽어준 사람이 없고, 알아주는 사람은 더욱 없었다. 오직 한 사람, 형 약전만이 그를 알아주었다. 안타까운 일이었다. 약용이 해배되고 고향에 돌아온 후에도 마찬가지였다. 그러나 그는 그 점에 연연하지 않고 흠흠신서 저술을 계속하던 참이었다.

"아버님의 학문적인 진가는 꼭 빛이 날 것이옵니다."

"고맙다."

모두들 밤이 깊었는데도 잘 생각을 않고 얘기에 열중했다. 저녁상도 아직 물리지 않은 채였다.

"대감마님, 약주 더 올릴까유."

"그러게."

박 서방이 상을 물리고 술상을 다시 차려왔다.

"술이 마실수록 맛이 나네. 누구 솜씨인가."

"즈이들이사 농주를 담가먹을 줄밖에 몰르는구만유. 이 술은 송엽주라고 허지유."

박 서방이 둘째 손자며느리가 담근 거라며 갓 들어온 손자며느리 자랑을 늘어놓다가 슬그머니 물러갔다.

"아버님, 과하십니다."

"괜찮다. 고생하신 형님을 뫼시고 한잔 술에 취하는 것도 괜찮구나. 선왕께오서 살아계실 때 남아가 술도 못하느냐며 꾸지람도 내리셨다만……. 지금처럼만 마실 줄 알았더라도 처세를 조금은 더 잘할 수 있었지 싶구나."

약용은 빈틈없이 정석대로만 살아온 지난날의 자신을 반성하고 있었다.

"이 잔만 하시고 주무십시오."

"오냐, 백부님께도 따라 올려라."

약현도 약용도 얼굴에 홍조를 겹겹이 띠고 있었다. 박 서방이 이부자리를 가져왔다. 약용은 약현 옆에 누워 깊은 잠 속에 빠져들었다.

아침이 되자 약용의 머리맡에 학연과 학순이 무릎을 꿇고 있었다. 바들바들 떨며 머리를 조아린 모습이 영 이상했다.

"무슨 일이냐."

"죽을죄를 지었습니다."

"말하여 보아라."

두 사람은 누구도 선뜻 입을 열지 못하였다.

"어서 말하라는데."

"어젯밤에는 어두워 잘 보지를 못하였습니다."

"……."

"아침에 방 안을 둘러보니 아무래도 낯익은 글씨였습니다."

약용이 방 안을 둘러보았다. 누워 있던 약현도 일어나 앉았다. 주위를 둘러보던 약용의 안색이 파리하게 변해갔다.

"아버님, 용서하여 주십시오."

온 방 안이 약전의 글씨로 도배되어 있었다.

형 약전의 그림 하나까지 갖은 수모를 견디며 챙기었던 약용이 아니던가.

"언제 쓰신 책이냐."

"흑산도에서 쓰신 것입니다."

약용은 저작물을 마칠 때마다 일일이 형님께 보내어 평을 받았지만 약전이 책을 썼다는 소식은 듣지 못하였다. 그저 세상을 한탄하며 살고 있으려니 생각하였다. 그런데 형 약전의 저서가 있었던 것이다. 약용의 충격은 그 어느 때보다도 크고 무거웠다. 무슨 책인지는 모르지만 그의 사상이 담겨 있을 것임에 틀림이 없었다.

"너는 이장할 때 예까지 오지 않았더냐!"

약용의 목소리가 뇌성과도 같았다. 온 집 안이 쩌렁쩌렁 울렸다.

"왔습니다."

학연의 목소리가 방바닥을 기었다.

"그런데 왜 유품을 챙겨 마재로 가져가지 않았느냐."

"죽을죄를 지었사옵니다."

"고얀놈 같으니……."

약용의 노여움은 바람을 만난 불길 같았다. 핏줄이 터질 듯 불끈 쥔 주먹이 부르르 떨렸다.

"동생, 내 말 좀 들어보게."

분노로 들끓는 약용에게 약현의 말이 귀에 들어올 리 없었다.

"이 일은 전적으로 내 잘못이네."

약현이 아이들의 잘못을 변명해 주느라 끼어드는 것이려니 생각하였다.

"무슨 그런 말씀을 하십니까."

약현이 떨리는 손을 내저으며 다시 말하였다.

"아니네. 이장할 때 나도 왔었네. 아이들이 유품을 모두 가져가자는 것을 내가 말렸네. 죽은 동생의 손때 묻은 책가지들을 묘 옆에 놔두어야 죽은 혼백도 편히 잠들 것 같아 내가 그러자고 했네."

약현은 자신의 주장이 어처구니 없는 결과로 되돌아오자 가슴이 저리고 아팠다. 이때, 박 서방이 새파랗게 질려 사랑으로 들었다.

"지 잘못이어유. 소인을 죽여주서유. 지발 죽여주서유."

약용이 냉정하게 말하였다.

"자네는 나가 있게."

"아니여유. 지 말을 좀 들어주서유."

박 서방의 손자가 장가를 들게 되었다. 혼숫감을 마련하러 박 서방과 그의 며느리가 장에 간 사이에 일이 터졌다. 박 서방의 아들은 새로 들어올 며느리의 방을 곱게 꾸며주고 싶었다. 맨 흙벽의 방에 새신부를 들게 할 수가 없어 사랑방을 뒤지다 책을 발견하였다. 그 책으로 우선 신방의 도배를 끝냈다. 그러고 나니 욕심이 생겨 상객(上客) 방도 깨끗이 꾸미고 싶어졌다.

그는 나머지 책을 모조리 가져와 정성들여 발랐다. 한 겹을 바르고 나니 책이 남았다. 다시 덧발랐다. 박 서방이 집에 돌

아와 보니 도배를 끝낸 아들이 흡족해하고 있었다. 어처구니
없는 일이었다.

"대감마님, 모두 소인의 잘못이어유, 지를 죽여주세유."

약용이 비척거리며 일어났다. 한동안 마당을 서성이며 분을
삭이던 약용이 방으로 들어왔다.

"중백부의 유작이 송두리째 파손되었다. 기가 막힐 일이다
만 이제 와서 왈가왈부해봐야 무슨 소용이 있겠느냐."

학연은 노약한 아버님의 심정을 헤아리고도 남았다. 이 일
로 인하여 혹 건강이 나빠지지나 않을까 염려될 뿐이었다. 박
서방 집에 도배된 책은 주막집의 그림처럼 뜯어낼 수도 없는 노
릇이라 약용은 치미는 분노를 달래 단념할 수밖에 없었다. 더
군다나 한번 바르고 그 위에 덧발라 무슨 글씨인지조차 알아
보기 어려운 지경이었다.

사랑을 나와 박 서방의 손자며느리 방으로 들어온 약용에게
학순이 여쭈었다.

"여기는 한 겹으로 발라져 있습니다."

벽에 바짝 붙어 무언가를 들여다보던 학연이 탄성을 질렀
다.

"아버님, 물고기 그림이 눈에 많이 뜨입니다."

약용은 눈앞을 가로막는 물기를 걷으려 자주 눈을 끔벅거
릴 뿐 말이 없었다. 한 겹으로 발라진 것이라 비교적 무슨 글씨
인지 알아볼 수 있었다. 벽에 다가가 몇 줄을 읽던 약용이 한

숨을 지으며 힘없이 방바닥에 주저앉았다.

벽에 붙어 서서 무슨 내용인지 읽어가던 학연과 학순도 약용의 안색을 살피며 곁에 꿇어앉았다. 한동안 말을 잃은 채 연초만 피워대던 약용이 굳어 있는 학연과 학순에게 말문을 열었다.

"몇 자 읽어보니 물고기를 연구하신 것 같구나."

가라앉은 목소리로 한숨처럼 토해내는 약용의 말에 그들은 머리를 조아렸다. 약현이 구부정한 허리를 하고 방으로 들어왔다.

"여기 앉으십시오."

약용이 잦아들 듯한 목소리로 자리를 권하였다.

"이토록 많은 물고기를 연구하시자면 얼마나 오랫동안 고생을 하셨겠습니까. 이런 귀한 책을 못 쓰게 되다니요."

통곡에 가까운 약용의 말에 약현은 마땅히 답할 말이 떠오르지 않았다. 다시 방 안에는 무거운 침묵이 흘렀다. 약용이 터질 듯한 침묵을 깨뜨렸다.

"애들아."

"예."

"예."

"일은 이미 저질러진 것이다마는 이 방은 한 겹으로 발라져 있어 그래도 다행이다."

그들은 약용의 말에 선뜻 답하지 않고 그저 결심이 선듯 주먹을 불끈 쥐었다. 절망의 늪에서 허덕이다가는 지푸라기라도 잡은 심정이었다.

"내 말뜻을 모르겠느냐."

다그치는 약용에게 학연이 힘주어 말했다.

"필사하겠습니다."

"한 자도 놓쳐서는 아니 되느니라."

학순도 무릎을 일으켜 세우며 물었다.

"그림은 어떻게 할까요."

"그림까지 베낀다는 것은 힘든 일이니 글씨만이라도 틀리지 않고 베끼도록 하여라. 정서는 내가 직접 할 것이니."

이리저리 뒤집어진 채 뒤죽박죽 붙어 있는 글씨를 베낀다는 것은 보통 어려운 일이 아니었다. 고개를 이리 돌리고, 엉덩이를 옆으로 빼면서 한 자라도 놓칠세라 열중하는 그들 얼굴에 구슬땀이 맺혔다.

이러한 그들의 행동을 문밖에서 훔쳐본 아이들은 남사당의 곡예보다 재미있어 하였다. 아이들이 그 안타까운 심정을 알 턱이 없었다.

"어른들은 이상혀, 그쟈."

"애들만 장난하는 줄 알았는데 어른들이 더 심하네."

철없이 까르르 웃어대는 아이들을 박 서방이 쫓았다.

"썩 비키지 못하겠느냐."

아이들은 도망을 쳤다가도 슬금슬금 다시 모여들었다.

약용은 학연, 학순이 베껴놓은 글씨를 깨끗이 정서하였다. 불안정한 자세로 베껴 써서 지렁이같이 꾸불꾸불한 글씨가 약용의 단아한 필치로 재정리되었다.

한참 천장의 글씨를 베끼느라 열중하던 학순이 소리를 질렀다.

"형님, 흑산도에 큰 냇물이 있는 모양이지요?"

"글쎄다."

"여기에 이수(二水)라는 말이 나옵니다. 산 너머 양주 양수리처럼 큰 강이 모이는 곳인가 봅니다."

"어디 문맥을 읽어보자."

물동이 위에 올라서 있던 학순이 학연에게 베낀 것을 건네주었다. 조기에 대하여 써놓은 대목이었다.

초수래자심가(初水來者甚佳) 이수삼수래자(二水三水來者) 어점소(魚漸小) 이미점감(而味漸減).

첫물에 오는 놈은 맛이 좋지만, 두 물 세 물에 오는 고기는 크기가 차츰 작아지고 맛도 점차로 떨어진다.

"학순아. 이 이수는 내가 아니고 때를 이르는 말이 틀림없다."

"어부들이 쓰는 말인가 보지요?"

학연에게 보여주었던 종이를 다시 받아들고서, 천장을 보며 베껴 쓰려던 학연이 뒤뚱 발을 헛디뎠다. 그는 한순간에 바닥에 나동그라지고 말았다. 벽 쪽에 붙어 있는 글씨를 베끼던 학연이 놀라 다가갔다.

"괜찮느냐."

학순이 발목을 가리키며 통증을 호소하였다.

"여기가……."

발목이 금세 부어올랐다.

"저런."

학연이 문을 열며 소리를 질렀다.

"박 서방, 어서 대야에 찬물을 갖고 오게."

약용도 다가와 걱정을 하였다.

"달리 또 아픈 곳은 없느냐."

학순이 이리저리 몸을 가누어 보았다.

"아아."

학순이 손을 허리에 갖다 대었다.

"허리도 삐었구나."

박 서방이 물을 떠오자 학연이 학순의 발목을 찬물에 담가 주물러주었다. 학순이 통증을 참으려 이를 악물었다.

"안 되겠다. 너는 그만 쉬도록 하여라."

그러나 학순의 고집도 대단하였다.

"놀라게 해드려 죄송합니다, 숙부님. 이제 좀 나았습니다. 천장의 것은 못하겠지만 벽 아래쪽에 있는 것은 베낄 수 있습니다."

'열여덟 해 동안이나 귀양살이를 한 사람이 물고기에 대한
책 한 권을 살려내려고 저 고생을 하다니……. 학문에 지치지
도 않았단 말인가.'

약현은 엽연초를 붙여 물고 먼 산과 동생을 번갈아 바라보
았다. 약현도 학문을 모르는 것은 아니었다. 그는 동생들이 벼
슬살이를 하고 있을 때 고향에서 농사지으며 틈틈이 공부를 계
속하였다. 결국 느지막이 마흔다섯에 진사시에 합격한 노력가
였다.

그러나 학문 때문에 일어났던 집안의 몰락, 우수한 두뇌 탓
에 당해야 했던 동생들의 숱한 불행이 자꾸만 떠올랐다.

"자네, 싫증도 아니 나는가."

갑자기 대답하기 어려운 질문을 받은 약용이 돋보기 너머로
형님을 쳐다보며 웃음을 머금었다. 약용의 눈이 붉게 충혈되어
있었다.

"무슨 말씀이십니까, 형님."

"학문하는 것 말일세."

"타고난 팔자인가 봅니다."

"나도 그런 생각을 하고 있었네. 자네나 약전이나 다 마찬
가지일세. 자네가 귀양에서 풀려 집에 돌아와 몸도 다 쾌차하
지 못한 상태에서도 저술에 몰두하는 것을 보고, 팔자로다 생
각게 되더구먼."

"……."

"학순인 다리를 저 모양으로 다쳤으니 집에 돌아갈 날이 더욱 더디게 되었지 아니한가. 보다 못해 답답해 하는 소리네."

약현의 목소리에 노여움이 묻어 있었다.

"죄송합니다, 형님. 그러나 중형님 일생일대의 작품이온데 이것을 그대로 버릴 수는 없지 않겠습니까."

약현은 진시황의 분서갱유가 생각났다. 진시황처럼 세상에 있는 모든 책들을 다 불살라 버렸더라면 집안이 이 모양 이 꼴은 되지 않았을지 몰랐다. 이에 더욱 울화가 치밀었다.

"물고기 뼈다귀가 몇 개이고 어느 철에 잡히고 하는 것들이 무슨 가치가 있단 말인가."

약용은 약현이 몹시 노해 있는 것을 보고 할 말을 잃었다.

"그런 것들을 연구랍시고 해놓은 사람이나 그것을 죽어라고 고생하며 베껴 쓰는 사람이나 다 미친 것이네. 쯧쯧."

약현이 방문을 거칠게 닫고 나가버렸다. 약용은 한동안 붓을 놓고 쓸쓸히 앉아 있었다.

나흘째 되던 날, 저녁상을 물린 자리에서 학순이 말을 꺼냈다.

"베껴 쓰기는 하였습니다만 어려운 말들이 많이 있습니다. 저로서는 무슨 뜻인지 전혀 알 길이 없는 것들이었습니다."

"정확히 베끼기만 하여라."

"예, 숙부님. 하지만 뜻이 통해야 베끼기도 쉬울 텐데 말씀입니다. 날치 대목에서 유사(流沙)라는 말이 나오는데, 모래가 흐르는 강이라는 뜻입니까."

"아니다. 그것은 몽고 지방에 있는 모래땅을 말하는 것이니라. 엄청나게 큰 땅에 나무 한 포기 자라지 않고 모래만이 수천 리 널려 있는 곳이니라."

"예……."

"정리를 해보니 중백부께서 얼마나 심혈을 기울이셨는지 알 것 같구나. 이 책에는 동의보감을 비롯하여 명나라의 본초강목, 당나라의 습유기(拾遺記), 송나라의 해보(蟹譜), 진(晋)나라의 포박자(抱朴子)까지 많은 책들을 인용하고 있는 것이 눈에 띈다."

"숙부님, 그런 서적들은 어떻게 구하셨을까요."

"글쎄 말이다. 그 어른이 귀양 가서 책을 쓰실 작정으로 미리 준비하였을 리는 없고……. 더군다나 흑산도에 그런 책이 있을 리도 없지 않겠느냐."

"그런데 어떻게 그런 고서적을 인용하셨을까요."

"방법은 한 가지밖에 없지를 않느냐."

학연이 말을 받았다.

"결국 백부님 머릿속에 다 들어 있었다는 말씀이신가요?"

"그렇다. 그분은 한 번 읽으신 글은 절대 잊지 않고 기억하셨느니라. 이 책 속에 그분의 혼이 담겨 있는 것이지."

묵묵히 앉아서 삼숙질간의 대화를 듣고만 있던 약현이 긴 한숨을 쉬었다. 그의 짓무른 눈에 눈물이 맺혔다. 약용이 그런 형님의 주름진 손을 말없이 붙잡았다.

"내가 공연한 푸념을 했던가보네."

"아무 말씀 마십시오. 제가 왜 형님의 심정을 헤아리지 못하겠습니까."

약현이 고개를 천천히 끄덕였다.

"지금 중형님께서 지하에서 웃고 계실 것입니다. 당신이 심혈을 기울여 쓰신 책을 저희들이 필사하고 있는 것을 아실 테니 말씀입니다."

모두들 숙연해졌다.

"그렇고말고."

그들은 무려 꼬박 닷새에 걸쳐 방 안 구석구석을 베껴 자산어보를 다시 만들어냈다. 이렇게 하여 자산어보는 원본은 없어지고 필사본만이 전해지게 되었다. 약전의 논어난 두 권, 역간 한 권, 송정사의 한 권 등은 산지기 박 서방의 사랑방에 겹으로 도배되는 바람에 사라지고 말았다. 실학의 선구자이며 자연과학 부분에서 불세출의 어류지(魚類誌)인 자산어보를 펴낸 약전의 업적이 물거품처럼 사라질 뻔한 것이었다.

그러나 약용은 당장 물질적인 이익이 오는 것도 아니고 실생활에 곧바로 이용되는 것도 아닌 기초과학 분야의 어류 전문지를 쓴 약전의 위대함을 이미 알고 있었다. 그리하여 약전의 홀

룽한 족적을 남겨야 한다는 일념으로 어려운 일인 줄 알면서도 한 자 한 자 베껴 필사본을 만들어낸 터였다.

약용은 울대가 움찔하도록 몇 번이고 곰방대를 빨았으나 불꽃이 일지 않았다. 담뱃재를 재떨이에 떨었다. 열린 뒷문 너머로 해가 막 떨어졌는지 서쪽 하늘이 벌겋게 물들어 있었다. 약용은 무거운 어떤 것이 가슴에서 목젖으로 울컥 넘어오는 것을 느꼈다. 그는 자산어보를 부둥켜안고 일어났다.

약전의 묘는 박 서방의 집에서 그리 떨어지지 않은 곳에 있었다. 약용은 약전의 묘 상석 위에 자산어보를 내려놓았다. 그러고는 두어 발짝 물러서서 상석 위에 놓인 자산어보를 망연히 바라보았다. 많은 상념들이 한꺼번에 치밀어 오르다 예리한 비수로 그의 가슴에 생채기를 내었다.

그는 매무새를 가다듬고 큰절을 올렸다. 그때, 간신히 버텨주던 울대가 툭하고 무너졌다. 터져 나오는 오열을 토해내느라 온몸이 뒤흔들렸다. 날은 이미 어두워 묘 앞에 엎드려 있는 약용의 몸이 묘의 일부인 듯 보였다. 그의 얼굴에 얼룩진 눈물 자국도 어둠에 가려 보이지 않았다. 가슴속을 후볐던 그 많은 날들, 뼛속까지 스몄던 춥고 외로운 기억들이 되살아나 그를 더욱 처참하게 만들었다. 열여덟 해 만이었다. 형님의 손이 여기쯤일까. 그는 주름지고 마른 두 손으로 봉분을 더듬었다. 초겨울을 재촉하는 서리 묻은 밤바람이 그를 에워쌌다.

하담을 떠난 지 사흘 째 되던 날이었다. 약용의 걸음걸이가 심상치 않았다.

"아버님, 잠시 쉬었다 가시지요."

학연의 염려에도 약용은 대답이 없었다.

"이걸 짚어보게. 보기보다는 참 편하다네."

약현이 자신의 지팡이를 내주었다.

"아닙니다. 형님 쓰셔야지요."

"나야 눈 막고 귀 막고 살아온 덕에 평생 잔병 하나 없이 이렇게 건강하지 않나."

약현이 약용의 손에 지팡이를 쥐어주었다. 거칠었으나 따스한 체온이 느껴지는 손이었다. 아직 약현의 체온이 남아 있는 지팡이를 짚은 약용의 걸음걸이가 한결 나아졌다.

마재에 돌아온 약용은 이내 앓아눕고 말았다. 약현은 떠날 때보다 더 생기가 돌았으나 약용은 여러 날을 고통 속에서 헤어나지 못했다.

가끔 헛소리까지 하여 식구들을 안타깝게 하였다.

"아버님, 정신이 좀 드십니까."

"공연히 걱정을 끼쳤구나."

"기력을 차리신 후에 가시는 건데 그리하였습니다."

학연, 학유 형제가 잠시도 자리를 비우지 않으며 정성을 다하였다.

"얼마나 다행한 일이냐."

"예?"

"백부의 유고를 건진 것 말이다."

약용은 자산어보 필사본을 머리맡에 두고 정신이 맑을 때 몇 번이고 되풀이해서 읽었다. 논어난과 역간이 송두리째 사라진 것이 못내 안타까웠다. 역학에 유달리 해박한 지식을 갖고 있던 약전이었으니 심오한 이론이 들어 있었을 터였다. 그나마 자산어보만이라도 건질 수 있었음을 자위할 밖에 도리가 없었다.

"자산어보의 진가는 그림이 아니겠느냐. 그림을 잘 그리셨던 백부께서 정성을 다하여 그리셨을 테니 얼마나 일품이었겠느냐. 물고기 뼈마디의 수까지 세어놓으실 정도니……. 생각할수록 안타깝고 애석한 일이다."

"이장 때만 가져왔더라도 이런 일은 없었을 텐데……."

학연이 미처 말을 맺지 못하고 고개를 떨구었다.

몸이 다소 회복된 약용은 하담에 내려가기 전에 쓰던 흠흠신서를 다시 들추었다. 사람의 목숨을 다스리는 옥사에서 백성들의 억울함이 없게 하기 위한 육법전서와 같은 법률 서적이었다. 목민심서를 완성하고 나서부터 구상하던 책이었다. 그러나 의욕과는 달리 글이 써지지 않았다. 약용은 다시 자산어보를 끌어다 놓고 몇 번이고 어루만졌다. 형님의 모습이 자꾸 눈앞에 어른거렸다.

약용은 흠흠신서를 밀쳐 놓고 자산어보를 다시 정리하기 시작하였다. 형님이 썼던 책을 베끼다 보니 형님에 대한 그리움이 무게를 더해 가슴을 짓눌렀다. 약용은 눈을 지그시 감았다. 육십 평생을 지내오면서 기억의 피안에 남아 있던 중형의 행적을 더듬어보고는 묘지명(墓誌銘)을 써나갔다. 묘지명은 장례지낼 때 묘에 같이 묻는 것이 원칙이나 기록으로 남겨 놓는 방법도 있었다. 약용은 묘지명의 마지막 부분에 다음과 같은 시를 적어 넣었다.

과거에 합격하여 벼슬길이 터졌건만
가로막는 사람 있어 큰 벼슬 못해보고
마침내 뒤집히는 큰 난리를 만나서
머나먼 바닷가로 귀양 갔었네
해박한 지식 드높은 식견들
외로이 가슴속에 가두어두고
꿈에도 잊지 못한 부모 곁으로
머나먼 타관에서 찾아와 묻혔네

존경하고 의지하였던 형님에 대한 추억을 정리하고 침전된 마음으로 약전의 묘지명을 완성했다. 고도에서 외롭게 생일 마친 형님의 넋에 다소나마 위안이 되었을 것이라고 스스로를 위하는 밖에 도리가 없었다.

45
목민심서

가실은 조용히 할 일을 찾았다. 자신을 자연스레 가족으로 맞아준 마현에 걸맞게 자신도 자연히 녹아들어야 한다고 생각했다. 강진에서보다 더욱 바지런히 아침을 시작하고 눈치껏 할 일을 나서서 했다. 그러나 대부분 손 댈 곳이 없었다. 홍씨가 모든 것을 완벽히 해놓은 탓이었다. 꽤 살림엔 자신이 있었던 가실이 보기에도 완벽한 살림이었다. 그것이 지금껏 근근한 살림 속에서 남편과 아들들을 보필한 홍씨의 저력이었다.

홍씨는 가실에게 천천히 적응하며 쉬어도 좋다고 말했으나 마냥 놀 수는 없었다. 홍씨가 가꾸는 남새밭에 가 작물을 관리도 해보고 식사 때마다 부엌에도 드나들었지만 홍씨의 솜씨를 당해낼 수 없었다. 기껏해야 식구들의 옷을 기우는 정도가 전부였다. 집안에 도움이 되어야 한다고 생각하는 가실에겐 곤욕이었다. 이대로는 입만 늘리는 것뿐이라 느껴졌던 것이다.

가실은 일부러 걸음 소릴 죽이고 비안을 단속했다. 몸가짐

491

을 바로 하여 소란을 일으키지 않는 것이 지아비를 위해 아녀자가 할 일이라 여겼다. 그저 약용을 위해 할 수 있는 작은 일이라도 주어지면 감사했다. 약용이 성묘에서 돌아와 밤새 잔기침을 했을 때도 가실은 바짝 긴장했다. 강진에서는 약용이 아플 때마다 음식에 신경 쓰며 병수발을 들곤 했지만 여기서는 그런 일은 홍씨의 몫이었다. 가실이 약용에게 해줄 수 있는 것이 아무것도 없었다.

밤이 깊도록 가실은 잠을 들 수가 없었다. 곁에 누운 비안이 쌔근쌔근 고른 숨소릴 내었다. 가실은 팔을 뻗어 비안을 꼭 끌어안았다. 모로 눕자 고였던 눈물이 흘러내렸다. 가실은 얼른 눈물을 훔쳐내었다. 이별을 준비해야 했다.

동이 트기 전부터 가실은 얼마 되지 않는 짐을 꾸렸다. 기척에 눈을 뜬 비안이 가실에게 영문을 물었으나 빙긋 웃을 뿐이었다. 그녀는 비안의 등을 토닥여 다시 재우고는 식구들의 기척이 아직 없는 틈을 타 조용히 뒷산에 올랐다. 잔기침이 멈추지 않는 약용을 위해 도라지를 캐기 위함이었다. 그녀가 치맛자락이 새벽이슬에 젖는 곳도 아랑곳 않고 제법 많은 도라지를 캐어 들고 오자 홍씨가 부엌에 나와 있었다.

"이렇게 이른 아침 어딜 다녀오는가?"

"어르신께서 잔기침이 멈추질 않으시는 거 같아 도라지를 좀 캐와 보았습니다. 형님께서 잘 달여 드리시어요."

"미처 그 생각을 하지 못하고 걱정만 하고 있었네, 헌데 자네가 직접 해드리지 않고."

그녀는 떠날 결심을 차마 털어놓지 못하고 대답대신 엷은 미소만 지어보이며, 어느 날과 마찬가지로 홍씨와 함께 아침을 준비하고 남새밭을 가꾸었다. 그리고 조금 짬이나 홍씨가 툇마루에 걸터앉았을 때, 가실은 그녀 앞에 몸가짐을 바로 하고 섰다. 가실의 낯빛을 살핀 홍씨 역시 사뭇 긴장하여 가실을 바라보았다. 가실이 웃으며 입을 떼었다.

"형님, 저는 이만 이곳을 떠날까 합니다."

갑작스런 이야기에 깜짝 놀란 홍씨가 엉덩이를 들썩였다.

"갑자기 무슨 소리인가. 혹 내가 자네를 섭섭하게 한 일이 있는가? 그렇다면 이야기해 보게. 내 고치도록 힘쓰세."

가실은 고갤 가로저었다. 미안한 기색이 역력해진 홍씨의 얼굴을 보자니 가실의 콧등이 시큰해졌다. 예상했던 반응이었다. 가실은 애써 결심한 것이 무너지지 않도록 마음을 굳게 먹었다.

"당치 않으십니다. 그저 제가 부족하여 떠나려는 것입니다. 형님의 은혜는 이루 말로 다할 수도 없지요."

어느새 가실 앞으로 바짝 다가온 홍씨는 가실의 손을 부여잡았다. 가실은 일부러 홍씨의 눈을 피했다. 정에 휩쓸려 이대로 눌러 앉을까 겁이 나서였다. 그들이 주는 정에 비해 자신이 줄 수 있는 것이 없어 떠나려는 것이 아니었던가. 가실은 다시 한 번 깊은 숨을 흩었다. 가실의 결심에 흔들림이 없는 듯하자 홍씨가 떨리는 목소리로 물었다.

"영감께는 말씀 드렸는가?"

가실이 고갤 저었다. 혹여 홍씨에게 오해가 생길까 먼저 말을 전한 것이었다. 홍씨는 천천히 가실의 손을 놓아주었다. 가실은 마음을 굳게 먹고 약용을 찾았다. 성묘를 떠난 사이에 훌쩍 떠날까도 했으나 도리가 아닌 듯하여 기다린 터였다. 방에선 나직이 약용의 책 읽는 소리가 흘러나왔다. 가실은 책 읽는 소리가 일단락 될 때까지 문 앞에 서서 기다렸다. 마지막으로 듣는 소리라 생각하니 아쉬운 마음이 일었다.

약용의 글 읽는 소리가 멈추자 문 앞에 서 있던 가실이 기척을 했다. 약용이 허하자 가실이 방 안으로 들었다. 여전히 잔기침을 하는 약용이 가실을 맞았다. 그리곤 다가와 가실의 손을 잡았다. 많이 거칠어진 손이었다. 가실 역시 그간 약용을 보필하며 어떤 고생도 마다치 않던 양처였다. 가실이 떠나겠단 말을 하려 입을 떼는 순간 부옇게 눈앞이 흐려졌다. 그녀는 약용의 따뜻한 손길을 느끼며 끝내 저도 모르게 왈칵 눈물이 쏟아졌다. 당황한 약용이 가실을 달래려 애썼다. 가실도 부끄러워 서둘러 눈물을 거두려 했지만 마음처럼 쉽지 않았다.

한참만에야 가실은 약용에게 의사를 전할 수 있었다. 약용도 놀라 가실을 말렸으나 가실은 단호했다. 이미 수많은 밤을 지새우며 고민하여 얻은 결론이었다. 쉬이 무너질 결심이었다면 이렇게 전하지도 않았을 터였다. 결국, 약용도 더 이상 만류하지 못하고 입을 다물었다. 한참 침묵이 흐른 후 약용이 물었다.

"살림을 꾸릴 곳이라도 정해진 것이오?"

약용이 조심히 물었다. 더 이상 가실이 흔들리지 않을 것을 확신하여 묻는 것이었다.

"아직 정해진 바는 아니오나 설마 이 한 몸 부지할 곳 찾지 못하겠사옵니까."

"편히 부릴 몸종 하나 없이 아녀자와 어린 아이만 덜렁 보내는 내 마음이 좋지 않소……."

약용이 걱정을 숨기지 못하고 드러냈다.

"걱정 마십시오. 그래도 가진 재주가 있으니 잘 지낼 것입니다. 입소문만 좀 탄다면 예전의 명성을 되찾아 풍요로운 생활을 할지도 모르는 일입니다. 그러니 염려 마십시오."

손재주가 좋아 전국 각지에서 옷을 지어 달라 의뢰가 들어오던 가실이었다. 그 솜씨를 모르는 바 아니니 필경 가실의 말대로 곧 생활은 안정을 찾을 터였다. 그러나 약용은 쉬이 걱정을 거둘 수가 없었다. 가실이 엷은 미소를 지었다.

"자리를 잡는 대로 덕수를 부를 생각입니다. 그리하면 마음이 조금 편하실는지요?"

강진에서 가실을 보필하던 몸종 덕수를 이르는 것이었다. 약용은 그제야 고개를 끄덕이며 마음을 조금 놓았다. 그러나 가능하면 명절마다 집에 들르길 권했다. 가실도 노력하겠노라

약조하였다.

다음 날 이른 아침, 가실은 지체 없이 비안의 손을 잡고 떠났다. 가족들 모두 아쉬워하였지만 아무도 그들을 붙잡을 수 없었다.

약용의 해배가 대대적으로 조정에 알려지면서 다시 약용을 모함하는 상소가 이어졌다.

정약용은 신유 사건의 장본인이옵니다. 당시의 관련자들은 모두 그 죄에 맞게 벌을 받았사온데 오직 한 사람이 살아남아 활개를 치고 있사옵니다. 그 자를 놔두면 또 다시 천주학이 성하고, 서양인과 대박을 불러들여 변란을 꾀할 것이옵니다. 바라옵건대 정법(正法)으로 다스림이 옳은 줄로 아뢰옵니다.

아무 근거도 없는 이 상소는 목만중의 손자 목태석이 올린 것이었다.

조선 시대의 상소는 고관이 내든 평민이 내든 똑같은 효력을 지녀 반드시 임금에게까지 전달되었다. 그리고 전제군주인 임금이라 할지라도 일단 올라온 상소에 대해서는 공식적으로 처리하여야만 하였다. 그러나 이러한 좋은 제도를 이용하여 터무니없이 무고하는 무리들도 많았다. 목태석 또한 그러한 사람들 중 하나였다. 목만중의 피를 이어받은 손자이니 억지도 대단하였다.

그러나 이때는 이미 조정 내에 약용에 대한 동정론이 폭넓게 대두되고 있었다. 그러던 차에 신석림이란 이가 상소를 올려 목태석을 신랄히 공격하였다. 결국, 목태석의 상소는 일고의 가치도 없는 것으로 결론이 났다.

반가운 사람이 찾아왔다. 윤서유였다. 약용의 딸과 사위 윤창모도 함께 왔다.

"사돈, 반갑소."

"오랜만이오."

윤서유는 3년 전 대과에 합격하여 정6품인 성균관 전적(典籍)을 지내고 있었다. 인격이나 나이로 보아서는 더 중용될 수도 있었으나 해남 윤씨인 데다 윤선도의 후손인 까닭에 벽파들의 견제를 받고 있었다. 그나마도 이조판서인 심상규의 적극적인 추천으로 등용된 것이었다.

"옹산(翁山), 벼슬하기 힘들지요."

"벽파 등쌀에 처세가 곤란하오."

"옹산이야 외유내강하신 분이니 난관을 잘 극복하실 것이오."

"어지러운 시국에 사돈처럼 경륜 있으신 분이 나라를 다스리면 얼마나 좋겠소."

"농이라도 그런 말씀은 삼가십시오. 아직까지도 조정에는 저를 시기하는 사람들이 많이 있습니다."

"죽일 놈들 같으니. 18년 동안이나 고생을 시키고도 아직 악심을 품고 있다니!"

그들은 함께 비분강개하였다.

"옹산, 한양 살림이 힘드시겠습니다. 전혀 아쉬운 것 없이 사시다가……."

"그 재미에 삽니다."

두 사람은 한강으로 나갔다.

"강진이 생각납니다."

"저야 고향이니까 몹시도 그립습니다마는 사돈께서야 고생만 하신 곳 아닙니까."

"옹산과 함께 민어회, 낙지회를 초고추장에다 찍어 술과 함께 곁들였던 기억이 생생합니다."

강진과 영암의 낙지는 유명하였다. 머리가 조그맣고 다리가 한 자나 되게 길지만 가늘었다. 살아 있는 낙지를 썰지 않고 통째로 머리부터 오독오독 씹어 먹는 맛은 대단하였다. 한참을 씹어야 하니 맛이 그 속에서 우러났으며 입안에서 꿈틀거리는 감촉 또한 일품이었다.

약용은 내심 가실이 생각났다. 떠난 지 몇 달이 되도록 연락이 없어 걱정이 되었다. 강진의 모든 기억 속에 그녀가 함께 도사리고 있었다.

학연과 학유, 창모가 고기를 잡아왔다. 그들은 즉석에서 매운탕을 끓였다.

"옹산, 쏘가리 매운탕이오. 맛을 한 번 보시지요."

윤서유가 맛을 보고 나더니 무릎을 탁 쳤다.

"이거야 낙지 맛에 비할 바가 아닙니다. 짜릿하면서 감칠맛
이 있는데다 시원하기가 이를 데 없군요."

두 사람은 얼굴을 마주보며 가가대소하였다. 세상에 부러
울 것이 없는 만족스러운 웃음이었다. 한 사람은 귀양살이만
하던 무관(無官)의 선비요, 한 사람은 부귀영화를 내버리고 사
서 고생하고 있는 벼슬아치였다.

"아버님, 술이 모자라시지요."

"오냐, 더 가져오너라."

윤서유는 대주가였다. 그는 맛있는 안주에 양껏 술을 마셨
다.

"며느리는 마음에 드시는지……."

약용이 짐짓 딸에 대해 묻자 윤서유가 호탕하게 웃으며 말
을 받았다.

"하하하, 그 아버지에 그 딸이니 어련하겠습니까."

그들은 오래 묵은 회포를 푸느라 마음껏 취하였다.

이즈음에 약용은 양평에 있는 용문산을 구경하고 춘천의 청
평산과 등선폭포도 유람하였다. 또 틈이 나는 대로 아무도 읽
어주는 이 없는 저서를 정리하고 추고하면서 지내는 것으로 소
일하였다.

고향으로 돌아온 이듬해(1819년) 여름에 흠흠신서, 겨울에 아언각비(雅言覺非)를 각각 완성시켰다.

전 30권으로 이루어진 흠흠신서에서 약용은 죄인을 심문하고 재판하는 과정에 관리들이 유의해야 할 점들을 상세히 밝혔다. 아울러 당시 죄를 다스리는 관리들이 저지르고 있는 부정과 폐해들을 낱낱이 고발하였다. 법의학, 법해석학의 개념까지 망라한 이 흠흠신서가 얼마나 철저하게 저술되었는가는 매장된 시체의 굴검법(掘檢法)까지 기술한 것으로도 충분히 알 수 있다. 이 책의 처음 이름은 명청록(明淸錄)이었으나 후에 흠재흠재(欽哉欽哉), 즉 형벌을 신중히 하라는 뜻에서 흠흠신서로 개칭하였다.

그리고 당시 상용되고 있는 한자의 오류를 지적하여 약 2백여 항목에 걸쳐 언어를 풀이한 아언각비는 그 해석이 비범하여 사료로서의 가치가 매우 큰 것으로 알려져 있다.

당시 조정에서는 세제와 경전(經田)의 문제로 왈가왈부하고 있었다.

"곳곳에서 민란이 계속 일어나니 근본적인 대책을 세워야 할 것이오."

"그렇소. 홍경래의 난 이후 곳곳에서 유사한 난리가 계속되고 있소. 제주도에서는 관원을 죽이고 금상의 통치에서 벗어나려는 계획을 꾸몄고, 용인에서는 홍경래의 난을 본받아 민란을 일으키려고 하였소. 왕을 주살시킨 후 따로이 왕을 세우려는 반역까지 꾸몄소."

"그뿐입니까. 경상도 인동, 함경도 단천, 북청, 경기도 개성, 강원도 춘천 등지에서도 크고 작은 변란이 일어났소."

"이는 임시방편으로 막아서는 아니 되오. 근본적인 대책을 강구하여야 하오."

"어떻게 말이오?"

"이 방면에 경륜을 쌓은 대가를 모셔옵시다."

"누가 좋겠소."

"정공의 저서에는 나라를 다스리는 근본 이치가 망라되어 있다는 소문을 들었소. 그분이 어떻겠소."

"정약용 말이오?"

"그렇소."

중신들은 모두 의견을 모았다.

"하루속히 시행합시다."

정약용을 초치해 오기로 결정된 것이 서용보 귀에 들어갔다.

"아니, 정약용을 기용한단 말씀이오!"

"예."

"무엇 때문이오?"

"경전을 위해서입니다."

"그 사람밖에는 없소?"

"유학하는 사람의 머리로는 지금의 난국을 헤쳐나갈 수가 없습니다. 정약용은 자타가 공인하는 실학의 거두입니다."

대신들은 서용보를 설득하였다. 민란의 수습책이 막연하다는 것이었다.

"경들은 대동법(大同法)을 아시오."

"무슨 말씀이온지……."

"대동법이란 기가 막히게 잘 만들어진 법이오. 이것이 정약용이 태어나기 백 년 전에 씌어졌다는 사실을 경들은 모르시오? 운용의 묘를 생각지 않고 다시 새 법을 만든다면 그 혼란을 어찌 감당하시려오."

벽파의 대신들은 서용보에게 꼼짝도 못하였다.

"또 설사 정약용을 기용한다고 칩시다. 그래, 어떤 자리를 내줄 게요?"

대신들은 서로 얼굴만 쳐다보며 할 말을 잃었다.

"그 나이에 기용을 하려면 판서나 정승을 주어야 할 것 아니요. 하면, 누가 물러나겠소?"

"적당히 자리를 하나 마련하여 일만 시키면 되지 않습니까."

"경들은 하나만 알지 왜 둘은 모르시오. 40년을 걸려서 남인들의 씨를 말려버렸는데 이제 다시금 화근을 만들려고 하시오?"

서용보는 단호히 반대하였다.

만일 이때에 정약용이 내각에 들어갔더라면 우리나라는 여러 면에서 달라졌을지 모른다. 근세 개화사상이 일본보다 더 빨리 들어왔을 수도 있다. 약용의 목민지도(牧民之道)는 실학에 바탕을 두고 있기 때문이다. 전제(田制)가 조금은 달라졌을 것이고, 그에 따라 농민들이 잘살게 되면 구매력이 높아져 산업이 발달하였을 것이다. 또한, 지식인들을 동원하여 산학(産學)을 연결시키려 노력하였을 것이고, 서서히 유럽의 문물을 받아들여 과학도 발달하였을 것이다.

그러나 서용보는 철저하게 정약용의 앞길을 가로막았다. 이에 18년 동안의 모진 고생 끝에 완성해 놓은 여러 경륜들이 또다시 시기를 놓치고 말았다.

양주군수 박치도는 젊은 나이로 대과에 입격하여 30대 초반에 벌써 지방 수령으로 나와 있는 자였다. 그는 정사도 잘 치르고 전도가 유망한 목민관이었지만 늘 아버지 박태수 탓에 고민이 많았다.

사또의 아버지를 아전들이 대감으로 호칭하는 것은 예부터 내려오는 관습이었다. 아들이 임지에 부임하자 박태수는 사또보다 더 권세가 당당한 대감 행세를 했다. 효자인 사또는 이러지도 저러지도 못하고 골치만 썩고 있었다.

"여봐라, 밖에 아무도 없느냐."

아전이 쫓아와 대령하였다.

"부르셨습니까요, 대감마님."

"오늘 한양에서 내 친구들이 찾아온다 하였으니 이방에게 전언하여 대접이 소홀하지 않도록 각별히 유의하렷다. 만에 하나 결례를 하였을 시는 치도곤을 맞을 것이니 명심하거라. 알 겠느냐."

호령하는 모양새가 사또를 방불케 하였다.

"예, 분부 거행하겠습니다요."

아들 박치도는 술대접을 한다, 놀이를 한다 하면서 아버지가 관비를 축내는 것까진 참으려 애썼다. 그러나 청탁을 받고 송사에 끼어들려 하는 데에는 도무지 참을 수가 없었다.

"아버님."

"오냐."

"제발 부탁이옵니다. 송사 건에만은 관여치 말아 주십시오."

"네 이놈. 내가 너 하나 보고 이제까지 고생해 왔거늘 그까 짓 간단한 송사 하나 봐주지 못하겠다니 불효막심하구나."

"아버님께서 고생하신 것이야 소자가 왜 모르겠사옵니까. 다만 소자도 선정을 베풀어 입신을 하여야지 않겠사옵니까."

박태수는 일찍이 상처(喪妻)하였지만 재취를 하지 않고 아들의 입신양명을 위하여 뒷바라지만 하며 지냈다.

"말이 많구나, 이놈. 송사 하나 봐준다고 네가 곧 탐관오리라도 된다는 양 말을 하지 않느냐. 허면, 이 애비가 네놈을 탐관오리로 만들었단 말이 아니더냐. 괘씸한 놈 같으니. 부탁한 허 진사가 나를 얼마나 끔찍이 대접하는지 네가 진정 몰라 그

러느냐. 영 말을 듣지 않을 것 같으면 당장 한양으로 돌아가버
리겠다. 에잇, 자식 농사 헛지었구나. 어이구, 내 팔자야."

매사가 이런 식이었다.

내아(內衙)로 찾아온 박태수의 친구들은 셋이나 되었다.

"박 대감, 잘 있었는가."

"어서 오시오. 이 진사, 김 진사, 최 진사."

모두들 양반 부스러기로 지내던 사이였으나 벼슬 한 번 못
해본 서생들이었다. 그들은 동헌을 마음대로 드나드는 것만으
로도 마치 크나큰 출세를 한 양 거드름이 대단하였다.

"이방을 불러오너라."

이방이 급히 달려왔다.

"이방 대령이옵니다, 대감마님."

"주안상을 차리되 외사(外舍 : 동헌)에 차리도록 하여라. 알
겠느냐."

"예, 알겠사옵니다."

박태수는 친구들을 데리고 동헌 사랑으로 나갔다. 그러고
는 아들을 불렀다. 정사를 보다 말고 급히 달려온 박치도가
아버지 앞에 꿇어앉았다.

"인사 올려라. 내 지기들이니라."

"예, 아버님."

사또는 관복을 입은 채 인사를 올렸다. 친구들은 고개만 끄
덕이며 흐뭇하게 절을 받았다. 큰절을 올리는 아들의 모습을

505

바라보던 박태수가 흐뭇한 미소로 친구들을 둘러보았다. 사또가 사랑을 나서자 곧 주안상이 들어왔다. 지방 관아의 음식치고는 꽤 훌륭한 산해진미였다. 상에 차려진 음식들을 하나하나 살펴보던 박태수가 이윽고 만족한 듯 은근한 목소리로 이방을 불렀다.

"이방."

"예, 대감마님."

"준비 됐겠지?"

"예? 무얼 말씀입니까요?"

"웬 능청이냐. 대장부가 어찌 손수 술을 따라 먹을 수 있겠느냐."

이방이 그제야 말뜻을 알았다는 듯 대답하였다.

"네네, 소인이 얼른 다녀옵지요. 잠시만 기다리십시오."

그로부터 동헌에서는 온종일 술자리가 벌어졌고 사또 박치도는 정사 보는 것조차 단념해야 했다.

술이 거나해진 박태수가 제법 호기롭게 분위기를 주도하였다.

"춘심아, 술 따라라."

제일 나이 어리고 예쁜 기생 춘심은 박태수 차지였다. 이 진사가 옆에서 부추겼다.

"명월아, 가락을 뽑아라. 술 있고 계집이 있는데 노래가 없으니 구색이 맞겠느냐."

명월이 사뿐히 일어나 어깨춤까지 추며 서도 가락을 멋지게 뽑았다.

동헌은 이렇듯 누가 주인인지 분간 못할 때가 많았다. 아전들도 누구 명을 들어야 할지 우왕좌왕하였다. 사또의 명을 받고 나가다가 대감을 만나면 다른 심부름을 시켰고, 어느 한 쪽의 일을 끝내면 영락없이 다른 쪽의 벼락이 떨어지고는 하였다.

사또는 아버지가 동헌마루를 차지하지 않는 것만도 다행으로 여겼다. 그러나 이런 식으로 아버지를 모시는 것이 옳은 일인지 그른 일인지 판단이 서지 않아 곤란하였다.

이 궁리 저 궁리 끝에 사또는 나이가 지긋해 분별력 있는 형방을 불렀다.

"아버님을 모시자니 나라에 불충이고, 정사에 충실하자니 불효가 되는구나. 어찌하면 좋겠느냐."

형방은 한참을 골똘히 생각하더니 의견을 내놓았다.

"사또, 가까운 광주 땅 마현에 정약용이라는 어르신이 살고 계시옵니다."

"그분 명성을 모르는 사람이 어디 있느냐. 한데 그분과 이 일이 무슨 상관이란 말이냐."

"사또께서는 그분을 아시옵니까?"

"존함만 들었을 뿐이다."

"소인은 그분과 상의하심이 가장 옳은 줄로 생각되옵니다."

"으음, 좋은 생각이로구나."

박치도가 무릎을 쳤다.

양주군수 박치도는 틈을 내서 마현으로 약용을 찾아 나섰다. 형방을 앞세운 그는 평복 차림이었다.

"양주군수 박치도라 하옵니다. 진즉 찾아뵙지 못하여 결례가 많았사옵니다."

"어서 앉으시오."

"대현(大賢)으로 뫼시겠습니다. 하오니 말씀 낮추십시오."

박치도는 최대한 예우를 갖추고 인사를 올렸다. 그러고는 찾아온 내력을 상세히 고하였다. 그의 얼굴에 고뇌의 흔적이 역력하였다. 박치도의 이야기를 묵묵히 듣던 약용이 이윽고 말문을 열었다.

"자네 춘부장께서 지금 춘추가 몇이신가."

"올해로 쉰둘이 되셨사옵니다."

"국법에 이런 조목이 있네. 모지취양 즉유공사 부지취양 불회기비 의유재야(母之就養 則有公賜 父之就養 不會其費 意有在也)라. 즉, 모친을 뫼시고 가서 봉양하면 관에서 비용을 지급하지만, 부친의 경우에는 그 경비를 회계해 주지 않는다는 내용일세."

박치도는 눈을 빛내며 약용의 말에 귀를 기울였다.

"더욱이 자네 춘부장께서는 예순을 넘기지 않으셨으니 의당 국법으로는 부양을 할 수가 없네. 그러니 해결책은 뻔하지 않은가."

박치도가 머리를 조아렸다.

"알겠사옵니다."

"하지만 부득이 임지에 따라가야 할 처지도 있기는 하네. 자네 춘부장처럼 혼자 몸이신 경우일세. 더구나 자네가 제사를 올려야 할 처지라면 말일세. 하지만 그럴 때는 내사에 따뜻한 방 한 칸을 택하여 조용히 지내시면서 조리하며 외인과의 접촉을 피하시는 것이 예의일 것이네. 하긴 이러한 예절을 몰라서 외사에 나와 아전을 꾸짖고, 관노를 질책하며, 기생을 희롱하고, 손님들을 끌어들이는 경우가 종종 있기는 하네. 심지어는 옥사를 펴는 등 정사까지 손을 대는 사람이 있기까지 하네. 하지만 이 모든 것은 국법을 어기는 것일세."

"명심하겠사옵니다."

모르는 바는 아니었지만 약용의 지적을 받자 박치도는 부끄러운 마음이 들어 얼굴이 후끈 달아올랐다.

"중국 후위(後魏) 때 필종경이라는 사람이 있었다네. 그들 부자는 공교롭게도 같은 고을 태수를 대를 이어 역임했지. 그리고 그들 부자는 이를 더없는 영광으로 여겼네. 그런데 아들 원빈이 정사를 볼 때면 필종경은 가마를 타고 원빈의 처소에 가 아들에게 아는 체도 하지 못하도록 하고 그저 판결을 지켜보며 기뻐하였다고 하지. 이런 경우는 비록 애비가 자식의 관아를 찾아갔다 하더라도 더욱 빛이 나는 예일세."

"좋은 가르침을 받았사옵니다. 이제 결심이 섰사옵니다."

"그랬다면 다행이네만 모쪼록 선정을 베풀게. 무엇보다도 백성이 우선일세. 앞서 불회기비 운운한 것도 다 백성을 위함이 아니겠는가."

"예, 알겠사옵니다. 한데 다른 부탁이 하나 있사옵니다."

"무언가."

"이후로도 정사를 처리함에 판단키 어려운 점이 생기면 찾아 뵙겠사옵니다. 바라옵건대 하교하여 주십시오."

"허허, 내가 무얼 안다고……."

"겸손의 말씀이십니다. 한번 말씀하신 것으로도 이렇듯 많은 깨달음을 얻었사온데 어찌 다시 찾아뵙지 않으오리까. 부디 소관의 청을 들어주시옵소서."

"허허, 정히 그러하다면 내 만류하지는 않겠네만……."

"그러하옵고 혹시 목민관이 된 자로서 반드시 읽어야 할 서책이 있사오면 소관 비록 학식이 미천하오나 밤을 낮 삼아 읽어 도리를 다할까 하옵니다."

대학자 약용이 강진 유배 시절 수많은 저술을 완성하였음을 알고 있는 박치도였다. 바로 이런 사람을 위해 심혈을 기울여 저술한 것이 목민심서였다. 그러나 약용은 선뜻 마음이 내키지 않았다.

"꼭 필요한 겐가."

"예."

약용이 다시 한번 다짐을 두었다.

"읽고 나서 내용대로 지키겠는가."

"여부가 있겠사옵니까."

"내가 심혈을 기울여 써놓은 책이 있기는 하네. 목민심서라고……. 지방 수령인 목민관이 부임할 때부터 지켜야 할 일과 재직 시에 지켜야 할 일, 그리고 해임되어 돌아올 때 올바르게 처신하는 방법 등을 조목조목 적어 놓은 책이라네."

목민심서는 약용이 해배되기 직전인 1818년 봄에 완성한 책으로, 과거 지방 관리들의 사적(事績)을 수록하여 치민(治民)의 도리를 역설한 명저였다. 그 내용은 총 12편에 각각 6조목을 달아 모두 72조목으로 이루어졌다.

12편의 내용은 부임(赴任), 율기(律己), 봉공(奉公), 애민(愛民), 이전(吏典), 호전(戶典), 예전(禮典), 병전(兵典), 형전(刑典), 공전(工典), 진황(賑荒), 해관(解官) 등으로 삼정의 문란 등 부정부패가 극에 달한 조선 후기의 사회 현상과 정치의 실체를 엿볼 수 있는 사례들을 일일이 열거하여 당시의 사회경제사 연구에 귀중한 자료가 되고 있다.

"자네 춘부장처럼 정사에 간섭하고 국고를 축내는 사람에 대한 내용은 제2편 율기의 제가조(齊家條)에 상세히 기술해 놓았네."

"알겠사옵니다."

"부언하자면 수신이후제가 제가이후치국평천하 지통의야

욕치기읍자 선제기가(修身以後齊家 齊家以後 治國平天下 之通義也欲治其邑者 先齊其家)라 하였으니, 자신을 가다듬은 후라야 집안을 단속할 수 있고, 집안을 단속한 이후라야 나라를 다스릴 수 있다는 것은 언제 어디서나 통하는 진리이거늘 한 지방을 다스리고자 하는 사람이라면 먼저 제 집안을 단속해야 하는 법이라는 뜻이네."

"면목이 없사옵니다."

"정 원한다면, 모두 48권이나 되는 워낙 방대한 책이니 한 권씩 가져가서 읽도록 하게나. 그리고 반드시 읽고 나서는 나와 그 내용을 논의하여야 하네. 허나 책이란 단지 읽기만 해서는 아니 되고 그 뜻대로 실천하여야 올바른 가치를 가지는 것이니 이 점을 명심하여야 할 걸세. 책의 내용이 실제와 어긋난다면 자네의 충고도 기꺼이 듣겠네."

박치도는 즐거움을 가득 안고 임소로 돌아왔다. 그는 목민심서를 독파하면서 한편으로는 필사하는 것을 잊지 않았다. 귀중한 책을 자기 살로 만들기 위해서였다. 책을 읽어갈수록 박치도는 놀라지 않을 수 없었다. 약용의 천재성에 거듭 탄복했다.

박치도가 듣기로는 이 책은 약용이 배소에서 저술한 것이었다. 깊은 사고력과 논리 정연한 전개는 차치하고라도 그 본문 중간 중간에 차용한 예문에 기록된 글은 요순시대부터 현재의 관리들에 이르기까지 빠짐이 없었다. 공맹의 예는 물론, 춘추전국시대의 재상부터 필부의 예에 이르기까지 고금의 역사를 총망라하고 있었다. 기억력이 비상한 천재가 아니고서는 자료도 없는 벽지에서 감히 엄두도 못 낼 일대 명저술이었다. 책을 덮고 난 박치도는 목민심서의 자서(自序) 부분을 따로 정성껏 필사하였다. 이 부분은 목민심서가 완성된 후 3년 만에 고향 마현으로 돌아와 지은 부분이었다.

옛날 요 임금의 뒤를 이은 순 임금은 12목(牧)에게 물어 그들로 하여금 목민하게 하였고, 문왕은 입정(入政)하자 사목(司牧)을 세워 목부(牧夫)가 되게 하였으며, 맹자는 평륙(平陸)에서 추목(芻牧)함을 목민에 비유하였으니, 양민(養民)함을 목(牧)이라 일컫는 것은 성현들이 남긴 뜻인 것이다.
성현의 가르침에는 원래 두 길이 있다. 하나는 사도(司徒)가 만민을 가르침으로써 각기 수신하도록 함이요, 다른 하나는 대학(大學)에서 국자(國子)를 가르침으로써 각기 수신하고 치민하도록 하는 것이니, 치민이란 곧 목민이다. 따라서 군자의 학은 수신함이 그 반이요, 나머지 반은 목민인 것이다. 성인이 난 지 오래되어 그 말씀도 없어지고 그 도가 점점 어두워졌다. 오늘날의 사목들이 오직 이익을 추구하는 데만 조급하고 어떻게 목민을 하여야 하는 줄을 몰라서 백성들은 여위고 곤궁하고 병까지 들어 진구렁 속에 줄을 이어 그득한

데도 사목하는 자들은 바야흐로 아름다운 옷과 맛있는 음식에 혼자 살이 찌고 있으니 어찌 슬프지 않겠는가.

나의 선친이 성조(聖朝)에 두 현(縣)의 감(監), 한 군(郡)의 수(守), 한 부(府)의 호(護), 한 주(州)의 목(牧)을 맡아서 성적이 좋았으나 비록 용(鏞)은 불초하나 따라다니면서 배우며 다소간 들은 바도 있었고, 따라다니면서 보며 다소간 깨달은 바도 있었으며, 물러 나와서 이를 시험해 보니 다소간 중험도 있었으나, 이미 유락(流落)의 몸이라 다 소용이 없어졌다. 외딴 귀양살이 18년에 사서오경을 되풀이 연구하여 수기(修己)의 학을 강론하며 이미 배웠다고 하나 반만 배웠을 뿐이다.

이에 23사(史)와 우리나라의 여러 역사 및 자집(子集) 제서(諸書)에서 옛날 사목들의 목민한 자취를 찾아내어 분석하고 분류하여 이를 엮어낸다. 또 멀리 떨어진 남쪽 지방에서 전부(田賦) 때문에 간악하고 교활한 벼슬아치들이 갖가지 폐단을 일으키고 있는데, 내가 비록 비천한 데 처해 있지만 듣는 바는 아주 상세하니 이를 또한 그대로 분류하여 피상적인 견해나마 대강 기록하여 둔다. 부임, 율기, 봉공, 애민, 6전(典), 진황, 해관의 12편이며, 각 편마다 6조씩 나누어 모두 72조로 되어 있다. 혹 몇 개 조를 아울러서 한 권을 꾸미고, 혹 한 조를 나누어서 몇 권을 꾸미니 합계 48권으로 한 부가 되었다. 비록 시대에 근거하고 풍습에 따랐으되, 위로 선왕(先王)의 헌장(憲章)에 부합되지는 못할 것이나 목민하는 일에는 조례가 두루 갖추어졌을 것이다.

고려 말에 처음으로 5사(事)로 수령을 고과(考課)하였고 조선조에서는 그것을 토대로 7사로 늘렸는데 소위 수령이 감당할 것의 대략만을 들었을 뿐이다. 그러나 수령이라는 직책을 수행하는 데 법전이 없을 수 없고, 여러 조목을 들어 오직 직책을 다하지 못할까 두려워하여야 하는데 어찌 스스로 생각하고 스스로 시행하기를 기대할 것인가. 이 책은 처음과 나중 두 편을 제외한 나머지 10편만도 60조가 되나, 진실로 양식이 있고 직분을 다하고자 하는 생각만 있다면 아마도 갈피를 잡지 못하지는 않을 것이다.

옛날에 부담은 이현보(理縣譜)를 지었고, 유이는 법범(法範)을 썼으며, 왕소에게는 독단(獨斷), 장영에게는 계민집(戒民集)이 있으며, 진덕수는 정경(政經)을, 호대초는 서언(緒言)을 냈으며, 정한봉은 환택편(宦澤篇)을 저술하였으니 모두 다 소위 목민의 책인 것이다. 이제 그런 책들은 거의 전하지 않고 오직 음사기구(淫辭奇句)만이 일세를 풍미하니 비록 내 책인들 어찌 전해질 수가 있겠는가. 비록 그렇다고는 하나 주역에 이르기를 '전 사람의 말이나 지나간 행동을 많이 지식으로 삼아서 자기의 덕을 쌓는다.'고 하였으니, 이 책은 본래 나의 덕을 쌓기 위한 것이지 하필 꼭 목민하기 위해서만이겠는가. 그것을 심서(心書)라 한 것도 목민할 마음만이 있지 몸소 실행할 수가 없기 때문에 이렇게 이름한 것이다.

박치도가 다시 약용을 찾아왔다. 밝은 표정이었다.

"선생님, 아버님을 설득하여 한양 사저로 돌아가시게 하였사옵니다."

"허허, 그랬던가. 잘하였네. 목민관으로서 뜻한 바대로 정사를 베풀려면 용기가 있어야 하는 법일세."

"외람된 말씀이오나 이번 목민심서를 읽고 저는 용기보다도 신념이 더 중요하다는 것을 깨달았사옵니다. '이래서는 안 된다.', '이렇게 하는 것이 목민관의 도리이다.' 하는 신념이 생기니 저절로 용기가 솟아오르지 않겠사옵니까. 하여 그 즉시 아버님을 설득하였던 것이지요. 모두 선생님께서 지으신 목민심서 덕이옵니다."

약용의 얼굴에 화기가 돌았다.

"자네가 그렇게 말하니 고마우이."

"아니옵니다. 저 혼자 보기에는 너무 아까운 것이었사옵니다."

"한데 목민심서의 다른 구절은 어떻던가. 혹여 잘못된 점은 없던가."

"제가 감히 어찌 선생님의 저서에 흠을 대오리까. 구구절절이 제 가슴을 찌르는 것뿐이었사옵니다."

"허허, 너무 과찬을 하시네 그려. ……한데 부임과 율기편을 읽었던가?"

"예, 그렇사옵니다. 부임편을 읽고 제가 부임해올 때의 잘못을 크게 반성하였사옵니다."

약용은 박치도의 말을 들으며 얼굴 가득 잔잔한 미소를 지었다. 오늘날의 목민관들이 모두 박치도와 같다면, 그리고 목민심서가 그러한 역할을 해낼 수만 있다면 자신의 생애에 큰 보람이 될 터였다.

박치도가 말하는 목민심서 부임편은 제배(除拜), 치장(治裝), 사조(辭朝), 계행(啓行), 상관(上官), 이사(莅事) 등의 6조로 이루어져 있고 그 내용은 각각 다음과 같다.

다른 벼슬은 하겠다고 나서도 좋지만 목민관만은 그래서는 안 된다. 임관이 되거든 재정을 낭비하는 일이 없도록 하라. 부임 절차에 따르는 경비는 절약할 대로 절약하는 것이 좋다. 부임 여비를 국비로 받아놓고서 게다가 딴 몫을 더 받는다면 이는 나라의 은혜도 아랑곳없이 백성들의 주머니를 터는 셈이니 할 짓이 아니다.

갖출 행장 중에 의복이나 사용 도구 같은 것은 옛것을 그대로 쓰되 새로 만들지 말라. 수행하는 사람이 많아서는 안 된다. 청렴한 선비의 행장은 겨우 이부자리에 속옷, 그리고 고작해야 책 한 수레쯤 싣고 가면 될 것이다.

감독 상관에게 부임 인사를 드릴 때는 스스로 제 그릇이 아님을 말할 뿐, 보수가 많고 적음을 말하지 말라. 인사 담당관에게 인사를 가서는 감사하다는 뜻을 비쳐서도 안 된다. 임명권자를 만나고 나와서는 백성들의 기대에 수응해야 할 일을 걱정하고 나라의 은혜에 보답해야 할 것을 마음 깊이 다짐하라. 영접 나온 지방 관속들과 대면할 적에는 장중하고 화평하고 간결하고 과묵한 태도를 가져야 한다.

부임 도중에도 장중하고 화평하고 간결하고 과묵하여 마치 말조차 못하는 사람인 체하라. 내려오는 길목에 근거 없이 꺼리는 일이 있음을 핑계하여 제 길을 버리고 돌아서 가려고 하거든 바른 길대로 가면서 요사스런 전설은 무시해버리도록 하라. 관사에서 요괴가 나온다는 지방 관속들의 귀띔이 있더라도 그런 것쯤 대수롭게 여기지 말고 선동하는 풍습일랑 진정시키도록 하라. 부임 도중 여러 고을에 들를 적마다 선임자들의 이야기를 귀담아듣고 다스리는 법도를 배워야 하며, 노름판으로 밤을 새워서는 안 된다.

임지 도착 날을 따로 갈라 받을 필요는 없다. 비가 오면 갠 날을 기다리는 것이 좋다. 임지에 도착하는 대로 부하들의 면접 신고를 받도록 하라. 면접이 끝나면 조용히 앉아서 정책 운영의 방법을 생각하도록 하라. 관대하거나 엄격하거나 간략하거나 치밀하거나, 그 어느 방법이건 간에 그 규모를 미리 짜놓고 그것이 현지 상황에 알맞도록 하되, 내 신념대로 밀고 나아가야 한다. 그 이튿날 향교에 나아가 문묘에 예를 드리고 사직단으로 가서 삼가 정성을 드리도록 하라. 이튿날 아침부터 일찍 자리에 앉아 사무를 처리해야 한다. 이날로 유생들이나 지방민들로 하여금 그들의 고충을 진언하게 하라. 들어온 지방민의 소장은 그날로 간결하게 처결하여야 한다. 지방민들과 약속하는 몇 가지 조건을 방을 놓아 발표하고 바깥 문설주에 북 하나를 걸어놓게 하라. 관청일은 기한이 있어야 한다. 기한이 미덥지 않으면 백성들은 명령을 장난으로 여길 것이니, 기한을 믿도록 만들어야 한다. 그리고 일력에 맞추어 기록해두는 것이 좋다. 그 이튿날 지방 현황 지도를 그려 벽에 붙여놓도록 하라. 인장과 서명은 분명해야 한다.

"예를 들어보게나."

"소관은 부임 첫날 이웃 고을에서 자지를 아니하고 곧바로 임지에 도착하였사옵니다."

자신의 잘못된 점을 낱낱이 고하는 박치도의 얼굴은, 그러나 부끄러움보다는 자신감이 넘쳐흘렀다.

"그야 한양에서 가까운 거리니 당연하지 않은가."

"아니옵니다. 동행이 많이 따라왔사옵니다. 대소가는 물론 친구들, 엄친과 그분의 친구 분들까지 무려 수십 명이 줄을 이었사옵니다. 그러니 고을의 아전 이속들이 얼마나 고생하였겠습니까. 선생님의 글에 의하면 꼭 필요한 몇 명만을 수행하고, 처자식은 뒤로 미루고 옷 몇 벌과 책 한 수레를 싣고 부임하는 것이 예의라고 하셨사옵니다. 물론 옳지 않은 것이야 알고 있었사오나 관례가 그러하지 않으니 도리가 없었사옵니다. 하오나, 진즉에 목민심서를 읽었다면 그런 우행은 저지르지 않았을 것이옵니다. 지금 생각하면 부끄럽기 짝이 없사옵니다."

약용이 연신 입가에 웃음을 담았다.

"허허, 그랬는가."

"또한, 소관은 아직 세상물정에 어둡고 잘잘못만 따지려는 데 급급하여 치자의 도리를 다하지 못하였사옵니다. 소관이 부임하여 관고를 조사해보니 장부가 맞지 않았사옵니다. 하와 비록 좌천당한 자이오나 전관 사또를 아전들 앞에서 얼굴을 들 수 없을 만큼 몰아쳤사옵니다. 앞뒤 가릴 것 없이 의당 그리하여야 한다고 생각한 까닭이옵니다. 한데 이번에 목민심서를 읽어보니 이런 대목이 있었사옵니다. 전관유자(前官有疵)하면 엄지물창(掩之勿彰)하고 전관유죄(前官有罪)하면 보지물성(補之勿成)하라. 즉 전임자에게 잘못이 있으면 덮어주어 나타나지 않도록 하고, 또 죄가 있으면 도와주어 죄가 되지 않도록 할 것이다, 라는 구절이옵니다. 동료에 대한 배려와 인정이 이러할진대 어찌 호령만 일삼으리오까. 마땅히 잘못된 점을 고쳐 그 허물을 드러나지 않게 했음이 옳았을 것이옵니다."

"허허, 벌써 봉공편 예제조(禮際條)까지 읽었군 그려."

"예."

"하나, 여보게 박공. 가상하네만 내 한 가지 이를 말이 있네."

"예, 말씀하시지요."

"모름지기 목민관은 처신을 잘해야 하는 법일세 내 그 예를 하나 들어봄세. 내가 유배 생활을 하였던 강진 땅에서 일어난 일일세. 그 고을 수령이 몹시도 사랑하는 기생이 있었다네. 어느 날 그 기생이 등불놀이를 보고 싶다고 수령을 졸랐다네. 그러자 그 수령이 사월 초파일에 온 민가에 영을 내려 등불을 달도록 하였다네. 그러고는 가장 높이 등을 단 사람에게 상을 주기로 하였지. 이에 아전과 군교들이 포구로 쫓아나가 배 안의 돛대를 모조리 빼앗아 왔다네. 그러니 어떠하였겠는가. 당장 출어를 하여야 할 판에 돛대가 없으니 큰일이 나지 않았겠나. 결국 어민들은 2백문씩 주고 돛대를 살 수밖에. 웃지 못할 희극이 아니고 무엇이겠나.

이처럼 목민관의 처신이 자칫 잘못되면 걷잡을 수 없는 결과를 초래하게 되는 것일세. 무릇 수령된 자들이 처신의 근본으로 삼아야 할 대상은 첫째도 백성, 둘째도 백성, 셋째도 백성임을 이르고자 함일세.

하나 훌륭한 목민관도 있지. 유의(柳誼)는 홍주목사로 재직할 당시 수시로 들판에 나갔다네. 그는 농정을 시찰하는 도중에 아낙들이 들밥을 이고 가는 것을 보면 그 즉시 보자기를 열게 하여 찬이 빈약하면 게으름을 야단치고, 너무 풍성하면 사치함을 꾸짖었다네. 이는 하찮은 일 같아도 여간 세심한 주의를 기울여야 하는 일이 아니네. 아주 작은 일로 비롯하여 백성들에게 근면과 절약을 일깨움일세."

"명심하겠사옵니다."

"백성의 원망을 사고, 칭송을 받음이 이처럼 사소한 것으로부터 시작되니 어찌 그 처신을 함부로 하겠는가."

길고 긴 강 끝에 스승의 예를 다하여 인사를 올린 박치도가 사랑문을 열다 말고 돌아서며 말하였다.

"선생님, 광주목사 이춘영은 소관의 벗이온데, 다음번에는 함께 찾아뵈올 까 하옵니다. 그리하여도 되올는지요."

좌정한 약용이 만면에 웃음을 담는 것으로 청에 답하였다.

약용의 주위 사람이 하나둘씩 세상을 떠나갔다. 지우(知友)요 사돈인 윤서유가 죽었고, 맏형인 진사공 약현이 죽었으며, 백운대 등반을 두고두고 회상하던 윤지범도 죽었다.

죽란시사의 많은 시우들도 유명을 달리하였다. 책롱 사건 때 마현에 하향하여 살던 약용에게 위급한 상황을 전해주었던 이주신도 죽었다. 약용이 해배되어 마현에 돌아왔을 때 쫓아와서,

"벗이 돌아오니 내가 세상 살맛이 난다."

고 기뻐하던 지기들였다.

윤지눌도 죽었다. 약용보다는 약전하고 더 가까웠던 친구였다. 약용 형제가 귀양을 떠나고 학연과 학유가 되돌아가는 길에 윤지눌의 집에 들렀다. 이때 윤지눌은 넉넉지 못한 살림에도 약용의 두 아들을 극진히 대해주었다. 죽란시사 때 다정하였던 이주신, 윤지눌이 모두 유명을 달리한 것이었다.

부음을 들을 때마다 약용은 허전하기 이를 데 없었다.

이 무렵 채이숙이 찾아왔다.

두 사람은 손을 맞잡고 한동안 말이 없었다. 잠시 후 약용이 말문을 열었다.

"또 찾아주니 고맙네."

"이제 몇 사람 안 남았네그려."

"많은 지기들을 앞서 보내니 답답할 뿐이네."

"허나 자네에게는 후세에 남길 저술이라도 있지 않은가."

채이숙의 말에 약용이 허한 웃음을 지었다.

"저술이 있으면 무엇하겠나. 알아주는 이가 있어야지."

"직각(直閣) 김매순이 자네의 매씨상서평(梅氏尚書平)을 읽어보고 싶어 하네."

김매순은 안동 김씨로서 김조순과 같은 항렬이었으며 벽파 중에도 이름난 학자였다. 채이숙은 그 책을 김매순에게 전하였고, 그는 그 책을 다 읽고 나서 극찬하는 서찰을 약용에게 보냈다.

미묘한 부분을 건드려 그윽한 진리를 밝혀낸 책이오. 이처럼 뛰어나고 기이한 글은 처음 읽어보았소.

약용은 실로 오래간만에 자신을 인정해주는 대학자가 생긴 것에 기쁨을 감추지 못하였다. 그것도 노론의 대가에게서 학문의 역량을 숭배 받은 것이어서 그 기쁨은 더했다.

박치도와 이춘영이 날을 받아 마현으로 찾아왔다. 목민심서를 정성껏 필사하여 읽은 그들은 수령된 자로서의 도리를 다하고자 애쓰는 기색이 역력하였다. 어찌하면 좋은 목민관이 될 수 있을까, 어찌하면 백성들에게 존경받는 목민관이 될 수 있을까 연구에 몰두하는 이들이었다.

예를 다하여 인사를 끝낸 박치도가 입을 열었다.

"선생님, 백성을 다스릴 때 가장 근본으로 삼아야 할 것은 무엇이옵니까."

"그야 백성들을 만족시키고 그들의 원성을 사지 않는 것이네."

이번에는 이춘영이 물었다.

"하오면 어찌하여야 하옵니까."

"전정(田政), 세정(稅政), 군정(軍政), 이 세가지를 세목별로 잘 운용하는 것이 가장 중요한 것일세."

"소관은 목민심서의 호전편을 통독하였사옵니다. 하여 토지를 측량하는 것이나 세법의 정확한 시행, 환곡의 부정을 막는 일, 그리고 호적을 정리하고 부역을 고르게 하는 일, 무엇보다도 권농의 중요성에 대해서 큰 깨우침을 얻었사옵니다. 하온데 유독 전정조의 마지막 구절에 대한 대안을 세울 수가 없었사옵니다."

박치도와 이춘영이 눈을 모아 약용의 얼굴을 응시하였다.

이춘영이 지적한 전정조의 마지막 구절이란, 은결여결세증월연(隱結餘結歲增月衍)하고, 궁결둔결세증월연(宮結屯結歲增月衍)하여 이원전지세우공자세감월축(而原田之稅于公歲減月縮)하니 장약지하(將若之何)라. 즉 은결과 여결은 해마다 달마다 늘고, 궁결과 둔결이 해마다 달마다 늘어 세금을 부과해야 할 원전이 해마다 달마다 주니 장차 이 일을 어찌하겠는가, 라는 것이었다.

이는 이춘영이 현존하는 토지제도로는 그 모순을 해결하지 못하리라고 판단한 데서 나온 질문이었다. 그러나 약용은 토지개혁 사상의 단초를 이끌어내는 핵심적 부분을 지적한 대목이었다.

약용은 이 혈기방장한 젊은이들에게 이 문제를 어떻게 설명할지 난감하였다. 대안은 있으되 자칫하면 화를 입을지도 모를 일인 탓이었다. 박치도와 이춘영이 현 집권 세력인 벽파인데다 자신의 저술이 현 토지제도를 완전히 부정하는 것이었으니 그들의 현실적인 이익에도 대치되는 것이었다.

심사숙고하던 약용이 이윽고 말문을 열었다. 결심이 선 것이었다. 참다운 목민관이 되고자 애쓰는 그들을 외면할 수 없었다.

"자네들이 전론(田論)에 대한 내 근본 사상을 알지 못하기 때문일세. 가령 여기에 밭 열 뙈기를 가진 사람이 있다고 치세. 그리고 그 자식이 열 사람 있다고 하세. 한 사람은 세 뙈기를, 두 사람은 두 뙈기씩을, 세 사람은 한 뙈기씩 차지하였네. 여섯 명이 열 뙈기 땅을 다 차지하고 나니 나머지 네 사람은 길가에 나앉을 수밖에 없었네. 자, 일이 이리 되었으니 부모된 자가 그 도리를 다했다 할 수 있겠는가. 대저 하늘이 백성을 낳고는 먼저 전지(田地)를 두어 살게 하였고, 그런 후에 백성을 위하여 임금을 세우고 수령을 두어 그 살림을 고르게 하였거늘, 임금이나 수령된 자가 이를 모른 체 한다면 이 어찌 하늘의 도를 다한 것이라 이르겠는가.

한데 지금 조선땅 한쪽에는 1만 석, 2만 석을 거두어들이는 부자가 한둘이 아니네. 내 옛날 영남 최씨와 호남 왕씨의 예를 조사한 바로는 그들의 전지가 최소한 4백결을 넘었네. 1호당 열 명의 가족이 1결을 경작해야 그 살림이 유지된다고 치면, 3천 990명은 굶어죽는다는 계산이 나오네. 사정이 이렇거늘 이를 어찌 이치에 합당하다 하겠는가. 나는 이런 제도는 잘못이라 생각하네. 무릇 땅이란 경작하는 사람이 가져야 함이 마땅하지 않겠는가. 놀고먹는 사람이 나라의 땅을 모두 소유하면 나라가 어찌 되겠는가."

"……."

박치도와 이춘영이 눈을 동그랗게 떴다. 그들로서는 생각지도 못한 말들이 약용의 입에서 터져 나왔기 때문이었다. 그러나 약용은 그들의 반응엔 아랑곳없이 자신의 뜻을 설파하였다.

"나라가 발전하려면 경자유전의 원칙이 반드시 지켜져야 하네. 부채질이나 하고 정자에 앉아 시나 쓰는 한량들이 가을이 되면 농민들이 피땀 흘려 지은 곡식을 갈퀴질하여 빼앗아가니, 당연히 백성들이 초근목피로도 연명을 못하여 제 땅에 뿌리를 박지 못하는 것일세. 게다가 이들은 거개가 권세가들이니 세금인들 제대로 바치겠는가. 이러니 자연 나라의 창고는 비게 되고 재정이 궁핍하니 나라가 피폐해지는 것일세. 또한 이런 폐단에 큰 몫을 하는 은결, 궁결 등이 갈수록 늘기만 하니 어찌 그 현상을 보고 잘못을 바꾸지 않겠는가."

박치도와 이춘영은 입을 벌린 채 서로를 마주볼 따름이었다. 그 폐해는 알고 있었으되 왜, 무엇 때문에 그런 악순환이 계속되는지에 대해서는 미처 생각조차 못해왔던 까닭이었다. 이제 약용에게서 명쾌한 설명을 듣고 보니 그 원인이 분명해진 참이었다.

그러나 그들이 입을 다물지 못하는 까닭은 다른 데 있었다. 약용의 생각이 크고 깊은 것은 둘째 치고 여차하면 목숨을 잃을지도 모를 위험한 이론인 탓이었다. 과연 대학자의 면모다운 발상이었다. 더구나 자신들이 벽파임을 알면서도 거침없이 이론을 제시하는 용기에 그들은 탄복하며 감동하였다.

이윽고 이춘영이 침묵을 깨고 입을 열었다.

"소관, 오늘부터 스승의 예로 뫼시겠사옵니다. 과연 선생님다우신 발상이고 용기이십니다."

차를 한 모금 마신 약용이 고개를 끄덕였다. 약용은 두 사람 모두 훌륭한 인재가 될 수 있음을 미리부터 읽고 있었다. 이춘영의 말은 약용에게 자신들을 믿어도 좋단 뜻을 간접적으로 내비친 것이었다.

"하오면, 이런 폐해를 어찌해야 좋겠사옵니까. 이는 분명 한 개인의 뜻으로는 불가한 것이오니 반드시 개혁을 동반해야 할 것으로 생각되옵니다만……. 선생님의 대안을 듣고 싶사옵니다." 이윽고 이춘영이 핵심을 찌르고 들어왔다.

"나는 경자유전의 법칙을 세우기 위해서는 여전(閭田)하는 방법밖에 없다고 생각하네. 하면 여전이란 무엇인가. 산골짜기나 냇둑의 형세를 따라서 경계를 긋고 그 경계의 안을 여라고 하네. 옛날 주나라에서는 25호(戶)를 1여라 하였으나 반드시 그것을 따를 필요는 없으니 대체로 한 여에 30호 정도가 적당할 걸세. 여 셋을 모아 이(里)를 이루고, 이 다섯을 모아 방(坊)을 만들며, 방 다섯으로 읍(邑)을 이루게 하는 제도이지. 여에는 여장(閭長)을 두네. 무릇 한 여의 전지는 그 여의 사람에게 농사를 함께 짓도록 하여 네 것 내 것 나눔 없이 오직 여장의 뜻대로 움직여야 하네. 여장은 한 사람 한 사람이 노역한 양을 매일매일 기록해두었다가 가을걷이를 마치면 오국을 모두 모아 제일 먼저 세조(稅祖)를 바치고, 자기 녹봉을 제한 다음 그 나머지를 가지고 모든 사람에게 나누어주는 역할을 하네."

"사람마다 각기 사정에 따라 일한 양이 다를 터이온데 어떻게 나눕니까."

"날마다 기록한 문서를 근거로 나누어야 하네. 노역을 많이 한 자는 양곡을 많이 얻고, 노역을 적게 한 자는 자연히 적게 얻는 것이네. 따라서 힘써 일하지 아니하면 배를 곯게 될 것이니 백성마다 서로 격려하고 열성을 다하게 될 것이네."

"하오면 병든 자는 어찌하옵니까. 노역을 할 수 없는 노인이나 불구들 말입니다."

"그것은 일정량의 양곡을 떼어 휼민(恤民)하는 대로 쓰면 될 것이네."

약용의 조용한 열변을 들으며 두 사람은 깊은 감명에 빠져들었다. 그들 개인으로서는 약용의 여전을 시행할 수는 없었다. 그러나 그 말에 깃든 백성에 대한 사랑 하나만으로도 그들은 충분히 그 사상의 근본을 알 수 있었다. 목민관의 일거수일투족은 항시 백성을 먼저 생각한 연후에 실행해야 한다는 것이 구구절절, 미사여구로 치장되지 않은 채 그들의 가슴을 때렸다.

장시간 동안 약용과 이춘영의 문답에 귀를 기울이던 박치도가 오랜만에 입을 열었다.

"선생님의 말씀을 듣고 있자오니 한편으로는 시원하고, 다른 한편으로는 답답하기 이를 데가 없사옵니다. 그처럼 좋은 제도가 실행될 수만 있다면 얼마나 좋겠습니까. 안타까움을 금할 길이 없사옵니다."

"허허, 그런가. 하나 어찌 보면 이상일 뿐 전혀 가치가 없는 것일는지도 모르네. 또 시행한다 치더라도 여러 가지 병폐가 생길 것이네."

"그것이야 그때그때 시정하면 되지 않사옵니까. 소관의 모자라는 생각으로는 오히려 그런 이상이 있음으로 하여 치자의 도리에 가까워지지 않나 싶사옵니다."

이춘영이 다시 끼어들었다.

"하오면 세법은 어찌하옵니까. 여전이 이루어져도 세법이 바뀌지 아니하면 이 또한 백성이 도탄에 빠질 것이옵니다. 이처럼 그 폐단이 크고 넓어 백성들의 뼈를 깎고 살을 도려내는데, 이를 고치지 아니하면 백성들은 모두 죽어갈 것이옵니다."

세 사람의 이야기는 다시 목민심서로 되돌아왔다. 이춘영이 말한 세법은 구체적으로 목민심서의 병전편을 말함이었다.

"병전편와 첨정조(簽丁條)를 이름인가?"

"예, 그러하옵니다."

"차법불개(此法不改)하면 이민진류의(而民盡劉矣)라. 맞는 말이네. 법이 아무리 잘 되었어도 제대로 시행하지 아니하면 그 기능을 잃음을 물론, 더 큰 혼란을 초래하게 될 것이네. 무릇 한 나라를 방비함에 군대는 반드시 필요한 바, 그것을 유지하기 위하여 군포를 내는 것은 국법이네. 하지만 오늘날 조선의 상황은 어떠한가. 백성들이 낸 군미와 군포의 반은 아전의 뱃속으로 들어가 버리는 것이 현 실정이네. 하여 군의 장비는 허약하기 이를 데 없고 군의 기강 또한 바람 앞의 촛불이 아닌가."

"그러니 어찌하면 좋습니까."

"당연하지 않은가. 수령이 직접 받아야 하네. 아전에게 맡기지 말게. 그리하면 악순환이 그치지 않을 걸세. 아전들의 사리사욕으로 인하여 나라가 위태로워짐일세."

약용은 나이를 잊은 듯 아직 젊은 두 수령과 함께 토론을 거듭하였다.

"자네들처럼 젊고 유능하고 의욕적인 수령들이 온 삼천리강산에 가득 퍼져 백성을 다스린다면 얼마나 좋겠는가."

"선생님의 목민심서를 옆에 끼고 다니면서 말씀입니까."

이춘영이 말하자 박치도와 약용이 가가대소하였다. 목민심서의 진가를 깨달은 이춘영과 박치도는 그 책에 쓰인 대로 시행할 것을 다짐하며 약용을 하직하였다.

박치도와 이춘영은 돌아가서도 목민심서를 손에서 놓지 않았다. 함께 날을 정하여 약용을 찾아뵙기도 하였고, 평소 공부를 하며 서로 서신으로 의견을 주고받기도 하였다. 진황편을 다 읽은 후엔 곧장 기반을 마련하려 애썼다.

흉년으로 기근이 들었을 때 굶주린 이들을 구제하기 위한 여섯 가지 항목이었다. 이에 두 목민관은 차례로 그 기틀을 마련하였다. 쓰인 순서대로, 우선 진황에 쓸 곡식을 마련하는 비자(備資)를 행하고, 이어 먹고 남는 것이 있는 집안에 양곡을 기부하거나 빌려줄 것을 권하는 권분(勸分)을 실시했다. 처음엔 꺼리던 양반들도 목민관의 간곡한 부탁과 진심어린 청에 자신들의 곳간을 열어주었다. 이후 진황에 필요한 양곡의 양과 구제해야 할 사람 수를 아전들에게 시켜 조사케 하였다. 이 때 비리가 없도록 철저히 직접 감시하였음은 물론이었다. 이것이 규모(規模)의 단계이다. 그 과정에도 내내 목민관들은 분주하였다. 쌀을 백성에게 제공하는 절차인 설시(設施)를 구축, 확립하느라 정신이 없었다. 직접 작물들을 살펴 밭곡식 등 대용작물을 조사하여 보력(補力)을 준비했다. 준비를 해두어야 일이 닥쳤을 때 순순히 진행할 수 있는 까닭이었다. 그리고 아전들에게 공표하였다.

"흉년이 들지 않아 이런 대비를 하지 않아도 된다면 좋을 것이나, 흉년과 기근은 피해갈 수 없는 바. 이와 같이 튼튼히 준비하여 미래를 대비해야한다. 이와 같은 과정에 사리사욕을 채워서는 안 될 것이며, 대신 진휼 끝엔 준사(竣事)의 단계를 행하여 잘잘못을 가리고 공이 있는 이에겐 상을 주도록 하겠다."

이에 아전들의 볼멘소리도 잦아들었다. 사리사욕을 챙기다

들키면 큰 벌을 면치 못할 진대, 잘 행하고 지켜 백성을 위해 일한 이는 상을 받을 수 있다니 열심히 하지 않을 이유가 없었다.

약용은 왠지 마음이 허전하였다. 두 목민관이 다녀간 날이면 유난히 더했다. 60평생을 뜻한 바대로 살아왔건만 그것도 어찌 보면 외압에 대한 차선책이 아니었나 하는 생각이 문득 든 탓이었다. 오래 전, 제도를 개혁하기 위한 방편으로 그 제도 속에 뛰어들었건만 돌아보면 자신은 철저하게 그 제도에 의해 희생만 당해온 터였다. 그는 박치도와 이춘영이 외려 안쓰러웠다. 자신도 한때는 그들처럼 올바른 도의 길을 걷기 위하여 얼마나 몸부림을 쳤던가. 그럼에도…… 지금 남은 것은 무엇인가. 허허로운 벌판에 서있는 듯한 이 외로움은 어디에서 오는 것인가.

약용은 밤이 이슥하도록 상념에 젖어 있었다.

46
거인의 잠

    약용은 임오년(1822년) 회갑연을 맞이하여 그동안 자신이 저술한 책들을 조목조목 정리하였다.

    약용의 학문은 대체로 육경사서(六經四書)로 수기(修己)하고 일표이서로 치인(治人)하는 것으로 정리될 수 있다. 여기서 육경이란 시경, 서경, 예경, 역경에 악서(樂書)와 춘추를 추가한 것으로서 사서, 즉 논어, 맹자, 대학, 중용과 함께 약용 철학 사상의 주를 이루는 것이다. 약용은 이들의 해석에만 그치지 않고 선인들의 잘못된 점을 낱낱이 밝혀 그 시대에 맞게 재정리하였다.

    이에 비하여 일표이서는 그의 사회정치사상의 본류라 할 수 있다. 일표란 경세유표를 말하는 것으로 그 내용은 국가론을 논하고 있다. 이는 관제, 군현제, 전제, 부역, 공시(貢市), 창저(倉儲), 군제, 과제, 해세(海稅), 상세(商稅), 마정(馬政), 선법(船法) 등 나라를 경영하는 제반 제도에 대한 이야기이다. 현재의 실행 가능 여부에 국한되지 않고, 경(經)을 세우고 기(紀)를 나열하여 국가의 기율을 새롭게 개혁해보려는 생각에서 저술한 것이다. 간략하게 얘기하면 국가의 기본 질서를 저술했다 하겠다. 지금의 헌법과 같은 것이다.

이서(二書)란 목민심서와 흠흠신서를 말한다.

목민심서는 국가론에 부수되는 지침서와 같았다. 지금 같으면 공무원 수칙 같은 것이다. 이, 호, 예, 병, 형, 공의 여섯 가지 전(典)에 부임, 율기, 애민, 봉공, 진황, 해관의 여섯 가지 편(編)을 보태어 하나의 편마다 6조(條)를 포함케 하였다. 고금의 이름을 찾아내어 목민관의 지침으로 삼아 모든 백성이 골고루 그 혜택을 입을 수 있도록 저술한 것이다.

흠흠신서는 지금의 형법과 같은 것이다. 사람의 목숨을 다루는 옥사에서 다스리는 사람이 더러 알지 못하는 것이 있기에 경사(經史)로서 근본을 삼고, 증거주의를 강력하게 주장하였으며 백성들이 억울하지 않게 하는 데 전력을 다하였다.

일표이서는 약용이 가장 심혈을 기울인 역작이었다. 일표에서 국가론을 전개하였다면, 목민심서에서는 왕도론을, 흠흠신서에서는 형벌론을 각각 주장한 것이었다. 그동안의 저서들을 합하니 경집(經集)과 문집(文集)에 걸쳐 5백여 권에 달하였다.

채이숙이 가끔 찾아와서 여러 가지 소식도 전해주고 한담을 나누다 돌아갔다.

"정공, 자네나 나나 신세가 어쩌면 이리도 같은지 모르겠네."

아버지 채제공이 죽은 후 벽파들의 멸시를 한 몸에 받고 있음을 불평하는 말이었다.

"자네는 그래도 낮지 않은가."

"뭐가 낮다는 것인가."

"자네야 조상 덕에 귀양살이도 3년밖에 하지 않았으니."

"에끼, 이 사람."

두 사람은 껄껄 웃었다.

"정공, 자네는 모든 것을 갖추었으나 한 가지가 빠졌네."

채이숙이 정색을 하며 말을 꺼냈다.

"뭔가."

"자네에게 권모술수를 다루는 재능이 있었더라면 지금쯤은 천하를 호령하고 있었을 것이네."

"에끼, 이 사람."

"참말일세."

채공, 그 말은 자네에게도 해당되는 말이네. 자네는 왜 그렇게 못하였는가."

"비위가 거슬려서 참을 수가 없었네."

"그런 재주는 천성적으로 타고나야 하네. 불의인 줄 알면서 어찌 군자가 아첨을 할 수 있단 말인가."

"그런데 말이네, 정공. 내가 보기에는 자네의 그 서툰 처세는 선대왕께서 길러주신 것 같네."

"무엇 때문인가."

"모든 것에 다 일등이다, 잘했다, 천하제일이다, 이런 칭찬만 해주셨지 않은가. 꾸짖기도 하고 반대편에 서게끔 유도하면서 자네를 험하게 키웠어야 하네."

"자네 말에도 일리가 있구만."

"있고말고."

"내가 고개를 한번만 숙였더라도 유배 생활을 그렇게 오래하지는 않았을 터이니. 그리고 서용보에게 인삼 한 뿌리라도 바쳤더라면 다시 벼슬길이 열렸을는지도 모를 일이지."

"맞네. 그러니 지금이라도 자네 처세술을 바꿔봄이 어떤가."

"아니 하겠네."

"왜인가."

"여러 가지 이유가 있네만 삼가고, 한 가지만 말함세."

"어서, 말해 보게."

약용이 눈을 빛내며 답했다.

"솔직히 말해서, 나는 현 정치 제도 자체가 싫은 사람이네."

"무슨 말인가."

"군왕제도 말이네."

채이숙이 주위를 둘러보며 목소리를 낮추었다.

"큰일 날 소리 하는구먼."

"자네니까 말하는 것 아닌가. 군왕제도란 군주 한 사람을 위하여 모든 백성이 존재하고, 모든 제도가 있으며, 절대 희생을 해야 하는 제도이네. 그렇지 않은가?"

"그러면 대안이 있는가."

"물론 있네. 무릇 정치란 크게 치자와 피치자로 나눠지네. 그러나 전자가 후자를 내리누르는 제도하에서는 인간의 권리란 없는 것이네."

"하면 어떻게 하여야 한단 말인가."

"피치자의 권리를 인정하고 밑에서 위로 의사가 전달되는 사회가 되어야 하네. 목위민유야(牧爲民有也)네. 즉, 목자는 백성을 위해서 있어야 한다는 말일세."

"허허, 자네 늘그막에 입조심 꽤나 하여야겠네그려."

채이숙이 약용의 말을 막으며 조심스레 충고하였다. 가히 역성혁명을 인정하는 것이나 다름없었으니 채이숙으로서는 감당하기 어려운 때문이었다.

1827년, 약용이 해배되고 돌아와 10년째 되던 해였다. 조정에서는 다시 약용을 등용시키려는 움직임이 일었다. 순조의 아들인 세자가 대리청정을 하고 있었다.

이해에 전라, 함평, 평안도에 수재(水災)가 많이 나고 민가 572호가 떠내려갔다. 그러다 보니 걸인들이 수없이 생겨났다. 세상이 어수선해지자 대리청정을 하던 세자는 걱정이 태산 같았다.

"인재가 없겠소."

수소문 끝에 세자는 정약용을 찾아냈다.

이때, 조정에서는 영의정에 남공철, 좌의정에 심상규, 우의정
에 이존수가 앉아 있었다. 이들 벽파 대신들은 판서들과 상의
하여 약용의 등용을 막기로 작정하였다. 만일 그가 다시 등용
되면 또다시 시파가 일어나 당쟁이 격화된다는 이유에서였다.

그들은 헌납 윤극배를 사주하여 약용을 참혹하게 무고하였
다.

정약용은 천주학쟁이옵니다. 지난 6월에 일어난 천주교인들
의 난동도 약용의 사주에 의한 것이옵니다. 영남의 천주학
쟁이 박보록의 난동도 그 때문이옵니다. 만일 정약용을 중
용하신다면 천주학은 불같이 일어날 것이옵니다.

윤극배가 말하는 천주교도들의 난동이란 정해년(1827년)
의 전라도 교난과 경상도 교난을 일컬었다. 1801년 신유사옥
이래 박해의 기운이 가라앉자 평온하게 교세를 넓혀가던 중,
1826년 일본의 이에나리(家齊)가 자국의 천주교도 여섯 명이
조선으로 탈출하였으니 그들을 잡아 돌려보내달라는 요구를
하였다. 이로 말미암아 관헌의 신경이 다시 날카로워지고 있던
터에 전라도 곡성에서 밀고 사건이 일어났다. 천주교도 한백겸
이 잔칫집에서 술주정을 하며 난동을 피우다 집주인에 의해 고
발된 것으로 시작된 교난이었다. 이해 2월부터 4월까지 240여

명이 전주 옥에 갇혔다. 대부분이 풀려나고 일곱이 극형에 처해졌다. 이 사건의 여파로 한양은 물론 충청도와 경상도까지 검거의 손길이 미치게 되었다. 박보록 역시 이 사건으로 잡혀 그해 9월 27일에 71세로 옥사하였다.

세자는 윤극배를 심히 국문하였다. 이내 무고라는 것이 밝혀졌다. 그러나 시작부터 이런 상황이 벌어지자 세자는 약용의 등용을 단념하는 수밖에 없었다. 윤극배는 두고두고 김조순을 집요하게 따라다니며 모함을 하였으나 끝내 받아들여지지 않았다.

1836년 2월 22일은 약용의 회혼일이었다. 15세 때 홍씨와 혼인하였으니 꼭 60주년이 되는 날이었다. 며칠 전부터 집 안에서는 잔치 준비로 부산하였다.

"세상에서 이 이상 경사스러운 일이 어디 있을까."

"벼슬을 안 하셨나, 손이 없나, 복도 많으신 분이지."

"두 부부가 고생을 하였지만 건강하시니 얼마나 행복할까."

주위에서 모두들 부러워하였다.

학연과 학유, 그리고 사위인 윤창모가 모여서 잔치 준비를 의논하였다.

"형님, 장인 장모의 의복은 제가 마련하겠습니다."

"살림도 어려울 텐데 그럴 필요 없네."

"아닙니다. 사위 노릇은 해야지요."

"정 그렇다면 그렇게 하게나."

여러 가지 의논이 계속되었다. 약용의 친구들에게 연락을 한다, 일가친척에게 연락한다, 문인들에게 연락한다, 하며 온 집안이 잔치 분위기로 술렁였다. 강진에도 일단은 알리기로 하였다. 그때까지도 꾸준히 다신계에서 차와 무명베, 토산품들이 도착하던 참이었다.

"강진에서 누가 올라올 수 있을까."

"글세 말입니다. 이학래는 연전에 왔다 갔고, 이강회는 한양에 살고 있으니 올 것입니다."

"모두 모이면 아버님께서 기뻐하실 텐데."

사랑에서는 약용과 홍씨가 마주앉아 정담을 나누고 있었다.

"부인, 고왔던 얼굴이 많이 늙었구려."

"영감, 별소리를 다 하십니다."

"그동안 고생이 많았소."

"시집와서 제가 내조를 잘못해드린 것 같아 늘 송구스럽습니다."

"별말씀을 다 하시오."

홍씨의 눈시울이 붉어졌다. 백발이 성성한 남편에게 위로의 말을 듣고 있으니 괴로웠던 시절이 절로 사라지는 듯하였다.

"6남 3녀를 제 정성이 부족하여 모두 키우지 못한 것이 항상 마음에 걸리옵니다."

"모두가 천명이 아니겠소."

약용도 감회에 젖은 듯 눈시울을 적셨다.

"제일 가슴 아팠던 것은 막내가 죽었을 때요. 귀양살이를 하며 그 애가 잘 자라기를 얼마나 바랐는지 모르오."

"그 애가 예쁜 돌을 주워들고서 좋아하던 모습이 지금도 제 눈에 선합니다."

홍씨가 회한이 깊이 잠겨 눈물을 찍어냈다.

"허허, 재미있는 얘기나 합시다."

약용의 말에 홍씨가 코를 훌쩍이며 입가에 웃음을 담았다.

"고생만 하셨는데 무슨 재미있는 얘기가 있겠사옵니까."

"장인어른 얘기요."

"……."

"장인어른은 지금 생각하여도 훌륭한 분이셨소."

"별말씀을 다 하십니다."

"아니오. 장인어른께서 함경도로 가신 후에 내가 긴 서신을 보낸 적이 있었소."

"금시초문인데요."

"장인어른께서 술이 과하시지 않았소."

"그러셨지요."

"변방에서 외로우시니 약주를 과음하실까 걱정이 됩디다. 하여서 제발 술을 삼가주십시오, 하고 편지를 올렸소."

"그것이 무슨 흠이 되옵니까. 돌아가신 시숙께서도 얼마나 약주를 좋아하셨습니까. 사위가 장인에게 술을 삼가 달라 하는 것은 지당한 말씀이 아닙니까."

홍씨가 의아해하자 약용은 가가대소하였다.

"하하하."

"왜 그러십니까, 영감."

"부인은 이것까지는 몰랐을 것이오."

"……."

"내가 부인을 팔았소."

홍씨는 여전히 영문을 몰라 하였다.

"팔았다니요?"

"약주가 과하신 것을 말리기 위하여 부인을 팔았단 말이오."

"점점 더 모를 말씀만 하십니다."

약용은 홍씨를 바라보며 유쾌한 듯 웃어댔다.

"놀리지 마시고 일러주십시오."

"50년도 더 지난 얘기니 오해는 하지 마시오."

"예."

"장인어른께서 술 때문에 실수를 하시게 되면 그때는 딸을 데려가시라고 했소."

"저런!"

"우습지 않소?"

"저런, 저는 그러신 줄도 모르고 있었사옵니다. 친정어머님이 친정아버님께서 사위 덕에 약주를 덜 하신다는 말씀은 전해

오셨습니다만 그렇게 하신 줄은 정말 몰랐습니다.”

홍씨는 얼굴을 들면서 그제야 허리가 휘어지도록 웃었다. 평생에 걸쳐 가장 즐거운 웃음이었을지 몰랐다. 한참을 웃고 난 홍씨가 약용을 밉지 않게 흘겨보았다.

“영감, 친정아버님께서 계속 약주를 많이 하셨다면 진정 저를 버리려고 하셨습니까?”

“허허허. 왜, 궁금하시오?”

두 사람은 다시 웃음을 터뜨렸다. 웃음이 잦아들고 약용이 홍씨의 손을 잡았다. 주름지고 투박한 손의 결이 느껴졌다. 약용은 그간 자신이 고생시켜 섬섬옥수가 이토록 망가졌나 싶어 마음이 아렸다. 그 때 홍씨가 약용에게 부드럽게 말을 건넸다.

“비안이가 많이 컸겠지요?”

가실과 약용 사이에서 난 비안을 말하는 것이었다. 홍씨가 먼저 꺼낸 말에 약용도 그리움에 잠겼다. 딸 홍림에게 다하지 못한 아비의 정을 모두 쏟아주었던 소중한 딸이었다. 가실은 자신이 있는 곳은 알리지 않은 채 해마다 옷을 지어 덕수 손에 보내왔다. 약용과 홍씨의 옷이었다. 그렇게 정성을 다하는 가실도 가실이지만 그런 정성을 잊지 않고 마음으로 고마워하며 기억해주는 홍씨의 아량도 대단한 것이었다.

밖에서 기척이 들렸다. 내다보니 덕수였다. 새 옷을 전한 지 몇 달 되지 않았는데 금세 또 들른 것이었다. 마침 이야기를 나누던 중이라 그리움이 더해진 홍씨가 버선발로 덕수를 맞았다.

덕수는 공손히 인사를 올리곤 손에든 비단 꾸러미를 전했다.

"아직 보낸 옷이 채 해지지도 않았는데 어인 일인가?"

"지도 잘은 모르지만 아씨가 전해 디리라고 혀서 왔어라."

홍씨가 꾸러미를 끌러 보자 대나무로 만든 석작이 드러났다. 약용은 가실에게서 처음 받았던 석작이 떠올랐다. 여전히 석작 만드는 솜씨 또한 일품이었다. 석작 속에는 옥으로 된 동곳과 비녀가 들어 있었다. 깜짝 놀란 약용과 홍씨가 덕수를 쳐다보았다.

"곧 회혼례라 들었어라. 참말로 축하디려라. 두 분이 복이 많으셔서 여적지 함께 기시는 것이지라. 아씨가 회혼례 선물이라고 전하라셨어라."

덕수는 고개를 꾸벅 숙여 인사하곤 서둘러 떠나려 하였다. 이에 약용이 그를 붙잡아 세웠다. 영문 모르고 덕수가 약용을 바라보았다. 약용은 단호한 표정으로 덕수를 추궁했다.

"가실이 지내는 곳이 여기서 멀지 않은 곳인 게로구나."

"야? 지는 아무 것도 모르는구만이라."

덕수가 짐짓 긴장하며 시치미를 떼었다. 그러나 곧 약용의 무서운 낯에 고개를 조아리며 시인하였다. 반나절이면 걸어서 닿을 수 있는 곳에 지낸다는 것이었다. 다만, 그간 삶의 기반을 다지느라 일이 바빠 명절에도 직접 와볼 짬이 없었다는 말이었다. 약용은 안도의 숨을 쉬었다. 행여 무슨 변고라도 당한 것이 아닌지 늘 마음을 졸였던 터였다.

"늘 선물만 받으니 지아비의 도리를 다할 수가 없지 않겠는
가. 내 서신이라도 보내야겠으니 정확한 거처를 알려주고 가야
겠네."

결국, 덕수는 하는 수 없이 약용에게 주소를 적어주었다. 약
용은 그 주소를 학유에게 주었다. 회혼례 전날 직접 찾아가 가
실과 비안을 데려오라 일렀다. 인생에 가장 경사스러운 날 가
실과 비안도 함께 하길 바라는 마음이었다. 홍씨 또한 같은
마음이었다.

잔치하기 며칠 전에 천만호가 들이닥쳤다.

"서방님, 회혼을 축하드립니다요."

천만호는 배에다 수십 가마니의 쌀과 산해진미를 싣고 왔
다. 해삼 말린 것, 전복 말린 것까지 있었다.

"자네 정성이 너무 과하네 그려."

"소인이 평생 서방님 은공을 어찌 갚겠습니까요."

천만호는 서글서글하였다. 예나 다름없이 정성을 다하는 것
이 느껴졌다.

"잔치가 며칠이나 남았습지요?"

"닷새 후네."

"그러면 그날 다시 오겠습니다요."

회혼식 사흘 전에 약용은 붓을 들었다. 오랜만의 일이었다.

육십 풍상의 세월

눈 깜박할 사이에 흘러가
복숭아꽃 활짝 피던 봄
혼인하던 그해 같네
생이별 사이별이
우리 늙음 가져오나
슬픔 짧고 즐거움 길었으니
임금님 은혜 감사하여라
오늘밤 목란사(木蘭詞)는
소리 더욱 다정하고
그 옛날 붉은 치마에
유묵(遺墨) 아직 남아 있네
갈라졌다 다시 합한 것
그게 바로 내 일생
한 쌍의 표주박 남겨
자손들에게 남겨주노라

약용의 마지막 시작이었다. 여기서 나오는 붉은 치마는 약용이 귀양살이 할 때 홍씨가 보내준 치마를 이름이었다. 약용은 이것을 받고서 부인의 현신(現身)처럼 기뻐하고 감격해했다. 그러고는 그 치마에다 자식들을 위해 글을 쓰고 그림을 그렸었다.

약용의 마음이 유난히 편안하였다. 온 생애를 걸쳐 저술한

547

저작도 모두 정리가 되었다. 잡문이나 시까지도 완전히 정리를 마친 참이었다.

"부인."

"예."

"이젠 여한이 없소. 부인과 살았던 긴 세월 동안 좋은 일 궂은 일이 수없이 많았지만 돌이켜 생각하면 행복했소."

"모두 영감 덕이옵니다."

"내 이 시를 부인에게 바치오리다."

약용이 노안을 들어 홍씨를 바라보았다. 곱게 빗어 넘긴 그녀의 머리는 모두 백발이었다. 백옥처럼 희고 고왔던 얼굴도 주름살로 덮이고 검버섯이 깔려 있었다.

회혼식날이었다.

강진 다산초당에서 10여 년 동안 공부하였던 이강회는 아침 일찍 일어났다. 급히 배를 타고 약용의 회혼식에 가기 위해서였다.

부인이 흔들어 깨우는 바람에 일어난 이강회는 고개를 갸우뚱하였다.

"왜 그러십니까."

아무래도 꿈이 이상하오."

"어떤 꿈입니까."

"큰 집이 무너져 내려앉았소. 대들보까지 말이오."

이강회는 멍하니 앉아 부인을 바라보았다.

"우리 집이 멀쩡한데 무슨 걱정을 그리 하십니까."

"틀림없이 변고가 생긴 꿈이오. 어서 마현으로 가봐야겠소. 사부님께서 무사하시면 다행이오만……."

그는 급히 길을 떠났다.

마현의 황토마을은 회혼식 준비에 바빴다. 떡방아 찧는 소리, 고기 굽는 냄새, 전 부치는 냄새, 잔치를 치르기 위해 차일까지 쳤으며 온 동네 꼬마들이 모여 이리 뛰고 저리 뛰며 즐거워하였다. 친지, 친척, 제자들이 속속 모여들었다. 그 틈에 가실과 비안의 모습도 보였다.

며칠 전부터 풍기가 재발한 약용은 며칠 동안 자리에 누워 있던 참이었다. 가실과 비안이 안내를 받아 사랑에 들었다. 학연이 약용을 곁을 지키고 앉아 있었다. 가실을 본 학연이 먼저 반가운 낯으로 그들을 맞았다. 이에 약용도 반가워하며 자리에서 일어나려 하였다. 그러나 몸이 무거워 쉽지 않았다. 학연이 가까이서 약용을 부축하며 물었다.

"아버님, 심기가 어떠십니까."

"매우 좋구나."

"불편하시면 누워계신 것이 좋으실 듯합니다."

"아니다. 오늘같이 좋은 날 내가 일어나야지."

"손님 대접은 소자들이 할 것이오니 편히 쉬십시오."

그러나 약용은 억지로 몸을 일으켰다. 그리곤 오랜만에 상면하는 가실을 보며 빙긋 웃어보였다. 가실은 눈에 띄게 늙고 수척해진 약용의 모습에 눈물이 핑 돌았다. 어느덧 많이 자라 처녀티가 물씬 나는 비안도 약용에게 절을 올렸다. 이에 약용은 모든 것을 다 이룬 듯 흡족한 마음이 되었다.

몇 사람이 달려들어 가실이 정성껏 지은 약용의 의복을 갈아입혔다. 몸을 가누는 것도 쉽지 않아 손이 많이 필요했다. 약용이 다 스러져가는 소리로 학연을 불렀다.

"학연아."

"예, 아버님."

"이상하다. 어찌 이리 어두우냐."

학연은 약용을 급히 자리에 눕혔다.

"아버님, 진정하십시오."

"왜 이렇게 어두우냐. 혹시 밤이 아니냐."

"오전입니다."

"너무 어둡다. 호롱에 불을 붙여보아라."

이 무렵 청명하고 좋던 날씨가 갑자기 어두워졌다. 모여 있던 손님들은 갑자기 일어난 변고에 눈이 동그래졌다. 진시(辰時) 초각(初刻)이었다. 바람은 온 세상을 쓸어갈 듯 몰아치면서 동리를 휩쓸고 지나갔다.

"아버님!"

식구들이 모두 모였다. 홍씨는 약용 곁에 바짝 다가앉았다.

"아버님!"

두 아들이 몸이 달아 불렀으나 답이 없었다. 거인(巨人)이 홀쩍 가버린 것이었다. 약용은 잠자듯 조용히 숨을 거두었다.

"지사(地師)에게 내 묘지를 물어보지 말라."

약용이 남긴 마지막 말이었다.

이에 앞서 임오년(1822년) 회갑 때 약용이 조그마한 첩(帖)을 잘라 유명(遺命)을 적어두었으니 장례 절차였다.

이 유령(遺令)은 꼭 예에 따를 것도 없고 꼭 풍속을 따를 것도 없고 오직 그 뜻대로 할 것이다. 살았을 때 그 뜻을 받들지 않고 죽었을 때 그 뜻을 좇지 않으면 모두 효가 아니다. 하물며 내가 예경을 수십 년 동안 정밀하게 연구하였으므로 그 뜻은 다 예에 근거를 둔 것이지 감히 내 멋대로 한 것이 아니니 어찌 따르지 않겠는가? 산 사람이 하여야 할 일은 상의절요(喪儀節要)에 있으니 마땅히 잘 살펴서 행하고 어기지 말아라…….

이어서 발문을 붙여 말하였다.

천하에 가장 업신여겨도 되는 것은 시체이다. 시궁창에 버려도 원망하지 못하고 비단옷을 입혀도 사양할 줄 모른다. 지극한 소원을 어겨도 슬퍼할 줄 모르고 지극히 싫어하는 짓을 가하여도 화낼 줄을 모른다. 그러므로 야박한 사람은 이를 업신여기고 효자는 이를 슬퍼한다. 그러니 유령은 반드시 준수하고 어기지 말아야 한다. 옆에서 떠들고 비웃는 자는 반드시 어리석은 자인데도 살아 있기 때문에 두려워하고, 시체는 말이 없지만 박학한 사람인데도 죽었기 때문에 업신여기니 어찌 슬픈 일이 아니겠는가? 앞의 첩에서 말한 바를 털끝만큼이라도 어긴다면 불효요, 시신을 업신여기는 것이다. 너희 학연, 학유야! 정녕 내 말대로 하여라.

4월 1일에 마현 집 뒷동산에 장사를 지냈으니, 곧 여유당 뒤편 지금의 양주시 와부면 능내리이다.

그로부터 74년 후인 융희 4년 순종황제는 약용의 업적을 인정하고 정헌대부 규장각제학을 추증하고 문도공(文度公)이란 시호를 내렸다.

〈끝〉

참고문헌

다산시연구 (송재소, 창작사, 1986)

다산기행 (박석무, 창비, 1988)

애절양 (박석무, 시인사)

유배지에서 온 편지 (박석무, 시인사)

정약용의 행정사상 (장동회, 일지사, 1985)

유배지 (문순태, 어문각)

상소 (이전문, 사회발전연구소, 1986)

상소문 (김영률, 어문각)

한국사 연표 (이만열, 역민사)

어류박물지 (정문기, 일지사, 1974)

자산어보 (정문기, 지식산업사, 1977)

인상경영학 (장현우, 어문각)

박물관대학 (조선일보사)

동의보감 (경화사)

초의선집 (장의순, 문선당)

은화 (윤의병, 한국교회사연구소, 1977)

기초윤리신학 (F. 뵈클레, 분도출판사, 1975)

천주실의 (마테오 리치, 분도출판사, 1984)

불교성전 (불교전도협회, 광재당)

한국불교전설 99 (최정희, 우리출판사)

조선조 궁중풍속연구 (김용숙, 일지사)

조선사회연구 (송준호, 일조각)

한국의 인간상 (편집부 편, 신구문화사, 1965)

사서삼경 (편집부 편, 학예사, 1974)

한국복식사 (석주선, 보진재, 1971)

한국의 신화 (한상수, 문음사, 1980)

한국의 실학사상 (유형원 박지원 외, 삼성출판사, 1976)

현대 한국역사학 논저목록 (역사학회 편, 일조각, 1983)

한국실학사상연구 (금장태, 집문당)

명심보감 (이기석, 홍신문화사)

다산논총 (정약용 저, 이익성 역, 을유문화사, 1972)

비전의 역학 (정형우, 어문각)

사기열전 (사마천 저, 홍석보 역, 삼성문화재단, 1974)

정다산과 그 시대 (강만길 외, 민음사, 1986)

정다산연구의 현황 (한우근 외, 민음사)

한국천주교회사 (유홍렬, 가톨릭출판사, 1962)

조선철학사 (정성철, 좋은책, 1988)

다산 정약용 (북한과학원철학연구소, 푸른숲, 1989)

다도 (이기윤, 대원사, 1989)

한국야담선집 (삼성사)

한국유모어 (조능식, 대아출판사)

뼈있는 웃음 (전형대, Blue Books)

해학소설 대선집 (노벨사)

한국민담선 (한상수, 정음사)

이조 오백년 야사 (윤대영, 대일사)

한국 오천년 야사 - 조선편 (우성출판사)

중국 유모어 (편집부 편, 율곡문화사)

고사성어집 (이우석, 민중서관)

왕비열전 (김영곤, 금성출판사)

한국사대계 (천관우 편, 삼진사)

한국근대사 (강만길, 창비)

인물한국사 (이현희, 청아출판사)

증보 여유당전서 (경인문화사, 1969)

여유당전서 (경인문화사, 1974)

다산시문선 (김지용, 대양서적)

한국미술사 (김원룡, 범문사)

정약용의 정치경제사상연구 (홍이섭, 한국연구원, 1959)

목민심서 역주 (정약용 저, 다산연구회, 창비)

목민심서 (고전국역총서)

목민심서 (이을호, 현암사, 1972)

다산산문선 (정약용 저, 박석무 역주, 창비)

다산시선 (정약용 저, 송재소 역, 창비)

내 고장의 전통 (강진군)

내 고장 일 (해남군)

간송문화 (한국민족미술연구소, 1981)

내 고장 전통 가꾸기 (보은군 · 화순군)

관광 강진 (강진군)

강진 향토지 (강진군)

내 고장의 정기 (울주군)

향토지 (수원, 나주, 예천, 진주, 충주, 무안, 광주 등)

다산학의 이해 (이을호, 현암사, 1975)

다산학 입문 (이을호, 중앙일보사, 1983)

아언각비 (정약용 저, 김종권 역, 일지사, 1976)

국역 경세유표 (민족문화추진회, 고전국역총서, 1977)

조선후기 상업자본의 발달 (강만길, 고려대출판부, 1973)

다산 경제사상연구 (이을호, 을유문화사, 1976)

다산의 목민정신 (안갑준, 정문출판사, 1974)

그 외 다산학보, 역사학보, 역사과학, 계간 창작과 비평 외 다수.

※ 소설 목민심서에 인용된 시, 편지, 논책 등의 번역은 각각 송재소 선생의 다산시선, 박석무 선생의 유배지에서 온 편지, 이익성 선생의 다산논총, 이을호 선생의 목민심서 등에서 크게 도움받았음을 밝힙니다.

약용의 다산초당

약전의 흑산도 유배지